CRISTINA CABONI

UNE VIE ENTRE LES PAGES

Traduit de l'italien par Marie Causse

PRESSES DE LA CITÉ

Titre original :
La Rilegatrice di storie perdute
publié aux éditions Garzanti, Milan, en 2017.

FSC
www.fsc.org
MIXTE
Papier issu de sources responsables
FSC® C003309

L'éditeur de cet ouvrage s'engage dans une démarche de certification FSC® qui contribue à la préservation des forêts pour les générations futures.

Pour en savoir plus :
www.editis.com/engagement-rse/

ISBN : 978-2-266-31202-8
Dépôt légal : avril 2021

Aux libraires,
ces passeurs de livres, et aux lecteurs.
C'est à vous que ce livre est dédié.

Prologue

Le pendentif en or brille entre les mains de la petite fille. C'est le symbole de sa famille : un cercle renfermant deux ailes.

Clarice sait qu'il est précieux, elle le serre contre son cœur. C'est sa mère qui le lui a offert. Comme le violon, comme les histoires qu'elle garde en elle, qui font d'elle une von Harmel.

« Tant que tu te souviendras de moi, je vivrai », lui a-t-elle murmuré un soir, il y a de cela bien des années, en lui disant adieu.

Elle ne l'a jamais revue.

C'est un souvenir lointain, à présent. Délavé par le temps. Ça ne devrait plus lui faire aussi mal. Mais penser à sa mère, qu'elle a tant aimée, provoque toujours cette vive douleur dans sa poitrine.

Les flammes de la bougie éclairent la table sur laquelle elle a posé la feuille. Le bois est lisse, brillant. Le papier glisse sous ses doigts fins. Un motif identique à celui de son pendentif est embossé au bas de la page. Elle l'a imprimé elle-même.

C'est son symbole, c'est elle qui l'a choisi.

Elle plie rapidement les feuilles pour en faire des cahiers et, après les avoir alignés sur le cousoir, elle les assemble à l'aide de rubans. Voilà, le livre est presque prêt. Ne manque plus que la couverture. Des éventails, de petits fruits, des guirlandes harmonieuses fleurissent sur le cuir parmi la poudre d'or et la fumée âcre des poinçons brûlants, dans un entrelacs de symboles et d'images qui racontent une histoire.

— Vous avez terminé, petit oiseau ?

— Oui, maître, acquiesce-t-elle, les yeux toujours rivés sur son ouvrage, sentant le regard de l'homme sur elle.

— Vous êtes ma plus grande fierté.

Une sensation de douceur se répand en elle.

— Alors ça y est, je suis une relieuse ?

— La meilleure.

Le silence est presque aussitôt rompu. Comme la magie qui, jusqu'alors, les enveloppait. Des bruits leur parviennent de l'étage du dessus. Ces instants partagés sont terminés. La vie reprend son cours.

— Il faut partir, maintenant. Faites vite, je ne veux pas que l'on vous voie.

Elle obéit, parce qu'elle n'a pas le choix. Ce monde lui est interdit.

Parce qu'elle n'est qu'une femme.

Un jour pourtant, tout changera, elle en est sûre.

Elle monte l'escalier en silence, pieds nus sur la pierre, un léger sourire aux lèvres. Elle regarde ses mains, les égratignures qu'elle devra justifier le lendemain matin.

Un jour, elle sera libre et volera de ses propres ailes.

1

« Un cœur qui cherche sent vaguement
qu'il lui manque quelque chose ; un cœur qui a trouvé
et perdu ce qu'il cherchait a la conscience du malheur. »

Johann Wolfgang von GOETHE, *Les Affinités électives*

Le livre était magnifiquement relié : en maroquin rouge, orné de frises d'or. C'était une première édition des *Affinités électives* de Goethe, dédicacé et signé de la main de l'auteur. Bien qu'il fût protégé par une vitrine, il émanait de lui comme un mystère et un pouvoir qui attiraient l'attention des hôtes.

Les invités du gala de charité de la Galileo Society, qui se pressaient pour voir l'attraction de la soirée, semblaient très impressionnés. Certains connaissaient la valeur littéraire de l'œuvre, d'autres se contentaient d'y jeter un coup d'œil perplexe. Surtout, ils étaient frappés par le fait que ces vieilles pages écrites par un homme mort depuis près de deux cents ans puissent attirer autant de visiteurs.

Sofia Bauer avait attendu son tour patiemment, et à présent qu'elle se trouvait devant la vitrine, elle sentait son cœur battre fort. Une myriade de questions naissaient et se transformaient à chaque nouveau détail qu'elle remarquait sur la couverture, ou sur le frontispice.

Cet exemplaire avait eu une vie pleine d'aventures. On disait qu'il avait été offert par l'auteur à une dame mystérieuse, ainsi que l'indiquait la dédicace, et qu'on le lui avait volé. Après avoir passé des décennies dans l'ombre, il était réapparu récemment chez un petit bouquiniste de Bucarest.

Quand Sofia avait appris qu'on allait le présenter à Rome, sa ville, elle s'était arrangée pour recevoir une invitation. Ce n'avait pas été difficile : elle avait travaillé quelques années à la Bibliotheca Hertziana.

« Il est magnifique. »

C'était vrai. Sofia sourit à la jeune fille à côté d'elle qui venait de prononcer ces mots. Le livre était vraiment superbe et bien conservé. Elle aurait aimé le toucher, effleurer ses pages, respirer son parfum. Elle éprouvait un désir si grand qu'il lui brûlait les paumes. Elle en était bouleversée.

Autour d'elle, les gens allaient et venaient, impatients d'entendre la conférence qui n'allait pas tarder à commencer. Elle salua quelques personnes, sans s'arrêter pour discuter avec elles. Elle avait quitté ce milieu après son mariage, et à présent elle se sentait mal à l'aise avec ceux qui en faisaient toujours partie. Elle choisit donc un siège au fond de la salle, et ne resta que le temps d'écouter le secrétaire de la Galileo Society raconter les circonstances insolites qui avaient accompagné la redécouverte du volume de Goethe. Quand l'homme laissa sa place à l'expert qui allait présenter l'œuvre dans le détail, Sofia se leva et sortit discrètement.

Elle attendit quelques minutes sur la terrasse, le vent frais soulevait ses longs cheveux et faisait frémir le bas de sa robe. Elle descendit lentement les marches qui reliaient la villa à la petite ruelle qu'elle surplombait, en regardant autour d'elle, avide de détails. Ce n'était pas la première fois qu'elle participait à ce genre d'événements, mais beaucoup de temps était passé depuis. D'ailleurs, c'était un des rares soirs où elle s'était décidée à sortir seule. Ces derniers temps, elle ne se sentait pas sûre d'elle, comme si ses convictions étaient faites de cristal, tellement fragiles qu'elles se briseraient à la moindre secousse.

Elle se promena dans le jardin de la villa en repensant aux *Affinités électives* de Goethe : l'amour emporte tout sur son passage. Le jugement et la rationalité ne sont que des obstacles sur son chemin. Elle se demanda avec une pointe d'amertume s'il avait jamais existé un amour capable de ne se nourrir que de lui-même.

L'air de la nuit était tiède, l'automne faisait son timide. Aussi les fleurs continuaient-elles à fleurir comme si de rien n'était, dans ce qui ressemblait à un étrange printemps. C'était un temps suspendu, une sorte de parenthèse entre un avant et un après qui n'avaient pas réussi à tomber d'accord.

La villa où la Galileo Society avait organisé l'événement était une des plus anciennes de Rome, et des plus belles. L'obscurité n'empêcha pas Sofia de reconnaître tout près de là les ruines de ce qui avait dû être une tour. Le jardin était entouré d'un portique superbement conservé. Derrière un muret, les parterres exprimaient la vision de l'espace de celui qui l'avait dessiné. C'était un homme, ou une femme, qui aimait l'ordre, pensa-t-elle. Et qui avait transmis cet amour à tout ce qui l'entourait, nature comprise. Pourtant, tout cela dégageait une sensation de paix. Et elle aimait la paix. Ça aussi, c'était un temps suspendu, un moment pour se reposer. Sans avoir à faire quoi que ce soit contre son gré, sans avoir à être quelqu'un d'autre.

À quelques mètres de l'entrée principale, elle trouva un agent de sécurité.

— Pourriez-vous m'appeler un taxi ?

— Bien sûr, madame.

Sofia patienta en silence, le regard perdu dans la nuit.

— Il sera là dans vingt minutes, si vous voulez attendre dans le jardin, je vous ferai signe quand il arrivera.

— Merci.

Elle suivit les indications du jeune homme. Sur les bancs de pierre alignés sous des réverbères, des invités profitaient de la douceur de la soirée. Sofia fit quelques pas de plus, à la recherche d'un lieu plus discret. Une immense fatigue appesantissait ses pas et son esprit.

Elle choisit un petit banc en fer forgé et posa sa tête sur le dossier, en se laissant aller à un long soupir. Elle ferma les yeux un instant. Quand elle les rouvrit, par-delà la cime des arbres, la nuit était comme du velours sur lequel scintillaient les étoiles.

— Rien ne vous fait sentir aussi petit et seul que l'immensité du ciel.

Elle se redressa d'un coup, cherchant à distinguer entre les feuillages d'où venait la voix.

— Je suis là. À votre droite.

Sofia vit un homme grand et très élégant appuyé contre une colonne. Il devait être là avant, mais elle ne l'avait pas vu. Il n'avait pas bougé, il la regardait d'un air doux. Elle se détendit, et tourna à nouveau son regard vers le ciel.

— Ça dépend.

Il s'approcha, sortant de l'ombre.

— De quoi ?

— De celui qui regarde.

— Intéressant, répondit l'inconnu qui marqua une pause avant de poursuivre : Je peux vous demander ce que vous y voyez ?

Elle fut étonnée de la facilité avec laquelle la réponse se présenta à elle :

— La paix.

Mais était-ce bien ce qui lui manquait ? se demanda-t-elle avant de reprendre :

— Je crois que je vous dois des excuses pour vous avoir dérangé. J'étais perdue dans mes pensées, je ne vous avais pas vu.

Il sembla surpris.

— Vous n'avez pas à vous excuser. Si je n'avais rien dit, nous aurions eu tous les deux ce que nous cherchions. Moi, la solitude, et vous, la paix. Et nous n'aurions pas eu cette conversation. Ce qui, je trouve, aurait été dommage.

Sofia, troublée, se tut un instant. Ce que l'homme venait de lui dire n'était pas vraiment un compliment, pourtant, cela lui fit plaisir.

— Vous êtes quelqu'un de très doux.

Il y eut un silence, puis l'homme prit une longue inspiration.

— Vraiment ? J'aimerais bien savoir ce qui vous permet de dire ça. Combien de phrases avons-nous échangées ? Cinq ? Six ? Je ne pense pas que cela soit suffisant pour tirer une telle conclusion.

Oh que si, c'était bien suffisant ! Sofia se leva. Elle voyait le superbe escalier de l'entrée de la villa, si bien éclairé qu'on se serait cru en plein jour. Les invités avaient décidé de sortir se promener sur la terrasse. En contrebas, l'eau de la piscine était comme un miroir dans lequel tremblaient les lumières. Elle lança un regard à l'inconnu. Certains moments sont précieux parce qu'ils durent le temps d'un battement de cils.

Elle l'observa. Il était comme sa voix. Les pommettes hautes, les lèvres pleines. Une barbe naissante qui adoucissait la dureté de ce visage anguleux, plus intéressant que beau. Ou bien, peut-être, était-ce sa réaction soudaine qui avait éveillé son intérêt. Il n'aimait pas être défini comme quelqu'un de doux, ou plutôt, il n'aimait sans doute pas être jugé, un point c'est tout. Ce qui laissait supposer beaucoup de choses. Mais cet homme l'avait fait sourire. Chose qui lui arrivait rarement ces derniers temps. Elle décida qu'il méritait au moins une réponse.

— Ce n'est pas seulement ce qu'on dit qui est important. La façon de le dire est encore plus révélatrice. Il suffit de savoir écouter. Je vous remercie à nouveau. Bonne soirée.

Elle n'attendit pas sa réponse et se dirigea vers la sortie ; son taxi devait être arrivé.

— Bonsoir, dit-elle au chauffeur en s'asseyant, Piazza di Spagna, s'il vous plaît.

Elle n'avait pas envie de rentrer tout de suite. La place n'était pas très loin de chez elle et, à cette heure-là, Rome était d'une beauté saisissante ; elle marcherait un peu. La voiture démarra et elle repensa au livre, aux émotions qu'elle avait éprouvées en le regardant. Elle y avait déjà réfléchi des milliers de fois, pourtant, les yeux tournés vers l'obscurité, elle se demandait encore ce qui l'avait poussée à renoncer à une vie qu'elle aimait, à son travail de bibliothécaire pour lequel elle avait tant étudié.

Les livres l'avaient toujours fascinée. Ils étaient une possibilité, de nouvelles occasions. Ils étaient des réponses. En prendre soin, les offrir à ceux qui les cherchaient, c'était bien plus qu'un simple métier. Pour elle, c'était une vocation. Elle n'aurait pas dû l'étouffer.

Quand elle rentra chez elle, le silence régnait dans l'appartement. Pas de trace d'Alberto, son mari. Elle prit une douche puis sortit sur la terrasse. L'air de la nuit la fit frissonner, mais elle décida de rester encore un peu dehors. Assise sur une chaise, les genoux remontés sur sa poitrine, elle laissait son esprit battre la campagne. Ça ne pouvait pas continuer comme ça, elle devait prendre une décision. Les pensées défilaient dans sa tête à toute vitesse, chacune lui offrant une nouvelle solution. Au bout d'un moment, la lumière s'alluma derrière elle, mais elle ne se retourna pas, ne bougea pas d'un millimètre.

Il était là, elle sentait sa présence.

— Tu as passé une bonne soirée ?

Elle acquiesça :

— Oui, merci, et toi ?

Quel échange banal, vide, absurde ! C'était son mari, elle avait passé des heures, des jours, des mois et, enfin, des années auprès de lui ; ils avaient partagé leurs pensées, leurs éclats de rire et, à présent, ils étaient quasiment comme deux étrangers.

— Oui, c'était pas mal. Marcello et les autres te passent le bonjour.

— Merci.

Elle eut l'impression qu'il voulait ajouter quelque chose, mais quand elle l'entendit s'éloigner elle ferma les yeux.

— Je vais me coucher.

Elle ne répondit pas. Elle continuait à regarder la nuit.

Le lendemain, en rentrant de son footing matinal, elle trouva la valise de son mari dans l'entrée.

— Tu t'en vas ?

Sa voix trahissait un soulagement, et comme un espoir. Elle avait besoin de réfléchir. Elle voulait rester seule. Il était devenu une difficulté, un malaise constant. On aurait dit qu'ils se considéraient l'un l'autre comme des adversaires, s'étudiant mutuellement non pour se retrouver, mais pour découvrir de nouvelles façons de s'opposer, de se faire du mal. C'était clair, c'était tellement flagrant que tout la poussait à lui dire que c'était fini entre eux. Mais quand elle essaya de le faire, elle n'en trouva pas le courage. Alors elle se retourna, accablée par sa propre lâcheté. Puis elle regarda à nouveau la valise. Bientôt, pensa-t-elle, bientôt. Ce voyage, c'était une trêve, un répit, le temps dont elle avait besoin pour prendre cette décision qu'elle repoussait depuis trop longtemps.

— Je t'en ai parlé la semaine dernière. L'acquisition dans le quartier Posillipo, à Naples. Il risque d'y avoir des avenants au contrat, je dois vérifier ce qui est possible ou pas.

Non, il ne lui avait pas parlé d'un voyage imminent.

— Tu as peut-être oublié.

Il se figea. Soudain, son visage s'était transformé.

— C'est toi qui as besoin de prendre des cachets pour tout et n'importe quoi, pas moi.

Elle ne lui répondit pas, se limitant à déposer ses clés sur la table. Elle se demanda ce qu'il était arrivé à l'homme qui la réveillait en chantant, qui était capable de voir la beauté en toute chose. Que je suis bête ! pensa-t-elle. Il avait tout simplement été remplacé par cet étranger qui faisait peser sur elle toutes les responsabilités, la critiquait sans cesse, n'était jamais content d'elle. Qui choisissait avec soin chaque mot afin de la blesser le plus profondément possible. Il n'y avait qu'une question à se poser : combien de temps le lui permettrait-elle encore ?

— Je vais prendre une douche.

Elle ne s'attarda pas pour écouter ce que lui disait son mari. Elle se déshabilla et jeta ses sous-vêtements dans la panière à linge sale, d'un geste plein de rage. Quand elle sortit de la salle de bains, il avait disparu.

Je t'appellerai de l'aéroport.

Le billet était posé sur la table. Elle le roula en boule, et le jeta à la poubelle. Elle prit son petit déjeuner, plongée dans une sorte de torpeur. C'était une sensation si familière, dernièrement, qu'elle se demanda si elle en sortirait jamais. C'était comme si quelque chose pesait sur son esprit, qui, de fait, l'empêchait de voir plus loin que la tasse de café qu'elle tenait entre les mains. Elle la posa et sortit sur la terrasse.

C'était son endroit préféré chez elle. Il y avait du soleil, le ciel et de l'air. Quand elle avait la sensation de ne plus pouvoir respirer, elle trouvait refuge parmi ses plantes, jusqu'à ce que cette douleur dans sa gorge disparaisse, emportant ses larmes avec elle.

Elle commença par arroser les pots les plus grands, avant de passer aux plus petits.

— Tiens, Sofia, bonjour !

Elle leva la tête.

— Joice, excuse-moi, je ne t'avais pas vue.

Sa voisine lui fit un signe de la main. Elle avait quelques années de plus qu'elle, un regard doux et un goût démesuré pour les gâteaux. De son père japonais, elle avait hérité les traits orientaux et un port de tête altier. De sa mère, une passion pour la cuisine et un accent romain à couper au couteau. Leurs deux terrasses n'étaient séparées que par une treille de bois.

— Tu veux une part de tarte ?

Elle fut d'abord tentée de refuser, mais devant le visage suppliant de la femme, elle fut incapable de dire non.

— C'est ta faute si je ne rentre plus dans mes vêtements.

Elle ferma le robinet et s'essuya les doigts. Joice haussa les épaules et répliqua :

— Je tuerais pour avoir ta silhouette.

Alberto n'était pas de cet avis. Il la regardait, puis se permettait un commentaire accompagné d'un geste : « Tu devrais vraiment perdre du poids. » Sofia n'avait aucun kilo en trop, elle en était bien consciente, mais cela n'apaisait pas sa peine. Pas entièrement, en tout cas. Se sentir jugée était douloureux, quoi qu'il en soit.

Mais une chose la brûlait plus que tout : son besoin instinctif de le satisfaire. Longtemps, elle avait essayé. Ah ça, oui, elle avait essayé ! Cela ne faisait pas longtemps qu'elle avait jeté l'éponge. Dans un éclair de lucidité impitoyable, elle avait compris que rien ne serait jamais assez bien pour lui, que ses efforts ne serviraient à rien. C'est alors qu'elle avait commencé à se détacher de cette espèce de dépendance affective qui l'entravait. Mais si elle commençait à comprendre que ce n'était pas de l'amour, elle devait trouver le courage d'aborder certaines choses : l'habitude, la peur de l'inconnu, la reconnaissance de ses erreurs.

Elle se faufila à côté de la treille de bois que la gigantesque glycine de Joice n'avait pas encore totalement colonisée.

— Tu veux un café ? On dirait que tu en as bien besoin.

Elle secoua la tête.

— En fait, ce dont j'aurais besoin, c'est de courage. Tu en as un peu ?

Joice prit son temps avant de répondre :

— Ton problème, Sofia, c'est que tu réfléchis trop. Si quelque chose ne marche pas, ça ne sert à rien d'insister.

Elle passa sa main dans ses cheveux, les ramenant en arrière.

— C'est difficile d'accepter l'idée qu'on s'est trompé. J'ai trente-deux ans, Joice. Je devrais savoir tout ça, tu ne crois pas ?

— Pourquoi ? La perfection n'existe pas, tu sais ? On fait tous des erreurs, dans différentes proportions. Puis on tombe, et on se relève. Tu sais, il y a un autre truc auquel les Européens ne pensent jamais. (Sans attendre que Sofia lui demande de s'expliquer, elle lui tendit une part de tarte et enchaîna :) Certaines choses arrivent parce qu'il n'aurait pas pu en être autrement. On ne pose pas le toit d'une maison avant d'avoir construit ses murs. Il y a des étapes à respecter.

C'était une drôle de façon de voir la vie. Accepter tout ce qui arrivait en s'efforçant de tenir bon, quoi qu'il arrive. Pouvait-on réellement vivre comme ça ?

— Je suis fatiguée.

Joice effleura sa main.

— Tu dois remplir tes journées de jolies choses, des choses qui te rendent heureuse. Qu'est-ce que tu attends de la vie, Sofia ? La voilà, la question.

Elle avait raison, c'était ça le plus important. Elle resta encore un peu sur la terrasse, puis laissa son amie la serrer dans ses bras et rentra chez elle.

Elle était en train de se changer quand le téléphone fixe sonna.

— Allô ?

— Bonjour, *Liebling*, comment ça va ?

— Papy ? Ça me fait plaisir que tu appelles.

Elle le pensait vraiment : elle était toujours heureuse d'entendre la voix de Maxim. Et si elle allait le voir ? Oui, c'était une excellente idée.

— Je passe vous chercher, toi et mamie, et on va déjeuner ensemble. Ça vous dit ?

— Je suis à Munich. Tu crois que tu pourras être là pour midi ?

Elle écarquilla les yeux. Ses grands-parents avaient plus de quatre-vingts ans. Ils voyageaient rarement, et, même si Maxim en était originaire, il n'était pas retourné à Munich depuis des années.

— Qu'est-ce que vous faites à Munich ? Maman ne m'a rien dit.

Elle n'avait pas parlé tout dernièrement avec ses parents, mais elle était certaine que, s'ils l'avaient su, ils le lui auraient dit. Elle entretenait avec eux un rapport compliqué : toute leur vie, leur travail les avait menés loin de la maison, où elle était souvent restée seule et, cela faisait quelques années qu'ils vivaient en France où sa mère était née. Mais heureusement, ses grands-parents étaient toujours près d'elle.

— Adèle ne le sait pas, ne lui dis pas, s'il te plaît. Elle en parlerait à Peter, et tu sais comment est ton père. J'ai quelques affaires à régler. Si Dieu le veut, je serai rentré avant qu'il ne se rende compte de notre départ.

Elle doutait fortement qu'il parvienne à cacher cela à ses parents. Et, en même temps, avec Maxim et Therese Bauer, tout était possible.

— Tu devrais leur dire de se mêler de leurs affaires.

— Ce n'est pas si facile. Un jour, tu auras des enfants, *Liebling*. Et alors, tu comprendras combien ils peuvent être pénibles, mais tu t'apercevras aussi que, sans eux, la vie n'a pas de sens. Néanmoins, s'il te plaît, ne leur dis rien. Ta grand-mère et moi, on va peut-être aller les voir à l'improviste au retour. Une surprise, quoi ! Ça fait longtemps qu'on n'est pas allés en France.

Sofia imagina la tête de ses parents en découvrant Maxim et Therese devant leur porte, et étouffa un petit rire.

— Je ne dirai rien, promis. Vous rentrez quand ?

Il soupira et toussota.

— Eh bien, ça dépend. Est-ce que tu pourrais passer chez moi, et t'occuper de mes petites ? Tu as toujours les clés, hein ?

Bien sûr qu'elle les avait encore. Ce n'était pas la première fois qu'elle s'occupait des orchidées de Maxim, même si ce n'était pas arrivé depuis longtemps.

— Naturellement.

— Ah… Mamie voudrait savoir si tu as besoin de quelque chose, si tu as mangé, si tu vas bien.

Elle sourit. Ça, c'était Therese tout craché : lui poser toutes ces questions en même temps.

— Dis-lui que tout va bien.

— Merci, ma chérie, passe le bonjour à Alberto.

— Entendu, papy. Je n'y manquerai pas.

Un silence lourd de questions non formulées s'abattit sur eux. Comme si chacun attendait que l'autre se mette à parler.

— Tout va bien entre vous, hein ?

Elle avait oublié combien son grand-père pouvait être perspicace.

— Oui, oui, ne t'inquiète pas, répondit-elle rapidement, en espérant que Maxim ne remarquerait pas son trouble.

Il soupira encore.

— *Liebling*, tu n'as jamais su mentir.

Sofia sentit les larmes lui monter aux yeux. Depuis combien de temps n'avait-elle pas vu ses grands-parents ? Une vague d'amour et de honte lui serra la gorge.

— Ne t'en fais pas pour ça, je trouverai une solution.

— Tu te souviens de ce que je t'ai dit le matin de ton mariage ?

— Que j'avais encore le temps de changer d'avis et que tu m'aurais toi-même fait monter dans un avion à destination de Bali en cas de besoin.

Maxim avait été le seul à lire en elle comme dans un livre ouvert, et à deviner sa peur cachée derrière les sourires et les flots de paroles.

Il rit doucement.

— Non, l'autre chose. Ce que je t'ai dit sur l'amour. Tu t'en souviens ?

Évidemment, qu'elle s'en souvenait ! Soudain, les mots remontaient du fond de sa mémoire, où ils étaient enfouis sous une épaisse couche d'oubli. Les phrases se recomposaient dans son esprit et l'emplissaient d'émotion. Elle était incapable de répondre et plaça sa main devant sa bouche.

Il s'éclaircit la voix :

— De quoi sommes-nous nés ?

Maxim attendit un instant, puis commença à réciter :

— De l'amour, *Liebling*. Et comment serions-nous perdus ? Sans amour. Qu'est-ce qui nous aide à nous dépasser ? L'amour. Comment peut-on trouver l'amour ? Avec amour. Qu'est-ce qui fait cesser nos pleurs ? L'amour. Qu'est-ce qui peut nous unir pour toujours ? L'amour. Sans amour nous ne sommes rien, reprit-il après une pause, ne l'oublie pas et tout ira pour le mieux.

Elle s'efforça de retrouver sa voix.

— Je t'aime.

— Moi aussi, *Liebling*, moi aussi.

2

« L'amour, croyait-elle, devait arriver tout à coup,
avec de grands éclats et des fulgurations – ouragan des cieux
qui tombe sur la vie, la bouleverse, arrache les volontés
comme les feuilles et emporte à l'abîme le cœur entier. »

Gustave FLAUBERT, *Madame Bovary*

Les lions la fixaient la gueule grande ouverte, l'air menaçant. Sofia prit le temps de les observer tandis que les souvenirs de son enfance se bousculaient en elle. Ces gargouilles, que Gino Coppedè avait fait installer sur les murs de certains immeubles du quartier de Rome qui portait son nom, lui avaient toujours plu.

Les mains enfoncées dans les poches, elle songeait à ce moment poignant où l'architecte avait imaginé ces formes asymétriques, leur donnant une beauté si déconcertante. C'était de la magie à l'état pur. C'était voir la statue dans la pierre, apercevoir la mélodie dans les notes, l'émotion dans les mots qu'il faut encore écrire.

Elle regarda le ciel qui tirait vers la nuit et décida de hâter le pas. En traversant la rue en direction de l'immeuble où habitaient ses grands-parents, elle s'assombrit. Elle avait parlé brièvement avec son mari ; Alberto lui avait dit de choisir une ville où elle aimerait aller, et, à son retour, ils prendraient quelques jours de vacances pour être ensemble, tous les deux.

— On n'a pas besoin de vacances, on a besoin de parler.

Il avait fait comme s'il n'avait pas entendu, et s'était lancé dans le récit de sa réunion, qui avait été un succès.

— Tout peut encore s'arranger.

Ça, elle en doutait.

— Ce n'est pas si simple, Alberto. Tu vois bien qu'on n'est plus heureux ensemble.

— Il faut qu'on fasse des efforts.

Des efforts ? Bien sûr qu'il fallait faire des efforts, mais un mariage ne reposait pas uniquement là-dessus. Ça faisait trop longtemps qu'elle se sentait seule. Et trop longtemps qu'entre eux il n'y avait plus d'amour. De ce qui aurait dû être union, partage, complicité, il ne restait plus qu'un ensemble d'automatismes routiniers. Alberto et elle étaient à présent comme deux lignes parallèles qui avançaient l'une à côté de l'autre, sans jamais se rencontrer.

— Arrête, ça suffit, j'en ai marre d'écouter tes solutions bancales.

Elle ne lui avait pas permis d'ajouter un mot de plus. Elle avait raccroché et n'avait répondu à aucun de ses appels ultérieurs.

Elle pénétra dans l'immeuble et salua le concierge qui venait à sa rencontre.

— Ça fait longtemps qu'on ne vous a pas vue par ici, mademoiselle.

— Comment allez-vous, Felipe ?

— Bien, mademoiselle, je vous remercie. Vous êtes de plus en plus belle. Vous me rappelez beaucoup votre grand-mère.

Elle sourit, à la fois gênée et surprise de l'admiration qu'elle lisait dans son regard. Elle gravit les marches de l'escalier de marbre, sa main effleurant la rampe. Que cette maison lui avait manqué !

Elle en connaissait tous les recoins, elle savait aussi, par exemple, que, le matin, le soleil illuminait un point précis du carrelage du salon et que, en s'y allongeant, on pouvait admirer toutes les constellations peintes sur la fresque du plafond. Elle repensa aux parties d'échecs disputées avec sa grand-mère, aux fois où Maxim préparait de la *Kürbissuppe*, répandant un doux parfum de courge dans toute la maison. Elle repensa aux longues discussions dans la bibliothèque, devant la cheminée allumée, à jouer aux « mots difficiles ». Son grand-père devait toujours insister pour la convaincre, mais, une fois le jeu commencé, elle aurait pu continuer pendant des heures. Elle sentit sa gorge se nouer.

Avait-elle été trop occupée à courir après sa nouvelle vie pour ne pas trouver un peu de temps à passer avec Maxim et Therese ?

Elle attendit un peu devant la porte avant de tourner la clé, d'entrer et de poser sa veste. Elle parcourut le couloir, nerveuse encore, effleurant du bout des doigts les pots de porcelaine que seule Therese avait le droit d'épousseter, les tableaux abstraits qu'elle ne comprenait toujours pas, étudiant son propre reflet dans les grands miroirs fixés aux murs, la passion de sa grand-mère.

Son préféré allait du sol au plafond.

Sa surface, encadrée de fioritures et de volutes d'argent massif, avait tant subi les outrages du temps que seul son visage pouvait s'y refléter. Un ovale pâle aux traits délicats, les yeux plus verts que bleus, de longs cheveux blonds attachés en queue-de-cheval. Felipe avait raison, elle ressemblait plus à Therese qu'à Adèle. Et pas seulement physiquement. Sa mère n'aurait jamais laissé quiconque se mettre en travers de sa route. Ses parents s'aimaient très fort, ils partageaient les mêmes idées concernant la vie. Le reste était un ensemble de bons compromis. Quand elle avait rencontré Alberto, Sofia avait cru que, elle aussi, elle pourrait vivre de cette façon.

Elle sortit sur la terrasse, l'endroit qu'elle préférait dans cet appartement, juste après la bibliothèque.

Le soir était tombé d'un coup, et la lumière dorée des immeubles adoucissait les angles et les arcades. Même le lion sur la façade de l'entrée ne semblait plus si menaçant. Elle laissa son regard errer parmi les branches de l'olivier et du bougainvillier.

Le chant hypnotique de l'eau qui jaillissait et retombait dans la fontaine des Grenouilles au centre de la place attira son attention. Ici, à Coppedè, tout était singulier. Partout ailleurs, c'était la symétrie qui définissait le style et la beauté, tout le contraire de ces immeubles. Une pure expression de créativité et de folie. Elle y avait passé les plus beaux jours de sa vie. Elle aimait cet endroit, elle faisait partie de lui. De sa lumière, de son espace, et même de l'obscurité qui y régnait parfois. Les souvenirs lui revenaient, et elle se laissa emporter comme c'était le cas chaque fois qu'elle lâchait prise. Elle s'accorda un autre coup d'œil, au ciel, cette fois ; de sombre, il était devenu d'un noir profond, comme les eaux du Tibre.

Je vais rentrer, pensa-t-elle. Pourtant, elle prit son temps.

Elle pénétra dans la serre que Maxim avait aménagée dans un coin de la terrasse, et se laissa envelopper par la chaleur humide et le parfum des fleurs. Elle inspecta chaque plante en la gratifiant d'un petit mot, tout en caressant ses feuilles ; elle arrachait les mauvaises herbes quand elle en trouvait. Cet endroit était comme une petite oasis de verdure au cœur de la ville. Les pétales arboraient des couleurs si vives qu'ils lui arrachaient des exclamations d'admiration. Elle jeta un œil au thermostat et s'assura qu'il y avait assez d'eau dans le vaporisateur. Tout était parfaitement réglé. Pourquoi papy m'a-t-il demandé de venir ici ? Ce n'était pas nécessaire.

Une fois dans la bibliothèque, elle inspira à pleins poumons le parfum des vieux papiers, des reliures en cuir. Une odeur qui lui faisait toujours du bien. Une odeur qui l'avait poussée à prendre de grandes décisions, autrefois. Elle ouvrit un vieil exemplaire de *Madame Bovary*, de Flaubert, et détailla son frontispice, imprimé avec soin, mais aussi avec une grande sobriété. Titre, auteur, éditeur. Elle effleura du bout des doigts le vieux papier jauni par le temps, par l'usure. Le livre n'était pas intact, ses propriétaires y avaient laissé leurs traces. De petits plis, mais aussi des billets, des fleurs séchées. C'était autant de messages.

Sofia se perdait à l'intérieur de l'histoire et le temps semblait se dilater à l'infini. Des questions commencèrent à prendre forme dans son esprit tandis que son doigt suivait le contour des gravures. Soudain, elle fut comme emportée dans une dimension où elle était seule avec le livre qu'elle tenait entre ses mains. L'auteur de l'œuvre était facile à identifier, il suffisait de lire lc nom et le titre, mais qui l'avait relié ? Qui avait choisi ce tissu, ce cuir, les ornements à créer pour lui rendre justice ? Et pourquoi ces couleurs-là ? Les poinçons, les décorations ? Elle se laissa submerger par les histoires qu'elle découvrait.

Tout à coup, elle sortit de sa rêverie, comme secouée par une sorte d'automatisme, un mécanisme qui s'était mis en place au cours des années durant lesquelles sa passion des livres était devenue l'objet de ses études et même son travail. Ça ne s'était pas produit depuis longtemps. Elle s'étonna de l'intensité de ses émotions, et du plaisir qu'elle en avait retiré. Cela devait faire une éternité que quelque chose ne l'avait pas intéressée à ce point.

Dans son appartement moderne, il n'y avait pas de place pour les vieux livres, aussi avait-elle dû les faire expédier chez ses parents. Ses nouvelles obligations familiales l'avaient tenue loin de sa passion. Mais pas tout de suite, non. Elle était à peu près sûre que si quelqu'un, même Alberto, lui avait imposé de renoncer à son travail et à ces diverses passions, elle s'y serait refusée. Mais, de cette façon, un peu plus chaque jour, un pas après l'autre, c'était elle qui avait fait ses choix, en faisant une croix sur un ensemble de petites choses. Les repas de famille, les anniversaires, les réunions auxquelles ils n'avaient pas pu participer parce qu'il y avait toujours quelque chose de plus important à faire. Comme fréquenter de nouvelles personnes, avec lesquelles son mari aussi se sentait à l'aise. Puis il était devenu de plus en plus nerveux, plus exigeant. Et même son travail de bibliothécaire était devenu un problème. Les horaires de l'une qui ne correspondaient pas à ceux de l'autre, les reproches incessants : « On pourrait très bien vivre sur mon seul salaire, l'important, c'est qu'on soit ensemble. »

Pourtant, elle n'avait pas déposé les armes immédiatement. Elle avait insisté. Mais, devant les longs silences d'Alberto, ses commentaires acides, ses jugements à l'emporte-pièce sur les gens qui comptaient pour elle, elle avait décidé qu'il valait peut-être mieux laisser tomber. Elle s'était adaptée. Les livres, l'art, la musique, tout ce qu'elle était la seule à aimer était passé au second plan. Jusqu'à ce qu'elle finisse par abandonner tout ce qui ne le concernait pas, et que son mari devienne le centre de sa vie. Elle s'était mariée jeune, renonçant à trop de choses au cours de leurs cinq années de mariage. Mais ça non plus, ça n'avait pas suffi.

Elle rangea le livre et passa à la cuisine. Après avoir passé une éponge sur le plan de travail de bois et de granit, elle se prépara un thé, qu'elle but à petites gorgées, assise sur l'un des canapés de velours du salon.

Elle avait besoin de temps pour réfléchir. Et besoin de solitude. Elle pensa à l'inconnu qu'elle avait rencontré la veille au soir. La solitude aussi, en fin de compte, pouvait se révéler positive. Elle comprit à cet instant précis que, pour elle, c'était l'idéal. Elle aurait de l'espace, la possibilité de prendre de la distance et de se voir comme Sofia Bauer, et non plus comme la femme d'Alberto De Santis.

Elle continua à savourer son thé. Quand elle eut terminé, elle se leva, rinça la tasse, la rangea, enfila sa veste et quitta l'appartement de ses grands-parents.

L'air tiède charriait le doux parfum des dernières fleurs de la saison. Elle prit le temps de respirer, ralentit le pas, échangea des regards avec des inconnus et rendit les sourires qu'on lui adressait au lieu de filer tout droit comme elle le faisait en temps normal.

Elle dépassa un groupe de touristes qui admiraient le château de l'Araignée, et traversa la rue en regardant autour d'elle. Soudain, elle s'arrêta, perplexe, les yeux rivés sur une lumière diffuse au fond de la rue sur la droite. Un souvenir furtif lui revint en mémoire. Elle connaissait ce magasin. C'était une librairie. Ou plutôt, c'était une librairie *autrefois*.

Quand l'avait-on rouverte ?

Elle prit cette direction presque instinctivement, poussée par une sorte d'urgence. Une réaction qui la surprit, mais qu'elle comprit aussitôt. Le plaisir qu'elle avait éprouvé était lié aux souvenirs. C'était ce qu'il lui restait des après-midi insouciants de son enfance, du temps où elle était heureuse. Elle s'arrêta devant la porte du magasin. Il y avait encore une vieille enseigne sur laquelle on pouvait lire, en lettres sculptées dans le bois : LIVRES, ATLAS, CARTES GÉOGRAPHIQUES, ANTIQUITÉS VINCI ET FILS. Au-dessous, deux vitrines de part et d'autre de l'entrée. Devant la plus petite, un guéridon recouvert de pots de fleurs et d'herbes aromatiques. Autrefois, sur la paroi externe, se trouvaient des étagères à présent disparues. Les cubes de bois posés devant l'entrée, qui contenait les livres d'occasion, avaient disparu eux aussi. Avant, c'était là que l'on trouvait les éditions les plus intéressantes et les moins chères.

Quand elle ouvrit la porte, Sofia fut accueillie par le tintement des clochettes de l'entrée.

Scrutant la pièce, elle découvrit un homme derrière le comptoir. Il n'avait pas bougé. Comment avait-il pu ne pas entendre les clochettes ? C'était un vieux monsieur, vêtu de façon formelle, penché sur un livre, les coudes appuyés sur la table, une main soutenant son visage. Ses doigts semblaient caresser les pages qu'il tournait lentement, l'une après l'autre.

Il n'était pas sourd, il était simplement dans une autre dimension. Sofia se demanda ce qu'il était en train de lire. Il semblait totalement absorbé. Elle sourit : elle connaissait ce genre de transport. Elle décida donc d'attendre, amusée.

Il lui fallut un peu de temps pour quitter son livre des yeux, et la chercher du regard, de derrière ses lunettes.

— Oh, excusez-moi, mademoiselle, je ne vous ai pas entendue entrer.

Sofia regarda ce visage sur lequel le temps avait creusé de profonds sillons, le faisant ressembler à une de ces cartes qui faisaient autrefois la renommée de cette librairie.

— Ce n'est pas grave.

Il referma le volume.

— En quoi puis-je vous être utile ?

— J'aimerais jeter un œil aux livres. Je peux ?

Le vieux monsieur sembla s'enthousiasmer.

— « *Je les interroge et ils me répondent, et pour moi ils parlent ils chantent… certains éloignent les soucis et rendent le sourire... d'autres m'apprennent à me connaître.* » (Il sourit :) Pardonnez-moi, de temps en temps, je me laisse emporter. Bien sûr que vous pouvez regarder mes livres, et si ensuite vous voulez en acheter un, ce sera encore mieux.

Elle lui rendit son sourire :

— J'avais oublié cette lettre de Pétrarque sur la lecture, merci de me l'avoir rappelée. Elle est vraiment magnifique, n'est-ce pas ?

Sofia fut surprise de constater qu'il lui restait certaines réminiscences de ses études. Elles étaient encore là, tapies dans les méandres de son cerveau.

— Oh oui, je dirais même qu'elle est réconfortante. N'êtes-vous pas de cet avis ?

— J'aime cette définition, *réconfortante*. Je venais ici quand j'étais petite. Je croyais que le magasin était fermé depuis longtemps.

— Vous avez raison. Il appartenait à mon père. Il s'appelait Andrea Vinci. Comme moi. Vous êtes trop jeune pour l'avoir connu, cependant. Ce sont mes cousins qui l'ont gardé ouvert un temps, après son décès. Moi, je suis rentré en Italie depuis peu.

Voilà donc d'où venait son accent, pensa Sofia.

— Espagne ?

Le libraire sourit :

— Un peu plus loin. Chili.

Il se leva en s'appuyant sur le comptoir en bois brillant. Des étagères anciennes se dressaient sur le mur derrière lui.

— Il faudrait que je donne un coup de jeune à cet endroit, dit-il après avoir étudié longuement les lieux, l'air désolé.

Sofia suivit son regard et eut l'impression qu'elle devait dire quelque chose.

— Non, pourquoi ? Cet endroit est très beau comme ça.

Elle leva les yeux vers le haut plafond d'où pendaient de vieux lustres en fer forgé. Les parois recouvertes d'étagères, les livres de toutes formes et épaisseurs, avec leurs dos en relief, les rouleaux, les cartes de géographie. De l'autre côté, il y avait des étagères en bois foncé par les ans, de longues tables et des fauteuils installés devant une cheminée. Et dans un coin, un lutrin. Elle effleura les touches d'une vieille machine à écrire ; à côté, il y avait un paquet de feuilles, et, sur le mur, des dizaines de petits billets écrits à la main, fixés à un panneau de liège par des punaises colorées.

C'est à ce moment-là que Sofia s'aperçut qu'il n'y avait ni ordinateur, ni imprimante, ni aucun autre appareil moderne d'habitude nécessaire pour gérer un magasin et s'en étonna :

— Vous n'avez pas de système informatique ?

— Et qu'est-ce que j'en ferais ?

Elle ne s'attendait pas à cette réponse, qui la laissa bouche bée. Elle rétorqua la première chose qui lui vint à l'esprit :

— Comment faites-vous pour savoir quels livres vous avez en magasin ?

— Les catalogues, répondit-il en lui montrant du doigt de nombreux volumes.

Ils étaient tous identiques, dos sombre, reliure simple. Il en prit un et l'ouvrit :

— Vous voyez ? Ici il y a le titre, l'auteur, le genre et son emplacement. Seulement, tout est écrit à la main. Mais ce qui compte vraiment, c'est la mémoire, ajouta-t-il en se touchant le front. Tout est là-dedans. Vous voyez là-haut, dit-il en montrant un rayon protégé par une vitre. Tout ça, ce sont des premières éditions. Les essais sont à votre droite, les livres de voyage et d'aventures occupent le mur derrière vous. Puis il y a les livres de cuisine et de beaux-arts. Les romans, eux, sont dans l'arrière-boutique, parce qu'il y a plus de place et quelques fauteuils dans lesquels les feuilleter tranquillement.

L'étonnement de Sofia ne faiblissait pas.

— Mais il y a des milliers d'exemplaires ! Comment faites-vous pour vous souvenir de l'emplacement de chaque titre ?

— Vous savez, toute nouveauté n'est pas forcément un progrès, murmura le libraire. Manzoni le disait déjà en son temps. Je me demande bien ce qu'il dirait aujourd'hui, précisa-t-il avec un sourire en coin, l'air un peu gêné. Pardonnez-moi si je me plonge dans le passé, nous sommes presque obligés, nous, les vieux, de chercher refuge dans ce que nous connaissons le mieux. La littérature, par exemple, est toujours un abri sûr. Il y a comme une nécessité instinctive de montrer notre érudition acquise grâce au temps que nous lui avons consacré. (Il sourit à nouveau, presque timidement :) Il faut qu'on mette toutes les chances de notre côté si on veut rester dans la course avec vous, les jeunes.

Il retournait sans cesse entre ses mains un livre à la couverture rouge, comme si c'était là une preuve de ce qu'il racontait à Sofia. Il devait être très vieux. Elle l'avait remarqué tout de suite en entrant, mais elle ne fit aucune remarque sur ce point.

— J'aimerais vous dire que je possède une mémoire prodigieuse, continua le libraire, mais ce n'est pas vrai. C'est un vieux système. On divise l'espace que l'on a à disposition et on le remplit en suivant un ordre bien précis. Le genre, par exemple, et puis l'auteur. Mes cousins ont utilisé l'ordre alphabétique de gauche à droite.

— Bien sûr, comme ça, tout a un sens. Mais je crois que ça ne suffit pas.

Le sourire de l'homme s'élargit, faisant apparaître de nouvelles rides autour de ses yeux. Il avait retiré ses lunettes qu'il s'était mis à nettoyer. Il bougeait lentement, le buste incliné en avant. Pourtant, son regard était brillant.

— Vous savez de quoi on ne manque jamais dans une librairie ?

Sofia savait que c'était une question rhétorique, elle le laissa donc aller au bout de son idée :

— De temps. Et quand bien même, en cas de pénurie, on n'a encore jamais vu de libraire qui ne soit pas capable d'en arracher à ses différentes occupations pour pouvoir lire. Alors, vous voyez, mademoiselle… Vous pouvez me répéter votre nom ?

Elle ne le lui avait pas dit.

— Sofia.

— Quel joli prénom, vraiment ! Donc je disais : il faut s'appliquer constamment. Les livres n'ont aucun secret pour ceux qui lisent tout le temps, pas même l'endroit où ils ont été rangés.

Elle n'avait aucun mal à le croire.

— Dites-moi, Sofia, vous cherchez quelque chose en particulier ? Peut-être un livre spécial ?

Pourquoi pas ? Même si elle doutait qu'il existât un manuel pour les cas comme le sien.

— Avez-vous des livres qui permettent de se retrouver soi-même ? demanda-t-elle d'un ton léger, comme si elle plaisantait.

Elle regretta aussitôt d'avoir été aussi superficielle. Qu'est-ce qui lui avait pris ? Elle allait s'excuser et sortir quand il lui indiqua un endroit derrière elle.

— Bien sûr. Il y a un livre pour chaque besoin dans la vie, vous l'ignoriez ?

Elle ne répondit pas, un peu parce qu'elle ne savait pas quoi dire, un peu parce qu'elle avait honte d'avoir laissé échapper ces quelques mots.

— « *Mais le cerveau de Sethe ne s'intéressait pas à l'avenir. Chargé de passé et affamé d'en savoir davantage, il ne ménageait aucune place pour imaginer, sans parler d'organiser, le lendemain.* »

Comment cet homme pouvait-il comprendre ce qu'elle ressentait ? Elle chercha son regard, troublée, et pleine de questions. Mais il ne prêtait pas attention à elle. Il gardait les yeux en l'air à la recherche de quelque chose sur la dernière étagère.

— Non, ce n'est pas *Beloved*, le livre qu'il vous faut. Même si les mots de Toni Morrison sont sans aucun doute pleins de sens. C'en est un autre. Voilà, *Home*, je suis sûr que ce sera parfait. C'est l'histoire d'un voyage de retour. Faire le chemin à l'envers est souvent la seule façon pour trouver le courage d'aller de l'avant. Car c'est la seule chose à faire. S'arrêter, c'est se condamner au désastre. (Il la regarda avec intensité et ajouta :) Comprenez-moi bien, vous ne trouverez pas les solutions que vous cherchez dans ce livre si elles ne sont pas déjà en vous. Les livres ont beau être formidables, et parfois capables de vous apporter des solutions, ma chère amie, ils ne sont jamais que des étincelles. Et pour que le feu prenne, il faut du bois, si vous voyez ce que je veux dire.

Sofia comprit parfaitement ce qui se cachait derrière ces mots un peu vagues.

— Vous n'avez pas l'habitude de tourner autour du pot, vous, n'est-ce pas ?

— C'est vrai, je suis trop vieux pour ça. Mais autrefois, je n'étais pas comme ça.

Comment pouvait-il être quand il était jeune ? Beau sans doute, pensa Sofia, car il l'était encore. Et fort, comme son regard.

— Vous me rappelez quelqu'un.

— Quelqu'un de bien, j'espère.

Sofia s'accorda le droit de lui offrir un grand sourire :

— Quelqu'un de merveilleux. D'ailleurs, tous les grands-pères ne le sont-ils pas ?

Le libraire acquiesça, les yeux brillants.

— Vous avez dit que vous fréquentiez cette librairie quand vous étiez enfant, vous habitez ici à Coppedè ?

Sofia secoua la tête.

— Non, mais mes grands-parents oui, justement. Maxim et Therese Bauer. Moi, j'ai toujours habité ailleurs dans Rome, mais c'est ici que j'ai mes plus beaux souvenirs.

— Vous avez… beaucoup de chance.

Sofia trouva curieux ce commentaire qui avait été prononcé après un long silence, mais elle décida de ne pas s'attarder sur ce détail.

— Excusez-moi, je vous fais perdre votre temps.

— Pas du tout, répondit-il, les yeux toujours rivés sur le livre qu'il tenait entre ses mains. Vous avez dit que vous étiez perdue… mais vous connaissez bien les livres, et leur pouvoir. Et vous m'avez l'air d'une jeune femme sensible, douce, cultivée. Comment cela a-t-il pu arriver ?

Un sourire amer se dessina sur les lèvres de Sofia.

— Comme ça arrive toujours, j'imagine ! Parce que j'ai ignoré délibérément ce dont j'avais besoin, parce que j'ai fait de mauvais choix, parce que j'ai renvoyé des choses au lendemain… (Elle s'interrompit, songeuse.) Après mes études, j'ai travaillé dans une bibliothèque. C'était ma spécialité. Puis je me suis mariée. Je n'étais pas souvent à la maison, comme mon mari. Nous avions l'impression de ne pas avoir assez de temps pour nous.

Il n'y avait pas grand-chose à ajouter, en fin de compte la question était plutôt simple. Elle reprit :

— C'est un livre ancien que vous avez là, n'est-ce pas ?

Le libraire leva la tête.

— Oui, début du dix-neuvième. Mais sa reliure est sérieusement abîmée. Je devrais le faire restaurer avant de le mettre en vente.

Sofia s'approcha et ouvrit la main :

— Je peux ?

— Bien sûr.

Mais il ne lui abandonna pas immédiatement l'ouvrage. Il lui fallut quelques secondes, comme s'il hésitait :

— C'est un livre de Christian Fohr. Le premier volume en allemand de son œuvre unique : *L'Éloge de la perfection*, qui est composé du *Discours sur la nature*, du *Discours sur l'homme* et du *Discours sur la pensée*. Aujourd'hui, on appellerait ça une trilogie. C'est la première édition sortie chez cet imprimeur.

Il lui tendit le volume. C'était extraordinaire : entre tous les livres, c'était justement celui-là, *Le Discours sur la nature*, que le libraire tenait entre ses mains, se dit Sofia. Elle aimait beaucoup Christian Fohr. Elle l'avait découvert presque par hasard quand elle rédigeait sa thèse sur les écrivains romantiques, et elle avait été émerveillée par la générosité avec laquelle il s'était livré. C'était son cœur, l'essence la plus précieuse de son âme, qu'il avait mis en prose. Et chacun de ses mots portait la trace de cette authenticité. Ainsi, en s'enfonçant dans son œuvre, elle avait eu la sensation qu'il était présent à côté d'elle, souriant, guidant ses pas vers ce raisonnement qui l'avait poussé à imaginer un monde idéal et idéalisé.

— Vous le connaissez ? Vous parlez allemand ?

La surprise sur le visage du libraire se transforma en un sourire.

— Oui, mon grand-père est originaire de ce pays, sa famille s'est installée à Rome quand il était enfant, et c'est lui qui m'a appris la langue.

Elle retourna le livre, le tenant fermement entre ses mains, scrutant les reliefs sur son dos, tandis que son cœur battait la chamade.

— Il est certes moins populaire que Goethe, mais tout aussi important, vous ne pensez pas ? Le portrait réaliste d'une époque et le regret amer de ce qui aurait dû être. Une utopie, le rêve d'un homme qui vole en éclats devant les contradictions d'une société qui change trop vite.

Son ton était professionnel, détaché, même si, intérieurement, elle frissonnait. Son attachement à Christian était de nature plus personnelle. Elle l'admirait. Cet homme avait été capable de s'offrir complètement à son lecteur et à la société impitoyable du dix-neuvième siècle, en dévoilant son âme, prenant ainsi le risque d'être condamné et moqué.

Le silence se fit entre le vieil homme et la jeune femme, chacun était plongé dans ses pensées.

— Vous avez dit que vous deviez le faire restaurer avant de le mettre en vente… Dites-moi combien vous en voulez, je le prends en l'état.

— Mais il est abîmé.

— Ne vous inquiétez pas, je le réparerai moi-même.

À présent qu'elle l'observait plus attentivement, elle se rendait compte que la couverture était une petite œuvre d'art. Le relieur avait fait un travail magnifique.

— Alors, combien ?

Le libraire sembla étonné, hésitant. Elle insista :

— J'imagine que c'est un des livres les plus précieux de votre catalogue. Allez, donnez-moi son prix.

L'homme haussa les épaules :

— Ce n'est pas ça… Vous avez vu dans quel état il est ?

Sofia sortit son portefeuille.

— Ça ne fait rien, il me plaît comme ça. Avec son histoire, malmené par la vie.

Elle ne lui dirait pas à quel point ce livre l'attirait. Elle avait une théorie : les livres trouvent leurs lecteurs au moment opportun. Mais elle n'avait pas envie de la partager avec qui que ce fût. Quant à la reliure, elle s'en chargerait elle-même. Bien sûr, des années étaient passées depuis la dernière fois qu'elle avait restauré un livre, mais elle avait les compétences pour le faire. Depuis son enfance, les couvertures des livres anciens avec leurs frises, leurs ornements, les pièces d'étoffe, de cuir de bois et de métal l'avaient toujours fascinée. Ainsi, après quelques tentatives maladroites, elle en avait parlé avec Maxim, et son grand-père l'avait inscrite à son premier cours de reliure, le premier d'une longue série. Et quand elle travaillait à la bibliothèque, il lui était arrivé de relier de vieux livres.

Soudain, elle sut qu'elle devait absolument le faire. L'idée de s'occuper de ce livre de Fohr l'enthousiasmait. Elle avait hâte de se mettre à l'ouvrage.

— Je ne peux pas me permettre de vous le faire payer, ce serait malhonnête. Voilà ce que je vous propose : je vous l'offre, à une condition.

— Laquelle ?

— Vous me promettez de revenir et de me le montrer quand vous l'aurez restauré. Qu'en dites-vous ?

Merveilleux ! C'était bien plus que ce qu'elle avait espéré. Elle se pencha vers l'homme et le serra un instant dans ses bras.

— Excusez-moi, c'est que… merci.

— Vous savez, jeune demoiselle, je ne crois pas me souvenir d'avoir jamais vu quelqu'un au bord des larmes après avoir reçu en cadeau un simple livre.

Ce n'était pas pour cette raison que Sofia sentait ses yeux la brûler. Ou plutôt, ce n'était pas seulement à cause de ce présent inattendu. C'était à cause de ce qu'elle ressentait, à cause de la nouveauté que représentait ce premier pas en direction d'elle-même.

— Je voudrais aussi le livre de Toni Morrison…

Après l'avoir payé, Sofia salua le libraire, lui promettant de revenir très vite.

— J'en prendrai grand soin, et je vous le rapporterai quand j'aurai terminé mon travail.

Il acquiesça.

— Alors, je vous attends.

3

« On n'aime que ce que l'on ne possède pas tout entier. »

Marcel PROUST, *La Prisonnière*

La Villa Borghese avait quelque chose de spécial. Pas seulement à cause de sa taille, même si c'était, de fait, un des plus grands parcs de la ville de Rome. Sofia allait y courir chaque matin, parce qu'elle avait chaque fois l'impression très nette de s'enfoncer sur un chemin inconnu, au point qu'il lui semblait faire chaque jour une nouvelle expérience. Peut-être à cause de la lumière qui tombait sur la pelouse, des murs, des colonnes, des statues. À cause des miroirs d'eau où se reflétaient des arbres de haute futaie, à cause des gens qu'elle croisait et avec lesquels elle échangeait quelques mots, un sourire. À cause d'une sensation.

Ce matin-là, pourtant, ce n'était pas à cela qu'elle pensait. Assise contre un arbre, jambes repliées, les bras autour des genoux, elle fixait un point à l'horizon. Son esprit était tout entier tourné vers le livre de Fohr et ce qu'elle y avait découvert en le feuilletant. Certaines pages portaient des notes manuscrites en allemand, d'une calligraphie recherchée, ancienne. Ces lettres n'avaient rien de moderne. Qui avait bien pu les écrire ? Il s'agissait principalement de commentaires sur certains passages du livre, des phrases qui concernaient surtout les concepts de liberté et d'égalité, lesquels étaient au centre de l'œuvre de Fohr.

— Sofia ? C'est toi ?

Elle redressa la tête, le regard encore embué par ces pensées.

— Ilaria, mais quelle surprise ! Comment ça va ?

Elle se leva, incrédule. Puis elle serra dans ses bras celle qui, à l'université, avait été une de ses plus proches amies.

— Ça va, et toi ? Ça fait combien de temps qu'on ne s'est pas vues ? Cinq, six ans ? Je suis désolée de ne pas avoir pu venir à ton mariage.

Sofia était incrédule et heureuse.

— On m'a dit que tu étais à l'étranger. J'ai essayé de t'appeler.

— Je sais, mais, tu vois, les choses étaient un peu compliquées pour moi, à l'époque. J'étais enceinte, dit Ilaria dans un sourire. J'ai un fils, Alessandro. Regarde, ajouta-t-elle en sortant son téléphone. C'est lui.

Un enfant blond, le regard heureux et un sourire malicieux, faisait coucou de sa petite main.

— Qu'il est beau ! Je ne savais pas que tu voyais quelqu'un à l'époque…

Ilaria haussa les épaules :

— C'est normal, tu ne crois pas ? Il y a des expériences qui nous rapprochent, d'autres qui nous éloignent. D'ailleurs, toi aussi à cette période tu passais tellement de temps avec Alberto que nous nous sommes perdues de vue…

Sofia étudia attentivement l'expression d'Ilaria, qui lui sembla être toujours la jeune fille qu'elle avait connue, avec ses grands yeux doux couleur noisette, ses cheveux roux et la constellation de taches de rousseur qui la désespérait autrefois. Pourtant, elle avait comme l'impression que, au fond, derrière les mots qu'elle venait de lui adresser, se cachaient des reproches.

— Tu as raison. Mais parle-moi de toi. Tu vis à Rome ?

— Oui, j'habite à côté d'ici. Je travaille comme responsable des ressources humaines dans une multinationale américaine. Et toi ? Tu as des enfants ?

Sofia secoua la tête.

— Pas encore.

Au début, elle y avait pensé, mais Alberto n'avait cessé de remettre cette décision à plus tard. Par la suite, c'était elle qui n'avait plus été aussi sûre d'en vouloir.

Elles déambulèrent jusqu'à un petit kiosque. Ilaria lui indiqua une table :

— On s'assied ? Tu veux prendre un café ?

— Un thé, merci.

Elles commandèrent leurs boissons, puis se dévisagèrent en silence quelques instants. Autrefois, c'était un jeu d'enfant de se comprendre ainsi. C'est Ilaria qui brisa en premier ce moment suspendu :

— Tu passes une mauvaise journée, quelque chose ne va pas ?

Sofia tendit la main et saisit celle de son amie :

— Tu sais, tu m'as terriblement manqué.

C'était vrai, et maintenant qu'elle en avait conscience, elle se sentait affreusement bête d'avoir abandonné tant de choses auxquelles elle tenait. Elle avait si vite renoncé à sa jeunesse ! Combien d'années avait-elle perdues, de ces précieuses années durant lesquelles elle aurait dû profiter de la vie au lieu de se jeter tête la première dans quelque chose qui n'avait existé que dans son imagination ? Seul l'effet compte : c'était un des principes que ses parents lui répétaient souvent. Et puisque, aujourd'hui, la déception avait balayé toutes ses hésitations, Sofia savait qu'il en était vraiment ainsi.

— Parlons de ce qui est positif. Davide, Luigi, Serena… tu as encore de leurs nouvelles ?

— Oui, bien sûr.

Ilaria parla de leurs amis, de ce qu'ils avaient accompli dans la vie. De Luigi, qui avait écrit un livre, et de Serena qui s'épuisait toujours dans d'absurdes projets. Et tandis qu'elle parlait, Sofia se surprit à rire, comme cela ne lui était pas arrivé depuis longtemps. Elle parla encore un peu des rêves qui avaient été les leurs. Sofia cherchait un sujet qui ne soit pas lié à son mari, et se rendit compte qu'une seule chose méritait un peu d'attention :

— Hier, un libraire m'a offert la première édition du *Discours sur la nature*, de Christian Fohr.

— La chance ! Ça ne m'étonne pas, tu as toujours été vernie.

— Comment ça ?

— Tu forces le respect, on t'admire… C'est comme si tu arrivais à voir des détails qui échappent aux autres, comme si tu appartenais à un monde impossible à atteindre et dont tu serais la clé. Tu plais toujours à tout le monde, il y a quelque chose en toi qui attire les gens, ajouta-t-elle en la dévisageant avec attention. Et cette magie n'a pas disparu, tu sais ? Tu n'as pas changé.

Les mots d'Ilaria n'avaient rien de méchant, mais ils mirent Sofia mal à l'aise. Elle secoua la tête, regarda autour d'elle. Elle ne s'était jamais vue ainsi.

— Tu exagères. Je n'ai pas séduit le libraire, je peux te l'assurer, il doit avoir l'âge de mon grand-père. Le livre est vraiment en très mauvais état, je ne crois pas qu'il ait la moindre valeur pécuniaire. C'est que, tu sais..., répondit-elle en cherchant les mots justes, j'ai eu envie de l'arranger. De le restaurer, et peut-être de découvrir quelque chose de nouveau sur cet exemplaire. (Elle regarda le ciel puis reporta son attention sur Ilaria :) Il y a des annotations dans les marges.

Il y avait aussi, sur les contre-gardes, un symbole étrange, deux ailes insérées dans un cercle.

Ilaria l'écoutait attentivement :

— Tout cela a l'air passionnant. Va savoir à qui ce livre appartenait, quelle histoire se cache derrière, comment il est arrivé en Italie...

Sofia avait oublié à quel point son amie était perspicace. Elle aussi trouvait l'histoire de ce livre fascinante : qui l'avait relié ? Qui s'était passionné à sa lecture au point d'en annoter les marges ?

— Oui, en effet.

— Donc, tu veux le restaurer ?

— Oui, ça me plairait beaucoup.

Ilaria acquiesça :

— Les livres peuvent réserver de grandes surprises. Tu sais, parfois je regrette un peu de me consacrer à autre chose, dit-elle en jetant un œil à sa montre.

Ma pause est finie. Mais dis-moi, tu veux qu'on dîne ensemble demain ? Je pourrais appeler les autres.

— Ce serait génial, répondit-elle sans penser à Alberto ni au fait qu'il ne serait sans doute pas d'accord, vu que c'était précisément le soir de son retour.

Elle avait envie de passer une soirée avec ses amis, et elle le ferait.

Elle salua Ilaria. La complicité qui avait existé entre elles semblait avoir refait surface avec une simplicité déconcertante.

Le lien qui nous unit aux amis que l'on rencontre sur les bancs de l'université n'est pas comme les autres. Passer autant de temps ensemble, fréquenter les mêmes lieux, partager les mêmes expériences, surmonter les mêmes obstacles, cela crée des liens que les péripéties de la vie ne peuvent détruire. Il suffit de peu pour se retrouver, il suffit de le vouloir.

Mais la volonté est peut-être à la base de n'importe quelle relation humaine, pensa-t-elle en sortant de la Villa Borghese pour se diriger vers le centre.

Elle se souvenait qu'il y avait un magasin de fournitures de beaux-arts, juste à côté de la Piazza di Spagna. Elle y achèterait le matériel dont elle avait besoin pour restaurer le livre de Fohr. De la colle de peau synthétique, du papier de riz pour les pages, des crèmes et des solvants pour la couverture. Et tous les outils, des spatules aux cutters. Heureusement, son cousoir de reliure devait encore se trouver quelque part dans la buanderie, elle ne l'avait certainement pas donné. Et du fil, il lui fallait du fil et des aiguilles. Ah, voilà le magasin, exactement comme dans son souvenir.

La chaleur de la fin de matinée se faisait sentir, rougissant les visages des passants qui cherchaient à s'abriter dans les rares zones ombragées. Les ouvriers s'étaient joints aux touristes pour la pause déjeuner. Sofia se faufila parmi la foule en se disant que chacune de ces personnes était poussée par un devoir à accomplir, un but, même celles qui se laissaient transporter par la beauté des façades des églises, des obélisques et des fontaines. Elle sourit.

Elle termina ses achats et décida de ne pas rentrer tout de suite chez elle. Elle voulait se promener encore un peu. Ses pensées étaient tournées vers ses amis d'autrefois. Petit à petit, des anecdotes concernant l'un ou l'autre lui revenaient en mémoire. Ils étaient tous pleins d'enthousiasme. Les cours ne leur suffisaient jamais, comme s'il leur restait toujours quelque chose à apprendre. Et puis le soir, ils discutaient de tout et de rien et soudain se mettaient à parler politique, communication, poésie, philosophie, à bâtons rompus, leurs pensées ne suivant aucun fil logique, alimentant juste le simple désir de partage et la faim de savoir. Et, plus que tout, le plaisir de la découverte que chaque instant portait en lui.

Elle monta les marches les bras chargés de sacs remplis du matériel qu'elle venait d'acheter et son cœur battait la chamade. Elle croisa sa voisine Joice, qui lui sourit :

— Tu as dévalisé un magasin ? Tu as bien fait ! Attends, je vais t'aider, lui proposa-t-elle en se saisissant d'un sac. Et à quoi ça va te servir tout ça ? ajouta-t-elle en jetant un œil à l'intérieur.

Sofia ouvrit la porte.

— J'ai suivi ton conseil. Je vais restaurer un livre.

— Bravo ! s'exclama Joice sans attendre d'autres explications. Où dois-je poser ça ?

— Là, sur cette table, répondit Sofia en poussant les fauteuils du bureau. (Elle rangea immédiatement son matériel et reprit :) Le cousoir pour la reliure, on va le mettre au centre de la pièce. (Après une nouvelle pause elle ajouta :) Il faudrait mettre quelque chose sur la table pour ne pas l'abîmer.

Joice réfléchit un instant, puis leva une main et se dirigea vers son appartement. Elle revint presque immédiatement avec une espèce de nappe très épaisse :

— Voilà, je crois que ça sera parfait.

Elles l'étendirent. Sofia allait et venait, disposant les outils çà et là ; et le bureau-véranda commença à ressembler à un atelier. Il s'en dégageait une atmosphère très lumineuse et accueillante, avec de larges tables sur lesquelles elle avait agencé son matériel, quelques chaises et des parois de verre tendues de rideaux aux tons sable et bleu ciel.

— C'est parfait.

— Oui, c'est beau. Et maintenant ?

Sofia ouvrit un sac et en sortit le livre de Fohr, qu'elle posa sur la table. Elle l'ouvrit très délicatement et remarqua l'air perplexe de sa voisine :

— Il est beau, pas vrai ?

Joice pencha la tête sur le côté, pour observer le volume sous un autre angle, et répondit :

— Beau, ce n'est pas le mot que j'aurais employé, mais il est… intéressant.

— Tu verras quand j'aurai fini.

— Tout peut toujours être amélioré.

Sofia aimait l'optimisme oriental de Joice. Mais, pour l'instant, elle ne pensait qu'à une chose : s'atteler au plus vite au travail.

— Allez, je te laisse t'y mettre. On se voit plus tard.

Sofia acquiesça, les yeux déjà sur le livre. Presque aussitôt, elle toucha le papier pour en apprécier la consistance, et tout ce qui l'entourait disparut soudain. À présent, il n'y avait plus qu'elle, le livre au centre de la table, les questions qui semblaient émerger des trous de la reliure, des déchirures du papier, si fin et transparent qu'il révélait ce qui était derrière. La tranchefile, bien que d'aspect encore solide, était en réalité abîmée en plusieurs points. Quand elle ouvrit le volume, le dos céda, s'ouvrant de part en part. Elle pinça les lèvres. Cela devait arriver, tôt ou tard, elle s'y attendait ; il était vraiment dans un état déplorable. Elle soupira et examina les dégâts. Le fil de la reliure était hors d'usage. Elle en retira certains bouts avec une pince à épiler et les mit de côté. Précautionneusement, à l'aide d'un coupe-papier en os, elle souleva la contre-garde du premier plat – c'est ainsi qu'on appelle le papier collé à l'intérieur de la couverture – et ouvrit des yeux ronds : « Et ça, qu'est-ce que c'est ? » Elle resta un instant interdite, fixant l'intérieur du plat, à côté de la charnière. On aurait dit que quelqu'un y avait incisé comme une poche secrète. Elle tendit la main, cherchant à l'aveuglette sa pince à épiler, comme si elle craignait, en détournant les yeux du livre, que ce qu'elle venait de découvrir ne disparaisse. Lentement, soigneusement, elle commença à ouvrir la poche de papier. Quand elle eut terminé, elle était trop abasourdie pour faire autre chose que fixer la feuille repliée qu'elle devinait sous le papier. Elle humecta ses lèvres et s'empara de ses gants de coton. Elle les enfila avec un mélange de hâte et de curiosité, le cœur prêt à exploser. Puis elle retira le papier de sa cachette. « Il est très ancien », murmura-t-elle avec un filet de voix qui se perdit dans les mille hypothèses que son esprit formulait pour les écarter aussitôt. Elle examina le papier, le respira, le regarda en transparence, y reconnaissant les signes du passé. « Ce n'est pas une contrefaçon. » Bien sûr que non, ce n'était pas une contrefaçon. Ce papier avait été inséré dans le livre par la personne qui l'avait relié, elle l'aurait parié. Mais qui pouvait avoir fait une chose pareille ? Et pourquoi ? Elle s'assit et chercha la réponse entre les lignes de cette page rédigée en allemand, d'une écriture fine et élégante :

> J'ai attendu longtemps qu'il n'y ait plus un bruit dans la maison. Que l'obscurité se fasse.
>
> Ce que je dois faire demande du silence, du temps et de la lumière. Mais pas la lumière du jour. Non. La lumière dont je parle est parcimonieuse, tremblante, faite d'ombres, aussi. C'est la lumière de la vérité. De ce qui a été, des larmes et du sang. De la mort. Et de la vie.
>
> Les souvenirs sont enterrés, cachés dans un recoin de mon être que je visite rarement. Les bougies brûlent autour de mon bureau, mais l'obscurité ne m'abandonne pas. Alors, j'ai ouvert la fenêtre afin que la tiédeur de cette nuit m'aide à me souvenir de ce qui a été, de ce que je dois écrire. Mais, malgré mon immense désir de raconter, il y a encore quelque chose dans mon âme qui se rebelle, qui me pousse à la

prudence, à garder pour moi ce secret dont je suis dépositaire depuis si longtemps. Mon regard se perd le long des murs tapissés, des tableaux, des étoffes et des meubles, des symboles de mon prestige. Je pourrais tout perdre. Je pourrais mettre en danger jusqu'à mes enfants.

Mais je ne peux pas continuer à me taire. Ce que j'ai caché appartient à tous, et pas à moi seule. C'est à lui, c'est sa plus grande œuvre, la plus belle. Et c'est aussi la mienne.

Les mots m'échappent, ils glissent, rapides comme des poissons, entre mes doigts. Je dois me concentrer, commencer mon récit.

Le rideau bouge doucement, effleurant les poutres de bois. Tandis que ma plume d'or court sur la feuille, la brise soulève un parfum familier. Il vient du jardin, du rosier à côté de la villa qu'un homme doux a planté pour moi il y a de nombreuses années. Mais ce n'est pas à lui que je veux penser. Je dois remonter plus loin, plus loin dans le temps. À l'époque où j'étais enfant et où la vie n'était que découverte. De grandes étendues de neige pure, les bras affectueux d'un père et l'amour d'une mère. J'ai eu un frère, autrefois. Il me serrait contre lui. Avec lui, j'ai appris ce qu'étaient la joie et le rire, et combien la neige est froide et douce quand elle vous fond dans la bouche. Tout cela, c'était avant que la mort transforme tout, que tout devienne sombre, que tout ne soit que peur et outrage.

Je dois m'arrêter. Reprendre mon souffle. Les émotions que j'ai gardées si longtemps par-devers moi échappent à mon contrôle, et soudain m'emportent. Je dois calmer mon âme sans quoi je n'arriverai pas au bout de ce travail, et ce serait terrible. La vérité serait perdue. Ce qu'il a accompli serait à jamais perdu. Notre secret. Il ne me reste pas beaucoup de temps, et aucune de mes richesses ne pourra m'en accorder plus. À quoi cela sert-il de posséder le monde quand on ne peut retenir le destin, les minutes, les jours, les années qui filent ?

Les hommes qui croient que l'argent est la chose la plus importante au monde sont des imbéciles. Posséder ne rend pas heureux.

Ce qui rend heureux, c'est la capacité de créer.

Je ne contrôle plus mes pensées. C'est comme un fleuve qui suit les souvenirs. Je ne peux pas me taire, je dois courir ce risque. Tout en écrivant, je pense aux mots, et à leur immense pouvoir. Ce sont des fils inusables. Les mots font de nous ce que nous sommes. Ce sont les gardiens du progrès. Du génie de la pensée, et de son art.

Le papier de Fabriano est épais sous mes doigts. Comme le cuir et la soie que j'ai préservés dans l'attente de ce moment. Aucun membre de ma famille ne les a jamais vus. Aucun ne connaît leur histoire. Je les ai conservés pendant des années dans un tiroir secret. Ils sont tout ce qu'il me reste d'un temps oublié, de l'époque où, cachée derrière une paroi en bois de la boutique de Frederik Schmidt à Vienne, j'observais les relieurs penchés sur leur ouvrage.

De ces jours, je me souviens encore de l'odeur âcre des rubans de cuir mégissé, de celle de l'encre qui imprime le papier et colore les paumes des mains. Le parfum presque sucré de la colle. La douce lumière qui se répand sur le cuir craquelé, le sang entre les doigts, les lèvres tendues sur les dents. Le silence déchiré par le scalpel et le grincement des engrenages. Le cœur qui bat dans les oreilles et dans la gorge comme un tambour.

Un homme veille sur tout et sur tous. Il a une longue barbe blanche, des mains comme des mâchoires, de petits yeux saillants. Il m'a tout appris.

Mais je suis une femme et personne ne doit savoir ce que je fais.

Je m'appelle Clarice Marianne von Harmel et je confie la vérité à ce livre.

Qu'est-ce que la nature sans l'homme et sa pensée ?

4

« C'est seulement en gardant son calme, son courage
et sa foi qu'on peut espérer venir à bout
de n'importe quel malheur. La tristesse n'est rien d'autre
qu'un mur qui s'élève entre deux jardins. »

Khalil GIBRAN, *Le Sable et l'Écume*

Vienne, 1804

Clarice ne savait pas quoi penser du peu de ciel qu'elle entrevoyait entre les tuiles et les lucarnes. Pour elle, qui avait grandi au pied des montagnes bleues dont les cimes enneigées étaient chapeautées de petits nuages, il ne lui semblait être qu'un infime aperçu de ce qu'était vraiment l'immensité. Mais c'est tout ce qu'elle avait à disposition pour le moment, aussi avait-elle déniché un tabouret sur lequel se jucher, et, posant ses petits doigts sur la vitre gelée par la neige, elle laissait son regard se promener sur les passants.

Depuis qu'elle habitait à Vienne avec son oncle et sa tante, sa vie avait radicalement changé. Ce n'était plus Amme qui s'occupait d'elle. Son oncle, Kurt Vogel, ne l'avait pas autorisée à monter dans le wagon avec eux. « Tu as six ans, tu n'as plus besoin d'une nourrice. » Alors, elle l'avait laissée au château, avec les autres. D'Amme, elle n'avait conservé dans son cœur que ce dernier regard qu'elle lui avait adressé avant d'enfouir son visage dans son tablier. Clarice n'avait jamais vu sa nourrice pleurer. Mais depuis que ses parents et son frère étaient morts de la fièvre, plus rien n'avait de sens.

Sa tante Marta était gentille, mais ce n'était pas sa mère, même si elle lui ressemblait beaucoup. Elle ne savait pas quoi penser de son oncle. Il était presque toujours absent de cette grande maison sombre dans laquelle elle était allée vivre. Mais elle était certaine d'une chose : cette ville, Vienne, était la froideur même, malgré les grands feux dans les cheminées et les poêles allumés un peu partout dans la maison. Et l'odeur du bois brûlé était si forte qu'elle lui piquait les yeux. De temps en temps, quand la peur lui coupait le souffle, elle serrait fort le pendentif que sa mère lui avait offert quelques jours avant de mourir. C'était un cercle à l'intérieur duquel resplendissaient deux ailes de diamant, le symbole de sa famille. C'était ce que sa mère lui avait expliqué avant de lui passer le bijou autour du cou.

Dans cette maison, il y avait beaucoup de choses étranges, différentes de ce qu'elle connaissait, qui l'émerveillaient et l'étonnaient. Les heures passées à prier, par exemple. Elle n'avait rien contre Dieu, mais elle se demandait s'il écoutait les invocations de Herr Krauser, l'homme le plus effrayant sur lequel Clarice eût jamais posé les yeux. Elle n'avait pas bien compris ce qu'il était. Il n'était pas de leur famille, ni non plus un véritable curé. Elle savait seulement que les domestiques avaient peur de lui. Herr Krauser rendait visite à sa tante une fois par semaine, toujours en absence de son oncle. Il parlait tout le temps de rédemption et de modestie. Et du fait que le monde était plein de profiteurs capables de dépouiller une femme de bien.

Liliana, sa maman, lui avait appris à regarder dans le cœur des gens. Et elle avait été si bonne élève qu'elle trouvait en chacun quelque chose de beau. À part chez Herr Krauser. Elle avait eu beau l'observer, elle n'était pas parvenue à trouver quoi que ce fût de bon en lui. C'était peut-être parce qu'il était toujours vêtu de noir, ou à cause de son col boutonné jusqu'en haut qui lui donnait l'air d'un corbeau. Ou peut-être était-ce à cause du regard sévère qu'il lui adressait, la critiquant tantôt pour la couleur trop vive de sa robe, tantôt à cause de ses cheveux, qu'elle n'aurait pas dû porter libres, mais attachés.

Mais puisque cet homme passait son temps à faire des reproches à tout le monde, Clarice n'y accordait pas plus d'importance que ça. D'après lui, les domestiques manquaient de tenue, ils étaient trop lents, les plats qu'on lui servait manquaient toujours de quelque chose, ils étaient trop ou pas assez cuits. Sa tante le supportait en silence, les lèvres serrées, les yeux rivés sur son assiette. Alors, Clarice avait appris à l'imiter, pensant que c'était là la bonne attitude à avoir. Mais Herr Krauser n'avait pas apprécié.

Quelques jours plus tard, tandis que Clarice lisait un livre illustré que son oncle lui avait rapporté de l'un de ses nombreux voyages, Herr Krauser était entré dans la pièce et s'était approché d'elle, qui était assise sur le tapis, devant l'âtre.

— Où est ta tante ?

Clarice avait secoué la tête et répondu :

— Elle ne se sent pas bien. Elle ne reçoit personne aujourd'hui.

Cette réponse agaça Herr Krauser. Il se mit à marcher en long et en large dans la pièce. Puis il revint vers elle, les yeux brûlants.

— C'est ta faute ! Tu as dit quelque chose contre moi, pas vrai ?

Clarice ne voyait pas du tout de quoi il parlait. Elle répondit :

— Je ne pense pas.

Elle n'avait jamais parlé de lui à quiconque, mais il était possible que sa tante ait compris qu'il ne lui était pas sympathique. D'ailleurs, c'était la sœur de sa mère, et Liliana avait toujours compris Clarice, sans qu'elles aient besoin de se lancer dans de grands discours.

L'homme joignit ses mains, et leva le poing ainsi formé, menaçant.

— Tu n'es qu'une petite ingrate. Tu devrais te rendre utile, et mériter le pain qu'on te donne.

Ce n'était pas la première fois qu'il lui faisait ce genre de reproche. Peut-être ignorait-il que c'était sa tante qui avait insisté pour la prendre chez elle.

— Si ma tante ne m'avait pas voulue auprès d'elle, elle m'aurait laissée au château, avec ma chère Amme.

— Petite insolente !

À partir de ce jour, dès que Herr Krauser arrivait, Clarice courait se cacher.

Heureusement, les habitants de la maison ne lui ressemblaient pas du tout. Milly, la cuisinière, par exemple, même si elle était plus imposante que son oncle et criait à en faire trembler les vitres, préparait un gâteau au chocolat si bon qu'il vous faisait venir les larmes aux yeux. Et elle exigeait toujours de Clarice qu'elle s'asseye sur la table de la cuisine pour en goûter la première part. « Les enfants sont un cadeau du ciel, et les petites filles en particulier. » Voilà ce qu'elle lui avait dit un jour, après lui avoir montré une porte. C'était par là qu'entraient et sortaient les domestiques. Si sa tante était la patronne dans la maison, c'était Milly qui décidait en cuisine. « Une demi-heure », lui disait-elle en lui montrant la porte et Clarice courait après avoir enfilé un manteau qu'elle gardait près du poêle. Sa tante était bonne, mais elle était très inquiète de nature et ne la laissait jamais sortir, surtout pas toute seule. Durant ces instants que lui offrait la cuisinière, la petite fille explorait les ruelles autour de la maison, se liait d'amitié avec les enfants du voisinage qui étaient plus pauvres que son oncle et sa tante, et découvrait que l'on pouvait s'amuser même sans poney ou sans la surface glacée d'un lac sur laquelle patiner. Souvent, Milly lui offrait quelques pièces de monnaie, ainsi Clarice pouvait acheter du lait ou une miche de pain pour ses amis qui faisaient l'aumône près de l'église. C'étaient un frère et une sœur, Lucas et Ruth. Ils avaient perdu leurs parents, comme elle. Ils la comprenaient. Clarice lisait dans leurs yeux, c'est pour ça qu'elle les préférait aux autres enfants. Une fois, elle avait eu une peur bleue. Son oncle était apparu à l'improviste, et il s'était dirigé vers elle. Clarice savait que, s'il l'avait découverte, elle aurait eu de gros ennuis, puisqu'on lui avait interdit de sortir seule de la maison. Mais son parent avait fait demi-tour. Elle n'aurait pas su dire s'il l'avait reconnue. Mais puisque, de toute façon, il n'en avait jamais parlé, elle avait jugé bon d'en faire autant. Puis son oncle était parti pour un de ses voyages, duquel il n'était rentré que bien plus tard.

Ce matin-là, Clarice avait vu tomber la neige. L'envie de sortir jouer était si forte qu'elle en sautillait dans sa chambre. Elle avait descendu l'escalier en courant et, apercevant sa tante penchée sur sa table de travail, lui avait adressé un bref sourire. Sa tante était la personne la plus silencieuse que Clarice eût jamais rencontrée : comment pouvait-elle être si différente de sa mère ? Cela restait un mystère pour elle. Elle s'était précipitée dans la cuisine, mais Milly ne l'avait même pas regardée. Clarice s'était aperçue que la cuisinière avait les yeux rouges, et que, chaque fois qu'elle se penchait sur ses casseroles, ses épaules tressautaient. Alors, elle était remontée à l'étage, inquiète. Elle avait fini par décider que, si elle ne pouvait pas sortir dans la rue, elle pouvait au moins contempler le spectacle par la fenêtre. Au château, quand il neigeait, son frère la tenait serrée contre lui tandis qu'ils dévalaient les pentes immaculées sur leur petite luge. En fermant les yeux, elle parvenait à sentir son parfum, et la sensation de joie et de chaleur qu'elle éprouvait chaque fois qu'Oscar la prenait dans ses bras.

— *Fräulein*, descendez immédiatement de ce tabouret ! Que vont dire les gens ?

— Que j'ai envie de regarder la neige, répondit Clarice en haussant les épaules.

— Pas un mot de plus ! Pour vous punir, vous resterez enfermée dans votre chambre toute la journée. Vous ne descendrez que pour les prières et vous demanderez pardon à Dieu pour votre insolence.

Dava était une femme grande et maigre, dont le pâle visage était fendu en deux par une longue cicatrice. Elle était apparue à la maison à l'improviste, quelques semaines après le départ de l'oncle Kurt. Clarice la craignait, ou plutôt, c'étaient ses yeux qui lui faisaient peur, tant ils ressemblaient à ceux de Herr Krauser. C'était d'ailleurs lui qui l'avait recommandée à sa tante pour le poste de gouvernante.

Ce n'est que plus tard que Clarice comprit qu'ils étaient de la même famille.

Quand la femme avait pris son service, Clarice avait vu disparaître tous les objets qu'elle chérissait le plus. Le miroir de sa mère, les rideaux de dentelle, les aquarelles et le papier. On lui avait également pris ses livres. Le mobilier de sa chambre, à présent, se réduisait à un petit lit adossé à la paroi, une table de chevet, rien d'autre. Dava avait également ordonné qu'on enlève la cuvette et le broc, une carafe bleu ciel en émail. Clarice ne comprenait pas comment des objets aussi beaux pouvaient être immoraux. Certains de ses vêtements avaient disparu également, remplacés par d'autres d'une couleur qui rappelait la boue. Elle en était d'autant plus triste que ces nouveaux vêtements lui irritaient la peau.

Clarice était habituée à rester seule pendant de longues périodes. Et c'était justement dans ces moments-là qu'elle repensait à sa vie au château, à son père qui lisait devant la cheminée des histoires de voyages dans des pays lointains. « Ils ont des nez si longs qu'en marchant ils touchent presque le sol. » Elle grimpait sur ses genoux pour mieux observer les illustrations qu'il lui montrait. « Et regarde ces bêtes-là, *Liebling*, ne dirait-on pas des chevaux qui auraient tendu le cou pour atteindre la cime des arbres ? » La bibliothèque était immense, de hauts murs entièrement recouverts de livres, et une échelle pour atteindre les plus élevés et qu'il lui était formellement interdit d'utiliser. Parfois, son père rassemblait des volumes abîmés par le temps, et les remettait à un vieux moine. Le père Loretto était très âgé, et, quand il parlait, on aurait cru qu'il chantait. Mais elle pouvait rester à côté de lui lorsqu'il ouvrait les livres et les recousait avec du fil et une aiguille. Ensuite, le moine coupait le cuir, le tissu, et lui en offrait deux petites chutes dont elle se servait pour fabriquer des colliers pour ses poupées. Quand le père Loretto rendait à son père les livres qu'il lui avait confiés, les déchirures avaient disparu des couvertures, ils étaient comme neufs. Son père alors les posait sur la grande table et les contemplait, le regard émerveillé et heureux. Puis il lui faisait signe d'approcher. « Regarde, Clarice, les livres, ce ne sont pas que des histoires. Tout en eux est art. Tu sais ce que c'est que l'art, ma petite princesse ? » Elle secouait la tête, les yeux rivés sur les livres. « C'est une des plus hautes expressions de l'esprit humain, mon trésor. C'est la créativité. Sans lui, nous serions bien peu de chose. » Les souvenirs de ces jours heureux étaient si précis et si clairs qu'ils lui nouaient la gorge. Dava aurait beau emporter tout ce qu'elle voulait, jamais elle ne parviendrait à lui voler ce qu'elle conservait dans son esprit et dans son cœur.

L'hiver qui débuta par ce jour de neige fut particulièrement dur. L'oncle Kurt n'envoyait plus de ses nouvelles, et sa tante se faisait de plus en plus silencieuse. Souvent, elle passait des heures entières penchée sur ses travaux de broderie. Clarice alors lisait pour elle, et quand Dava n'était pas là, elle chantait les ballades que sa mère lui avait enseignées. Parfois, elle dansait, comme elle dansait autrefois devant les feux que les paysans allumaient dans les champs pour la fête des moissons. D'autres fois, elle jouait du violon, et les notes s'élevaient dans les airs, déchirantes. Dans ces moments-là, Marta semblait s'illuminer, et elle devenait aussi belle que Liliana. Un jour, Herr Krauser se présenta à l'improviste durant un de ces après-midi, et se lamenta beaucoup du fait que Clarice ait pu introduire dans une maison aussi respectable que celle des Vogel des comportements si répréhensibles.

Quand sa tante tomba malade, Dava, aidée par Herr Krauser, prit les rênes de la maison et licencia tout le monde, hormis une petite bonne. Plus d'une fois, Clarice essaya de rejoindre sa tante Marta dans sa chambre, mais Dava la surveillait et l'empêchait d'entrer. « Va-t'en, ta tante ne veut pas te voir. »

Elle n'en croyait pas un mot. Sa tante était très bonne, simplement, elle était très triste. L'absence de son mari ne faisait qu'empirer les choses. S'il revenait, elle guérirait, sans aucun doute. La mélancolie est une vilaine maladie comme les autres, disait souvent sa chère Amme.

Un matin, on la surprit en train d'essayer de sortir de la maison dans l'idée de chercher à obtenir des nouvelles de son oncle. On l'enferma dans une cave.

— Quand tu auras appris la valeur de l'obéissance, tu pourras sortir ; en attendant, tu resteras ici.

Malgré la froideur avec laquelle Dava et Hans la traitaient, Clarice ne s'était encore jamais sentie en danger, jusqu'à ce jour-là. Il y avait toujours eu son oncle et sa tante entre elle et les Krauser. Mais quand

Hans la poussa en bas de l'escalier où elle tomba pour s'étaler de tout son long sur les sacs de patates, elle sentit la terreur lui glacer le sang. C'était comme si, soudain, il n'y avait plus personne pour la protéger. Elle se demanda si sa tante était morte, comme ses parents autrefois.

Le noir l'engloutit, l'obligeant à se pelotonner dans un coin. Elle pleura longtemps, jamais elle n'avait ressenti un si grand désespoir. Le sol était gelé et, privée de son manteau, elle se mit très vite à trembler. Elle essuya son visage de sa manche. Ça sentait le poisson en saumure et le vin cuit.

Effrayée, elle chercha un moyen de sortir de cette prison. Elle se leva et commença à parcourir la cave. Elle aperçut soudain un filet de lumière qui filtrait de derrière les tonneaux de vin. Ce n'était qu'une lueur, mais, dans ce noir absolu, elle lui sembla briller comme un phare. Elle se glissa derrière les barriques qui conservaient le vin de son oncle. Le rai de lumière semblait provenir d'un renfoncement dans le mur de pierre. Elle s'approcha de la niche, la fouilla à tâtons ; le fond était fermé par un panneau de bois. « Je suis là, murmura-t-elle doucement, plus pour elle-même que pour quiconque aurait pu l'entendre, puis elle se mit à hurler : Aidez-moi, je suis là ! »

Presque aussitôt, on déplaça le panneau avec force (cela faisait des années qu'il n'avait pas été ouvert, et il était presque bloqué) et une sorte de géant passa son énorme tête dans l'ouverture :

— Qui es-tu ?

— Clarice Marianne von Harmel, monsieur. Pouvez-vous m'aider, s'il vous plaît ?

Clarice franchit le seuil et se trouva dans une cave très similaire à celle de son oncle, à la différence qu'elle était illuminée par des dizaines de bougies.

— C'est l'atelier où on fabrique les livres, pas vrai ?

C'étaient ses amis de la rue, Lucas et Ruth, qui lui en avaient parlé, ils lui avaient même montré la vitrine. Les jours de chance, Lucas faisait quelques courses pour la boutique, c'est pour ça qu'il connaissait le nom des gens qui y travaillaient, et il y avait passé assez de temps pour avoir vu des choses incroyables : « La poussière d'or tombe comme une pluie d'étoiles sur les couvertures. » Dans ces moments-là, Clarice et Ruth étaient suspendues aux lèvres de Lucas qui continuait son récit : « Et du fer brûlant jaillissent des cerfs et des aigles. »

Clarice s'était alors souvenue du père Loretto, qui lui aussi semblait rendre vie aux livres. Mais les histoires de Lucas étaient bien plus fascinantes : dans son esprit, elles se transformaient en images très nettes qui lui rappelaient son père.

Elle regarda autour d'elle, son cœur battait fort. Dans cet endroit, tout était illuminé, et il régnait une chaleur réconfortante qui lui rappela les cuisines du château, jusqu'au soufflet pour attiser le feu, qui était identique.

— Je n'avais encore jamais vu un endroit aussi beau que celui-ci.

Frederik Schmidt se laissa tomber sur sa chaise, éberlué, les yeux rivés sur cette enfant qui venait de sortir d'un trou dans le mur. Elle était menue et dans son regard perçant et émerveillé brillait une lueur qu'il n'aurait su définir.

— Et pourquoi étais-tu enfermée là-dedans ? Dis-moi la vérité ou je t'y renvoie immédiatement. Et attention, si tu me mens, je le saurai !

Il n'était pas aussi bourru d'habitude, mais la surprise avait fait disparaître sa bonhomie habituelle.

— Et comment vous comptez faire ?

— Faire quoi ?

— Comment vous comptez faire pour savoir si je mens ou pas ? demanda la petite en agitant une main.

Quelle insolence ! Frederik réprima un éclat de rire. Il se leva. La petite fille lui arrivait à peine à la ceinture, mais, dans son atelier, elle semblait se sentir à l'aise. Il était sur le point de lui répondre quand, passant tout près de lui, elle se dirigea vers le cousoir de reliure. C'était un des travaux les plus humbles de son métier, que Frederik déléguait volontiers à un ouvrier payé à la tâche. Mais le livre sur lequel il travaillait en ce moment était trop précieux. C'était une copie unique, impossible à faire à l'identique. Aussi avait-il décidé de s'en occuper lui-même. La petite fille pointa le doigt vers le cousoir et fixa l'homme dans les yeux :

— Apprenez-moi.

Cet ordre le cueillit par surprise. Il était assez vieux pour reconnaître immédiatement les gens bien nés. Et cette petite fille, à en juger d'après ses façons de faire et son port de tête, était sans l'ombre d'un doute une aristocrate. Les haillons qu'elle portait ne parvenaient pas à cacher la délicatesse de sa silhouette, ses traits finement ciselés, ses cheveux pareils à de l'or bruni.

— Et pourquoi je ferais ça ?

Elle sembla réfléchir un instant, puis tendit sa petite main.

— Le père Loretto n'a pas voulu. Vous aussi vous avez peur que Dieu vous punisse parce que je suis une fille ?

Qui avait pu lui mettre en tête de telles absurdités ? Soudain, il comprit :

— Craindre Dieu n'a rien à voir avec le noble art de la reliure. Les jeunes filles ont les mains délicates, et risqueraient de se faire mal.

— Eh bien, moi, je me pique toujours quand je brode. Pourtant, je ne pleure presque jamais. Ça veut dire que je peux le faire, non ?

Cette fois, Frederik ne retint pas son rire, et sous les yeux écarquillés de la petite Clarice, il secoua la tête. Il gravit les marches de l'escalier disparaissant derrière la porte qui menait à l'étage supérieur, et revint avec une petite corbeille.

— Depuis quand n'avez-vous pas mangé, princesse ?

Elle regardait avec envie le pain et le miel que l'homme lui proposait.

— Je ne suis pas une princesse, mais, autrefois, je vivais dans un château.

— Eh bien, si vous n'êtes pas une princesse, comment dois-je vous appeler ?

Elle réfléchit un instant, sans toutefois quitter des yeux la corbeille de pain.

— Ma foi, je crois que Clarice fera parfaitement l'affaire. Vous êtes le relieur, c'est ça ? Je vous remercie pour votre gentillesse, mais je ne pourrai pas payer cette nourriture. Je n'ai que mon pendentif, dont je ne peux pas me séparer. Je l'ai promis à ma mère.

De toute façon, terrorisée à l'idée que Dava le lui confisque, Clarice l'avait caché entre deux lattes du plancher de sa chambre, dans une fissure.

— Cette nourriture n'est pas à vendre. Donc, Fräulein Clarice, il vous serait absolument impossible de me l'échanger contre de l'argent. Accepteriez-vous d'être mon invitée ? Et, partant, de me raconter votre histoire ? Car vous avez une histoire, je me trompe ?

Tout le monde avait une histoire. Elle le savait. Elle acquiesça lentement en disant : « Oui. D'accord. » Elle lui raconta le long voyage en calèche jusqu'à Vienne, elle lui dit aussi qu'elle n'avait plus aucune nouvelle des amis qu'elle s'était faits dans le voisinage ni de Lucas et Ruth, les petits vagabonds. Milly avait été renvoyée, et personne d'autre ne lui donnait quelques piécettes à offrir aux mendiants. De temps en temps, elle se taisait pour mordre dans le pain à belles dents, et ce n'est qu'après avoir avalé sa bouchée qu'elle reprenait son récit :

— Je crois que, si mon oncle ne rentre pas au plus vite, Dava et Herr Krauser me vendront aux gitans, dit-elle l'air inquiète, comme si elle évaluait sérieusement ce risque. Vous croyez que les bohémiens me laisseront jouer du violon ?

— Probablement, oui. Ils sont très doués pour ce genre de chose, répondit Schmidt, les yeux mi-clos.

La fillette sembla rassurée. Frederik serra le poing. L'idée que cette petite fée puisse finir à la rue était une chose inconcevable. Il avait lui aussi entendu parler de ce vieux vautour qui profitait de l'absence de Me Kurt Vogel pour dicter sa loi chez lui. Mais ce n'était ni la première ni la dernière fois qu'un homme s'arrogeait le droit d'occuper un lieu qui ne lui appartenait pas.

— Et votre tante ? demanda-t-il.

— Elle ne sort jamais de sa chambre, je crois qu'elle est malade, répondit l'enfant d'un air si désolé que le vieil homme sentit son cœur se serrer.

Elle était si délicate qu'on aurait dit une poupée. Quelque part, au fond de son âme endurcie par le travail et l'âpreté de la vie, Frederik sentit quelque chose remuer. Ses mains avaient beau être rugueuses et fortes comme des étaux, le relieur savait ce qu'était la beauté. Sans cela, il n'aurait pas pu exercer son métier. Cette créature était bien plus que belle. Il émanait d'elle comme une lumière. Soudain, il sut qu'il ne pouvait pas l'abandonner à son destin : « Que diriez-vous de rester ici cette nuit ? » C'était une proposition hasardeuse, il le savait. Mais il était prêt à parier que les Krauser se garderaient bien d'attirer l'attention des autorités sur eux. Un des domestiques des Vogel avait travaillé pour lui, il irait l'interroger le lendemain. Si la tante de Clarice était vraiment malade et qu'on restât sans nouvelles de Me Kurt, alors la petite était en danger.

Clarice écarquilla les yeux :

— Pour de vrai ?

— Bien sûr. À moins que vous ne préfériez aller chez les gitans, dit-il pour plaisanter avant de se rendre compte que l'enfant évaluait réellement cette possibilité.

— Dava a pris mon violon, je ne sais pas où elle l'a mis. Et sans lui, je ne pense pas pouvoir intéresser les bohémiens. Il vaut peut-être mieux que je reste avec vous. Et puis, j'aime beaucoup les livres.

Ce n'était pas exactement ce qu'il espérait entendre, mais, somme toute, ça pouvait aller.

— Vous savez lire ?

La petite lui lança un regard étonné.

— Bien sûr. Vous aussi, n'est-ce pas ?

Frederik sourit à nouveau. Il prépara une couchette dans un coin de son atelier.

— Cela dit, vous devrez rester ici.

— Mais je pourrai rentrer demain, et m'échapper de nouveau depuis la cave ? Ce sera notre secret.

— Oui, quand vous voudrez.

Clarice réfléchit un instant avant d'acquiescer.

— Vous m'enseignerez l'art de fabriquer des livres, bien vrai ? demanda la petite avec un regard si plein d'espoir qu'il fit naître un sourire sur les lèvres de Frederik.

— Nous verrons. Pour l'instant, finissez de manger.

5

« Sois toujours avec moi… prends n'importe quelle forme… rends-moi fou ! mais ne me laisse pas dans cet abîme où je ne puis te trouver. »

Emily BRONTË, *Les Hauts de Hurle-Vent*

Elle s'appelait Clarice Marianne von Harmel. En tout cas, c'était ainsi qu'elle disait s'appeler.

Sofia frissonna. Elle leva la tête et cligna des yeux. Le soir était tombé, voilà pourquoi elle avait froid. Elle se leva pour mettre un pull. La ville devant elle s'était remplie de lumière et de promesses. C'était ainsi qu'elle avait toujours vu le crépuscule sur Rome. Orange, de l'or sur le ciel cobalt, et puis violet se dégradant en un bleu si foncé qu'il floutait le contour des choses, adoucissait les angles, et donnait à voir un autre visage de la ville, à qui savait regarder.

Elle se tourna vers la table, les yeux sur le livre, sur cette feuille. Puis elle dut détourner son regard. Elle était surprise, incertaine. Confuse.

Quand elle avait commencé à restaurer le livre de Fohr, elle savait ce qu'elle avait entre les mains :

une des nombreuses copies, bien qu'ancienne, d'un livre qu'elle avait déjà lu plusieurs fois. Elle l'avait étudié, elle en avait parlé avec ses professeurs et ses collègues. Elle était en terrain connu, sûre de ce qu'elle allait trouver. Ce livre était un endroit qu'elle connaissait bien. Il n'avait aucun secret pour elle.

Du moins le croyait-elle.

Le livre portait en lui une autre histoire, qui remettait tout en question.

Un autre angle, pensa-t-elle, émue, le regard toujours tourné vers le ciel qui finissait de perdre ce qui lui restait de lumière. Son expression contenait encore des traces de ce mélange d'étonnement et d'excitation qui l'avait envahie quand elle avait sorti la feuille de la poche secrète dans le plat du livre. Tout était si étrange, si incroyable. Les questions tourbillonnaient en elle. Et son trouble allait au-delà de l'émerveillement et de la révélation. À ce moment précis, elle sut que quelque chose avait changé. Cette lettre, qu'une femme avait écrite puis cachée dans un livre en guise de bouteille à la mer, c'était elle qui l'avait trouvée, c'était elle qui la lisait.

Lui était-elle également adressée ?

Elle avait la sensation que oui. Ce n'était pas une lettre quelconque. Ce n'était pas quelque chose que Clarice avait écrit en s'adressant à une personne en particulier, c'était plutôt un testament, un legs.

Et elle l'avait recueilli. C'était comme si, au fur et à mesure qu'elle lisait, les mots se transformaient en fils qui reliaient entre elles les deux femmes. « Que veux-tu que je fasse ? » murmura-t-elle, avant de sentir d'un coup la responsabilité que cette découverte faisait peser sur ses épaules.

« Qui es-tu, Clarice ? » Voilà ce qu'elle devait découvrir avant tout.

Elle ouvrit de nouveau le livre et, avec attention, parcourut rapidement les phrases écrites dans les marges. C'étaient des commentaires de quelques lignes. Il avait été imprimé à Stuttgart, chez un très fameux éditeur de l'époque, Cotta. Elle avait scruté chaque page, fouillé les moindres plis des cahiers, et à l'intérieur des plats. Elle ne pouvait se résoudre à l'idée que cette lettre manuscrite s'était retrouvée dans ce livre par hasard. Il y avait forcément un lien.

Elle ouvrit son ordinateur portable et tapa rapidement le nom de la femme mystérieuse. Devant les pages qui s'ouvraient, elle chercha frénétiquement une correspondance.

« Clarice, Fohr. Allez, allez… »

Mais rien, nulle part on ne parlait d'une certaine Clarice Marianne von Harmel.

Ce qu'elle savait, c'était que l'œuvre de Fohr avait été publiée en trois volumes. Elle reflétait sa vision utopique d'un monde idéal, où les lieux étaient le berceau et la nourriture de l'âme. Le premier volume, *De la nature*, était une sorte de célébration riche d'indications sur la meilleure façon de respecter et protéger la nature, source de toutes les émotions. Le deuxième volume, *De l'homme*, s'intéressait au rôle de l'individu, en tant qu'être doté d'intelligence ; l'auteur y développait le concept d'égalité et invitait ses lecteurs à donner le meilleur d'eux-mêmes à la société. Le troisième volume, enfin, était une réflexion esthétique. *De la pensée* mettait en relief les merveilles de l'esprit et de l'expression humains. La musique, la littérature, l'art.

En ces temps où l'homme cherchait un soulagement, un répit dans ses tourments, Fohr avait proposé une alternative, une société différente, et il avait atteint la gloire grâce à une œuvre unique.

Sofia prit la feuille, et chercha lentement le passage précis. Il était là. Clarice parlait d'un secret, quelque chose qui aurait pu lui causer du tort. Quelque chose qui ne pouvait pas rester caché. « De quoi parles-tu, Clarice ? Ou plutôt, de qui ? Pourquoi as-tu caché ta confession dans ce livre ? Qui était Fohr, pour toi ? »

Elle tourna son regard vers l'écran de son ordinateur, songeuse. Puis elle se leva et se mit à faire les cent pas. Elle était trop nerveuse pour rester immobile. Soudain, elle s'exclama : « Le libraire ! Lui, il saura certainement quelque chose sur la provenance de ce volume. »

La sonnerie du téléphone la fit sursauter. Elle traversa la pièce pour se saisir de l'appareil.

— Oui ?

— C'est moi. Je voulais juste te confirmer que je rentre demain.

— D'accord.

— Tu as réfléchi à ce que j'ai dit ? Où voudrais-tu aller ?

Elle s'humecta les lèvres, les yeux fermés.

— Pourquoi insistes-tu ? Je t'ai déjà répondu, ce ne sont pas des vacances qui changeront quoi que ce soit.

Plus rien ne le pouvait. Ils devaient simplement trouver comment mettre un terme à leur mariage.

— On en reparlera demain, de vive voix.
— Comme tu veux.

Elle raccrocha. Demain. Ce qu'elle dirait à Alberto, elle y penserait demain.

Comment met-on un terme à un mariage ? Quelle était la façon la plus juste de briser une chose à laquelle on avait tant tenu ? L'unique solution, c'était de tout laisser derrière soi, elle le savait. C'était la seule façon de continuer sa vie. Mais elle avait beau avoir des arguments, quand elle commençait à parler avec lui, elle n'arrivait jamais à aller au bout de ce qu'elle voulait dire.

Elle tendit une main, trouva le papier, le tint entre ses doigts. Lentement, son esprit sortit de l'obscurité dans laquelle le coup de fil d'Alberto l'avait plongé. Elle continua à réfléchir à ces mots qu'une femme avait écrits, à la lueur d'une bougie, au cours d'une nuit suspendue dans le temps. Elle finit par comprendre que, pour elle, ces mots étaient un rempart contre les pensées qui l'assaillaient depuis qu'elle avait eu son mari au téléphone.

Elle savait que découvrir le secret de Clarice était important, et même plus que ça. C'était ce dont elle avait besoin, ce qui lui permettrait d'être Sophie Bauer, et non plus la femme d'Alberto De Santis, d'être, enfin, une personne à part entière.

Un coup d'œil à sa montre lui indiqua qu'il était trop tard pour aller à Coppedè. La librairie serait sans doute fermée. Elle fit de son mieux pour calmer le sentiment d'urgence qui l'habitait. Elle rangea tous ses outils de travail. Elle s'étendit sur le lit, le livre entre les mains, la lettre manuscrite à côté d'elle.

« Qui était Fohr pour toi, Clarice ? » Elle ouvrit les premières pages du livre et commença à lire.

Ce n'est pas la lumière du soleil sur son visage qui la réveilla, elle y était habituée et elle aimait commencer sa journée de cette façon-là. Sofia cligna des yeux et les contours de son monde devinrent plus nets. Puis elle comprit ce qui s'était infiltré dans ses rêves. C'était une présence, quelque chose qui l'avait alarmée. Elle se redressa d'un coup, les mains crispées sur le drap.

— Alberto, qu'est-ce que tu fais là ? Quand es-tu arrivé ?

Elle s'aperçut qu'elle avait peur.

Son mari la fixait du regard depuis la porte, une épaule appuyée contre le chambranle, une tasse de café à la main. Une lumière froide émanait de son regard, un signe que Sofia avait appris à reconnaître.

— Ça fait un moment que je te regarde. Qu'est-ce que tu fais encore au lit ?

Elle chercha son réveil, les yeux encore pleins du rêve qu'elle venait de faire et qui commençait à s'échapper. Elle savait que, bien vite, il serait tout juste une sensation, elle le laissa donc filer sans chercher à le retenir.

— Je me suis couchée tard, hier soir.

— Ah oui ? Et t'étais où ? Ou plutôt avec qui ?

Cette phrase l'irrita, elle avait toujours eu ce genre de scène en horreur. Ce n'était pas le genre de femme à commettre l'erreur de confondre la jalousie et l'amour. En ce qui la concernait, la phrase de son mari n'était qu'un énième manque de respect. Elle désigna le livre sur son lit.

— Avec lui. Un écrivain du dix-neuvième siècle.

Alberto finit son café et baissa les yeux.

Très bien, il a au moins encore la décence d'avoir honte, pensa Sofia.

— Excuse-moi d'avoir tiré des conclusions hâtives, dit-il en s'approchant d'elle, avant de s'asseoir sur le lit le regard abattu, l'air tendu.

Il prit la main de Sofia, qui essaya de la retirer. Il insista :

— Écoute-moi, s'il te plaît.

C'était une situation qu'elle avait déjà vécue tant de fois. Qui, ces dernières années, se répétait cycliquement. C'était sa façon de s'excuser, de se faire pardonner. Elle resta immobile, presque impassible alors qu'elle aurait voulu se lever, le repousser, s'éloigner de lui. Mais c'était comme si les forces lui manquaient, comme si elle s'était résignée. Elle l'écoutait, en silence, tout en pensant à autre chose. C'était facile de ne pas s'opposer. C'était comme parcourir un chemin qu'elle connaissait si bien qu'elle aurait pu le faire les yeux fermés. Aucune surprise. Aucune incertitude. Elle savait parfaitement que son mari était en train de proposer une trêve. Elle savait très bien où cela les mènerait. Elle savait tout cela avec une telle certitude qu'elle devançait en pensée chacun de ses gestes, chacun de ses mots, chacun de ses regards.

— Il faut qu'on essaie encore, Sofia, on ne peut pas baisser les bras.

Elle écouta sa déclaration de soumission, et quand elle s'aperçut que, cette fois encore, elle avait formulé ces phrases dans son esprit avant qu'il les prononce, qu'elles étaient comme un écho, elle se sentit acculée.

Alors elle décida qu'elle ne pouvait plus garder tout cela pour elle. Elle avait essayé d'être comme il le voulait, mais ça n'avait pas marché.

— Ce n'est pas si simple, répondit-elle sans même le regarder. (Si elle l'avait fait, elle n'aurait plus trouvé la force.) Je ne sais plus qui je suis, je suis perdue, Alberto. Il ne s'agit pas seulement de nous deux. Il s'agit de moi, en tant que femme. Toi, tu as un travail, un but dans la vie. Tu sais qui tu es et ce que tu veux. Ce n'est jamais un problème pour toi. Regarde-moi et dis-moi : à part ta femme, je suis quoi, moi ?

Elle s'était passionnée pour tant de choses, mais que restait-il de ces enthousiasmes ? Rien. Elle les avait laissés s'effacer l'un après l'autre, jusqu'à ce qu'ils aient complètement disparu. Ils avaient été remplacés par l'apathie.

Sans cesser de lui caresser la main, il chercha à attirer son regard.

— Il n'y a pas quelque chose que tu aimerais faire ?

Ça non plus, ce n'était pas la première fois que Sofia l'entendait : dans ces moments-là, son mari était prêt à promettre n'importe quoi, le ciel, la terre et la lune, tout ensemble. Mais ce n'étaient que des mots. Elle le savait bien. Pourtant, malgré tout, elle continua à écouter ses propositions, et tout en sachant qu'il ne s'agissait que de bonnes intentions, elle le laissa parler sans l'interrompre, parce que c'était facile, parce qu'elle ne savait pas quoi faire d'autre ni comment le faire. Et quand il l'exhorta à raconter quelque chose d'elle, elle montra le livre.

— J'aimerais reprendre mon travail. Hier, j'ai acheté tout le nécessaire pour restaurer ce livre. Je pourrais peut-être suivre un cours pour me remettre à niveau.

Ce n'était qu'un espoir, il ne l'écoutait sans doute pas vraiment, pourtant elle continuait à croire le contraire, à essayer, une fois de plus.

— Pourquoi pas ?

Sa disponibilité l'encouragea, et elle reprit :

— Quand j'ai préparé le livre, j'y ai trouvé une lettre cachée. L'histoire d'une femme. Tout à fait fascinante…

Mais pendant qu'elle parlait, quelque chose avait changé dans l'expression d'Alberto. Il ne l'écoutait plus, il s'était détaché d'elle. À présent, il était tourné entièrement vers ses propres pensées.

Il lui caressa la joue en disant :

— J'ai une meilleure idée. (Il s'approcha d'elle, posa les mains sur ses cheveux :) Un enfant, voilà ce dont tu as vraiment besoin.

Un enfant ? Elle leva les yeux vers lui, abasourdie.

Tandis qu'Alberto retirait ses chaussures et sa chemise, sans la quitter des yeux, une rage comme elle n'en avait encore jamais ressenti balaya la torpeur qui s'était emparée d'elle.

— Un enfant pour m'occuper ? Un enfant, comme une sorte de devoir, de passe-temps… C'est ce que tu veux dire ?

— Je crois que le moment est venu de fonder une famille, répondit-il dans un sourire. Un enfant, ça te calmera.

Ça te calmera. Elle sentit la nausée monter en elle. Tout cela était trop insupportable, absurde, ridicule.

D'un geste, elle jeta les couvertures et bondit hors du lit.

— Tu n'as pas écouté le moindre mot de ce que je viens de dire.

— Bien sûr que si. Et si tu veux tout savoir, je me passerais volontiers d'un enfant, en ce qui me concerne. Mais ça crève les yeux : tu as besoin de quelque chose de concret.

— Ce n'est pas un enfant dont j'ai besoin, mais de donner un sens à ma vie !

Elle était hors d'elle, furieuse.

— Et ce n'est pas à ça que ça sert, les enfants ?

Quelque chose en elle se brisa. Peut-être parce que cette remarque était extrêmement superficielle, peut-être parce que, tout simplement, la coupe était pleine.

— Les enfants qu'on fait par amour donnent un sens à la vie de leurs parents, c'est vrai. C'est comme ça qu'on élève des enfants : ensemble, avec amour. Tu comprends ? C'est l'amour qui fait que rien n'est impossible, et qui…

— Arrête de crier !

Elle se tut. Son mari était de retour, montrait à nouveau son vrai visage. Rigide, les bras le long du corps, l'air méprisant de celui qui parle avec un imbécile. Il était redevenu l'homme qu'il avait été ces derniers mois.

— Un enfant, ça ne sert pas à recoller les morceaux d'un couple quand c'est fini, tu comprends ?

Elle s'essuya les yeux du poignet et quand il s'approcha d'elle, elle lui tourna le dos et quitta la pièce. Elle s'enferma dans la salle de bains. Une idiote, elle n'était qu'une idiote. Comment avait-il osé lui proposer une chose pareille ? Elle était tellement furieuse et indignée qu'elle en tremblait. Elle voulait retourner le voir et lui dire ce qu'elle pensait de lui. Puis soudain, tout devint clair : il n'y avait plus rien entre eux, le dernier lien qui les maintenait ensemble venait de se rompre, même la force de l'habitude ne sauvait plus les apparences.

Elle fut surprise de n'en ressentir aucune douleur. Elle n'éprouvait qu'une grande colère qui finit par céder la place à un grand apaisement qu'elle n'avait encore jamais ressenti.

Soudain, les mots de Joice lui revinrent en mémoire : certaines choses arrivent pour permettre à d'autres de leur succéder. Sans cette dernière suggestion insultante de son mari, elle n'aurait jamais eu la force de le quitter. Sa colère initiale s'était déjà transformée en prise de conscience, puis en détermination. Elle glissa dans une trousse de toilette le strict nécessaire, retourna dans la chambre et jeta quelques robes et sous-vêtements dans une valise. Puis elle passa récupérer ses outils dans son atelier.

— Non mais tu fais quoi, là ? lui demanda Alberto d'une voix tranchante et lourde de menace en entrant dans la pièce.

— C'est fini, ça suffit. En ce qui me concerne, ça a même trop duré.

Il resta planté là sans rien dire, comme une présence malveillante.

Sofia termina de faire sa valise puis replaça le livre de Fohr dans sa boîte en carton, avec la lettre.

— Je reviendrai prendre le reste.

Elle sentait la rage qui montait en lui : Alberto était surpris, incrédule. Malgré la crise qu'ils traversaient depuis de longs mois, il n'avait jamais envisagé sérieusement qu'elle puisse le quitter.

— T'es une enfant gâtée incapable d'affronter les difficultés de la vie. Au premier couac, tu prends tes affaires et tu t'en vas ? T'es qu'une égoïste.

Égoïste ? Cette accusation était tellement absurde qu'elle lui coupa le souffle. Elle aurait pu laisser les choses où elles en étaient, l'ignorer et s'en aller. Mais tout ce qu'elle avait emmagasiné pendant toutes ces années devait absolument sortir, le barrage était en train de céder.

— Tu te trompes, Alberto. Égoïste, je ne l'ai jamais été, et sache que je le regrette. J'ai choisi d'être la femme que tu voulais. (Elle fit une pause, puis reprit :) Seulement voilà, maintenant tu ne sais plus quoi faire de moi. Et moi non plus.

Elle ferma son sac et se dirigea vers la porte.

En descendant l'escalier avec ce qu'il restait de sa vie dans une valise, elle sentit une immense fatigue l'accabler. Elle avait peur. Elle n'était pas à la rue, non : elle avait les clés de l'appartement de ses grands-parents dans la poche et un peu d'argent de côté, qui ne durerait pas éternellement, certes. Submergée par les questions d'ordre pratique, elle se mit à trembler. Pourtant, à chaque pas, elle sentait s'alléger le fardeau qui avait écrasé ses désirs, la privant de la détermination nécessaire pour les réaliser.

Elle mit ses affaires dans sa voiture et, en arrivant à Coppedè, elle s'aperçut qu'elle tremblait encore si fort qu'elle dut s'y prendre à deux reprises pour se garer. Soudain, elle fondit en larmes. Elle resta là, penchée sur le volant, secouée de sanglots. Pourtant, ce n'étaient pas des larmes de désespoir qui coulaient sur ses joues ; c'étaient plutôt comme une libération, une purification.

Elle entra dans l'appartement de ses grands-parents après avoir fait promettre à Felipe, qui l'avait accompagnée, inquiet, de ne pas appeler le médecin.

— Ne vous inquiétez pas, lui répéta-t-elle, c'est juste un petit mal de tête. Je vais rester ici quelques jours.

— Bien sûr que vous allez rester ici. Et on va bien s'occuper de vous. Vous verrez, tout va bien se passer.

Elle avait oublié combien la gentillesse pouvait être désarmante. Ça vous prend par surprise, en traître, et ça vous coupe toute force, vous laissant la gorge nouée par l'émotion. « Merci », voilà tout ce qu'elle réussit à articuler. Elle ferma la porte derrière elle et se réfugia dans la petite chambre qui lui était réservée depuis toujours, quand elle séjournait chez ses grands-parents lors des longs déplacements à l'étranger de ses parents. Elle regardait sa valise sans savoir si elle devait ou non la défaire. Elle ne resterait pas longtemps. Il fallait qu'elle appelle ses grands-parents pour leur dire qu'elle s'installait quelques jours chez eux. Elle savait qu'ils approuveraient sa décision, qu'ils en seraient heureux, même. Le fait qu'elle-même ne le soit pas tant que ça, c'était un autre problème, et qui ne regardait qu'elle.

Elle en parlerait plus tard à ses parents. Elle prit conscience qu'elle évitait de les appeler et expédiait rapidement les conversations, comme s'ils la dérangeaient – ce qui était un peu vrai. Ce n'était pas qu'elle n'aimait pas leur parler, non, ça, c'était impossible ; elle les aimait profondément. C'était bien ça, au fond, le problème : elle avait honte d'elle-même.

6

« C'était l'histoire du cœur de Louise ;
les excellentes qualités qui lui étaient naturelles,
à force d'avoir été refoulées, s'étaient transformées
en une masse endurcie qui se révoltait contre une amie. »

Charles DICKENS, *Les Temps difficiles*

Vienne, 1805

Le matin où Kurt Vogel arriva à Vienne, il neigeait. Les jours précédents, le temps avait été épouvantable et l'arrivée du marchand pendant la tempête surprit tout le monde. Personne ne s'étonna, en revanche, de le voir rentrer chez lui furibond et mettre fin à l'usurpation des Krauser. Tous les voisins, de près ou de loin, avaient assisté à la scène : Kurt Vogel avait chassé à coups de pied au train le prédicateur et sa parente, sous les vivats et les rires du voisinage ravi de les voir enfin tomber en disgrâce.

Quand il demanda à voir Clarice, on lui répondit qu'elle était dans la cave. Mais impossible de l'y trouver. Un domestique finit par lui révéler où elle était vraiment, car aucun secret ne peut être gardé très longtemps. Et puis le magasin de Schmidt appartenait autrefois aux Vogel, et c'était pour cette raison que les caves communiquaient entre elles.

Quand le marchand franchit le seuil de l'atelier de reliure en tonnant qu'il exigeait de voir le patron, tous se mirent à trembler sans savoir pourquoi.

Clarice ignorait le retour de son oncle ; perchée sur le tabouret que Frederik lui avait fait installer, elle avait les yeux rivés sur la poudre que le relieur avait déposée sur le blanc d'œuf. Le poinçon ne tarderait pas à faire fondre l'or, le fixant ainsi sur le cuir. Elle le savait, car elle avait assisté à cela des dizaines de fois, et qu'elle avait hâte de pouvoir s'y essayer elle aussi. Elle était fascinée par la beauté des lettres gravées et du motif en relief qui créait un contraste saisissant avec le cuir bruni. La dorure était une des étapes de finition des livres. Ça sentait bon, ça sentait le neuf. Ça sentait le cuir et le papier. C'était une des opérations de reliure les plus délicates, véritable gage de talent : une fois effectuée, on ne pouvait plus la corriger.

— Monsieur, maître Vogel demande à vous voir.

Clarice écarquilla les yeux : son oncle était donc rentré ? Elle se retourna vers Frederik, mais il semblait ne pas avoir entendu l'ouvrier qui avait entrouvert la porte pour lui annoncer la nouvelle. Il restait concentré sur son ouvrage. Ainsi Clarice, qui aurait voulu courir à l'étage immédiatement, comprit que certaines choses devaient être faites d'une façon et pas d'une autre, et passaient avant tout le reste.

La pièce était chaude, éclairée par un grand feu, des lampes et des bougies ; les presses et les torches étaient disposées de part et d'autre de la table de travail. C'était plus pratique pour travailler, lui avait expliqué Frederik. L'endroit où ils se trouvaient actuellement ne faisait pas partie de l'atelier à proprement parler, c'était une sorte de pièce secrète où le relieur effectuait les tâches les plus délicates. C'était là, dans un coffre-fort, qu'il conservait la poudre d'or et les pierres précieuses qui orneraient les livres. Peu de gens y avaient accès, et jamais en présence de la petite fille.

Clarice, en proie à une grande agitation, avait du mal à tenir en place. Son oncle était rentré, et s'il était là, c'était qu'il avait tout découvert : ce qui signifiait que sa vie allait de nouveau bientôt changer.

— Vous lui parlerez ? demanda-t-elle d'une voix étranglée par l'émotion.

Elle savait que, lorsque le relieur travaillait, il ne fallait surtout pas le déranger. Là-dessus, Schmidt avait été très clair dès le début, mais c'était plus fort qu'elle, il fallait qu'elle sache, elle avait peur, et tremblait intérieurement.

À présent, l'homme qui l'avait sauvée et nourrie examinait l'ouvrage qu'il venait de terminer, à la recherche d'éventuels défauts. Ce qu'elle aimait le plus chez lui, c'était son calme. Quand il s'adressait à elle, c'était toujours avec gentillesse, mais jamais avec condescendance. Il connaissait beaucoup de belles histoires, il savait lui raconter celles des livres qu'il allait relier et comment il allait procéder. Dans ces moments où Frederik lui parlait, elle avait l'impression de retrouver son père. Les deux hommes étaient très différents l'un de l'autre, mais ils avaient cette même capacité à s'émerveiller, et un enthousiasme communicatif.

Elle ne quittait pas des yeux Frederik qui souffla sur le livre, tête baissée ; le feu dansait sur ses cheveux si clairs qu'ils semblaient presque blancs. Au bout d'une longue minute, il finit par acquiescer, et Clarice se mit à espérer.

— Ne vous l'ai-je pas promis ? Et à présent, cher petit oiseau, pas un mot, laissez-moi parler. Le mieux serait même que vous ne quittiez pas votre siège.

Clarice respira un grand coup, soulagée. Elle baissa la tête et laissa ses pieds se balancer dans le vide. Frederik recevrait son oncle, et il arrangerait tout. Il comprenait toujours tout. Il lui avait acheté des souliers, et même une robe, et lui avait fait fabriquer un tablier sur mesure, d'un cuir plus fin et plus léger que le sien et qui ne gênerait pas ses mouvements. Depuis qu'elle fréquentait l'atelier en cachette, sa vie avait changé. Elle n'avait jamais été aussi heureuse. Elle avait hâte de raconter à sa tante Marta ce qu'elle avait appris à faire, de lui dire qu'aujourd'hui, elle savait coudre des fascicules, plier les pages bien comme il faut.

Quand elle était arrivée à Vienne, elle avait dû s'adapter à sa nouvelle vie. Et si, au départ, elle avait pu compter sur sa fidèle Amme pour tout lui expliquer, soudain, elle n'avait plus pu compter que sur elle-même. Mais avec Frederik, la vie était redevenue simple. Elle savait toujours ce qu'il attendait d'elle. Il ordonnait, elle s'exécutait. Parfois, il était si satisfait du travail de son élève qu'il se mettait à siffloter. Et une grande chaleur se répandait dans la poitrine de la petite fille, elle était heureuse. Clarice aimait les livres, leurs histoires, la consistance du papier sous ses doigts, le cuir de leurs couvertures, et même le tissu. Si elle continuait ses efforts, au bout de trois ans d'apprentissage et de trois autres de travail, elle deviendrait, elle aussi, une véritable relieuse. À dire vrai, elle n'en avait encore jamais vu : dans l'atelier, il n'y avait que des hommes. Peut-être serait-elle la première ?

Elle aimait cette idée, qui dessinait sur ses lèvres un sourire. Trois ans, plus trois autres, voilà le temps qu'il fallait pour apprendre, d'après Frederik. Elle aurait donc fini à seize ans. Qu'elle serait vieille, alors ! Elle sourit encore et se remit à penser au livre.

— Clarice, viens ici tout de suite !

Elle leva la tête en sursautant, bouche bée. Son oncle était sur le pas de la porte, en haut de l'escalier. Avec son manteau de fourrure, il avait l'air d'un ours. Et il était en colère. Clarice regarda Frederik.

— Mon oncle, vous êtes rentré !

— Juste à temps, on dirait. Qu'est-ce que c'est que cet accoutrement ?

— C'est ma tenue d'apprentie, répondit Clarice en se levant.

Kurt écarquilla les yeux et retint un grognement.

— Mais bon sang, Schmidt, qu'est-ce qui vous est passé par la tête ? Vous savez qui est cette petite ? Elle n'aurait jamais dû ne serait-ce que voir un endroit comme celui-ci.

— Vous avez sans doute raison, Vogel, répondit Frederik entre ses dents. Et si je ne l'avais pas trouvée à moitié morte de faim dans votre cave, j'aurais sans doute pensé la même chose.

Le visage de son oncle s'empourpra, il était de plus en plus tendu.

— Je vous sais gré de tout ce que vous avez fait, Schmidt. Mais vous n'ignorez pas que tout ça, fit-il en accompagnant ses mots d'un geste de la main, c'est hors de question ! Ma nièce est une von Harmel, et l'idée même d'en faire une apprentie est une insulte à la mémoire de ses parents, un outrage à sa lignée !

Il saisit la main de l'enfant, qui la retira aussitôt.

— J'aime cet endroit. Je veux continuer à travailler, murmura-t-elle, le regard implorant.

Kurt la prit dans ses bras.

— Laissez-moi, mon oncle, je veux rester ici, je dois apprendre à faire des livres ! Laissez-moi, j'ai dit, insista-t-elle.

Elle chercha à se libérer de l'emprise de son parent qui se mit alors à la secouer si fort qu'elle en eut le souffle coupé.

— Assez ! Je ne te permettrai pas de me ridiculiser. Quant à vous, Schmidt, je vous redis ma plus grande gratitude. Ne vous inquiétez pas, je saurai vous remercier, mais, à partir de maintenant, ne vous approchez plus de ma nièce.

Il traversa l'atelier à grandes enjambées, des vagues de haine semblaient émaner de lui.

Il sortit, et les ouvriers ne le quittèrent pas des yeux.

— On dit qu'il faut se méfier de cet homme.

Frederik était devenu très pâle.

— S'il fait du mal à cette petite, c'est lui qui devra se méfier.

— Je ne voudrais pas vous contrarier, Schmidt, mais…

Frederik savait déjà ce que son associé voulait lui dire : dès le début, Peter Bach s'était opposé à ce qu'il s'occupe de Clarice.

— Alors, abstenez-vous. Et ça vaut pour tout le monde : je ne veux plus rien entendre à ce sujet, l'affaire est close.

Kurt Vogel entra chez lui sa nièce dans les bras et la déposa à terre dès qu'il eut franchi le seuil. Qu'allait-il encore se passer ?

— File voir ta tante, elle s'occupera de toi.

La petite frissonna et partit en courant. Il la suivit du regard puis se passa la main sur les yeux et la barbe. Il était fatigué et furieux. Il aurait dû tordre le cou de Krauser dès le début. Son idiote de femme avait non seulement continué à le recevoir, mais elle avait aussi embauché la sœur de ce charlatan. Et ces deux-là avaient failli la tuer à force de lui faire boire de la teinture d'opium. Il se frotta le visage des deux mains. Il savait qu'il les avait cueillis par surprise : ils n'avaient pas eu le temps de faire de trop gros dégâts. Ses biens étaient en sécurité à la banque. Oui, ils avaient dérobé et vendu quelques babioles, mais rien d'irremplaçable.

Il avait été abusé et cela, il ne le supportait pas, c'était insultant pour lui, pour son autorité. Qu'allaient dire les gens ? Que le diable les emporte tous les deux, ces Krauser de malheur ! Il traversa le hall pour se servir quelque chose à boire. Il ne restait rien dans la crédence, plus une bouteille ! Même la cuisine, grise et froide, avait quelque chose de fantomatique. Il ouvrit grande la porte et se retrouva dans la rue.

— Toi ! cria-t-il à un domestique qui s'occupait des chevaux, tu connais Milly, la cuisinière ?

— Bien sûr, monsieur.

— Tu sais où elle habite ?

L'homme indiqua la place derrière lui.

— Derrière l'église.

— Va me la chercher, ordonna-t-il en lui lançant une pièce, dis-lui que Vogel est rentré et qu'il veut qu'elle reprenne son service.

Comment tout cela avait-il pu arriver ? Un honnête homme, un marchand si reconnu, volé en son absence. C'était la faute de Marta. En faisant confiance à ces deux charlatans, elle avait mis leur avenir en péril.

Quand son beau-frère, sa belle-sœur et leur fils aîné étaient morts, Vogel s'était précipité à Munich avec son épouse, et, en tant que seuls parents, ils avaient décidé de prendre en charge l'éducation de la petite et de l'emmener chez eux. Les banquiers qui géraient le patrimoine des von Harmel s'inquiétaient pour l'avenir de la jeune héritière, mais Kurt était parvenu à les convaincre que c'était chez son oncle et sa tante qu'elle serait le mieux.

La simple pensée de ce qui aurait pu arriver si l'histoire de la petite maltraitée s'était ébruitée lui tordit le ventre. Dans le meilleur des cas, ils auraient perdu la garde de l'enfant. Les banquiers des von Harmel auraient prétexté qu'il avait été trop négligent et incapable de s'occuper de cette morveuse pour la soustraire à son contrôle. Heureusement, le relieur avait été d'une très grande discrétion. En réalité, tout le monde se fichait bien de cette gamine, à part cet abruti de Schmidt, qui, Dieu sait pourquoi, avait décidé de lui enseigner son métier. Il lui avait même proposé de devenir son apprentie, de devenir relieuse !

Mais ce n'était pas tant cet homme qui l'inquiétait – il y reviendrait plus tard – mais les banquiers, qui lui faisaient même craindre le pire. Il était prêt à se battre bec et ongles pour conserver le patrimoine de sa nièce. À partir de maintenant, il ferait le nécessaire pour que tout se passe comme prévu. Il avait été très clair avec Marta à ce sujet.

Il ne pouvait pas lui faire confiance, pour l'instant, elle était encore esclave du laudanum. Il avait reconnu son odeur dès qu'il avait mis le pied dans la maison. Il lui avait fallu des heures et un bain d'eau glacée pour qu'elle retrouve ses esprits.

« Ce n'est pas ma faute, je t'en supplie… », n'avait-elle cessé de répéter.

Que Dieu le préserve des pleurnicheries des femmes !

Une chose pareille ne devait jamais plus se produire. Il prendrait un homme à tout faire et une gouvernante de confiance. Et un précepteur, pour la petite. Personnellement, il estimait que plus les femmes se tenaient loin des livres, mieux c'était pour tous, mais il ne voulait pas courir le risque que sa nièce lui désobéisse. Il l'occuperait. Dorénavant, elle resterait à la maison, et il pourrait la surveiller.

Il se laissa tomber sur un fauteuil. Quand la femme de chambre arriva, il lui montra ses bottes :

— Retire-les-moi, et prépare-moi un bain.

Clarice savait que pleurer ne servirait à rien et qu'il lui resterait tout de même cette douleur sourde au fond de la gorge. La tête sur les genoux, elle s'était recroquevillée dans un coin de sa nouvelle chambre. Elle ignorait pourquoi elle dormait à présent au premier étage, à côté de celle de son oncle et sa tante, mais on lui avait rendu toutes ses affaires, y compris son violon et le miroir de sa mère. Tout cela aurait dû lui faire plaisir, mais s'il y avait bien une chose qu'elle avait apprise au cours de sa toute jeune existence, c'était qu'elle ne pouvait faire confiance à personne. Elle avait l'impression d'être une feuille au vent. Et elle avait peur.

— Ça ne sert à rien de te mettre dans cet état, tu aggraves les choses, rien de plus.

Elle leva la tête d'un coup. Une petite fille qu'elle n'avait encore jamais vue se tenait sur le seuil de sa chambre et lui souriait. Elle était jeune, robuste, avait de longs bras blancs et des joues rouges. Ses cheveux étaient ramassés sur son crâne en deux tresses blondes. Elle n'était vêtue ni comme Dava ni comme sa tante : elle portait une chemise blanche à manches courtes, un bustier rouge et une jupe bleu ciel.

— Qu'est-ce que tu veux ? lui demanda-t-elle.

Ce qu'elle regretta aussitôt. Elle n'aurait pas dû lui parler de façon si brusque, ce n'était pas bien. Elle se mordit la lèvre ; sa poitrine la brûlait encore à chaque inspiration :

— Pardon, bredouilla-t-elle.

Elle essuya ses larmes de ses deux mains.

Quand la petite fille s'assit par terre, à côté d'elle, jambes croisées sous sa jupe, Clarice écarquilla les yeux, étonnée. Personne n'avait jamais rien fait de tel, pas même Amme.

— Je m'appelle Charlotte, mais tu peux m'appeler Lotte. Et à partir de maintenant, on ne se quitte plus, toi et moi.

— Tu es ma nouvelle Amme ? demanda Clarice qui n'en revenait pas.

— Oui, en quelque sorte.

Lotte lui parla de sa vie à la montagne et de ses cinq frères et sœurs tous plus jeunes qu'elle et qu'elle avait dû laisser là-bas.

En l'écoutant parler du ciel si clair au-dessus de son chalet qu'il suffisait de tendre la main pour toucher les étoiles, Clarice oublia un peu sa tristesse. Quand Lotte l'aida à se changer, elle la laissa faire. Et au cours des jours suivants, elle s'efforça de s'adapter à sa nouvelle condition. Plus de promenade, son oncle lui avait même interdit d'aller à l'église avec Marta. Mais sa tante souriait à nouveau. Une couturière lui fit de nouveaux vêtements. Elle trouva bien étrange que ce fût son oncle qui choisît les étoffes et les couleurs à la place de Marta. Mais sa tante, presque toujours de bonne humeur, la priait de lui jouer quelques airs de violon. Même Milly, si elle continuait à l'appeler chaque jour en cuisine afin de la faire manger, car une petite fille si maigre ternissait sa réputation de cuisinière, ne lui avait plus jamais indiqué la sortie, à présent fermée par une lourde chaîne.

Parfois, le matin, son oncle la faisait appeler. Lotte l'accompagnait dans la bibliothèque puis les laissait seuls. Clarice n'appréciait pas sa compagnie. Aussi restait-elle le plus souvent sans rien dire, enfoncée dans le fauteuil où il lui avait ordonné de s'asseoir. Elle avait appris à observer les autres, à comprendre ce qu'on attendait d'elle. Elle avait appris que les gens disent avec la bouche des choses que leur cœur ne pense pas. Mais les yeux... les yeux, ça ne ment pas. C'était son ami Frederik qui le lui avait enseigné, le jour où il lui avait révélé comment l'on pouvait deviner si quelqu'un vous mentait, rien qu'en le regardant au fond des yeux.

Une nuit, Clarice essaya de retourner à l'atelier. Elle avait dévalé l'escalier, le cœur prêt à exploser. Le panneau de bois était exactement à l'endroit dont elle se souvenait, derrière les barriques.

— Maître, je suis là, chuchota-t-elle.

Il se faisait tard, mais la lumière de la bougie indiquait que Frederik était encore au travail. Elle entendit une exclamation étouffée, avant de voir Herr Schmidt ouvrir la porte au fond de la niche.

Une lueur d'émotion lui traversa les yeux et un sourire éclaira son visage.

— Vous en avez mis du temps, mon petit oiseau. Je commençais à croire que vous nous aviez oubliés, moi et les livres.

— Jamais, ça n'arrivera jamais. Je vous le jure.

Ils établirent des jours et des horaires précis auxquels ils pourraient se rencontrer. La nuit, surtout, quand la maison dormait et que personne n'entendrait les petits pas rapides sur les marches de pierre ni le bruissement de sa robe de chambre. Ils furent prudents. Le silence accompagnait le moindre de leurs gestes. Et tandis que Clarice grandissait et que Herr Schmidt vieillissait, un savoir très ancien passait d'un vieil homme à une jeune fille. Elle apprit à tendre le cuir, à étaler le blanc d'œuf pour faire les dorures, à teindre les étoffes et à choisir les formats, à utiliser la moindre chute de papier, à fixer le filigrane qui lui servirait pour les cahiers en in-octavo et in-seize. Et, comme une trace indélébile, elle apprit l'importance du silence et de la prudence. Les livres devinrent ses amis, ses confidents.

Personne ne sut jamais rien de ces rencontres qui avaient lieu durant des heures volées, au cours des longues nuits d'été. Et puis, soudain, ce vent qui s'était calmé pendant quelques années, la laissant vivre dans une tranquillité relative, se remit à souffler.

Kurt Vogel n'avait plus été inquiété par les avocats et les banquiers auxquels son beau-frère avait confié la tutelle et le patrimoine de sa fille. Mais, à présent qu'elle avait seize ans, qu'elle était devenue femme, il était bien conscient que les choses risquaient de changer à tout moment. Une fois mariée, c'est son mari qui aurait le contrôle de ses biens, au moins jusqu'à sa majorité.

Et ce mariage éventuel l'inquiétait beaucoup. Plus que celle des banquiers, c'est la réaction de Clarice qu'il redoutait. Parfois, Kurt se reprochait d'avoir été trop indulgent avec elle. Certes, il avait choisi lui-même ses professeurs de musique, de peinture, et même un de ses professeurs de danse. Tout comme les livres et les couleurs pour peindre les tableaux que Marta accrochait au moindre mur disponible. Clarice avait voulu une bibliothèque rien qu'à elle, ce qu'il lui avait refusé dans un premier temps, avant de céder. Mais il en avait fait une jeune fille trop indépendante.

Néanmoins, il pouvait prendre de l'avance sur les avocats. Choisir lui-même le mari parfait. Quelqu'un d'influençable, mais de pas trop vieux, que Clarice accepterait. Le fils de Ludwig von Roth, par exemple. L'homme faisait partie du conseil de la corporation, ce n'était pas un baron, mais il possédait un titre. Et après le mariage, ni les banquiers ni les autorités ne lui feraient trop d'histoires, surtout si Clarice tombait rapidement enceinte. Ce qui ne serait pas un problème pour le jeune homme, d'après les rumeurs qui circulaient sur les domestiques dont Ludwig avait dû acheter le silence.

Le jeune Johan était un parfait abruti. Massif comme une armoire normande, il avait de petits yeux bovins et l'air perpétuellement affamé. Kurt l'avait croisé récemment à une réception, et les capacités intellectuelles du pauvre garçon ne semblaient pas s'améliorer. Il avait passé tout ce temps à regarder Clarice la mâchoire pendante, suscitant rires et commentaires peu amènes.

Oui, plus il y pensait, plus le fils de von Roth lui semblait être un excellent choix. Il le manipulerait sans problème. Johan se chargerait d'occuper la jeune fille. Depuis quelque temps, il avait l'impression que Clarice pouvait échapper à son autorité. Elle lui obéissait peut-être, mais il n'était pas parvenu à la plier entièrement à sa volonté. Il savait que ce n'était qu'une question de temps : un jour, sa nièce trouverait la porte ouverte et prendrait son envol. Non, il ne pouvait pas l'accepter. Cette seule pensée était une insulte à ce qu'il avait construit pendant des années. Il n'avait pas travaillé autant pour se laisser voler ce qui lui revenait de droit.

Il pencha la tête, sa canne s'enfonçait dans la neige accumulée sur le bord de la chaussée. Il était arrivé au croisement qui menait à sa maison quand il remarqua une petite lueur. Cela ne dura qu'une seconde, puis il se jeta sur le bas-côté. Il sentit la lame s'abattre sur son bras, entailler sa chair. Tout en tombant, un instant avant que sa tête ne heurte violemment le sol, il parvint à sortir son pistolet de la poche de son manteau et à faire feu. Et là, sous la flamme du réverbère, il croisa le regard halluciné de Krauser. Il savait qu'il en allait de sa vie, aussi se mordit-il les lèvres jusqu'au sang : la douleur l'empêcherait de perdre connaissance. Son cœur battait à se rompre dans sa poitrine, et il espérait sincèrement avoir touché sa cible. La bouche édentée au-dessus de lui était comme toute la personne de Krauser : effrayante. Quand il vit son visage déformé par un rictus, il comprit qu'il avait raté son but.

— Je vais te tuer.

Kurt avait oublié le goût amer de la peur. Il était fichu. Il ne pouvait pas se saisir de sa canne, car son bras lui faisait horriblement mal, comme s'il avait été brûlé au fer rouge. Krauser lui assena un coup qui lui arracha un cri.

— J'aurais dû te tuer quand j'en avais l'occasion.

Ce n'était pas Vogel qui parlait, mais sa colère. Absolument pas impressionné, l'autre se mit à sourire :

— Tu ne pouvais pas le faire, Dieu me protège. Tu es un démon, et je vais te tuer. Puis j'irai chez toi et je finirai ce que j'ai commencé. Je m'occuperai d'abord de ta femme, ensuite ce sera le tour de cette sale gamine.

La lame brilla dans le noir, avant de s'abattre une dernière fois sur Kurt. Alors qu'il soulevait son bras valide pour tenter de se protéger, un coup de feu déchira la nuit, puis un autre. Les dernières choses qu'il vit avant de perdre connaissance furent deux mains qui le relevaient. Un groupe de personnes accourut, attiré par le bruit des détonations, puis la nuit engloutit tout.

7

« Le sentiment est tout, et ces noms de la nature
ne sont que bruit et que fumée qui nous voilent
l'éclat des cieux. »

Johann Wolfgang von GOETHE, *Faust*

L'Antico Caffè Greco, via Condotti, était un de ces lieux uniques patinés par l'histoire. Il avait conservé du temps où c'était encore un repaire d'artistes sans le sou, de poètes et de peintres, des vues de Rome, des descriptions passionnées, des balades et des rêves. Ils étaient accrochés aux murs, posés sur les meubles, on les devinait entre les cadres, les photos jaunies et les gravures. Et l'atmosphère que l'on y respirait était mystérieuse, fascinante, au point que, lorsque les hôtes observaient les images et s'arrêtaient sur les détails à la recherche de réponses, ils ne découvraient que de nouvelles questions. Sofia le connaissait bien, pourtant, chaque fois qu'elle y retournait, elle avait l'impression d'y découvrir une particularité qui lui avait échappé les fois précédentes.

— Je suis vraiment désolée.

La voix d'Ilaria était douce, elle avait posé une main rassurante sur celle de Sofia, qui l'avait appelée pour lui dire qu'elle ne viendrait pas au dîner qu'elles avaient prévu, car elle n'était pas encore prête à revoir ses vieux amis.

— Merci. Mais tu sais, moi, je ne suis pas sûre d'être désolée.

Puis elle se tut, presque étonnée par sa propre affirmation. Ça avait l'air absurde, dit comme ça. Superficiel. Déplacé. Elle essaya de mieux s'expliquer :

— J'ai l'impression qu'il me manque tout à coup une partie de moi, et en même temps, je suis soulagée. C'est assez contradictoire.

Et puis, il y avait autre chose. Mais c'était si profondément enfoui en elle qu'elle ne pouvait en parler à personne. Aussi décida-t-elle que seuls la colère et le soulagement auraient droit de cité.

Le visage d'Ilaria changea. Une profonde tristesse embuait son regard :

— Parfois, je me demande s'il existe vraiment des frontières infranchissables dans la vie.

Sofia ne la comprenait que trop bien.

— Quand il s'agit d'émotions, les choses se compliquent, poursuivit Ilaria. Et tout prend un sens moins définitif. Alors, il n'y a plus de blanc et de noir, uniquement des nuances de gris. Quoi qu'il en soit, je crois qu'il est normal que tu sois un peu perdue. Ce n'est pas facile de ne plus aimer quelqu'un. Au fond, je ne crois pas que cela soit même possible. Le rapport change, on évolue ou on régresse.

— C'est toujours tellement simple de parler avec toi, dit Sofia en souriant.

Elle aurait pu lui en dire plus sur son rapport avec Alberto, se livrer, mais elle n'en avait pas envie. Certaines choses devaient rester privées.

Elles continuèrent à discuter, le parfum du chocolat et des gâteaux posés sur la table les enveloppait. L'après-midi fila de façon agréable et, bien vite, la lourdeur initiale des mots qu'elles avaient peiné à échanger disparut, laissant place à de petites plaisanteries, des choses légères qui leur permirent de resserrer leur lien. Elles étaient en train de rire quand Ilaria fut interrompue par l'alarme de son téléphone :

— Je dois aller chercher Alessandro à l'école. Je t'appelle demain, OK ?

— Oui, merci. J'ai passé un très bon moment avec toi. Embrasse ton petit de ma part. J'aimerais vraiment le rencontrer.

Ilaria acquiesça, l'air songeur.

— Surtout, essaie de garder le moral. Et la prochaine fois, je veux tout savoir de Clarice. Son histoire est terriblement fascinante.

En effet, elle n'avait pas perdu une miette du récit que Sofia lui avait fait de sa récente découverte. Elle enfila son manteau et la salua de la main. Sofia la suivit du regard, un sourire aux lèvres, qui s'éteignit dès que son amie disparut parmi la foule.

Et maintenant ? Que faire ?

Cette légère sensation de panique qui ne l'avait pratiquement pas quittée une seule seconde ces derniers jours se manifesta à nouveau, plus forte cette fois. Sa question ne concernait pas un futur lointain ; les contours d'un nouveau chemin se dessinaient lentement devant ses yeux. Ce qu'elle ignorait, et ce qui lui faisait terriblement peur, c'était de quoi serait fait le moment qui suivrait immédiatement celui qu'elle était en train de vivre.

Elle resta ainsi, promenant son regard sur les gens qui entraient : les enfants qui sautillaient devant les vitrines de gâteaux et réclamaient ceci ou cela à leurs parents, les jeunes qui se tenaient par la main, les élégantes dans leurs belles tenues. Puis elle laissa ses yeux vagabonder sur les fresques, et sur les badauds qui s'étaient arrêtés pour les admirer.

Son regard flânait encore de l'un à l'autre quand une silhouette attira son attention. L'homme était grand et portait une chemise blanche malgré la fraîcheur de cette fin d'après-midi ; il avait les épaules larges, les cheveux noirs et courts. Il avançait d'un pas sûr, comme s'il était seul et se souciait peu des gens autour de lui. Il fixait un point sur le mur. Soudain, il leva la main, effleurant quelque chose devant lui. Il continua à se mouvoir lentement, plongé dans un monde qui l'isolait de celui des autres.

De là où elle se trouvait, Sofia ne le distinguait pas très bien. Mais, petit à petit, elle s'aperçut qu'il avait quelque chose de familier.

C'est alors que l'homme se retourna. Sur le moment, il sembla perplexe, puis il la regarda intensément dans les yeux. Il ne lui sourit pas, il se contentait de la fixer et, maintenant, il se dirigeait vers elle.

— Vous êtes la femme de la paix et des étoiles, dit-il en s'arrêtant devant elle, une main posée sur le dossier d'une chaise. Je n'aurais jamais cru vous revoir.

— Pour tout vous dire, moi non plus.

C'était bien l'homme qu'elle avait rencontré à la présentation du livre de Goethe à la Galileo Society.

En plein jour, il lui paraissait plus jeune qu'elle ne l'avait cru au départ. Mais son expression était la même. Intense et pénétrante. Elle lui sourit.

— Cette fois, je vous croise dans la foule, vous seriez-vous lassé de la solitude ?

Son regard se fit plus doux, le coin de ses lèvres se releva, dans une esquisse de sourire.

— Mais la foule nous offre quelque chose qui ressemble beaucoup à la solitude, vous ne croyez pas ? Nous décidons de ne pas voir, de ne pas entendre…

C'était vrai, et elle en avait fait elle-même l'expérience. Il suffisait de se parler sans se comprendre. Ou d'avancer dans deux directions qui n'étaient les mêmes qu'en apparence.

— Ce que vous dites est profondément mélancolique, pourtant, vous n'avez pas l'air de quelqu'un de triste. Et j'ai même l'impression que vous vous amusez.

L'homme la fixa encore un instant puis regarda autour de lui avant de poser à nouveau les yeux sur elle.

— C'est déconcertant, répondit-il en affichant cette fois un franc sourire.

— Pardon ?

Sofia attendait qu'il s'explique, mais il ne semblait pas en avoir l'intention.

— Un jour, peut-être en reparlerons-nous, assena-t-il sans lui laisser le temps de répondre. Je m'appelle Tomaso Leoni. Et vous ?

— Sofia Bauer.

Elle lui tendit une main qu'il prit dans la sienne tout en esquissant une sorte de petite révérence. Un geste élégant, d'un autre temps, qui l'étonna.

— Voulez-vous vous asseoir ? demanda-t-elle en lui montrant la chaise en face d'elle, plus par politesse qu'autre chose.

Elle n'était pas d'humeur à... À quoi ? Elle ne le savait pas elle-même.

Il sembla hésiter un instant.

— Il vaut mieux pas. J'ai comme l'impression que ce n'est pas le bon moment pour vous. Je vous souhaite une bonne soirée, madame Bauer.

Avant que Sofia puisse réagir, il déposa un baiser sur sa main et s'éloigna. Tout était allé très vite. Il se tenait devant elle, et, l'instant d'après, il avait disparu. Elle regarda sa main. Quel étrange personnage, ce Tomaso Leoni, avec son regard scrutateur. Et puis, soudain, elle comprit d'où venait ce malaise qu'elle avait ressenti tandis qu'il lui parlait.

Elle avait eu peur de lui.

Elle n'avait pas eu peur qu'il lui fasse du mal. Non, cette idée était absurde. Ce qu'elle redoutait, c'était qu'il puisse lire en elle, et qu'il la trouve pathétique. Car c'était ainsi qu'elle se sentait. Je deviens ridicule, pensa-t-elle en passant ses mains sur son visage, dans une tentative pour reprendre le contrôle de ses émotions. Après tout, ce n'était qu'un inconnu, pourquoi accorder la moindre importance à son jugement ? Elle évacua cette idée et se concentra sur la partie la plus agréable de leur conversation. Il l'avait appelée « la dame de la paix et des étoiles ». Et elle s'était sentie bien. Sans raison précise, car ils n'avaient échangé que quelques mots. Aucun jeu de séduction, aucun sous-entendu, aucune allusion. Juste une conversation. Comment des mots pouvaient-ils être aussi doux, y compris ceux d'un parfait étranger ?

Mais peut-être était-ce justement cela qui les avait rendus si précieux. Ils avaient été prononcés par un homme qu'elle ne connaissait pas. Car ainsi, jamais ils ne se briseraient, contrairement à ce qui était arrivé à son existence, à ses rêves écrasés par l'impitoyable ballade de la vie. C'est le caractère unique de ces instants rares qui les protégeait. Elle se leva et appela le serveur :

— Je peux avoir l'addition s'il vous plaît ?

— C'est déjà réglé, madame. Bonne soirée, nous espérons vous revoir bientôt.

Sofia cligna des yeux.

— Il doit y avoir une erreur…

— Non, tout a été réglé. À bientôt, répondit-il avec un large sourire.

Elle sortit du café, la tête pleine de questions : Ilaria avait-elle payé la note alors qu'elle-même n'avait pas encore fini ? Cela ne lui semblait pas possible. Mais alors… était-ce Tomaso Leoni ? Et pour quelle raison ? Ils n'avaient échangé que quelques mots.

Elle aurait dû lui en vouloir pour ce geste. Elle était parfaitement en mesure de payer ses propres consommations. Puis elle se souvint de sa façon de se pencher, et du baisemain. Oui. C'était vraiment un homme d'un autre temps. Vu sous cet angle-là, ce geste devenait compréhensible. Marchant parmi la foule, elle releva le col de sa veste, car une petite bise s'était levée ; frissonnante, elle accéléra le pas.

Tomaso Leoni entra dans son bureau, posa son carnet sur sa table en chêne et retira sa veste. Il desserra le nœud de sa cravate et s'abandonna dans son fauteuil. Le soleil couchant se reflétait sur le sol en marbre, depuis la grande baie vitrée, les toits des immeubles semblaient des copies des dessins qu'il venait de voir à l'Antico Caffè Greco. Il se massa les yeux avec les paumes. Il était épuisé et très en colère. Comment Frank avait-il pu se fourrer dans des ennuis pareils ? Il y avait réfléchi tout l'après-midi, il avait vérifié les papiers un par un jusqu'à ne plus avoir le moindre doute. La signature sur le testament, que son agence de graphologie devait examiner, n'était pas authentique. C'était évident, tellement évident que cela soulevait chez lui une série de questions. Son beau-père et associé, Frank Hobart, l'avait pourtant déclarée comme telle.

Il se leva et se mit à faire les cent pas dans son immense étude. Il regarda par-delà la fenêtre, les mains dans les poches. Il était descendu au café en bas de son bureau pour se calmer, pour réfléchir. Et c'est là qu'il avait revu cette femme, Sofia Bauer… Il s'attarda un instant sur cette pensée, puis la rejeta brusquement.

Il traversa le couloir et rejoignit en quelques enjambées le bureau de Frank. Il frappa à la porte d'un petit coup sec.

La secrétaire sortit presque immédiatement :

— J'espère que toi, tu arriveras à le raisonner. Moi, j'ai renoncé.

Son regard inquiet n'échappa pas à Tomaso. Il ferma à demi les yeux, en s'écartant sur son passage. Mais de quoi Carla parlait-elle ?

— Qu'est-ce qui se passe ?

— Où étais-tu, Tomaso ? répondit Frank en éludant la question.

— Ça n'a aucune importance.

Il entra dans la pièce et ferma la porte derrière lui. Un homme d'une soixantaine d'années, un sourire jovial fendant son visage rougeaud, l'attendait assis derrière son bureau Louis XVI, installé sur un épais tapis persan.

— Pourquoi as-tu authentifié la signature du testament Baldini ?

Frank marmonna quelque chose, se servit à boire et but son verre d'une seule traite.

— Parce que c'est ce qu'on fait dans cette étude ?

Tomaso s'avança, posa ses mains à plat sur le bureau et se pencha vers son beau-père :

— C'est des conneries ! C'est un apocryphe, un faux, et tu le sais.

— Tu as toujours été un gamin arrogant. Et je vais te dire ce que je te disais déjà à l'époque : modère ton langage, mon garçon, et calme-toi, répondit Frank en agitant un doigt. Quoi qu'il en soit, j'ai tout relevé et comparé. Tu te trompes… je suis sûr de moi. (Il fit une pause avant de reprendre :) À peu près, en tout cas.

Tomaso n'avait pas besoin d'entendre le doute dans la voix de Frank, mais cette hésitation et le tremblement soudain de ses doigts confirmèrent les signes avant-coureurs qu'il s'était entêté à ignorer ces derniers temps. Car cela faisait un moment que son beau-père se comportait de façon étrange. En prenant conscience de la gravité de la situation, il eut envie de rire. Sa mère disait toujours qu'elle détestait avoir raison. Et, en ce moment, il pouvait la comprendre. Parce que lui aussi il aurait donné n'importe quoi pour s'être trompé. Pour s'être, comme on dit, fourré le doigt dans l'œil jusqu'au coude.

— Retire ton expertise, prends rendez-vous, appelle le juge, fais ce que tu veux, mais récupère ce compte rendu.

— Tu n'as pas l'impression d'exagérer un peu ? fit Frank, abasourdi.

Tomaso lui montra la feuille qu'il tenait entre les mains.

— Ça, c'est la signature d'Armando Baldini, sur sa carte d'identité, et celle-ci, c'est celle que tu as authentifiée.

Il fit une pause. Elles étaient à tel point identiques que leur authenticité n'était pas seulement improbable, mais carrément impossible. Tomaso aurait pu jurer qu'elle avait été imprimée par un moyen mécanique sur un testament apparu comme par un coup de baguette magique, un pantographe, peut-être.

— Mais qu'est-ce qui a bien pu te passer par la tête ? Pourquoi n'as-tu pas demandé l'expertise de notre spécialiste en mécanique ?

Frank le dévisageait, perplexe :

— Tu passes derrière moi, Tommy ?

La sueur commençait à perler sur son front. Il avait l'air encore plus rouge que d'habitude.

— Ne m'appelle pas comme ça, Frank.

Bien sûr qu'il vérifiait ce qu'il faisait. Il était terriblement doué pour ça. Les incohérences, les irrégularités, les traits différents ou absurdement identiques lui avaient toujours sauté aux yeux. Tomaso, qui avait le sens pratique, avait su tirer profit de ce don. Ce n'était pas toujours agréable d'être sujet à une hypersensibilité visuelle, qui lui permettait de se souvenir avec une précision millimétrique de la moindre image, mais il avait décidé que cela devait au moins lui servir à quelque chose. Sa passion pour l'écriture à la main et pour la calligraphie avait fait le reste. Et voilà comment il était devenu graphologue et expert en écriture auprès des tribunaux. Du reste, c'était aussi le métier de son père, qui avait fondé avec Frank l'agence pour laquelle il travaillait à présent. Il ne se bornait pas à une simple analyse des textes manuscrits : il en produisait une interprétation globale. Comparer les graphies ne lui suffisait pas, il cherchait à établir un schéma, à trouver un sens à ce qu'il avait lu.

Tomaso avait détourné son regard de Frank. Son attention était à présent fixée sur les lunettes tombées au pied du fauteuil. Depuis quand en portait-il ?

— Tu as des problèmes que tu m'aurais cachés ?

— Quoi ? demanda Frank, qui suivit le regard de Tomaso puis ramassa ses lunettes et les posa sur son bureau. Non, rien, assura-t-il, avant de se renfoncer dans son fauteuil et de fermer les yeux.

— Tu mens. Qu'est-ce qui t'arrive, Frank ?

Il s'approcha de son beau-père, les traits durcis par l'inquiétude.

— Laisse-moi tranquille.

Frank se leva d'un coup, et vacilla. Tomaso se précipita vers lui, lui saisit un bras et parvint à le soutenir *in extremis*.

— Je vais t'amener à l'hôpital.

— Non, ce n'est rien, je t'ai dit.

— Peut-être, mais j'aimerais mieux qu'un médecin me le confirme. J'accompagne Frank chez le docteur, ajouta-t-il à l'intention de Carla, une fois dans le hall.

La secrétaire les précéda, ouvrant grande la porte. Ils étaient en train de sortir quand elle lui murmura quelque chose à l'oreille. Il se retourna aussitôt, surpris :

— Quand est-ce arrivé ?

— Hier. Il a dit que c'était juste un vertige.

Tomaso sentit son estomac se nouer.

— Tu aurais dû m'en parler.

— C'est moi qui lui ai demandé de ne pas le faire, grommela Frank en s'essuyant le front.

— Pourquoi ? demanda Tomaso, éberlué.

— Ça ne te regarde pas, répondit l'autre, le regard lointain, après les quelques secondes qui lui furent nécessaires pour se remettre de ses émotions.

Il ressentit une douleur vive comme une brûlure. S'il parvenait à l'ignorer, alors il pourrait aller de l'avant.

— Tu peux marcher ?

— Oui.

Elle n'était pas certaine qu'on lui aurait permis d'accéder aux livres. Sofia avait beau avoir travaillé à la bibliothèque Hertziana, le règlement était très strict concernant les consultations des ouvrages et on ne faisait pas d'exception pour les anciens employés. Pourtant, elle n'avait pas le choix. Sans quelques références objectives, elle ne parviendrait pas à mener sa recherche à bien. Clarice semblait n'avoir jamais existé. Aux archives, elle chercha dans les livres qui traitaient de la reliure en Allemagne à cette époque-là, elle compulsa des volumes sur l'histoire de Vienne afin d'y trouver des informations concernant sa famille, en vain. Elle suivit la piste infructueuse d'une femme relieuse. C'est alors que Sofia eut une intuition.

Elle chercha du matériel sur Fohr, en particulier des autographes, et photocopia ses trouvailles.

Une fois sortie de la bibliothèque, elle savait où aller pour parler de Clarice, du livre et de tout le reste.

La librairie était ouverte. Elle y entra en courant après avoir ouvert la porte à grand bruit. « Monsieur Vinci ! » Le souffle court, elle se dirigea vers le comptoir.

Le libraire écarquilla les yeux, étonné. Un sourire se dessina sur son visage rugueux.

— Sofia, quelle surprise ! Vous avez déjà fini de restaurer le livre ? Je ne pensais pas vous revoir si vite.

— Je suis déjà revenue deux fois, mais c'était fermé.

Vinci soupira.

— À mon âge, chère Sofia, certains jours sont plus difficiles que d'autres, dit-il en écartant les bras dans un geste résigné. J'avais un petit rhume, ajouta-t-il avec un sourire triste, mais vous m'avez l'air troublée, il est arrivé quelque chose ?

Ah ça, s'il était arrivé quelque chose ! Elle s'approcha de lui.

— Le livre que vous m'avez donné n'est pas un livre comme les autres. Il renferme une deuxième histoire.

Le libraire retira ses lunettes qu'il nettoya lentement avec une chamoisine.

— J'imagine que je n'ai pas besoin de vous rappeler que les livres rêvent. (Il se tut, et s'éclaircit la voix :) Un livre rêve. « *Le livre est le seul objet inanimé qui puisse avoir des rêves* », disait Ennio Flaiano. Et pour tout vous dire, j'ai toujours été de son avis. Alors, ma chère petite, expliquez-moi donc un peu mieux le songe du livre de Fohr.

Sofia s'approcha de lui, son cœur battait à se rompre :

— D'une femme. Son nom est Clarice Marianne von Harmel. Et elle a confié à ce livre son histoire et son secret.

8

« L'aube a sa mystérieuse grandeur qui se compose d'un résidu de rêve et d'un principe de la pensée. »

Victor HUGO, *Les Travailleurs de la mer*

— Pardon ?

Le sourire avait déserté le visage du libraire. Lentement, il déplaça les volumes posés sur son comptoir ; en haut de la pile, il y avait celui qu'il était en train de lire quand Sofia était entrée et entre les pages duquel il avait glissé la feuille qu'il utilisait pour noter des citations.

— Vous voulez dire que vous avez trouvé le message d'une femme parmi les gloses rédigées dans le livre de Fohr ?

Elle secoua la tête :

— Oui, non. En fait, c'est un peu plus compliqué que ça.

Sofia envisagea un instant de courir chez ses grands-parents. Peut-être qu'en voyant la lettre de Clarice, le vieil homme comprendrait mieux de quoi il s'agissait. Puis quelque chose la fit changer d'avis.

— En l'examinant, j'ai trouvé sous le plat une sorte de poche. Dedans, il y avait une feuille que quelqu'un avait cachée là. Je crois que c'est cette même femme qui a écrit le message, mais je n'en suis pas sûre.

Le libraire était déconcerté.

— C'est une histoire incroyable, lâcha-t-il au bout d'un moment. Racontez-moi tout. Que contenait cette lettre, exactement ?

Il allait ajouter quelque chose, mais n'alla pas au bout de son intention. D'un coup d'œil, il s'assura qu'ils étaient seuls, puis sortit de derrière le comptoir et se dirigea vers la porte qu'il ferma à clé. Il se retourna, une lueur de curiosité dans le regard.

— Venez, asseyons-nous, lui proposa-t-il. Nous serons plus à l'aise.

Sofia le précéda. Andrea Vinci avait du mal à marcher. Elle s'approcha de lui et, joignant le geste à la parole, lui dit :

— Je vais vous donner le bras.

Il lui sourit en penchant la tête.

— Ce n'est qu'un peu d'arthrite, vous êtes trop gentille. (Il fit une pause et désigna un fauteuil avant d'ajouter :) À présent, Sofia, répète-moi ton histoire depuis le début, s'il te plaît. Oh, et je te prie d'excuser les libertés que je prends avec toi, mais je trouve bien difficile d'exprimer correctement les émotions que je ressens dans une langue trop formelle. Et pour comprendre un texte écrit, il est fondamental de pouvoir s'identifier à lui.

Elle comprenait parfaitement. C'étaient toujours les émotions qui l'avaient guidée, elle aussi, et qui lui avaient permis d'entrer dans la narration, d'aller plus loin que les mots, de saisir la pensée de l'auteur. C'est pour cela qu'elle était une si bonne bibliothécaire.

— Clarice nous a envoyé un message. Elle parle d'elle, de sa vie. Elle est née riche, dans une famille aristocratique qui l'aimait, puis il s'est passé quelque chose qui a tout changé. Mais ce qu'elle craignait le plus, c'était que la vérité soit perdue.

— Quelle vérité ?

Sofia réfléchit un peu avant de répondre :

— Ce n'est pas très clair. Il n'y a pas d'autre explication. C'est comme si je n'avais trouvé que la première partie de l'histoire.

Elle se tut un instant ; en parlant avec le libraire, elle avait la sensation que ses idées prenaient forme et que tout devenait plus cohérent.

— Je crois que la première question à laquelle nous devons trouver une réponse est la suivante : pourquoi Clarice a-t-elle choisi le livre de Fohr ? Et la seconde serait : pourquoi a-t-elle caché son message dans la reliure, dans un endroit du volume auquel très peu de personnes auraient accès ?

— Quelles personnes ?

— N'importe quel relieur qui se serait occupé du livre après elle. Bien entendu, cette idée devait lui inspirer confiance… C'est elle qui a caché la lettre, ajouta Sofia, sûre d'elle.

— Et qu'est-ce qui te fait penser ça ? demanda le libraire sur un ton sec et dardant sur elle un regard inquisiteur.

— Si elle avait pu partager son secret avec un proche, elle n'aurait pas eu besoin de le cacher. De cette façon, en revanche, elle s'assurait que la personne qui le découvrirait aurait quelque affinité avec elle.

Le libraire acquiesça et ajouta :

— Bien sûr, c'est logique. Et que savons-nous d'autre ?

Ce fut la première fois que Sofia la vit vraiment. Jusqu'alors, la femme mystérieuse n'était qu'une vague image dans son esprit. Mais tandis qu'elle parlait d'elle, les mots tracés avec élégance semblèrent s'échapper des pages pour tracer les contours de son visage, de sa silhouette. C'était une femme attirante, forte, capable d'affronter les difficultés et de les surmonter. Elle avait survécu à de grandes douleurs. Elle avait appris à maîtriser les règles d'un art. Son sens de la justice l'avait poussée à bien agir. Elle avait écrit, dans ces quelques lignes, que ses actions auraient pu mettre sa famille en danger, mais qu'elle n'avait pas renoncé pour autant. Elle avait les yeux bleus, si foncés qu'ils semblaient noirs. Ce que l'on rencontre fréquemment chez les femmes de la noblesse germanique. Et elle avait les cheveux châtains qu'elle portait long, comme c'était l'usage à l'époque. Elle aimait les livres et les connaissait intimement, car elle était relieuse. Et, en ce temps-là, cela signifiait avoir une très vaste culture.

— Elle semblait ne pas faire confiance à ses contemporains. Son secret ne devait pas être révélé tout de suite et il lui fallait trouver un moyen de le préserver.

Le menton d'Andrea reposait sur ses mains jointes ; il réfléchissait en silence.

— Oui, c'est possible. Cependant, elle ne dit pas que ce secret est le sien, mais qu'elle le *connaît*. Et puis elle parle de quelque chose qui a été accompli et doit être transmis.

Elle se tut un instant, car une phrase lui revint à l'esprit : *Qu'est-ce que la nature sans l'homme et sa pensée ?* Ses yeux s'agrandirent.

— Il y a une phrase à la fin de la lettre… C'est un message. Une invitation. La nature est le thème du premier livre, l'homme celui du deuxième, et la pensée conclut cette œuvre. Au bout d'un moment, le message s'interrompt, c'est comme si Clarice nous enjoignait de lire les autres livres de la trilogie.

Elle se retourna, scrutant le moindre recoin de la librairie, et reprit :

— La suite de l'histoire est sans doute à l'intérieur des autres ouvrages ; ils doivent avoir la même reliure.

Elle se leva et ajouta :

— Vous les avez ici ?

À cet instant, le vieil homme sembla se reprendre. Mais aussitôt, son regard s'éteignit.

— Je ne les ai pas. Il était isolé quand je l'ai… trouvé. Il n'y avait pas d'autres volumes.

— Comment est-ce possible ? demanda Sofia qui n'arrivait pas à croire que le libraire ne possédait pas les autres volumes. N'y a-t-il aucune possibilité de les trouver ? C'est une première édition de l'éditeur Cotta de Stuttgart. Elle date de 1816. La couverture est en maroquin rouge…

Elle détachait bien les mots, ajoutant une information après l'autre, comme si elle cherchait à persuader le libraire. Elle refusait d'abandonner. Soudain, elle se mit à marcher de long en large.

— Les catalogues des bouquinistes et des bibliothèques… Aujourd'hui, tout est numérisé.

Sa voix faiblit. On aurait dit qu'elle ne croyait pas elle-même à ce qu'elle était en train de dire ; ce qu'elle cherchait pouvait se trouver n'importe où.

— Il y a une chose que tous les livres ont en commun, articula le libraire d'une voix monotone, comme s'il parlait pour lui-même.

Sofia essaya de l'ignorer. Elle ne voulait pas l'écouter, elle ne voulait pas y penser. Tout cela ne pouvait pas finir ainsi.

— Ils sont tous faits de papier, murmura-t-il. Ils craignent le feu et l'eau, ce qui signifie qu'il n'y a peut-être plus rien à trouver.

Un silence chargé d'échec descendit sur eux, puis Andrea, tout à coup, sourit :

— Ma chère petite, il y avait des notes écrites dans les marges de ce livre, je m'en souviens très bien. C'étaient des commentaires de texte, principalement. Mais vus dans leur ensemble, à la lumière de ces faits nouveaux, peut-être t'aideront-ils à comprendre la lettre de Clarice. (Il se tut un instant, et frappa son menton de son index, plusieurs fois.) Les as-tu déjà lus ?

Sofia se ragaillardit un peu.

— Je les ai juste survolés, je n'ai pas eu beaucoup de temps.

Il les avait donc remarqués, lui aussi ? Pourtant, il ne les avait pas évoqués jusqu'à maintenant.

Il s'était arrêté devant le comptoir.

— Est-ce que ces notes te semblent lisibles ?

Elle agita une main et répondit :

— Bien sûr, elles sont en allemand, comme la lettre de Clarice, et l'écriture est très similaire. Le problème, ajouta-t-elle après une courte hésitation, ce ne sont pas les notes. Non, les notes, j'arrive à les lire. Il y a autre chose.

— Quoi donc ?

— Je ne sais pas si c'est Clarice qui les a rédigées ou quelqu'un d'autre. L'écriture est trop petite et je ne possède ni les instruments ni les compétences qui me permettraient d'affirmer quoi que ce soit. Si le livre était à Clarice et qu'elle eût elle-même couché ses notes dans les marges, ce serait différent.

Le vieil homme passa derrière le comptoir, prit un cahier et l'ouvrit. Son doigt noueux parcourait les pages à la recherche de quelque chose ; le silence était doucement rythmé par leurs souffles.

— Voilà, tiens, note donc ces noms : Frank Hobart et Tomaso Leoni. Ce sont deux experts en graphologie. Ils sauront te donner les réponses que tu cherches.

Il nota sur une feuille les coordonnées des deux hommes, et la tendit à Sofia.

— Des graphologues ?

— Oui, ils ont une agence spécialisée en graphologie et en expertise de documents, ils travaillent pour des antiquaires et pour la police. Ils peuvent aussi bien annoncer de grandes fortunes que faire s'envoler en fumée de grands espoirs.

Il regarda attentivement Sofia. Puis il ferma son carnet, poussa un long soupir et sourit enfin, avant d'ajouter :

— Excuse-moi, ma petite. J'ai exagéré.

— Comment ça ? s'inquiéta Sofia. Je ne comprends pas.

Le vieil homme tendit la main.

— Tu es troublée, ça se voit. Excuse-moi, je n'aurais pas dû insister pour que tu te lances dans cette enquête. (Il eut un petit rire puis haussa les épaules :) C'est que tout cela me semble si mystérieux et fascinant. Une femme qui a vécu il y a deux siècles cache un message dans un livre, tu le trouves, tu l'analyses… et maintenant, on est là, tous les deux, en train d'en discuter. Voilà, je crois que je me suis laissé emporter par mon enthousiasme.

Le visage de Sofia se détendit ; elle comprenait parfaitement son intérêt et le partageait. Elle lui sourit, il y avait entre eux quelque chose qui ressemblait beaucoup à de la complicité.

— Vous n'y êtes pour rien. C'est que… je pensais à Tomaso Leoni. Je connais cet homme.

À présent, c'était au tour du libraire d'être surpris.

— Vraiment ? Mais quelle drôle de coïncidence.

L'espace d'un instant, elle crut elle aussi qu'il ne s'agissait que de hasard. Mais, à bien y réfléchir, c'était un ensemble de circonstances liées à leurs intérêts communs qui les avaient menés à cette rencontre.

La première fois, elle avait rencontré Tomaso à la présentation du livre de Goethe, la deuxième, au café Greco, un lieu qui depuis toujours attirait les écrivains et les amoureux des arts. À présent, elle découvrait qu'il exerçait un métier lié à l'écriture… Il était graphologue. Voilà pourquoi cet homme était si particulier. Il fallait être d'une grande perspicacité pour parvenir à cerner quelqu'un à travers l'analyse de son écriture. Non, trancha-t-elle. Tout ça n'avait décidément rien d'une coïncidence. Ils gravitaient tous les deux dans un monde somme toute bien petit.

— Il m'a fait une excellente impression. J'irai le consulter.

Elle salua le libraire d'un geste de la main. Sur le bout de papier, Andrea avait ajouté son adresse et son numéro de téléphone. Elle le glissa dans sa poche et sortit de la librairie le sourire aux lèvres, heureuse à l'idée de pouvoir poursuivre ses recherches. Bien sûr, ce n'était pas ce qu'elle avait espéré, puisque, visiblement, l'histoire de Clarice s'était probablement interrompue, mais elle était curieuse de faire de nouvelles découvertes grâce aux notes. Elle pensait à la conversation qu'elle avait eue avec Vinci tandis qu'elle traversait la route. Il ignorait que, depuis qu'il lui avait offert *Le Discours sur la nature*, sa vie avait changé. C'était comme si la lettre de Clarice l'avait obligée à regarder à l'intérieur d'elle-même, à sonder son âme, pour comprendre ce qu'elle voulait. En fallait-il vraiment si peu ? Un jour, il vous arrive quelque chose et soudain tout prend un sens nouveau ?

Puis elle secoua la tête. Non, ces changements ne se résumaient pas à cela, ils étaient la conséquence d'une suite d'événements qui avait commencé il y avait bien longtemps. C'était une sorte de chaîne, composée de nombreux anneaux. L'espace d'un instant, elle pensa à Alberto, mais, heureusement, les appels de son mari s'étaient espacés jusqu'à disparaître. Et ce silence lui convenait.

Elle monta l'escalier et salua Felipe.

— Aujourd'hui, je vous trouve en bien meilleure forme, mademoiselle.

— Merci.

Elle sourit en elle-même, puis, une fois rentrée dans l'appartement de ses grands-parents, se prépara à manger, tout en réfléchissant aux prochaines étapes de ses recherches.

Elle avait brièvement parlé avec ses parents ; c'étaient des gens au sens pratique très développé, habitués à résoudre les problèmes qui se présentaient à eux. Le fait qu'ils n'aient jamais vraiment apprécié Alberto simplifiait tout, bien sûr. Mais, avec ses grands-parents, ce serait différent.

Sofia ne voulait pas qu'ils sachent à quel point ces événements avaient été difficiles pour elle, à quel point elle se sentait responsable de cette situation. Elle avait beau savoir objectivement que ce n'était pas le cas – car l'échec de leur mariage leur était imputable à tous les deux, elle et Alberto –, elle ne parvenait pas à se défaire de ce sentiment de culpabilité. Elle regarda à nouveau son téléphone portable. Demain, se dit-elle. Elle les appellerait demain. Pour l'instant, elle se concentrerait sur les jolies choses.

« Tomaso Leoni », murmura-t-elle. Qui aurait cru à une chose pareille ? Elle sourit et s'assit, la feuille posée sur ses genoux, le téléphone entre les mains. Elle composa le numéro et attendit.

— Oui ?

— Bonsoir. Je voudrais parler à Tomaso Leoni.

— C'est moi. Je vous écoute.

Et maintenant ? Que devait-elle dire ?

— Je souhaiterais prendre rendez-vous.

Sa voix était exactement comme dans son souvenir : profonde, douce.

— Pouvez-vous m'en dire plus ?

— Eh bien, en fait… c'est assez compliqué à expliquer.

S'ensuivit un silence, pendant lequel Sofia crut voir son étrange sourire.

— Commencez donc par votre nom. On arrivera au reste plus tard.

Elle prit une longue inspiration. Cette situation l'amusait, mais lui faisait aussi un peu peur. Elle ignorait pourquoi cet homme provoquait ce drôle d'émoi en elle, mais elle ne voulait pas non plus accorder trop d'importance à ce pressentiment ridicule. Le libraire avait présenté l'agence de Tomaso comme une des meilleures, et elle avait besoin d'un graphologue. L'histoire de Clarice était trop importante. Si les choses s'arrêtaient là, elle ne connaîtrait jamais le secret de Clarice. Mais le reste, tout ce que le livre de Fohr pouvait lui offrir, elle le découvrirait.

— Pour tout vous dire, nous nous connaissons.

Il y eut un silence, puis :

— Sofia ?

9

« Il n'aurait point ce qui caractérise les grandes passions :
l'immensité de la difficulté à vaincre
et la noire incertitude de l'événement. »

STENDHAL, *Le Rouge et le Noir*

Tomaso attendit devant la caméra de la vidéo-surveillance. Le portail automatique s'ouvrit lentement. Il passa la première et entra dans le parc. Tout en parcourant la large allée, il s'efforçait de respirer lentement.

Il n'aimait pas cette maison, et, surtout, il n'aimait pas être contraint à faire des choses qu'il ne voulait pas faire. Il se gara à l'endroit habituel, sous le grand orme. Le malaise et l'irritation grandissaient en lui.

La villa s'étendait devant lui, avec sa série de voûtes menant à un porche bien agencé, où des touffes de géraniums rouges ressortaient sous les lumières tamisées. Elle se dressait vers le ciel sur trois étages. Malgré sa structure classique qui rappelait celle des demeures patriciennes, elle avait été construite à une époque que l'on pouvait considérer comme moderne. Un simple coup d'œil suffisait à établir que, quel que fût le projet de l'architecte, l'objectif de démesure et d'ostentation avait été atteint.

La première fois qu'il l'avait vue, Tomaso avait dix ans. On avait dû l'y traîner de force, et ce n'est qu'après avoir reconnu sa mère qu'il avait cessé de se débattre.

— Bonsoir, monsieur, comment allez-vous ?

Une petite femme menue, en uniforme, attendait à côté du portail de fer. Son regard était clair malgré son âge avancé, et son sourire sincère.

— Très bien, merci, Scilla. Et toi ?

Il se dirigea vers l'armoire cachée derrière un panneau de chêne et y rangea lui-même sa veste.

La gouvernante le suivait, amusée.

— À présent que vous êtes là, très bien. Vous a-t-on dit récemment que vous étiez vraiment devenu un beau jeune homme ?

Il lui rendit son sourire et se pencha pour déposer un baiser sur sa joue.

— La dernière qui l'a fait, c'est toi. Mais ça ne compte pas.

— Ce n'est pas parce que j'ai fait quelques bisous magiques sur vos genoux écorchés quand vous étiez enfant que je ne suis pas en mesure d'émettre un jugement objectif, rétorqua la gouvernante en claquant la langue avec désapprobation. Qu'est-il arrivé aux femmes de ce pays ? De mon temps, un garçon comme vous, ça fait un moment qu'on lui aurait mis le grappin dessus. Vous aurez trente-six ans le mois prochain, ne l'oubliez pas, grommela Scilla en le précédant vers le grand salon.

Tomaso se laissa guider en silence, un sourire amusé sur les lèvres. Il avait oublié combien il était à la fois plaisant et éreintant que quelqu'un se soucie de vous.

Il n'avait jamais eu de relation sérieuse. Les femmes avec lesquelles il avait partagé une période de sa vie étaient comme lui : c'était dans le travail qu'elles voulaient se réaliser. Ce qui signifiait qu'il fallait garder une certaine distance. Il avait quitté la maison de son beau-père à dix-huit ans, et, depuis, il ne s'y rendait plus qu'en simple visiteur. Ça n'avait pas été facile, et construire sa carrière avait absorbé toute son énergie. Pourtant, tandis qu'il esquivait les questions impertinentes de Scilla, une intense sensation de chaleur se propagea dans sa poitrine. Il se demanda si avoir posé des limites dans sa vie l'avait privé de quelque chose de vraiment important. Quand il s'aperçut de la direction que prenaient ses pensées, il les remit très vite dans le droit chemin. Il devenait sentimental.

— Votre mère est dans le salon. Je vais vous laisser seuls. Et surtout, n'essayez pas de partir sans m'avoir dit au revoir, le menaça-t-elle gentiment.

— Seulement si tu me promets de sortir avec moi un de ces soirs.

Scilla se tenait sur le seuil, songeuse.

— Vous vous souvenez quand vous m'avez demandé de vous épouser ?

— Bien sûr. Et ton refus m'a brisé le cœur. À onze ans, certaines choses font un mal de chien.

Le sourire de la gouvernante s'agrandit.

— Et à l'époque, je vous avais donné un conseil, et je crois qu'il serait temps pour vous de le suivre.

Elle ne lui laissa pas le temps de répondre et disparut derrière une porte après l'avoir salué une dernière fois de la main.

Lorsqu'il était arrivé à la villa, c'était Scilla qui s'était occupée de lui. Et elle avait toujours couvert ses fugues, allant le récupérer elle-même entre les quatre murs de la bibliothèque de son père. C'était ça, son refuge, le lieu sûr où se cacher. Et par la suite, quand le bâtiment avait été loué, Scilla avait organisé le transfert des livres vers un entrepôt où, de temps en temps, elle emmenait Tomaso, afin qu'il sache que ce qu'il restait de Massimo Leoni était en lieu sûr, conservé tout spécialement pour lui.

Les larges baies vitrées semblaient des murs de velours noir. C'était une nuit sans lune. L'obscurité était dense, épaisse comme un manteau. Tomaso fixait un point indéfini, une porte qui donnait sur le passé. Il avait oublié le visage de son père. Ce qui, au cours des années qui avaient suivi sa mort, l'avait rempli de désespoir. Ce qui le liait vraiment à lui, c'était son amour pour l'écriture, alors il en avait fait son métier. Il avait quitté l'Italie pour s'installer à New York, où il s'était présenté chez le frère de sa mère, une lettre à la main. Son oncle lui avait donné une tape sur l'épaule, lui avait mis un toit sur la tête, l'avait aidé à trouver un travail étudiant. Et Tomaso était devenu un homme.

— Ah, te voilà enfin !

Il se retourna en direction de la voix.

— Tu en as mis, du temps !

Luisanna Leoni Hobart s'approcha de lui en lui tendant la joue. Avant de se pencher vers sa mère, Tomaso plissa les yeux. Il ne l'embrassa pas, préférant la serrer dans ses bras et, un peu déconcerté, il s'aperçut qu'elle avait beaucoup maigri.

— C'est devenu impossible de rouler, avec tous ces bouchons. La prochaine fois, pour arriver à l'heure du déjeuner, il faudra que je parte la veille.

Luisanna agita un doigt accusateur :

— Quel culot ! Tu sais très bien que tu n'as pas besoin d'invitation pour venir déjeuner chez toi.

Elle plaisantait peut-être, mais, au fond de ses yeux, il y avait comme un voile de tristesse. Il n'y pouvait rien.

De même qu'il ne pouvait rien changer à ce qu'il éprouvait pour ce qui était en fait la maison de Frank.

Il ne s'y était jamais senti à l'aise, c'était un fait. Mais il le garda pour lui. Au fond, savoir que sa mère était sincère lui suffisait. Qu'elle pensait vraiment ce qu'elle venait de lui dire. Il déposa un baiser sur le dos de sa main.

— Pardonne-moi, maman. Tu sais comme je suis.

Il n'inventa pas de fausses excuses, il la regarda dans les yeux et lui dit la vérité.

Un éclair d'émotion brilla sur le visage de Luisanna, et se transforma aussitôt en grimace. Un silence tendu s'installa entre eux. Puis Luisanna sourit :

— Monte, ton père… Je ne sais plus quoi faire de lui. Il ne m'écoute pas, j'espère que toi, au moins, tu pourras lui faire entendre raison.

La légèreté forcée de son ton le troubla. Ce n'était pas ce qu'elle avait l'intention de lui dire, ils le savaient tous les deux.

Tomaso serra les mâchoires, et, l'espace d'un instant, se reprocha d'avoir accepté son invitation. Une colère froide ralentissait ses pas. Pourquoi sa mère avait-elle ressenti le besoin d'évoquer Frank dans ce moment qui n'appartenait qu'à eux ? Il détestait cette façon de faire. C'était ce qui l'avait éloigné d'elle ces dernières années.

Il revint au présent. Luisanna avait parlé de Frank parce qu'elle savait qu'il n'avait jamais accepté que cet homme prenne le rôle de son père. Elle voulait le contraindre à s'en rendre compte et à changer d'attitude. Mais il n'en avait pas la moindre intention. L'homme que Luisanna avait épousé après la mort de son mari n'était pas son père. Et elle aurait beau s'obstiner à voir les choses de cette façon, rien n'y ferait.

Soudain, il éprouva une profonde compassion pour sa mère, prise entre deux hommes qui avaient décidé de s'accommoder l'un de l'autre uniquement par amour pour elle.

— Qu'est-ce que tu voulais me dire ?

Il prit sa main et la serra fermement. Il n'eut pas besoin d'expliquer à quoi il faisait allusion. Elle le savait parfaitement. Il perçut sa tension dans sa tentative de se libérer, dans le tremblement de ses doigts délicats. Luisanna le regarda par-dessus son épaule et le supplia : *Pas maintenant*.

Mais Tomaso n'avait pas l'intention de s'en tenir là.

— Je veux seulement savoir ce que tu étais sur le point de me dire.

Il ne comprenait pas son hésitation, sa réticence. Sa mère n'était pas une faible femme. Sans quoi, elle ne serait pas arrivée là où elle était. Un instant plus tôt, il avait vu comme une brèche s'ouvrir derrière la surface lisse en apparence, mais elle s'était refermée aussitôt.

Elle avait l'air épuisée, ses beaux yeux étaient cernés de noir. Il l'entendit soupirer, un faible gémissement qui se transforma en un sourire triste.

— Tu n'as pas deviné tout seul ? Tu as vraiment besoin que je t'explique ce qu'il y a ?

Quelle drôle de question, pensa-t-il. Luisanna était encore très attirante, de cette beauté qui, au lieu de diminuer avec l'âge, se transforme en charme et en élégance. Ses cheveux noirs et lisses attachés en un chignon haut, un visage pâle et ovale comme celui d'une madone, un sourire mélancolique, comme son regard. Il n'avait rien pris d'elle. Il était grand, robuste, avec de grosses mains aux doigts longs et puissants. En les regardant, personne n'aurait dit qu'ils étaient mère et fils. Luisanna pencha la tête et, quand elle la releva, ses yeux brillaient.

— Tu ressembles tellement à Massimo. Il serait fier de toi.

Il sentit sa gorge se serrer. Il avait perdu son père de façon soudaine, et même si plus de vingt ans étaient passés, chaque jour, il lui manquait. Il murmura un *merci* qu'elle seule entendit.

Il eut honte d'avoir perdu patience. Sa mère ne parlait jamais de son premier mari. Il avait fallu des années à Tomaso pour comprendre que ce n'était pas de l'indifférence. Et cette courte conversation lui prouvait que, même quand elle parlait de Frank, Massimo Leoni était toujours dans ses pensées. Elle ne l'avait pas oublié. Elle ne l'avait pas effacé de sa vie.

Luisanna lui sourit et le prit par le bras.

— J'ai besoin de toi et lui aussi. Si tu ne l'avais pas obligé à aller à l'hôpital, il serait mort. Je ne sais pas comment te remercier, mon fils.

Il ne savait que faire de ces remerciements. Et cela l'attristait que sa mère ressente le besoin de maintenir entre eux ce genre d'échange formel.

— Demander à sortir malgré l'avis des médecins ne me semble pas être la meilleure façon de rester en vie.

— J'ai tenté de le convaincre d'aller à la clinique, mais il n'a rien voulu entendre. Il continue à tout minimiser. Et moi… je ne l'ai jamais vu comme ça.

— Qu'est-ce que tu veux dire ?

Elle baissa la voix :

— Confus, absent. Il ne voit quasiment plus rien, tu te rends compte ? Je l'ai surpris à avancer à tâtons. Ça le prend tout à coup, et puis tout redevient normal. Je ne sais pas quoi faire.

Sa mère entrebâilla la porte de la chambre.

— Frank, mon chéri, on peut entrer ? Tomaso est arrivé. Tu avais dit que tu voulais absolument lui parler, tu te souviens ?

Soudain, elle se tut, inquiète, les yeux rivés sur son mari étendu sur les coussins.

— Qu'est-ce que tu as ? Tu te sens mal ?

Elle se précipita vers lui, son beau visage déformé par la peur.

— Non, non. Je reposais mes yeux, c'est tout, lui répondit-il d'une voix cassée, le souffle court. Je voudrais un thé, tu m'en prépares un, ma chérie ? Ne demande pas à Scilla, tu le fais bien mieux qu'elle.

— Bien sûr. Je reviens tout de suite.

Luisanna sortit, laissant les deux hommes seuls.

Frank se redressa, puis retomba lourdement sur le lit. Tomaso se précipita vers lui.

— Laisse-moi faire.

Il le soutint et l'aida à mieux s'installer. En quelques jours, son beau-père semblait avoir pris dix ans.

— Tu ne devrais pas te fatiguer.

L'homme partit d'un grand éclat de rire qui se transforma en une quinte de toux rauque. Il désigna du doigt la porte par laquelle sa femme venait de sortir.

— Tu sais, je n'ai jamais compris pourquoi elle avait accepté de m'épouser. Après la mort de ton père, c'était comme si elle était partie avec lui. (Il se tut un instant.) Quoi qu'il en soit, je remercie le ciel qu'elle ait bien voulu de moi.

Le visage de Tomaso restait de marbre. Il n'avait aucune envie de discuter de ce sujet.

Frank grimaça, puis il eut un sourire amer, suivi d'un silence pesant.

— Je te comprends, si tu m'en veux, Tommy. Tu avais raison de me détester. Et puis, tu sais, mon grand, soit dit entre nous, moi non plus je ne t'appréciais pas particulièrement. Tu étais un sale gosse, toujours prêt à en découdre. (Il lui sourit et ajouta :) Tu as fait des progrès en grandissant, je ne peux pas dire le contraire. Vous autres, Italiens, vous avez ça dans le sang, l'élégance, mais tu continues à trop lui ressembler.

Il soupira, le regard ailleurs. Puis il pointa un doigt dans sa direction :

— C'était comme si j'avais tout le temps Massimo dans les pattes.

Il prit une autre respiration, aussi laborieuse que les précédentes. Puis reprit :

— On s'est disputés une seule fois, elle et moi. À cause de toi. Elle avait fait ses valises, tu sais ? C'est ce jour-là que j'ai fini par vraiment la comprendre. Si je n'arrivais pas à t'aimer enfin, je la perdais. C'est pour ça que, lorsque tu as pris la place de ton père à l'agence, je t'ai soutenu, te laissant beaucoup de liberté. Quant à ta mère… Dieu m'en est témoin : j'ai fait tout ce qu'il fallait pour lui donner ce qu'elle méritait.

Tomaso ne fit pas l'erreur de confondre le discours de son beau-père avec des excuses. Cette idée ne l'effleura même pas. Il le connaissait bien, il savait que, sous ces mots-là, il y avait beaucoup de non-dits. C'était sa façon de le mettre en garde. Il plissa les yeux, de plus en plus inquiet.

— Qu'est-ce que tu as fait, exactement, Frank ?

Son beau-père regarda ailleurs, fixant de nouveau la porte.

— Ce que je devais faire. Et maintenant, c'est à toi, mon grand. Occupe-toi d'elle. Ta mère aura besoin de toi.

L'espace d'un court instant, Tomaso envisagea de le secouer jusqu'à ce qu'il crache ce qu'il lui taisait. Mais il resta là, paralysé par l'impuissance. Il prit son courage à deux mains et une longue inspiration :

— Que t'a dit le médecin ?

— Ce qu'on dit dans ces cas-là, répondit Frank en s'essuyant la bouche du dos de la main. La vérité, c'est qu'il me faudrait un nouveau cœur. Celui-là ne marche plus.

Ce fut seulement à cet instant que Tomaso remarqua combien les lèvres de Frank étaient pâles. Avant qu'il puisse lui en demander plus, Luisanna entra dans la pièce, un sourire forcé sur les lèvres, l'air tendu :

— Me voilà, mon trésor. Tommy, vous avez assez parlé, maintenant ton père doit se reposer.

Il prit le plateau des mains de sa mère et le posa sur la commode.

— Bien sûr. Je t'attends à côté.

Il salua Frank du regard. Mais, il avait beau être furieux, il n'arrivait pas à éprouver pour le vieil homme étendu sur le lit autre chose qu'une profonde pitié. Ils s'étaient détestés, puis ils avaient appris à s'entendre. Mais c'était tout.

Il sortit dans le couloir et descendit à l'étage, les mots de Frank à l'esprit. Il était loin le temps où il se serait défoulé à coups de poing, pourtant, Tomaso sentait ses mains le démanger. Cette attitude était typique de Frank Hobart et de son étrange sens de l'honneur. En ce qui le concernait, son beau-père et son éthique américaine pouvaient aller au diable.

10

« Je ne hais personne au monde,
mais il y a certains hommes
que j'ai besoin de ne voir que de loin. »

Ugo FOSCOLO, *Les Dernières Lettres de Jacopo Ortis*

Cela faisait quelques minutes que Sofia, assise dans sa voiture, observait l'entrée de l'immeuble dans lequel elle avait habité ces dernières années. Elle regarda sa montre une énième fois sans se décider à monter. Alberto n'était sans doute pas dans l'appartement, mais elle voulait être sûre de ne pas le croiser.

Elle avait besoin de diverses choses qu'elle avait laissées chez elle. Elle inspira profondément pour se donner du courage. Elle n'avait eu aucune nouvelle de son mari. Elle lui avait écrit un message pour l'informer qu'elle avait l'intention de passer prendre des affaires, mais il ne lui avait pas répondu. « Pas même la plus élémentaire des politesses », grommela-t-elle.

Plus elle passait du temps loin de lui, plus elle avait l'impression de se retrouver elle-même. Et de le voir pour ce qu'il était.

La distance qu'elle avait mise entre eux l'avait aidée à comprendre combien elle avait été idiote de faire durer ce mariage qui, dès le début, avait montré ses faiblesses. C'était comme si, durant tout ce temps, elle s'était obstinée à chercher chez cet étranger sombre et plein de ressentiment le jeune homme drôle et rayonnant dont elle était tombée amoureuse. Au début de leur relation, Alberto avait été un garçon plein de vie.

Quel dommage que l'enthousiasme initial se soit transformé en seulement quelques mois en une sorte d'avidité vorace, d'égoïsme aveugle. Et si, au départ, Sofia avait attribué son changement à un ensemble de circonstances défavorables, par la suite elle avait compris qu'il y avait quelque chose chez lui qui l'empêchait de profiter de ses succès, des petites satisfactions, de la beauté qui l'entourait. Si un problème survenait au travail, c'était parce que ses collègues le détestaient. Il y avait toujours un concurrent du service juridique à devancer, puis à humilier systématiquement, sans quoi les autres profitaient de vous. Voilà à quoi se résumait sa philosophie de vie.

Elle fit une grimace. Elle détestait sa façon de penser. C'était toxique. Et peut-être qu'à présent elle se réveillait seule, la nuit, en proie à la peur, mais elle était tout de même contente de s'en être libérée. Un petit coup sec à la vitre de la voiture la fit sursauter.

— Enfin, Joice, tu m'as flanqué une de ces frousses ! Qu'est-ce que tu fais ici ?

— Je t'ai vue par la fenêtre. Allez, monte, on va discuter toutes les deux. Ton mari est venu me voir l'autre soir.

Sofia se demanda pourquoi. Il n'avait jamais aimé Joice.

— Tu sais s'il est à la maison ?

Son amie sourit en secouant la tête.

— Je crois qu'il est sorti. Je l'ai croisé dans l'escalier ce matin, il était pressé.

Elle descendit de sa voiture et elles se dirigèrent ensemble vers l'immeuble. En montant l'escalier, elle éprouva à nouveau la désagréable sensation d'oppression qu'elle ressentait quand elle habitait là. C'était comme toucher un nerf à vif. Elle sentait bien qu'elle était encore trop liée à ce lieu.

Elle inséra sa clé dans la serrure, et essaya d'ouvrir.

— Je ne comprends pas, grommela-t-elle.

Mais après quelques tentatives, elle dut se rendre à l'évidence :

— Il a changé les serrures sans même me prévenir.

Elle n'en revenait pas.

— Laisse tomber. Le serrurier est venu le lendemain de ton départ, lui annonça Joice, qui jusque-là n'avait rien dit, l'air mi-compatissant, mi-amusé. Et ne fais pas cette tête-là, moi à ta place, je serais contente.

Non, elle n'était pas contente. Elle était déçue, amère.

— Il y a toutes mes affaires dans cet appartement.

Mais au moment même où elle prononça cette phrase, elle s'aperçut qu'elle était réductrice, et même idiote. Au diable ses effets personnels. Là n'était pas la question : à présent, il n'était plus que deux étrangers. Elle, qui avait bien l'intention de ne plus le voir, de ne plus lui parler. Lui, qui cherchait à l'humilier et allait jusqu'à l'empêcher de récupérer ce qui lui appartenait.

Joice haussa les épaules.

— Tu peux toujours passer par la terrasse. Mais avant, j'aimerais bien que tu me dises quelque chose, simple curiosité : qu'est-ce que tu as bien pu laisser de si important pour revenir dans la tanière du loup ?

Sofia lui décocha un regard noir.

— Tu n'as pas l'impression d'exagérer ?

— Pas du tout, répondit Joice en se poussant légèrement, lui faisant signe d'entrer dans son appartement. Tu vois toujours ce qu'il y a de meilleur chez les gens. Même chez lui.

Sofia refusa d'entrer dans son jeu.

— Quoi qu'il en soit, qu'est-ce qu'il te voulait ?

— Comment veux-tu que je le sache ?

— Tu ne m'as pas dit que vous aviez discuté ?

— Non. Il voulait me parler. Moi, je me suis contentée de le regarder par le judas.

Sofia secoua la tête. Parfois, elle avait du mal à suivre les raisonnements de Joice.

Il lui fallut moins d'une minute pour enjamber le muret, comme elle l'avait fait des dizaines de fois quand elle habitait là.

— Espérons qu'il n'a pas fermé la baie vitrée.

Elle tourna la poignée, et la porte coulissa. Les deux amies échangèrent un regard.

— Ce n'est pas une violation de domicile. Techniquement, vous êtes encore mariés. Et c'est votre domicile conjugal.

Sofia n'avait aucune intention de discuter la théorie de Joice. Tout ce qui l'intéressait pour le moment, c'était de récupérer ses affaires et de partir. Le fait qu'Alberto ait changé la serrure de la maison était un geste qui parlait de lui-même. Le message était clair.

Elle ouvrit l'armoire de la chambre à coucher, mais là où se trouvaient naguère ses vêtements, elle trouva un grand vide. Il n'y avait rien non plus dans le bureau ni dans le meuble à chaussures. Rien. Nulle part dans l'appartement. Toutes les choses qui lui avaient appartenu avaient disparu. Les vêtements, les livres, les photos. Sofia comprit qu'il avait tout jeté, comme s'il voulait l'empêcher de se réapproprier sa vie.

— Je crois que le moment est venu de lancer quelques jurons de circonstance. Par exemple, je ne sais pas, quelque chose qui aurait à voir avec les ancêtres d'Alberto ; vous autres, Italiens, vous êtes des maîtres en la matière, reconnut Joice avant de pousser un soupir. Excuse-moi de te dire ça, Sofia, mais ton mari n'est vraiment pas doué pour les relations humaines.

— Ce n'est pas mon mari. Plus depuis un moment.

Elle refusa l'invitation à rester un peu plus chez son amie. Elle sortit presque en courant et remonta dans sa voiture. En faisant demi-tour, elle le vit arriver. Alberto traversait la rue. L'espace d'un instant, elle envisagea d'arrêter sa voiture au beau milieu de la rue, et de lui dire ce qu'elle pensait de lui et de son initiative inqualifiable, puis elle changea d'avis. Elle était encore pleine d'amertume, mais l'idée de le regarder en face après ce qu'il avait fait lui donnait la nausée. Et alors, elle sentit une sorte de calme l'envahir. Il ne restait plus la moindre trace de ce qui l'avait empêchée de formaliser la séparation les jours précédents. Après son rendez-vous avec Leoni, elle appellerait Ilaria, décida-t-elle. Peut-être que son amie connaissait un bon avocat en droit de la famille.

Plus vite elle serait débarrassée d'Alberto De Santis, et mieux ça vaudrait pour tout le monde.

Il connaissait l'odeur de la trahison. Il aurait dû savoir ce que Frank manigançait. Si seulement il n'avait pas regardé ailleurs, il l'aurait découvert immédiatement. Mais voilà : il n'avait pas voulu voir, il avait ignoré tout cela délibérément, au nom de cet engagement qu'il avait pris auprès de sa mère : celui de faire en sorte que tout se passe bien entre eux.

Assis par terre, le dos contre le mur, Tomaso portait sur son visage les traces de la nuit qu'il avait passée à vérifier les papiers et les registres. À présent, tous ces documents étaient éparpillés à ses pieds. Frank avait tenu une double comptabilité. Sur les transactions dont il s'était occupé, il avait retenu un pourcentage. Et il n'avait pas complètement payé les fournisseurs ni les coûteuses consultations d'experts en chimie et en mécanique qu'ils faisaient intervenir. Il n'avait même pas payé les chercheurs. Il s'était contenté de leur verser des acomptes en guise d'os à ronger. Voilà pourquoi, bien que l'agence ne manquât pas de travail, chaque imprévu devenait un problème. Il couvrit son visage de ses mains, puis se leva. Il était accablé de fatigue. Quel idiot ! Il s'était laissé embobiner par son beau-père. Mais pourquoi ? Qu'est-ce qui avait bien pu pousser cet homme à faire une chose pareille ? Il possédait un patrimoine personnel plus que considérable.

Il sortit de son bureau et ouvrit la porte d'entrée au moment où Carla entrait.

— Bonjour, Tomaso.

Il ne répondit pas, se contentant de lui faire un signe de tête, le visage fermé.

Le large sourire de Carla disparut aussitôt.

— L'état de Frank s'est dégradé ? demanda-t-elle d'une voix tremblante.

— Non, mais il y a quelque chose dont on devrait parler.

Il la regarda froidement. Son beau-père n'aurait pas pu le tromper sans l'aide de quelqu'un. À part deux ou trois stagiaires qui fréquentaient l'agence de façon occasionnelle, c'était Carla qui s'occupait de la comptabilité. Il s'écarta pour la laisser passer. Quand elle retira sa veste, qu'elle déboutonna avec soin, il eut l'impression de la voir pour la première fois.

Âgée d'un peu plus de cinquante ans, elle était encore attirante, même si, en ce moment précis, elle était pâle et que ses lèvres tremblaient. Mais Tomaso n'avait pas besoin de la voir dans cet état pour comprendre que c'était elle, la complice de Frank. Ce qu'il voulait savoir c'était pourquoi elle avait fait une chose pareille.

— Depuis combien de temps on travaille ensemble, tous les deux ?

Elle cligna des yeux.

— Pourquoi tu me demandes ça ?

Elle alla s'asseoir à son bureau, la tête haute, les épaules droites, et se mit à déplacer des objets avec fébrilité, le visage tendu.

Le silence entre eux était chargé de l'indignation de Tomaso, de sa colère, de sa déception, de son incrédulité.

— Tu n'as rien à me dire ? reprit-il.

Il voulait une réponse, immédiatement. Si la situation était claire, il ne parvenait pas à en comprendre les raisons.

Carla frissonna, mais ne dit rien, les yeux rivés sur le mur comme si le papier peint pouvait lui suggérer les réponses à donner.

Une bouffée de rage obligea Tomaso à quitter la pièce. Il retourna dans son bureau à grands pas, conscient que s'il restait là une seconde de plus, il aurait fait ou dit quelque chose qu'il aurait regretté.

— Je veux ta lettre de démission sur mon bureau, ordonna-t-il avant de claquer la porte.

Alors que, agenouillé, il était en train de rassembler ses dossiers, il entendit la porte s'ouvrir derrière lui.

— Je lui avais dit que tu t'apercevrais de ce qu'il faisait, de ce qu'*on* faisait. Mais il n'a pas voulu m'écouter. Je lui ai dit que s'il y avait bien quelqu'un capable de comprendre son geste, c'était toi.

Mais qu'est-ce qu'elle racontait à présent ? Il ne s'attendait clairement pas à entendre ce genre de choses. Même de loin, ça ne ressemblait pas à des excuses. C'était absurde, parfaitement absurde. Tomaso était incrédule, il sentait son cœur prêt à exploser dans sa poitrine. Il posa les mains au sol et se retourna vers Carla.

— Qu'est-ce que tu veux dire par là ? Comprendre ? Qu'est-ce que je devrais comprendre ? Vas-y, explique-moi ! En fait, non, laisse tomber. Je ne veux rien entendre de plus, assena-t-il avant de lui tourner à nouveau le dos. Je devrais vous dénoncer tous les deux. Escroquerie, détournement de fonds, faux en écriture. Ça te suffit ou je continue ?

— Ce n'est pas ce que tu crois.

Il était estomaqué par son toupet. Pour lui, Carla n'était pas qu'une employée, ils partageaient bien plus qu'un simple rapport patron/employée. Entre eux, il y avait eu de l'amitié, de la complicité. Et à présent, tout en ramassant ce qu'il restait de son agence, il s'aperçut qu'il avait eu tort de ne pas écouter son instinct, car, au fond, il avait eu des soupçons. Ça faisait longtemps qu'il avait compris que quelque chose ne tournait pas rond. C'était comme une légère vibration, un grésillement sur la ligne. Il l'avait volontairement ignoré. Et aujourd'hui, il en payait le prix.

— Va-t'en, Carla, sors d'ici.

Elle recula. En voyant la peur sur le visage de cette femme qui avait été pour lui une référence, Tomaso se leva et se dirigea vers la fenêtre.

— Je te faisais confiance.

— Écoute-moi, ce n'est pas ce que tu crois.

— Ah bon ? C'est-à-dire ?

Il continuait à regarder par la fenêtre, le poing serré sur l'étoffe du rideau. Il était épuisé, il avait hâte que Carla s'en aille. Il devait trouver une solution, ce qui était impossible tant qu'elle s'obstinait à rester.

— Tu ne dois pas juger Frank avant de connaître les faits.

— Maintenant, je crois que je les connais. Mais toi, de quoi tu parles ?

Carla ne se laissa pas intimider par cette voix pleine de ressentiment.

— Ton beau-père a tout perdu avec la faillite de Lehman Brothers. Au début, il a essayé de se relever, mais c'était impossible. Il avait tout perdu.

— Il avait l'agence, son travail…

— Laisse-moi finir.

Elle se tut un instant pour réfléchir. Puis elle reprit :

— Tu sais qu'il s'était constitué son patrimoine grâce à ses talents de broker.

Tomaso était incrédule.

— Il a joué en Bourse une partie de l'argent qu'il avait volé à notre agence ?

— Non, il a investi. C'est différent.

— Ne me prends pas pour un imbécile ! Et quoi qu'il en soit, cet argent n'était pas à lui, il n'avait pas le droit de faire ça.

— Il n'avait qu'une obsession : maintenir le standing de ta mère. Il n'a rien dépensé pour lui. Et si tu crois qu'il l'a fait pour moi, tu te trompes !

Cette fois, c'en était trop. Carla était au courant de tout. Et si Tomaso comprenait qu'elle n'avait pas pu arrêter Frank, jamais elle n'avait essayé de le prévenir, lui. Soudain, un doute lui vint : peut-être qu'entre Carla et Frank, il y avait un peu plus que de l'amitié. Cette idée lui retournait l'estomac.

— Laisse ma mère en dehors de ça.

Sa voix avait perdu l'âpreté qu'elle avait un instant plus tôt. À présent, elle était calme et menaçante.

Carla secoua la tête.

— Je ne peux pas. Je... je dois te montrer quelque chose.

Elle retourna dans le vestibule.

Tomaso l'entendit ouvrir et fermer les tiroirs. Il la suivit, mû par une rage qui le poussait à exiger qu'elle dise franchement où elle voulait en venir après ses sous-entendus. À cause d'elle et de Frank, l'agence était en danger, ce qu'il avait mis de dures années de travail à construire risquait de s'écrouler d'un moment à l'autre, enseveli sous un torrent de boue. Il ne voulait même pas penser à sa mère. L'idée que son beau-père aurait pu la trahir était inconcevable.

Carla lui tendit une pile de dossiers.

— Voilà les papiers de la banque concernant l'hypothèque, et ça, dit-elle en lui tendant un classeur, ce sont les paiements. Tu peux tout vérifier. Les chiffres correspondent aux sorties que tu as évoquées. Et là, ce sont les frais relatifs à l'entretien de la villa. Ici, les actions qu'il a acquises. Un jour, elles reprendront de la valeur, et alors Luisanna sera une femme riche.

Tomaso ne comprenait pas. Il parcourait les pages, levant de temps en temps les yeux vers Carla. Tout semblait vrai.

— Admettons que Frank ait soustrait à la société l'argent dont il avait besoin pour payer ses frais. Toi, qu'est-ce que tu as à voir dans tout ça ?

Carla s'humecta les lèvres, puis s'assit à son bureau, les mains à plat sur le bois brillant.

— Ton beau-père est mon représentant. C'est moi ton associée minoritaire, pas lui.

— Quoi ?

Elle croisa les bras sur sa poitrine.

— Tu as très bien compris. Il y a quelques mois, j'ai acheté ses parts à Frank. Et avec cet argent, il a épongé ses dettes auprès de la banque. Comme tu peux le voir, si quelqu'un te fait confiance ici, au point d'investir tout ce qu'elle possède dans ton agence, c'est moi.

Tomaso n'en revenait pas.

— Mais pourquoi ? Puisque tu savais tout, pourquoi as-tu fait une chose pareille ?

Carla resta un moment silencieuse, puis s'éclaircissant la voix :

— J'ai passé dix ans de ma vie dans ce bureau. Je n'ai pas de famille, je n'ai que ça, dit-elle en écartant les bras. L'agence est tout pour moi. Je suis trop vieille maintenant pour chercher un autre travail et pour repartir de zéro.

Elle laissa errer son regard et prit une longue inspiration.

— Avant de travailler ici, j'étais visiteuse médicale, j'ai dû tout réapprendre et, crois-moi, Tomaso, je ne pourrais plus faire ça aujourd'hui, je n'ai plus vingt ans. Et je n'en ai pas envie. Parce que ce que je fais, ce que nous faisons, ça me plaît. Les recherches, les enquêtes... Établir si une signature est authentique ou pas, c'est quelque chose de juste, et de nos jours, bien peu de choses le sont.

Elle le fit taire d'un geste de la main avant de reprendre :

— Je sais que j'aurais dû arrêter Frank, que j'aurais dû trouver une façon de te parler, mais je n'en étais pas capable. Il a su me convaincre. Il est doué pour ça, et, au fond, il avait de bonnes raisons pour agir comme il l'a fait, dit-elle avant de faire une pause et d'ajouter : Tu n'as jamais fait une folie par amour, Tomaso ? Personne n'a jamais rien fait de tel pour moi. Jamais. Moi... (Sa voix s'éteignit lentement.) Et puis, je te l'ai dit, non ? Je crois en toi, je suis certaine que, à présent, tu sauras tout remettre en ordre, reprit-elle en lui posant une main sur l'épaule. Ça fait des semaines que je cherche une façon de te le dire. Tout ça me désole, je ne saurais même pas te dire à quel point. Je sais qu'on a eu tort, et que Frank aurait dû te parler de ses problèmes. Mais je le comprends aussi... Il n'y arrivait pas. Il n'avait pas le courage. En fin de compte, je crois que c'est ça qui a déclenché son infarctus. Il était obsédé par l'idée que ta mère puisse perdre la villa, son train de vie.

Il craignait de ne plus être en mesure de l'entretenir. Tu sais comme il est.

Tomaso était ébranlé par ce que Carla venait de lui révéler. Pour lui, tout ça n'était qu'une montagne de justifications parmi lesquelles il avait du mal à trouver un fil, un sens. Il ne savait qu'une chose : ils n'auraient jamais dû faire ça.

— Moi, je me serais occupé d'elle.

Elle eut un petit rire amer.

— Mais tu es le fils de sa femme. Pour un homme comme ton beau-père, une chose pareille aurait été le pire des échecs. Tu ne comprends pas ? Il aurait perdu la face. Il ne lui serait vraiment plus rien resté.

Non, ce n'était pas aussi simple.

— Et tu crois que si elle l'apprenait, elle le prendrait bien ?

Carla prit une longue inspiration avant de répondre :

— Et qui va le lui dire ? Frank ? Même sur son lit de mort, il ne ferait jamais ça, tu le sais aussi bien que moi. En ce qui me concerne, je t'assure que je n'ai pas la moindre intention de raconter à Luisanna la façon dont son mari s'est procuré l'argent nécessaire pour assurer son train de vie. Alors, il n'y a plus que toi. Tu te vengerais de Frank ? Tu détruirais l'image que ta mère a de son mari ?

L'idée même était absurde. Jamais il n'infligerait une telle douleur à sa mère. À présent, il se fichait bien de la vérité. Quelque chose d'autre était en train de naître en lui. C'était peut-être à cause du regard éloquent de Carla, ou de l'évidence des faits : il avait envie de rire. Un rire froid au goût de colère, et de vide. Il se sentait à la fois encerclé et seul. Seul comme il ne l'avait encore jamais été.

Voilà ce que les secrets faisaient aux gens : ils les isolaient des autres, les projetaient sur un chemin qu'ils devaient parcourir seuls ou dans le meilleur des cas en compagnie de leurs complices.

— Je sais que tu arrangeras tout.

Pauvre femme, idiote autant qu'aveugle !

— Épargne-moi ton optimisme, je n'en veux pas, de ta fichue confiance. Je ne saurais pas quoi en faire.

Il ne se sentait pas mieux à présent que le secret de Frank avait été dévoilé. Pour tout dire, le rôle de Carla et son absurde générosité compliquaient une situation qui n'avait déjà pas beaucoup de sens. Tomaso eut la sensation de s'enfoncer, d'étouffer, d'être pris à la gorge. Il ne savait pas quoi dire et se laissa tomber, assommé par la surprise, sur la première chaise qu'il trouva. Son monde était complètement sens dessus dessous.

11

> « Notre poète suggère ici que la vie humaine
> n'est qu'une série de notes en bas de page
> d'un vaste chef-d'œuvre obscur et inachevé. »
>
> Vladimir NABOKOV, *Feu pâle*

Sofia se tenait dans le hall, immobile, en attendant que quelqu'un lui ouvre. Elle ne voulait pas sonner à la porte, pas encore. D'après les bruits qui parvenaient jusqu'à elle, elle savait qu'il y avait quelqu'un dans l'appartement. Elle jeta simplement un coup d'œil à sa montre pour s'assurer qu'elle n'était pas en avance, puis elle regarda autour d'elle. Si, de l'extérieur, elle avait eu l'impression de se trouver devant un bureau comme un autre, à présent qu'elle voyait les fresques sur le mur de l'immeuble bourgeois, elle comprenait qu'elle s'était trompée. Elle était enchantée par les lignes recherchées, par l'escalier à double révolution. Il avait le caractère et le charme des vieilles demeures, cet immeuble.

— Vous êtes sans doute madame Bauer. Je vous en prie, nous vous attendions. Je suis Carla Bertini.

Une femme souriante aux cheveux courts, très blancs, l'invita à entrer. Sofia lui rendit son sourire.

— Merci.

L'entrée de l'appartement était classique, et possédait un élégant vestibule. Elle s'assit sur le canapé, le poids du sac contenant le livre de Fohr sur ses genoux était comme une présence rassurante. Le lieu était magnifique, avec ses murs en pierre apparente, son parquet en chêne blanchi et ses meubles d'époque. Un léger parfum de fleurs ajoutait à l'atmosphère accueillante.

— Je peux vous offrir quelque chose à boire ?

— Non, merci, ça ira.

Où était Tomaso ? Elle ne savait pas s'il accepterait cette mission, ce qui la rendait un peu anxieuse. Elle se força à sourire. Carla continuait à parler. Cette femme était vraiment bien aimable, mais Sofia avait hâte de savoir si Tomaso pouvait l'aider dans ses recherches.

— Puis-je vous demander la raison de votre visite ?

Sofia cligna des yeux et préféra rester vague.

— J'ai besoin d'un avis sur un livre ancien.

Elle n'ajouta rien d'autre. Elle regarda en direction des deux portes en face d'elle, se demandant à nouveau où était Tomaso. Elle changea plusieurs fois de position. Elle était nerveuse, elle espérait n'avoir pas commis un impair en venant ici. Au fond, elle ne connaissait pas cet homme. Elle entendit une porte s'ouvrir et se leva aussitôt.

— Bonsoir, Sofia, lui dit Tomaso en lui tendant la main.

— Merci de me recevoir, répondit-elle dans un sourire qu'il ne lui rendit pas.

Il n'avait pas l'air content de la voir. Poli, froid, élégant. Elle sentit un peu de sa détermination la quitter.

— Vous m'avez dit que c'était très urgent.

Au téléphone, Sofia avait dû insister pour obtenir un rendez-vous. Ce que, de toute évidence, il n'avait pas apprécié.

— Oui, en effet.

Elle était gênée. C'est alors qu'elle s'aperçut qu'elle s'attendait à recevoir un autre accueil. Elle regarda la porte palière avec envie. Il était encore temps de s'en aller. Personne ne l'obligeait à rester. Elle pencha la tête, le livre entre ses mains. Et ensuite ? Elle ne saurait jamais ce qui était arrivé à Clarice. Ce serait la énième occasion perdue, une des nombreuses choses de sa vie que, pour une raison ou une autre, elle avait laissées filer.

— Voulez-vous entrer ? Vous vous sentirez peut-être plus à l'aise une fois que je vous aurai expliqué comment je travaille.

Sofia leva la tête, et leurs regards se croisèrent.

L'expression de Tomaso était plus douce. Elle eut l'impression de retrouver l'homme affable qu'elle avait rencontré en deux occasions. C'était comme s'il s'était aperçu de son trouble et qu'il s'employait à y remédier.

— Merci.

La pièce était vaste et lumineuse. Sofia s'arrêta devant l'immense bureau en son centre, les yeux rivés sur les sculptures anthropomorphes qui en occupaient une bonne partie. Elles étaient horribles. Elle frissonna.

— Asseyons-nous, dit-il en lui indiquant deux fauteuils près de la fenêtre. Pour commencer, je voudrais vous demander comment vous avez appris quel métier je pratiquais.

— Votre nom m'a été suggéré par un libraire de ma connaissance.

— Vous avez évoqué une expertise graphologique, poursuivit Tomaso en la regardant dans les yeux.

— Oui, répondit-elle en lui tendant le livre de Fohr qu'elle venait de sortir de son sac. Il y a des notes dans les marges. Pas sur toutes les pages, comme vous pouvez le voir. Ce sont des commentaires.

Tomaso s'arrêta sur le frontispice, puis il parcourut les pages. Il les feuilletait avec attention, lentement. Son regard et son expression laissaient deviner une concentration absolue. C'était comme si le livre et lui étaient seuls au monde. Il parlait allemand, Sofia l'aurait parié. Il était en train de lire des mots sur la liberté et sur l'amour. Depuis que le libraire lui avait suggéré qu'il s'agissait peut-être d'un message caché, elle les avait apprises par cœur :

> En vérité, je me demande s'il existe effectivement une justice dans une morale commune qui impose la décence comme un voile jeté sur la vérité, qui jamais ne doit apparaître. Et ainsi, au mensonge doré de la respectabilité, on sacrifie les vrais sentiments, car ces derniers sont trop difficiles à accepter. Tout cela n'est, au fond, que la célébration de l'hypocrisie. Ce n'est rien d'autre que la négation de l'âme.
>
> C'est dans le partage de la pensée que l'âme s'enrichit, croît et prospère.
>
> L'amour est la seule vérité que nous connaissons. Il est le miroir dans lequel nous nous reflétons, celui qui nous montre sans indulgence aucune ce que nous sommes.

— Les notes n'ont pas été écrites par la même personne. Je dirais, avec une certaine marge d'erreur, que certaines ont été tracées par une main féminine, et d'autres par la main d'un homme.

Il ferma le livre et le lui rendit.

Sofia le prit, et le garda sur ses genoux.

— Et cette marge d'erreur, quelle serait-elle ?

Pour la première fois depuis qu'elle était entrée, Tomaso sourit. Mais ce sourire ne lui était pas adressé, on aurait plutôt dit qu'il s'était souvenu de quelque chose. Une anecdote amusante.

— Douze pour cent. Si vous voulez une analyse plus précise, poursuivit-il en parlant très lentement, comme s'il voulait être sûr qu'elle comprenait bien, une expertise officielle, pour être clair, il faudra un peu plus de temps. Mais si la question vous intéresse d'un point de vue purement amateur, et non légal, je peux vous dire que ces notes doivent dater à peu près de la première moitié du dix-neuvième siècle, car elles ont été tracées avec des porte-plumes et des encres de cette époque, et que, d'après un premier examen visuel, et donc superficiel, elles n'ont absolument rien d'étrange. Les gens ont toujours utilisé les livres comme supports pour les écrits les plus divers. Depuis les histoires de famille racontées sur des bibles aux journaux intimes tenus sur des pages blanches. Leur usage dépendait un peu du lien que le lecteur instaurait avec son objet. Il est assez fréquent de trouver ce genre d'annotations sur de vieux livres.

Sofia ne l'écoutait plus, elle s'était arrêtée sur un détail : les notes manuscrites, bien que similaires, avaient été rédigées par deux personnes différentes.

— Que faudrait-il pour les reconnaître ? demanda-t-elle soudain, une tension perceptible sur son visage et dans sa voix.

Tomaso haussa les sourcils :

— Vous voulez savoir qui sont les gens qui ont écrit sur les pages de ce livre, connaître leur identité, si je comprends bien ?

— Oui, exactement.

Elle n'ajouta rien d'autre. Une idée prenait forme dans son esprit, quelque chose de si grand, de si énorme, qu'elle n'arrivait presque pas à formuler sa pensée. Clarice… et Christian. C'était la réponse à sa première question. Pourquoi cette femme avait-elle choisi précisément ce livre pour y cacher son histoire ? Peut-être connaissait-elle son auteur, qui était un de ses contemporains ?

Elle se souvint alors d'une phrase qu'elle avait lue quelque part : *« Si on voit un liquide blanc dans une bouteille, on peut presque être sûr que c'est du lait. »*

Une façon d'affirmer que la première chose qui vous vient à l'esprit dans certaines situations, la plus simple souvent, est aussi la plus proche de la réalité. Clarice avait choisi le livre de Christian parce qu'elle le connaissait. Elle en était de plus en plus convaincue.

— J'ai besoin de documents, de lettres, n'importe quels mots tracés de la main de celui que vous considérez comme l'auteur potentiel – ou les auteurs potentiels – de ces notes. Plus il y a de traces écrites, plus il est facile d'en identifier l'auteur.

Elle avait des documents : la lettre de Clarice et les papiers de Fohr qu'elle avait empruntés à la bibliothèque. Sofia était euphorique. Encore une fois, depuis que le libraire lui avait offert le livre de Christian

Philipp Fohr, elle sentait que quelque chose de grand, quelque chose de vraiment unique était entré dans sa vie.

— Admettons que ce soit possible, et que je vous fournisse ce dont vous avez besoin : combien de temps vous faudrait-il pour effectuer l'analyse ?

Elle était agitée, nerveuse. Son visage avait pris une nuance rosée qui illuminait son regard, et soulignait ses traits. Tomaso était touché. Dans ce livre, il y avait quelque chose de très important pour Sofia. Il la regarda mieux, attentif à ne rien dévoiler de lui. Cette femme était une énigme. À certains moments, elle était ordinaire, elle serait passée inaperçue, mais, à d'autres, quelque chose émanait d'elle, la transformait, et elle devenait une autre. Son port de tête, l'expression déterminée de son visage, la passion… Elle était attirante, quelque chose en elle vous poussait à la regarder. Il comprit soudain que Sofia Bauer portait un masque, ce qui attisa sa curiosité. Qui es-tu ? pensa-t-il. Mais il mit aussitôt de côté cette considération trop personnelle. Il devait se concentrer sur la question qu'elle venait de lui poser. C'était ça, l'important. Combien de temps lui faudrait-il pour comparer les échantillons d'écritures ?

Il ne lui répondit pas tout de suite, ou plutôt, il le fit, mais pas dans les termes qu'elle attendait. Il n'aimait pas que les clients sachent qu'il était capable d'effectuer une reconnaissance de façon presque instantanée. C'était quelque chose qu'il avait appris à garder pour lui. Il avait grandi dans l'agence de son père, qui lui avait par la suite enseigné l'art de la calligraphie. Écrire à la main avait toujours été une passion de famille ; après son séjour à la Columbia

University de New York, il avait décidé d'exploiter ce talent en y ajoutant l'étude de la graphologie. Il avait fréquenté plusieurs cours et s'était spécialisé à l'université de La Trobe, à Melbourne, en Australie. C'est ainsi qu'il était devenu expert auprès des tribunaux. Mais ce qui faisait de lui un excellent professionnel, c'était sa mémoire photographique, associée à une logique implacable.

— J'imagine que, ce qui vous intéresse, c'est de savoir si je suis capable de le faire, n'est-ce pas ? Cela, nous l'avons déjà établi. Le temps, ce n'est pas si important. C'est une autre question qu'il faut se poser…

Si, en la voyant dans le vestibule, il l'avait trouvée nerveuse, à ce moment précis, elle lui sembla même prête à bondir de sa chaise et à prendre la fuite. Il marchait sur des œufs, et devait rester prudent s'il voulait comprendre quelque chose à cette histoire envers laquelle il commençait à éprouver une vive curiosité.

— Procédons par étapes, poursuivit-il. Que connaissez-vous de l'histoire de ce livre ? Il est très abîmé, mais j'aurais besoin d'en savoir un peu plus.

— Il était relié avec soin : maroquin rouge, feuille et poudre d'or sur l'embosse. C'est moi qui ai retiré la couverture. Elle était très abîmée, elle est littéralement tombée en miettes entre mes mains.

— Vous l'avez conservée, n'est-ce pas ? demanda-t-il, perplexe.

La question sembla la surprendre.

— Pour qui me prenez-vous ? Bien sûr que oui.

Tomaso resta impassible. Il avait commis une erreur en s'exprimant de la sorte, et le regrettait. Elle avait peut-être l'air d'une femme ordinaire, mais seulement l'air, alors. Et il s'en était aperçu dès qu'il avait posé les yeux sur elle. C'est pour cela que Sofia Bauer lui avait fait une telle impression. Elle était sensible, capable de quitter une fête pour retrouver le sens des choses en regardant les étoiles, elle aimait le silence, la paix. Et vu l'endroit où ils s'étaient rencontrés, elle s'y connaissait très certainement en livres anciens. S'il voulait la faire sortir de ses retranchements, et en savoir plus sur elle et sur le livre, il devait être prudent.

Cette pensée le ramena à la discussion qu'il avait eue avec Carla juste avant son rendez-vous avec Sofia ; s'il avait été plus direct avec Frank, il n'aurait sans doute pas été obligé d'affronter la situation dans laquelle il se trouvait aujourd'hui. Soudain, l'amertume lui tordit le ventre. Pourquoi son beau-père ne lui avait-il pas dit qu'il se trouvait dans un tel pétrin ? Il aurait fait tout ce qu'il aurait pu pour l'en sortir. Mais pour quel genre d'homme l'avait-il donc pris ? Il était très étonné et profondément déçu. Il n'arrivait toujours pas à croire que le mari de sa mère avait si peu de considération pour lui.

Il s'efforça de mettre ces réflexions de côté, il ne voulait pas se laisser distraire. Il revint à la réalité, à cette jeune femme assise en face de lui que, par maladresse, il avait blessée.

— Puis-je vous demander en quoi mes propos vous ont vexée ? On peut très bien imaginer que quelqu'un qui ne connaît pas l'histoire d'un livre se débarrasse de quelque chose qui semble être dans un état déplorable, vous ne croyez pas ?

Tomaso avait commencé à se faire son idée sur elle. Elle travaillait certainement dans le milieu du livre, pourtant, il ne l'avait jamais rencontrée dans le petit monde de libraires, de bibliothécaires, de collectionneurs et de calligraphes qu'il fréquentait avant cette soirée à la Galileo Society. Sans quoi, il se serait souvenu d'elle, ça, il en était certain.

— J'ai été bibliothécaire, et j'ai une passion pour la reliure.

Tomaso la fixa un long moment.

— Bien sûr, ça explique tout.

— Vous ne pouviez pas le savoir.

Tomaso sentit que la tension entre eux se relâchait lentement, Sofia semblait plus tranquille.

— Essayons donc de repartir du bon pied, vous et moi. Nous avons également la couverture originale de ce livre annoté, c'est bien ça ?

— Oui. Et c'était sa première reliure, cela ne fait aucun doute.

— Très bien, à présent, concentrons-nous sur les notes. Nous avons établi qu'elles avaient été rédigées par deux personnes différentes et qu'elles sont réparties sur tout le volume. À présent, vous voudriez connaître l'identité de leurs auteurs, dont vous possédez des documents autographes.

— Exactement.

— Puis-je vous demander pourquoi cela vous importe tant ? Vous effectuez une étude sur cet auteur ?

Avant qu'elle ait eu le temps de répondre, il tenta de s'expliquer :

— Ce n'est pas seulement de la curiosité de ma part, je dois concentrer mon attention dans une direction précise, sans quoi je ne trouverai pas ce que vous cherchez.

Si, au départ, les questions de Tomaso l'avaient agacée, Sofia comprit ses motivations après cet éclaircissement. Et elle ne pouvait que les partager.

Elle regarda à nouveau l'expert et eut la sensation qu'elle pouvait lui faire confiance. Puis elle comprit qu'il y avait autre chose. Elle *voulait* lui faire confiance. Elle avait besoin de pouvoir de nouveau se fier à son prochain. Elle ne voulait pas permettre à Alberto de l'entraîner dans un monde plein de soupçon et de ressentiment. Elle n'était pas comme ça. Elle n'était pas le genre de personne qui se renferme parce qu'elle sait que les autres ne peuvent lui apporter que de la souffrance. Pourtant, cela définissait assez bien la personne qu'elle était devenue récemment. Elle s'était tant renfermée dans son petit monde qu'elle en avait même exclu les gens qu'elle aimait, et qui l'aimaient. Ses amis d'abord, puis sa famille. Mais ça ne pouvait pas continuer ainsi, elle en avait assez.

Cette volonté nouvelle balaya d'un coup toutes les réticences qu'il lui restait. Elle ouvrit son sac. L'enveloppe qui contenait la lettre de Clarice était à l'intérieur. Elle tendit la feuille à Tomaso.

— Elle était dans le livre, dans la contre-garde supérieure. Ce serait très important pour moi de savoir si cette femme a aussi écrit les notes manuscrites dans les marges.

Tomaso examina la feuille très attentivement.

— Comment savez-vous que c'est une femme ?

— Elle a signé la lettre. Elle s'appelle Clarice Marianne von Harmel.

Il lui lança un regard interrogateur.

— C'est une de vos aïeules ?

La question la surprit.

— Pourquoi cette question ?

— Vous en parlez comme si vous la connaissiez.

Elle secoua la tête.

— Non, ce livre a été retrouvé tout à fait par hasard. Il m'a été offert par un libraire qui voulait le faire restaurer. Voilà tout.

Tomaso ne parut pas très convaincu par cette explication, mais quelque chose sur la feuille attira son regard. C'était un symbole qu'il avait déjà vu plus tôt, en examinant le livre, un cercle renfermant deux ailes. Il était gaufré dans le papier très fin de la lettre, tandis que, sur les contre-gardes, il apparaissait en filigrane. Il se plongea dans la lecture.

Tomaso semblait totalement absorbé. Soudain, il se leva, emportant avec lui le livre et la feuille. Il posa cette dernière précautionneusement sur une photocopieuse qui s'alluma, puis fit la même chose avec le livre. Il régnait un silence absolu dans la pièce. Sofia aurait juré qu'elle entendait clairement la moindre respiration, et que même les pensées émettaient un bruit. Elle s'approcha de Tomaso, qui la chercha du regard, et qui, tendant une main dans sa direction, l'invita à s'approcher encore un peu.

— Une partie des notes a été écrite par la personne qui a rédigé la lettre. C'est bien Clarice.

L'écriture correspondait parfaitement à celle de la main féminine qu'il avait observée. Il y avait des variations, une évolution en réalité, probablement liées à l'âge de celle qui tenait la plume.

Elle en était sûre ! Elle se laissa emporter par un sentiment d'euphorie. À cet instant précis, tandis qu'elle souriait à Tomaso, Sofia fut encore plus certaine de savoir qui avait rédigé les autres notes.

Et elle était tellement convaincue par sa théorie qu'elle ne voulait en prendre aucune autre en considération. Cette hypothèse était peut-être des plus hasardeuses, mais elle s'en moquait. Quelque chose lui disait que c'étaient Clarice et Christian qui avaient écrit dans les marges de ce livre. Il lui restait à comprendre quelle histoire les liait l'un à l'autre. Son cœur battait la chamade et elle était heureuse, comme électrisée.

— Si j'en juge par l'expression de votre visage, je dirais que c'est une bonne nouvelle.

Elle se retint de le serrer dans ses bras.

— Une merveilleuse nouvelle !

Son enthousiasme était si contagieux que Tomaso se surprit à sourire lui aussi.

— J'ai l'impression que vous savez également qui a écrit les autres notes.

— J'ai mon idée, en effet…

Tomaso l'observa un instant. Il ne lui poserait pas d'autres questions, même s'il était curieux de savoir qui était le second auteur.

— C'est fou, parmi tous les livres qui existent, vous m'avez apporté un de mes préférés.

— Vous connaissez l'œuvre de Fohr ?

— Oui, j'ai étudié l'allemand et j'ai encore une grande passion pour les auteurs romantiques. Personnellement, je trouve sa prose poétique et ses idées éclairantes.

Elle pensait exactement la même chose, et elle aurait utilisé le même terme pour définir l'écriture de Christian Fohr : éclairante. Ils échangèrent un autre sourire, un peu gênés par l'intensité de leur émotion.

— C'est tout ce que vous vouliez savoir, ou y a-t-il autre chose que je puisse faire pour vous ?

Il lui rendit le livre et posa par-dessus la lettre, rangée dans son enveloppe.

— Vous savez où je pourrais trouver les autres volumes ?

— Bien sûr. Toute bibliothèque qui se respecte possède au moins une copie de l'œuvre complète de Fohr.

La déception qui apparut sur le visage de Sofia ne le surprit pas. Il savait qu'elle ne lui avait pas tout dit, ce qui aiguisa sa curiosité :

— Mais vous ne voulez pas n'importe quelle copie, je me trompe ?

— Non. Ça ne servirait à rien.

Il plissa les yeux et la dévisagea.

— Pourquoi ne m'expliquez-vous pas clairement ce que vous cherchez ?

Sur le visage de Sofia Bauer, il voyait la peur, l'espoir et autre chose, qu'il ne parvenait pas à identifier. Elle était un livre ouvert quand elle décidait de se montrer. Puis il vit quelque chose qui lui coupa le souffle : la confiance, une confiance totale, aveugle. Il en fut si surpris qu'il songea instinctivement à la mettre en garde. Elle ne devait pas se fier à lui. Elle ne devait se fier à personne.

— Je crois que la suite de cette histoire se trouve dans les autres volumes de cette édition de l'œuvre. Mais je ne les ai pas.

Il resta un instant silencieux, assimilant les informations qu'ils venaient d'échanger.

— Il ne s'agit pas seulement d'un casse-tête d'antiquaire, n'est-ce pas ? Vous voulez savoir quel est le secret auquel Clarice fait allusion, mais, pour cela, vous aurez besoin de temps, de ressources, et de moyens. Jusqu'où êtes-vous prête à aller pour trouver ce que vous cherchez ?

L'expression perplexe de Sofia arracha un sourire à Tomaso :

— Je vous prie d'excuser ces mots mal choisis. En général, je ne suis pas si maladroit. La question est simple : vous vous êtes adressée à moi, cela veut dire que vous n'êtes pas capable de mener seule cette recherche. Cette affaire est trop complexe pour une dilettante, si vous me passez l'expression, laquelle, croyez-moi, n'est qu'une considération objective.

Sofia ne comprenait pas ce qu'il était en train de dire. Soudain, c'était comme s'il était rentré dans sa coquille. Et, à présent, il lui parlait d'un ton formel, détaché.

— Je veux connaître la vérité, connaître l'histoire de Clarice, découvrir pourquoi elle a choisi le livre de Fohr pour y cacher son secret. Pourquoi elle a écrit cette phrase qui évoque les deux volumes suivants comme si c'était un indice dans un jeu de piste.

— Et c'est tout ? demanda-t-il, surpris et satisfait.

Sofia acquiesça.

— Admettons que je vous fournisse cette partie de l'histoire. Seriez-vous, en échange, disposée à me céder le livre, la lettre et tout ce que nous trouverons ?

— Non ! s'exclama Sofia. Pourquoi ferais-je une chose pareille ?

— Il n'y a qu'une raison, et c'est ce qui fait tourner le monde.

Elle avait beau avoir besoin d'argent, Sofia ne vendrait jamais ce livre. Jamais. Elle était déçue qu'il ne l'ait pas compris instinctivement. Elle serra le sac contre sa poitrine et secoua la tête.

— Merci pour votre offre, mais non.

— Bien sûr, je comprends.

Non, il ne comprenait pas. La joie qu'elle avait éprouvée jusqu'à cet instant s'évapora d'un seul coup. Sofia se tourna vers la porte. Elle avait hâte de s'en aller. Elle avait eu tort de s'adresser à Tomaso Leoni. Elle aurait dû aller voir un autre expert, quelqu'un qu'elle ne connaissait pas du tout, et qui n'aurait pas compté à ses yeux.

— Je règle auprès de la dame à l'entrée ?

— Vous ne me devez rien. Ce fut un plaisir de vous aider. Je vais vous raccompagner.

Elle ne protesta pas, elle voulait seulement partir, et vite.

— Merci.

Elle salua Carla et sortit sans se retourner.

Tomaso ferma la porte, les mains dans les poches, l'air songeur.

— Tu commences quand ?

— Quoi ?

Carla lui tendit des feuilles. Il les examina, puis lui lança un regard interrogateur.

— Qu'est-ce que ça veut dire ? Pourquoi tu as imprimé les scans des documents ? Je faisais simplement une analyse du texte. Ces choses-là requièrent le consentement du client, assena-t-il d'une voix glaciale.

— Et d'après toi, pourquoi j'ai fait ça ?

— Tu as écouté toute notre conversation.

Carla haussa les épaules.

— Pour tout dire, ce n'était pas passionnant. Mais quand tu lui as proposé de te vendre le livre, j'ai compris qu'il y avait quelque chose d'important là-dessous. Je n'ai pas tout entendu, grommela-t-elle en montrant les feuilles, mais presque tout. Le reste, c'est toi qui l'as fait. Si tu voulais acquérir ce volume, c'est que tu y as vu quelque chose à creuser. J'ai toujours trouvé ta passion pour la recherche des livres perdus fascinante.

— Tu as peut-être raté le moment où cette femme a refusé mon offre. Elle n'est pas intéressée. Je ne comprends donc pas à quoi tu fais allusion.

Carla gonfla les joues. Elle était furieuse.

— Il y a quelque chose chez toi que j'ai toujours apprécié, Tomaso.

Il se contenta de lui couler un regard patient.

— Tu ne m'as jamais traitée comme une imbécile. Donc, j'aimerais que ça continue, et on s'entendra toujours très bien toi et moi. Tu as compris que cette lettre est un guide, un itinéraire qui mène quelque part. Peut-être à un objet ancien et précieux.

Tomaso resta impassible. Il n'aurait pas dû être surpris. Cela faisait des années que Carla le fréquentait, elle connaissait sa façon d'agir, elle savait comment il menait ses enquêtes. Elle l'avait assisté plusieurs fois dans ses recherches de livres disparus. Parce que, ce qui faisait vivre l'agence, c'était son activité d'analyse pour les tribunaux, d'expert graphologue, mais, sa passion, c'étaient les livres mystérieux et introuvables, quasi disparus.

— Peut-être, ou peut-être pas. Mais quoi qu'il en soit, la propriétaire légitime de ce volume n'a aucune intention de le vendre, nous sommes donc hors jeu.

Carla frappa des deux mains sur le bureau.

— Mais on s'en fiche de ce que veut Sofia Bauer ! La découverte de ce que cache son secret pourrait sauver notre agence. Nos dettes remboursées, l'argent rentrant de nouveau dans nos caisses, ça redorerait notre blason. J'espère que tu t'en rends compte, conclut-elle en appuyant sur chaque mot.

— C'était une consultation. Ce que nous nous sommes dit là-dedans, Mme Bauer et moi, est strictement confidentiel.

— Tu crois que j'ai l'intention de le divulguer ?

— La réponse est toujours non.

Il la planta là, retourna dans son bureau, prit sa veste et sortit.

— Tu fermeras l'agence, s'il te plaît. Moi, je rentre chez moi.

Il était quasiment sur le seuil quand il s'arrêta.

— Que ce soit bien clair, Carla, il y a certaines choses que je n'accepte pas, mais que je peux comprendre. Ce que vous avez fait, Frank et toi, même si c'est mal, ça rentre dans cette catégorie. Je ne sais pas si je parviendrai à nous sortir de la situation dans laquelle vous nous avez mis. Ça dépend de beaucoup de choses, dont un grand nombre ne sont pas de mon ressort, mais je te promets de faire tout ce qui sera en mon pouvoir dans ce sens. (Il se tut un instant, puis lança un regard noir à Carla et ajouta :) Mais ne me force pas la main concernant l'éthique de notre agence. Ou concernant ce que je suis moi, ou ce que je représente. Il y a des choses sur lesquelles je refuserai toujours de transiger.

À présent, sa voix était calme et profonde :

— Jette immédiatement tout ce que tu as sur Sofia Bauer. La question ne nous regarde plus.

Il n'ajouta pas un mot, et ne resta pas pour vérifier qu'elle faisait bien ce qu'il venait de lui ordonner.

Pas parce qu'il lui faisait confiance.

Ça, ça n'arriverait plus jamais.

Même s'il parvenait à sauver l'agence de la faillite, plus rien ne serait comme avant. Il n'y aurait plus ni complicité ni confiance. Ils le savaient tous les deux.

Carla gardait les yeux rivés sur les papiers, elle était secouée. Elle n'avait jamais vu Tomaso dans cet état. Il ne lui avait encore jamais parlé sur ce ton. Ce n'étaient pas des menaces, c'était plus que ça. Mais pourquoi ne voulait-il pas comprendre ? La solution à leurs problèmes se trouvait sur cette feuille. Tomaso le savait et elle le savait, elle aussi. Elle leva les yeux vers la porte qu'il avait refermée derrière lui. Après tout, elle n'avait qu'à… Mais au moment même où cette pensée se forma dans son esprit, elle comprit quelles auraient été les conséquences de son geste si elle l'avait trompé encore une fois. Elle poussa un long soupir et glissa les feuilles dans la broyeuse. Tandis que la machine réduisait ses espérances en lamelles, elle enfila sa veste, brancha l'alarme et sortit.

12

« Dans ce bas monde, camarades de mer,
le péché qui paie sa place peut voyager librement
et sans passeport, tandis que la vertu pauvre se voit arrêtée,
elle, à toutes les frontières. »

Herman MELVILLE, *Moby Dick*

Vienne, 1812

Elle fut réveillée par des cris. Clarice tenta de s'accrocher à son rêve, de le retenir encore un peu. Elle ferma plus fort les paupières, mais rien ne pouvait la ramener en arrière. Comme le temps, un rêve caracole toujours.

Elle se frotta les yeux et s'assit sur le lit. Les braises du feu que Lotte avait allumé la veille au soir brillaient à peine dans le noir. Frissonnante, pieds nus, elle atteignit la porte, ôta le verrou et l'entrouvrit. Un hurlement lui fit faire un bond en arrière ; elle referma aussitôt la porte, y appuya son dos de toutes ses forces, le souffle coupé. Que se passait-il ? À présent complètement éveillée, elle cligna des yeux en se mordant les lèvres. Elle tendit l'oreille, effrayée.

D'autres bruits parvenaient d'en bas, des meubles qu'on déplaçait, des pleurs étouffés. Elle courut à la fenêtre. Des gens s'étaient rassemblés devant l'entrée de l'immeuble. Elle pensa immédiatement à sa tante. Marta n'allait pas très bien ces derniers temps, elle lui avait tenu de drôles de discours sur l'avenir. N'y tenant plus, elle se précipita à la porte, et l'ouvrit en grand. Elle descendit en courant, volant presque, le cœur prêt à exploser.

Depuis l'escalier, Clarice ne voyait pas grand-chose. Elle franchit la dernière marche et avança en rasant les murs. Quand elle vit sa tante agenouillée dans un coin du hall, elle courut vers elle et la serra dans ses bras.

— Que se passe-t-il ? lui murmura-t-elle en écartant les mèches de cheveux devant ses yeux.

Marta ne lui répondit pas, secouée par des pleurs silencieux, les mains sur la bouche.

Clarice regarda dans la même direction qu'elle et se leva.

— Lumière ! Apportez des bougies, bon sang !

Un homme d'une trentaine d'années, emmitouflé dans une lourde fourrure, dominait l'assemblée, il semblait avoir pris le contrôle de la situation. L'ordre intimé d'un ton sec agita les domestiques, qui s'égaillèrent dans la maison. Clarice profita du vide qui s'était créé pour s'approcher. Elle écarquilla les yeux. À terre gisait son oncle, le visage et la poitrine couverts de sang. Kurt s'agita, bougea la tête, et Clarice en ressentit un immense soulagement. Il n'était pas mort, comme elle l'avait cru dans un premier temps. Elle devait retourner voir sa tante, la rassurer.

L'inconnu remarqua sa présence, plissa les yeux et la jaugea, faisant glisser son regard le long de sa chemise de nuit.

— Que faites-vous ici ? Ce n'est pas un endroit pour vous, affirma-t-il en saisissant un des domestiques par le bras. Éloignez les femmes.

Le valet s'exécuta immédiatement. Il s'approcha de Clarice qui l'esquiva :

— Ne me touche pas ! ordonna-t-elle en le foudroyant des yeux. Quant à vous, dit-elle à l'homme, qui êtes-vous ? Qu'est-il arrivé à mon oncle ?

Pour toute réponse, l'homme retira sa fourrure et avança vers elle. Clarice dut rejeter la tête en arrière pour le regarder dans les yeux. Mais elle ne recula pas, soutenant le regard impénétrable de l'imposant inconnu.

— Il a été attaqué par un brigand. Ne vous inquiétez pas, il guérira, dit-il en posant sa cape sur les épaules de la jeune fille. Je suis August von Kirchberg, un parent éloigné de votre oncle.

Elle n'avait jamais entendu parler de cet homme. Mais, au fond, cela n'avait pas grande importance.

— Vous avez toute notre gratitude, Herr von Kirchberg, répondit-elle en retirant la fourrure qu'elle rendit à l'homme.

Elle aida sa tante à se relever. Elle ne remarqua pas les regards qui la suivaient, ni ne s'aperçut que, à la lumière des bougies, sa chemise de nuit devenait aussi transparente qu'un voile.

— Venez, je vais vous accompagner à votre chambre.

August attendit que les deux femmes soient montées à l'étage supérieur. En revenant sur ses pas, il entendit un commentaire sur la beauté de la jeune fille. Il saisit le malheureux par le col et siffla : « Dehors ! » en le mettant à la porte. Quand il se retourna, tous les domestiques le fixaient, éberlués. Il serra ses grosses mains en deux poings menaçants.

— Tant que mon cousin sera souffrant, vous obéirez à mes ordres. Quelqu'un a-t-il un autre commentaire à faire ?

Le silence qui suivit fut éloquent. Personne n'osa protester.

Il retourna auprès de Kurt ; l'hémorragie s'était arrêtée, mais le visage derrière la barbe était exsangue. Il murmura quelque chose au médecin, qui venait d'arriver pour examiner le blessé.

— Il faut le mettre au lit, ordonna-t-il. Prenez une couverture.

Plus tard, tandis que Vogel se reposait dans le silence de sa chambre à coucher, August s'approcha de lui :

— Je suis arrivé juste à temps, pas vrai, Kurt ?

Les paupières de Vogel frémirent, il ouvrit les yeux lentement et il lui fallut un peu de temps avant de parvenir à faire le point sur la silhouette qui se penchait sur lui.

— C'est toi ? demanda-t-il d'une voix rauque et inquiète.

August lui sourit froidement.

— Eh bien, quoi, tu n'es pas content de me voir ?

Kurt ignora sa question et, tandis qu'il recouvrait ses esprits, tenta de se relever.

— Krauser ?

Un sourire cruel apparut sur le visage du jeune homme.

— Si tu veux parler de l'homme qui était sur le point de te trancher la gorge, il a eu ce qu'il méritait.

— Mais qu'est-ce que… ? Qu'est-ce que tu faisais là ?

Ce n'était pas un hasard, bien sûr. Et si Kurt n'avait pas été dans un état si grave, il ne lui aurait pas posé cette question. Il aurait compris tout seul. Cela faisait des jours qu'August le surveillait, attendant le moment opportun pour se montrer. Vogel lui devait de l'argent, et il était venu le chercher. Quant à leur lien de parenté, il existait presque. Autrefois, ils avaient été beaux-frères.

— Qu'est-ce que tu veux, August ? reprit Kurt d'une voix encore faible.

Son ex-beau-frère se pencha sur lui :

— Vienne est une belle ville. Je crois que je vais passer quelque temps ici. Naturellement, je ferai en sorte de mériter ton hospitalité… (Après une courte pause, il lui sourit et ajouta :) J'ai dit à tout le monde que j'étais de ta famille, essaie de t'en souvenir.

— Et pourquoi devrais-je accepter une chose pareille ?

August se pencha de façon que leurs yeux soient à la même hauteur et répondit :

— Je ferai en sorte que cela te convienne. En ce moment, tu as besoin d'avoir des amis.

Il n'eut pas besoin d'ajouter quoi que ce soit d'autre, cette phrase était déjà lourde de menaces. Ils le savaient tous les deux. August n'attendit pas de réponse, ce n'était pas nécessaire. Il était déjà sur le seuil quand Kurt le rappela. Il s'arrêta, sans se retourner.

— Je regrette sincèrement ce qui est arrivé à Else… Je ne voulais pas que les choses se passent comme ça.

L'autre acquiesça. Un signe de la tête qui ne révélait rien de la haine qui brûlait en lui.

— Bien sûr, murmura-t-il.

— Très bien…

August sortit et, à grands pas, atteignit le fond du couloir. Quand il passa devant une des chambres, il entendit la porte se refermer doucement. Un lent sourire s'épanouit sur son visage. Il était prêt à parier que c'était là que dormait la jeune fille. Il regarda rapidement les alentours puis fit demi-tour ; la chambre à côté de celle de Clarice von Harmel lui irait très bien.

Quand il était arrivé en ville et qu'il avait découvert que son beau-frère avait recueilli chez lui une de ses nièces, il avait pensé qu'il s'agissait d'une petite fille. Mais celle qui avait descendu l'escalier en se montrant à tout le monde sans la moindre pudeur était une femme. Très jeune, peut-être, mais une femme.

Au cours des semaines qui suivirent, Kurt Vogel lutta comme un beau diable. Il se soumit à tous les traitements, mais la blessure causée par la lame souillée du couteau de Krauser suintait sans cesse. Dévoré par la fièvre, il resta longtemps entre la vie et la mort. Quand son état s'améliora, il trouva sa femme à ses côtés.

« C'est un miracle », l'entendit-il chuchoter. Marta remerciait Dieu de l'avoir sauvé, et il eut honte de lui-même, et du peu d'amour qu'il avait toujours éprouvé pour elle. « J'ai faim », murmura-t-il un instant avant de sombrer de nouveau dans le sommeil.

Dès lors, la guérison fut rapide. Kurt reprit des forces, mais il ne fut plus jamais le même. Il passait beaucoup de temps dans sa chambre devant le feu, le regard rivé sur les flammes. Marta le comblait de petites attentions qu'il acceptait sans protester, comme il avait accepté la présence d'August von Kirchberg. À présent, c'était lui qui dirigeait sa maison et ses affaires. C'était lui qui entretenait sa femme et sa nièce le soir au dîner, qui les escortait quand elles sortaient, pour se promener ou se rendre à l'église, il ne pouvait rien y faire.

Chaque fois qu'il le regardait, il pensait à Else et cette pensée le bouleversait. August avait les mêmes yeux marron, grands et lumineux que sa sœur, la femme que Kurt avait épousée puis quittée dans une autre vie.

Il s'appuya contre le dossier du fauteuil en renversant la tête en arrière, les yeux rivés au plafond. Il les ferma un instant. Et elle fut là, avec lui. « Je ne pouvais pas faire autrement », chuchota-t-il. Il se souvenait encore précisément du jour où il l'avait abandonnée : il lui avait promis qu'il reviendrait et elle y avait cru un temps… mais ensuite quelqu'un lui avait parlé de ses fiançailles avec Marta, et elle s'était suicidée. Marta lui ouvrait les portes de la ville, d'une carrière, d'une autre vie.

Il agita la cloche qu'il gardait sur son bureau. Quelques secondes plus tard, le valet frappa à la porte ; c'était un nouveau, embauché par August. L'espace d'un instant, Kurt envisagea de le congédier, puis se ravisa. Il devait cesser d'agir de la sorte. À présent, il se méfiait même de Marta.

— Apporte cette lettre à von Roth et attends sa réponse. Dépêche-toi.

Le jeune homme disparut sans tarder et en silence, comme il était entré. Kurt s'approcha de la fenêtre, écarta le rideau et suivit du regard le jeune domestique. Puis il retourna à son bureau. Ses mains tremblaient. Je n'avais pas le choix, se dit-il, en proie à un regret soudain. Jamais il ne renoncerait au patrimoine de sa nièce et la seule façon d'en garder le contrôle c'était à travers son futur mari, Johan von Roth.

Il devait agir, ou les banquiers des Harmel le feraient à sa place.

August entra dans la cour, retira la selle des chevaux et les attacha. Il donna des instructions à un des garçons d'écurie, et s'assit un instant dans le noir, les yeux tournés vers la nuit. Personne ne l'attendait, son retour n'était prévu que la semaine suivante. Avec un peu d'aide, il était parvenu à régler les affaires de son beau-frère. Il s'était frayé sa place lentement, profitant de la négligence de Kurt. Vogel était un vieillard à présent ; par le passé, il avait été retors, mais la maladie l'avait affaibli. C'était une question de temps, songea August. Il n'avait plus qu'à patienter encore un peu et tout lui reviendrait, y compris Clarice. Cette pensée le fit frissonner et il sentit monter en lui le désir pour la jeune fille, dévorant comme le feu. Il passa une main sur son front, un sourire flottait sur ses lèvres. Était-elle encore debout ou s'était-elle retirée dans sa chambre ? Il voulait la voir, il aimait la façon dont elle écoutait ses récits : elle restait suspendue à ses lèvres, imaginant le monde qu'il lui était interdit de voir de ses propres yeux. Il sourit en lui-même. Il lui avait promis de l'emmener en voyage, un jour, mais Clarice n'y avait pas cru. Il y avait chez elle une intelligence particulière qui le mettait mal à l'aise. Peut-être était-ce la manière dont elle pesait chacun de ses mots et le scrutait de ses yeux inquisiteurs.

— Bonsoir, Milly, dit-il en souriant devant l'air renfrogné de la cuisinière.

— Monsieur, quel plaisir de vous revoir.

August secoua la tête. Ils avaient plus ou moins la même corpulence, chose absolument absurde pour une femme. Il retira son frac et, après avoir délié les muscles de ses épaules, alla chercher sur le fourneau les restes du repas. En s'asseyant pour manger, il remarqua la mauvaise humeur de la cuisinière.

— Il est arrivé quelque chose ? demanda-t-il sans que la réponse l'intéresse vraiment.

Pour lui, Vogel aurait bien pu aller brûler en enfer. Il était même tout à fait probable qu'un jour il l'y enverrait lui-même. La femme lui répondit par un grognement, puis se remit à frapper la pâte à pain, les coudes blanchis par la farine, la mine sinistre.

— Mais enfin, vous allez me dire ce qu'il se passe ? répéta-t-il, sur le point de perdre patience.

L'espace d'un instant, Milly l'ignora, puis elle lâcha un chapelet de jurons, en montrant la porte du doigt.

— Quoi, vous ne le savez pas ? Clarice se marie.

Son bras s'immobilisa et sa cuillère resta comme suspendue. Lentement, August recommença à manger. Mais la soupe qu'il trouvait jusque-là délicieuse avait perdu toute saveur. Il n'avait pas prévu cela. Déjà ? Il devait y avoir quelque chose là-dessous. Il vida son bol et le repoussa. La femme de chambre qui venait d'entrer se dépêcha de débarrasser. August se leva et se dirigea vers la porte.

— Et qui est l'heureux élu ?

— Johan von Roth.

August haussa les sourcils, ébahi.

— Ça doit être une erreur, ce jeune homme est un demeuré.

Milly renifla.

— Non, c'est bien lui, répondit-elle en s'essuyant le visage. Comme si cette petite n'avait pas déjà assez souffert ! La marier à un homme comme celui-là…

Il ne fit aucun commentaire et s'approcha de la bibliothèque. La porte était entrouverte, et il lui suffit d'un coup d'œil à l'intérieur pour comprendre que Milly avait raison. Ludwig von Roth était assis en face de Vogel. Marta, immobile dans un coin de la pièce, semblait sur le point de s'évanouir. Ni Johan ni Clarice n'étaient présents, mais c'était normal : c'était la famille seule qui réglait ces affaires. Mais quelque chose le déconcertait : il était convaincu que Vogel tenait à la jeune fille, vu comme il la surveillait, mais un homme avec une once de bon sens n'aurait pas même donné sa servante en mariage à ce Roth, alors sa nièce…

Il revint sur ses pas. Quelque chose lui échappait, mais quoi ?

Il monta l'escalier, une marche après l'autre, songeur. Le couloir était éclairé par une seule bougie dont la lumière vacillait, comme ses pensées. Il était presque arrivé quand un bruit le figea sur place. Il porta immédiatement la main à son poignard et se tourna lentement : la porte de la chambre de Clarice était entrouverte. Il entendit à nouveau le même bruit. Il s'immobilisa. Une fureur explosa en lui quand il comprit que c'était un gémissement. Un gémissement de femme. Il ouvrit la porte d'un coup, et faillit faire tomber la jeune fille. Surpris, il la saisit par un bras pour la retenir.

— Et on peut savoir ce que vous faites ? hurla-t-il.

La jeune fille était aussi surprise que lui, mais elle reprit immédiatement le contrôle d'elle-même. Elle portait un manteau très lourd et à ses pieds gisait le sac qu'elle venait de faire tomber.

— Je m'en vais. Poussez-vous.

— Et où allez-vous ?

— Aucune importance. (Elle avait les yeux rougis, gonflés.) Ils veulent me marier de force. Je ne suis qu'un objet pour eux, ajouta-t-elle doucement.

August était conscient de son corps, du parfum fleuri, de la chaleur de sa peau qu'il percevait à travers l'étoffe. Le désir qu'il avait ressenti plus tôt s'aiguisa, à présent il était presque douloureux, impérieux.

Il se souvint alors des récits de sa nourrice sur certaines femmes capables de vous ensorceler, de vous envoûter grâce à leur corps. Clarice était une ensorceleuse, il le savait. Même penchée sur sa broderie ou plongée dans sa lecture, elle savait attirer les regards. Tous les hommes, quels que fussent leur âge ou leur position sociale, étaient charmés par elle. August le lisait dans leurs regards, dans ces soupirs qui l'emplissaient de rage. Savoir qu'elle dormait dans la chambre attenante à la sienne l'avait tenu éveillé de nombreuses nuits.

— C'est le destin de toute femme. Quel mal y a-t-il à se marier et avoir des enfants ?

Jamais il n'avait ressenti un tel trouble. En ce moment précis, il aurait pu tuer Roth pour elle. Il aurait même tranché la gorge de Vogel sans la moindre hésitation. Il lui prit les mains et les porta à sa poitrine, il voulait les sentir contre lui. Il se força à ne pas baisser la tête, à se tenir éloigné de cette bouche qui le tentait, avec son léger tremblement, son apparente fragilité. C'était une sorcière, une maudite ensorceleuse.

— Vous n'avez nulle part où vous cacher, votre oncle vous retrouvera.

Lui aussi l'aurait retrouvée, jamais il ne la laisserait lui échapper, mais il se garda bien de prononcer ces mots. Il ressentait le besoin de la dominer, il fallait qu'il le fasse. Comme si c'était la seule façon pour lui de prendre le contrôle ; la voir pâlir, se renfermer et trembler devant lui lui procurait un immense plaisir.

Clarice essaya de s'éloigner, mais August la gardait serrée contre lui, l'empêchant de bouger.

— Vous savez vous aussi que ce sera votre destin, quoi qu'il arrive. Pourquoi vous y opposer ?

Il voulait la tourmenter, la blesser ; il voulait qu'elle tremble.

Clarice souleva le menton, l'air déterminé. August comprit qu'il ne l'avait pas effrayée. Elle n'avait rien perdu de sa fierté.

— Répondez ! lui ordonna-t-il en la secouant, alors qu'il désirait faire bien plus que ça.

— Je suis une personne, j'ai le droit de choisir de quoi sera faite ma vie.

Sa voix était claire, résolue. Ce tremblement qu'il cherchait, s'il avait jamais existé, avait été bien vite réprimé.

August était fasciné par sa passion, par la beauté de ses traits délicats et orgueilleux. Il se demanda ce qu'il ressentirait s'il parvenait à la plier à sa volonté, à la posséder. Et cette pensée lui fouettait les sangs.

— Je parlerai avec mon cousin. Je vous aiderai.

Clarice l'étudia longuement. August devina sa méfiance instinctive. Elle n'était pas idiote, il faudrait agir avec ruse pour la convaincre de baisser la garde.

— Il faut me faire confiance.

Elle le dévisagea encore, le regard embué par un voile de fatigue.

— Vous feriez vraiment ça ? demanda-t-elle d'un ton incrédule, à travers lequel pointait une lueur d'espoir.

August en profita. Il était là, son point faible : comme toutes les femmes, elle croyait ce qu'elle avait envie de croire. Il prit de nouveau ses mains qu'il pressa contre ses lèvres.

— Je vous le promets. Et maintenant, allez dormir.

Clarice se détacha de lui et acquiesça. Elle voulut se saisir de son sac, mais August fut plus rapide qu'elle. Il haussa les sourcils en ramassant la besace, étonné par son poids.

— Qu'avez-vous donc mis là-dedans ? L'argenterie de Vogel ?

Il ouvrit le sac, perplexe, et fut encore plus étonné en voyant son contenu. Il leva la tête et ajouta :

— Vous pensiez utiliser des livres pour survivre dehors ?

Quelle idiote ! Cette idée l'amusa beaucoup et renforça sa confiance en lui qui avait été ébranlée quelques instants plus tôt.

— Ils sont à moi.

— Je n'en doute pas, mais, croyez-moi, Clarice, ils ne vous auraient été d'aucune utilité pour acheter votre liberté.

Il eut un petit rire et lui tendit son sac. Il était rasséréné : au fond, ce n'était qu'une jeune écervelée. Il se retourna avant de franchir le seuil :

— Je compte sur votre reconnaissance pour ce que je suis sur le point de faire. Je suis votre ami, Clarice, ne l'oubliez pas.

Après une pause, elle finit par répondre :

— Je ne suis pas une ingrate.

Les semaines suivantes furent un véritable cauchemar pour Clarice : son oncle avait un peu relâché sa surveillance, mais le prix à payer pour ces moments de liberté qu'elle passait à se promener avec Marta, à participer à des fêtes, à des réceptions ou à aller au théâtre, était très élevé. Johan von Roth passait chaque soir lui rendre visite et elle était obligée de le recevoir.

Lotte et Marta s'évertuaient à la convaincre d'accepter son destin. Une fois la surprise initiale passée, les deux femmes mirent tout en œuvre pour l'aider de leur mieux. Mais il n'y avait pas grand-chose à faire. Les fiançailles avaient été annoncées et les noces étaient imminentes ; les couturières travaillaient sans relâche à son trousseau. Sa robe était prête. Elle devait à présent être pragmatique, c'est-à-dire accepter son destin et survivre. « Si tu t'y opposes, tu ne feras qu'aggraver la situation, tu dois te montrer docile et soumise. Essaie de gagner son affection, et tout ira bien. Les choses s'arrangeront quand tu seras enceinte, tu verras. Les hommes sont très sensibles à l'arrivée d'un héritier. »

Mais elle avait l'impression de mourir. Comment pouvaient-elles lui dire des choses pareilles ? Elle ne supportait pas ces discours, elle ne les acceptait pas. Clarice était effrayée par ce garçon qui lui tournait autour le regard vide, la bave aux lèvres.

Son unique espoir reposait sur August. Il lui avait promis de l'aider. Elle devait être patiente. Elle était certaine qu'il reviendrait bientôt du voyage qu'il avait entrepris pour le compte de son oncle. À son retour, August parlerait à Kurt, et tout serait terminé. Il n'y aurait plus de mariage ; il le lui avait promis.

August l'aimait bien. Quand il lui souriait, quand il lui racontait ses aventures ou la faisait rire avec ses plaisanteries, elle se sentait à la fois heureuse et troublée. Les frissons qu'elle éprouvait alors étaient étranges, et lui faisaient désirer des choses auxquelles elle ne savait pas donner de noms.

Un soir, tandis que Clarice attendait dans le salon la visite de Johan en compagnie de Lotte, August entra soudain. Il la regarda puis lui indiqua la porte.

— Allez vous changer, Clarice, j'espère que vous avez une tenue adaptée à l'occasion.

— Que voulez-vous dire ?

— Johan von Roth est mort. Une chute de cheval, à ce qu'on m'a dit.

Lotte se leva d'un bond, et sa broderie finit sur le tapis.

— Je vais appeler Madame, dit-elle avant de sortir en courant, laissant Clarice seule avec August.

Elle leva les yeux vers lui. Le choc de la nouvelle passé, elle s'aperçut qu'elle était peinée par la mort de son fiancé.

— C'est terrible, murmura-t-elle.

Pourtant, tout en prononçant ces mots, elle ne parvenait pas à ignorer le profond soulagement qu'elle ressentait. Comment pouvait-elle être si méchante ?

Les lèvres d'August s'étirèrent dans un sourire lent.

— Tu n'es pas heureuse ?

— Non ! Je ne voulais pas l'épouser, mais c'est terrible qu'il soit mort.

— Ne t'inquiète pas, à présent, tout ira bien.

August lui sourit à nouveau. Il ne lui dit pas que le mariage serait tout de même célébré, à la différence que, à la place de Johan, dont il s'était débarrassé avec une étonnante facilité, ce serait lui son époux.

Il s'était entendu avec son beau-frère : quand il avait découvert l'intérêt que Kurt portait au patrimoine de sa nièce, négocier un accord acceptable pour les deux avait été un jeu d'enfants. August avait aussi choisi la maison où il irait vivre avec Clarice. Il avait écrit à sa sœur Maud, lui demandant de le rejoindre pour organiser les noces. Il sourit encore, pour lui cette fois, et pressa ses lèvres sur la tempe de Clarice.

— Tu verras, à partir de maintenant, tout sera parfait.

13

« Nous n'arrivons pas à changer les choses selon notre désir,
mais peu à peu notre désir change... Nous n'avons pas pu
surmonter l'obstacle, comme nous le voulions absolument,
mais la vie nous l'a fait tourner, dépasser,
et c'est à peine alors si en nous retournant
vers le lointain du passé nous pouvons l'apercevoir,
tant il est devenu imperceptible. »

Marcel PROUST, *Albertine disparue*

À cette heure-là de la soirée, l'escalier de La Trinité-des-Monts était encombré de touristes et de passants. Les familles avaient été remplacées par de jeunes gens en groupe, des hommes, des femmes, seules ou accompagnées. Tous étaient à la recherche de moments particuliers, capables de leur offrir des émotions uniques. Avec le temps, ils les auraient dépoussiérés, sortis de leur mémoire. Rome aurait servi de décor à un baiser inoubliable, une confession, une rencontre capable de changer une vie entière. Les plus chanceux auraient donné et reçu des regards complices, en racontant cette fois où, dans les rues du centre historique de la ville éternelle, leur existence avait pris une tournure inattendue. Ils auraient ri tous ensemble. Mais d'autres ne garderaient que le goût doux-amer d'un beau souvenir. Le plus triste destin aurait été réservé aux indécis, à jamais déchirés par le regret d'une occasion manquée.

Sofia marchait parmi la foule, le regard éteint, l'air fatigué. Le livre de Clarice, suivant le rythme de ses pas, battait contre sa jambe. Elle le prit et le serra contre sa poitrine. Sa tristesse était si grande qu'elle était devenue palpable. Tangible.

Trop de choses étaient arrivées ces derniers jours. Et elle s'était accrochée à l'histoire de Clarice comme à une bouée qui aurait pu l'aider à atteindre la terre ferme. Mais, dans la vie, ça ne marchait pas comme ça, il n'existait pas de bouée miraculeuse à laquelle se raccrocher quand on se noyait, seule comptait la volonté.

Personne ne le savait mieux qu'elle, car, dans le passé, elle avait soigneusement évité toute possibilité de changement dans l'unique but de ne pas perdre ce qu'elle croyait posséder. Et elle ne le comprenait vraiment que maintenant. Tout ce qu'elle avait vécu, tout ce qu'elle avait pensé vouloir sans avoir le courage de persévérer pour l'obtenir lui apparaissait avec une telle clarté qu'elle en avait le souffle coupé. Comment avait-elle pu être aussi idiote ? Qu'avait-elle fait ? Qu'avait-elle laissé les autres lui faire ?

Ce fut comme ouvrir une porte qui donnait directement sur son âme, puis une autre, et une autre encore. Et ce qu'elle s'était refusé de voir, de simplement prendre en considération, apparut devant elle dans une vision d'une impitoyable limpidité.

Soudain, c'en fut trop. Son désespoir était si profond que, l'espace d'un instant, il lui sembla qu'elle n'arrivait plus à le contenir. Mais elle n'allait pas fondre en larmes au beau milieu de la via Condotti.

Elle regarda autour d'elle, perplexe. Comment s'était-elle retrouvée là ?

Elle tourna la tête à gauche, puis à droite. C'était comme si elle avait opéré un grand détour pour revenir à son point de départ. Elle cligna des yeux. Elle était devant la vitrine du café Greco. Elle s'y dirigea lentement, les yeux brûlants. Juste une minute. Elle n'avait besoin que d'une minute pour recouvrer ses esprits. Mais derrière la vitre, tout semblait flou, sans contour.

Le café était bondé. C'était comme un bruit intense, un flot de mots dans lequel se noyer. Mais la sensation n'était pas déplaisante. En fin de compte, c'était comme être seule. Elle y était habituée.

— Je suis désolée, il n'y a plus de place assise, lui dit une serveuse avec un sourire triste, l'air doux.

— Pas même un tabouret ? Ça me suffirait.

La serveuse réfléchit un instant, puis regarda autour d'elle.

— Eh bien, puisque vous êtes seule je peux vous proposer de partager la table d'un autre client. Qu'en dites-vous ?

Sofia se serait même assise par terre.

— Ce sera très bien.

La jeune fille lui sourit à nouveau et répondit :

— Attendez-moi ici, je reviens tout de suite.

La serveuse lui avait indiqué une pièce, mais c'était plutôt un recoin avec des tabourets hauts, comme ceux que l'on trouve dans tous les bars, à la différence que ceux-là étaient très beaux. Elle s'appuya sur l'un d'eux, et son regard tomba sur la table qu'elle avait occupée quelques jours plus tôt. Elle aurait dû appeler Ilaria. Elle avait beaucoup de choses à lui raconter. Pourtant, ce n'était pas à son amie qu'elle pensait, mais à un homme, qu'elle avait quitté précipitamment quelques instants plus tôt.

Elle se força à regarder ailleurs, à se distraire. La technique sembla fonctionner au début, mais presque aussitôt elle recommença à se poser des questions sur Tomaso. Il avait été direct, brutal. Il voulait le livre de Clarice. Non, pas de Clarice, de Fohr.

Pourquoi Tomaso Leoni lui avait-il demandé de lui vendre le livre ? Comme si ses pensées avaient eu le pouvoir de l'évoquer, elle le vit entrer dans le café. Il ne l'avait pas remarquée. Il était absorbé dans ses pensées, ne regardait personne, comme s'il était dans un monde à lui, dans lequel nul n'était invité. Il ne voyait pas que les gens l'observaient ; car, il avait beau ignorer le reste du monde, ce n'était pas le genre d'homme qui passait inaperçu.

La même serveuse qui avait accueilli Sofia se dirigea immédiatement vers lui ; ils se saluèrent comme s'ils se connaissaient, échangeant quelques mots. La jeune fille nota quelque chose sur sa tablette, secouant la tête dans un geste affirmatif. Sofia le regarda encore, certaine qu'il ne pouvait pas la voir. Il semblait inquiet, tendu. Ses cheveux retombaient sur son front, il avait desserré le nœud de sa cravate et déboutonné sa chemise. Il retira sa veste et son écharpe, qu'il accrocha distraitement au portemanteau. Puis il se dirigea vers le coin des tabourets, et se retrouva presque à côté de Sofia. Elle lui tourna immédiatement le dos. Et s'il l'apercevait ? Il ne manquerait plus que ça ! Elle se consola en se disant qu'elle avait toute liberté de s'en aller. Elle continuait à penser qu'elle n'avait aucune intention de lui parler, et que Tomaso ne le souhaitait pas non plus. Mais elle se rendit compte à quel point c'était puéril. Elle n'allait pas partir juste pour fuir cet homme.

Par ailleurs, Tomaso ne lui avait rien fait de mal, et sa proposition d'acheter le livre était parfaitement légitime. Le fait qu'elle en fût déçue parce qu'elle se l'était imaginé autrement, parce qu'elle était liée à l'histoire de Clarice comme si elle la connaissait, eh bien, c'était son problème à elle.

— Voilà, une table vient de se libérer. Qu'est-ce que je vous sers ?

— Je vais prendre une salade. Et un thé.

La serveuse nota la commande.

— J'arrive dans cinq minutes.

La table de Sofia était de l'autre côté de la salle. De là, elle ne voyait plus Tomaso. Tant mieux, pensa-t-elle, elle perdait du temps au lieu de s'occuper de ses vrais problèmes. Elle avait beaucoup de choses à régler. Des choses concrètes. Elle devait trouver un bon avocat pour son divorce, un lieu où vivre, et un travail. Et puis il y avait l'offre que ses parents lui avaient faite : les rejoindre en France. Ils possédaient une maison en Camargue et un appartement à Paris, un petit studio. Il était joli, elle avait toujours aimé Montparnasse. Mais elle ne savait pas si elle était prête à quitter l'Italie. Bien sûr, ce déménagement l'aurait aidée à repartir de zéro. Cela aurait été une coupure nette avec son passé.

Elle termina son repas, le paya et quitta l'établissement.

Tandis qu'elle marchait sous les lumières qui éclairaient la nuit, elle sentit une douce sensation l'envelopper. Elle aimait Rome, depuis toujours. C'était chez elle. Ce n'était pas seulement une considération objective, c'était quelque chose d'atavique, qu'elle n'aurait jamais pu expliquer avec des mots. Une émotion pure et simple. Si elle partait, tout dans cette ville lui manquerait. Les arbres de la Villa Borghese et ses sentiers, les petites villas et ce qu'il restait des temples antiques. Elle aimait l'aura décadente des chapiteaux et des colonnes et le centre historique. Quant au quartier Coppedè et son asymétrie bizarre, ils suscitaient chez elle une véritable passion. Elle aimait ce mélange d'ancien et de moderne si absurdement agencé qu'il créait une harmonie impossible à trouver ailleurs qu'à Rome.

Le vent s'était levé ; elle frissonna et regarda autour d'elle. Elle observa le ciel, mais ne vit rien d'autre que les lumières des réverbères. Elle monta les marches de l'escalier de La Trinité-des-Monts, incapable de se défaire de la sensation désagréable qui lui collait à la peau : Clarice, j'aurais vraiment voulu en apprendre plus sur toi. J'aurais vraiment voulu t'aider. Tout en marchant, elle pensait à cette femme qui, à travers le temps, lui avait confié son histoire. C'était presque comme si elle l'avait abandonnée, qu'elle n'ait pas fait tout son possible, et c'était une impression très intense. Et Tomaso s'en était aperçu.

Ne lui avait-il pas demandé si cette femme était de sa famille ?

Elle était presque arrivée aux dernières marches quand elle décida de poursuivre vers le Pincio. C'était un des endroits les plus pittoresques de Rome. Depuis la terrasse, la ville semblait calme, presque somnolente à l'aube, mais la nuit, elle resplendissait de sa propre lumière, émanant des milliers de petites fleurs qui pulsaient, pleines de vie. Elle atteignit le haut de l'escalier et s'arrêta pour reprendre son souffle. De là, Rome ressemblait à un tableau de maître.

L'émotion lui serrait la gorge. Que lui arrivait-il ? Elle ne se souvenait pas d'avoir jamais été si émotive. Tout la troublait, la bouleversait, l'amenait au bord des larmes, elle qui avait toujours eu des nerfs d'acier. Mais ça, c'était avant. À présent, les choses avaient changé.

Elle resta encore un peu pour admirer le panorama. Cette sensation de paix, cette émotion extraordinaire, elle n'était pas la seule à l'éprouver. Elle la devinait sur les visages des gens autour d'elle, partout. Cette pensée la ravit : cela voulait dire qu'elle n'était pas si bizarre que ça, qu'elle partageait la beauté de ce lieu avec les autres. Elle inspira profondément l'air frais, le retenant quelques secondes dans ses poumons avant de l'expulser sur ses doigts. Marcher lui avait fait du bien, elle s'était en partie débarrassée de l'angoisse qui l'étreignait et la rendait profondément malheureuse. Il ne lui restait plus qu'un peu de tristesse. Mais ça, elle était capable de l'affronter.

Derrière elle, l'esplanade était occupée par des jeunes qui échangeaient des plaisanteries, certains étaient assis sur les bancs à côté des parterres de fleurs et profitaient du panorama. Elle changea de place, pour trouver une meilleure vue.

C'est alors qu'elle le vit.

Était-ce vraiment lui ? Était-ce bien Tomaso Leoni, là, les coudes appuyés sur le parapet ? Elle ne s'était pas rendu compte qu'elle s'était approchée de lui. Jusqu'à ce qu'elle croise son regard, puis son sourire.

— Vous êtes la femme la plus déconcertante que j'aie jamais rencontrée.

Elle resta immobile, incapable de trouver une repartie.

— Je voulais juste…

Elle ne termina pas sa phrase et se tut, et quand le silence entre eux devint insoutenable, Tomaso le brisa :

— Quoi ? Que vouliez-vous me dire, Sofia ? demanda-t-il d'une voix basse et chaude.

Ils se tenaient à présent côte à côte, leurs épaules se touchant, sans un mot.

Sofia s'humecta les lèvres :

— Je vous ai vu tout à l'heure, au café Greco.

Il acquiesça, les yeux toujours braqués sur la ville. Puis il se tourna lentement vers elle et répondit :

— Je sais.

C'était peut-être à cause de ce regard, qui lui fit l'impression d'une caresse, qu'elle décida de lui poser la question qui n'avait cessé de la tourmenter depuis qu'elle était sortie de l'agence :

— Pourquoi voulais-tu acheter mon livre ?

Ce « tu » lui était venu spontanément.

— Je crois que tu le sais.

Elle éprouva à nouveau cette intime conviction qu'il comprenait tout d'elle. Pendant quelques secondes, elle eut l'impression qu'elle connaissait Tomaso depuis toujours. Que jamais elle n'avait été aussi proche de quiconque. C'était absurde. Pouvait-on ressentir une pareille affinité avec quelqu'un que l'on venait de rencontrer ?

Mais elle avait déjà commis l'erreur de supposer trop de choses à son sujet. Et elle s'était trompée. N'était-ce pas ce qui l'avait poussée à s'approcher de lui, et à lui demander des explications ?

— Je suis fatiguée de ces phrases sibyllines. Réponds-moi clairement, s'il te plaît.

Un visage froid, distant, remplaça l'expression amicale qu'il avait eue jusque-là.

— D'accord.

Il prit son temps pour répondre. Comme s'il choisissait calmement chaque mot. Il lui indiqua une allée :

— Faisons quelques pas, tu veux bien ?

Elle accepta : cela la réchaufferait un peu.

— À quel point t'y connais-tu en livres anciens ?

— J'ai un master en conservation des biens culturels, avec une spécialisation en bibliothéconomie.

Tomaso hocha la tête et reprit :

— Et comment en es-tu venue à devenir relieuse ?

— J'ai suivi des cours. Mais c'était il y a très longtemps.

Tomaso ne posa aucune autre question, se contenta de la regarder au fond des yeux.

— Toi, tu as une passion pour la reliure, moi j'en ai une pour les livres perdus. Je suis chasseur de livres.

— Comme le légendaire Corso ?

Il étouffa un petit rire.

— Franchement, je ne suis pas sûr d'apprécier cette comparaison. J'espère tout de même que, dans le pire des cas, tu fais référence au livre *Le Club Dumas*, de Pérez-Reverte.

— Et pas au film, *La Neuvième Porte* ? C'est Johnny Depp qui joue le rôle principal, si je ne m'abuse.

— En effet, répondit Tomaso qui continuait à la regarder, les yeux plissés, l'air exagérément farouche.

Sofia s'amusait beaucoup, ce qui l'étonnait et lui faisait plaisir. Quand elle s'était approchée de lui, quelques minutes plus tôt, elle n'avait aucune idée de la tournure que prendraient les choses entre eux, et elle n'avait certainement pas imaginé ce genre de badineries.

— Ne fais pas cette tête, la comparaison est très flatteuse.

Elle se sentait légère, elle plaisantait, ils riaient tous les deux. Cette journée qui avait très mal commencé prenait un tour tout à fait plaisant.

Tomaso retira son écharpe et la lui noua autour du cou.

— Tu me donnes froid à trembler comme ça.

Elle s'efforça d'ignorer son geste, son regard, l'odeur qu'à présent elle portait sur elle. Ça ne veut rien dire, pensa-t-elle. Elle mit de côté toute considération personnelle, se concentrant sur la réponse qu'elle devait lui donner, caressant distraitement l'étoffe du bout des doigts.

— Mais donc, toi, tu as vu plus que ce que tu ne m'en as dit dans ce livre, pas vrai ? C'est pour ça que tu voulais l'acheter.

Tomaso acquiesça :

— Tu vois, Sofia, de nombreuses légendes entourent les livres perdus, nous autres, chercheurs, nous les connaissons toutes. Christian Philipp Fohr, d'après l'histoire de la littérature, a écrit une seule œuvre, en trois volumes.

— Ça, je le sais, répondit-elle d'une voix tremblante.

Il ajusta sa veste, de la buée sortait de sa bouche :

— Les livres possèdent quelque chose de spécial. Du fait de leur nature même, ils contiennent potentiellement des réponses à toutes sortes de questions. C'est pourquoi la fascination que les livres disparus exercent sur nous est double : parce que chacun projette en eux ses propres espoirs. L'imagination de l'homme est un moteur extraordinaire, capable de le lancer dans les entreprises les plus audacieuses.

Il donna un coup de pied dans un petit caillou et le suivit du regard tandis qu'il roulait sur le sol. Puis il la regarda au fond des yeux :

— Tous les chercheurs de livres savent que ce qu'on raconte sur tel ou tel ouvrage, dont on a perdu la trace, pourrait être vrai. Les livres disparaissent et réapparaissent continuellement. Comme s'ils étaient vivants.

— Mais il n'est écrit nulle part que Fohr a écrit un autre livre. Moi, je l'ai beaucoup étudié, et je n'ai jamais trouvé la moindre allusion à un inédit, répliqua-t-elle en sentant un frisson monter le long de sa colonne vertébrale. Tu crois que c'est ça, le secret qu'évoquait Clarice ?

— Prise sans le reste, sa lettre ne serait rien d'autre qu'un témoignage magnifique et fascinant d'un passé lointain. Mais elle n'a pas choisi n'importe quel livre pour y conserver cette lettre. Elle l'a cachée dans un volume de Fohr. Et, comme par hasard, il a écrit quelque chose qui n'a jamais été retrouvé. Quelque chose de tellement fascinant et puissant qu'il est resté dans la mémoire des rares camarades et amis auxquels il l'ait jamais montré.

Voilà donc à quoi Tomaso faisait référence : des témoignages de contemporains de l'écrivain qui avaient eu ce livre inédit entre les mains.

— Et on sait autre chose ?

Il mit un peu de temps à répondre, et, quand il le fit, Sofia avait déjà décidé que, si Tomaso Leoni acceptait de l'aider dans sa recherche, elle lui en serait reconnaissante à jamais.

— On suppose que sa seconde œuvre a été écrite ici, à Rome. Il a passé quelques années dans cette ville, et il y est mort, comme tu dois le savoir. Mais personne n'a jamais réussi à trouver son manuscrit. Peut-être à cause de sa mort soudaine : la villa où il habitait est restée à l'abandon un certain temps, et il est possible que le texte ait été volé, ou emporté par sa famille.

— Mais, dans ce cas, pourquoi ne l'aurait-elle pas publié ? C'est un des plus grands écrivains de son époque.

Tomaso secoua la tête :

— La famille de George Byron a détruit un de ses textes non publiés, et le mari de Sylvia Plath, après sa mort, a empêché la publication de ses œuvres inédites. Et il y a, comme ça, beaucoup d'autres livres que nous ne lirons jamais parce que les héritiers en ont décidé ainsi. Et c'est peut-être ce qui est arrivé à Christian Fohr, même si nous n'en savons rien, et ne le saurons peut-être jamais.

Ils échangèrent un long regard. Ils étaient arrivés de l'autre côté de la Villa Borghese, et ils étaient seuls.

— Je te raccompagne chez toi.

— Non.

Il leva la main.

— D'accord, alors c'est toi qui me raccompagnes chez moi.

Sofia secoua la tête.

— Non, ce n'est pas ce que je voulais dire, je parlais de Fohr. Si on trouve les autres volumes de la trilogie, on pourra tout savoir. La lettre de Clarice promet de révéler un secret, et suggère implicitement qu'il faudrait réunir les trois livres. Peut-être qu'elle a caché à l'intérieur des autres volumes des indications qui permettraient de trouver le texte inédit de Fohr, si c'est ça le secret. On doit les retrouver, Tomaso.

— Nous ?

— Oui, nous. Je ne te vendrai pas le livre, faisons un marché. Toi et moi, cinquante-cinquante. Moi j'apporte l'idée, la lettre de Clarice, le livre de Fohr, et toi tu m'aides. Ça marche ?

Tomaso resta un instant silencieux, réfléchissant calmement.

— Sur le principe, j'accepte. Mais, demain, nous définirons ensemble les termes de notre accord, et ensuite nous les écrirons noir sur blanc. Et d'ici là, si jamais tu changes d'avis, je comprendrai. On peut y aller maintenant ? demanda-t-il en tendant une main qu'elle accepta. (Il resta bouche bée :) Tu as les mains glacées. (Il l'attira vers lui et passa un bras sur son épaule :) Ne va pas te faire des idées, je protège mon investissement, c'est tout.

Sofia rit à nouveau. Elle était agitée, pleine d'enthousiasme, et alors qu'ils marchaient ensemble à la recherche d'un taxi, elle se demanda où la mènerait l'histoire de Clarice et de Fohr.

14

« Aujourd'hui n'est qu'un jour parmi les jours
qui seront jamais. Mais ce qui arrivera
dans tous les autres jours à venir
peut dépendre de ce que tu feras aujourd'hui ça. »

Ernest HEMINGWAY, *Pour qui sonne le glas*

La serre était dotée d'appareils ultramodernes qui permettaient de contrôler la température et l'humidité, pourtant, elle ressemblait à un jardin d'hiver victorien, avec sa coupole bombée et ses immenses fenêtres qui s'étiraient dans un cadre en fer forgé.

Elle avait toujours fait partie du monde de Sofia, car Maxim, son grand-père, l'y emmenait quand elle était enfant. Elle y avait effleuré de ses petits doigts les jeunes boutons des orchidées papillon, les *Phalaenopsis*, elle avait appris à connaître le parfum que libéraient les *Dendrobium* et les mille nuances des pétales des Vanda qui descendaient du plafond avec leurs longues racines argentées.

Maxim lui avait transmis son amour pour ces plantes exotiques comme il lui avait fait apprécier les livres et la lecture.

« Rien ne peut te rendre plus libre qu'un livre. Entre ses pages, il y aura toujours une place pour toi. Et c'est toi ensuite qui décideras quoi en faire », lui avait-il dit quand elle avait été immobilisée à la suite d'une vilaine chute en patins à roulettes.

Ses parents se trouvaient alors aux États-Unis, c'étaient donc ses grands-parents qui s'étaient occupés d'elle. Et si, au début, elle avait pleuré et s'était enfermée dans un silence obstiné, bien vite, la voix de Maxim, qui lui racontait les histoires des sœurs March, l'avait convaincue de sortir de sous les draps où elle s'était réfugiée. Ainsi, par un après-midi d'été écrasé de chaleur, Joe, Meg, Beth et Amy l'avaient invitée dans leur vie, ouvrant une porte sur un monde complètement différent du sien et dans lequel, pourtant, elle se sentait chez elle. Sofia avait toujours aimé l'idée que les livres étaient des lieux. En réalité, elle trouvait qu'ils ressemblaient aux miroirs que collectionnait Therese, sa grand-mère. Parce que, en fin de compte, il revenait entièrement au lecteur de réussir à se retrouver entre les pages, de les comprendre intimement, de s'identifier et donc de se refléter en elles comme dans un miroir.

Le lendemain matin de l'étonnante soirée qu'elle avait passée avec Tomaso, Sofia s'était réfugiée dans le silence de la serre de Maxim. S'occuper des orchidées de son grand-père avait calmé son agitation. Ses pensées s'étaient remises en ordre, et lentement, tandis qu'elle arrosait, nettoyait, rempotait les plantes, ses soucis s'étaient comme dissous, et l'avaient enfin laissée en paix.

Tout à l'heure, ils décideraient ensemble des termes de leur accord. Et même si cette formalité l'angoissait un peu, elle était impatiente. Elle regarda autour d'elle : le parfum des fleurs à cette température était intense et l'enveloppait dans une bulle de bien-être. Elle retira ses gants et les posa sur l'établi. Elle vérifia encore une fois le thermostat et le vaporisateur des plantes, jeta un dernier coup d'œil à l'écran électronique, et enfin sortit en refermant bien la porte derrière elle.

Il lui restait une chose à faire : elle avait rendez-vous avec un avocat ; l'idée de ce qu'Alberto avait fait de ses affaires personnelles la rendait encore malade. Comment avait-il pu faire une chose pareille ? Son visage s'assombrit. Après un refus instinctif de l'affronter, elle avait décidé qu'il serait injuste qu'il s'en sorte à si bon compte. Elle était donc retournée dans ce qui était autrefois leur appartement. Quand il lui avait ouvert, elle n'était pas entrée, et c'est sur le palier qu'elle lui avait dit ce qu'elle pensait de lui, affirmant même qu'elle avait honte de l'avoir épousé. Quelques minutes avaient suffi ; Alberto, pris par surprise, avait tenté de lui répondre, mais Sofia avait été impitoyable : « Tu as jeté mes affaires, ce qui ne t'appartenait pas, juste pour me faire du mal. Cesse d'attribuer aux autres la responsabilité de tes actions mesquines. Et va te faire soigner, c'est un service que tu te rendrais à toi-même. »

Joice, qui avait assisté à la scène de derrière sa porte, lui avait offert un gâteau et son admiration. « Je suis fière de toi, Sofia, j'avais peur que tu ne dises rien, encore une fois. »

Mais elle ne voulait plus rien avoir à faire avec lui. Son mariage avait été une erreur, à laquelle elle comptait mettre un terme le plus vite possible. Elle avait déjà perdu trop de temps avec cet homme.

Elle finit de tout remettre en ordre. Tandis qu'elle se dirigeait vers l'entrée, un coup d'œil au miroir la retint. Elle se regarda. Elle avait perdu du poids, elle était pâle. Ses cheveux retombaient sur ses épaules, elle avait les yeux cernés, certes, mais lumineux. Elle décida qu'un peu de changement ne lui ferait pas de mal. À commencer par ses cheveux, qu'elle couperait ; ensuite, elle passerait aux vêtements. Elle n'aimait pas cette robe. Elle était trop classique, comme toutes ses autres robes. Elle était en train de changer, elle en était pleinement consciente. Et cela l'effrayait.

Elle allait monter dans sa voiture quand son téléphone vibra. C'était un message de la secrétaire de l'avocat. Un client avait annulé un rendez-vous : puisqu'elle était pressée, si elle était disponible, il pouvait la recevoir tout de suite. Elle répondit immédiatement, vérifia l'adresse et sortit du parking. « Eh bien, disons que c'est de bon augure. »

Sofia ne se trompait pas : l'avocat était un homme très aimable, elle n'eut pas besoin de trop s'étaler sur les détails, elle dit simplement qu'une réconciliation était impossible. Elle raconta ce qu'avait fait Alberto, mais refusa la proposition d'une compensation économique.

— Je ne veux rien, je veux simplement que cette histoire soit terminée le plus vite possible.

— Dans ce cas, et vu que vous n'avez pas d'enfants, la procédure sera très courte.

Sur le chemin du retour, elle se gara près du fleuve, elle avait besoin de marcher un peu. Les yeux brillants, elle fit un détour par les petites rues du quartier juif, le pas aussi lourd que son cœur. Elle acheta quelque chose à manger en chemin, suivant le flot des passants, s'arrêtant de temps en temps devant une vitrine. C'étaient surtout les objets anciens qui attiraient son attention. Un lourd collier d'or, une boîte à couture, un bénitier de chambre. À qui avaient-ils appartenu ? Quelles histoires recelait chacun d'eux ?

Elle s'enfonça dans le cœur du quartier tandis que le parfum des artichauts frits, des poissons et des gâteaux de la cuisine kasher se mêlait aux rires et aux exclamations des passants. Au marché, elle trouva quelque chose à son goût : c'était une robe bleu ciel et jaune d'or. Puis elle dénicha une paire de chaussures à talons. Quand elle retourna à sa voiture, elle se sentait un peu mieux ; de cette douleur qui l'avait saisie par surprise, il n'y avait plus la moindre trace. C'était normal, se dit-elle. On ne pouvait pas se défaire de quelque chose sans en ressentir le manque. Ça passerait. Elle devait simplement attendre.

Elle écarta ces pensées, se concentrant sur d'autres, et elle eut l'impression de se sentir plus légère, plus confiante. Ce sont les nouvelles possibilités qui t'emmènent vers le futur, pensa-t-elle, c'est l'espoir qui permet vraiment de trouver la force de changer.

Une fois chez elle, elle se changea rapidement. Elle avait un peu de temps devant elle avant la visite de Tomaso, et elle voulait parler avec ses grands-parents.

Maxim répondit à la deuxième sonnerie :

— Je me demandais quand tu penserais enfin à ton vieux grand-père.

Sofia sourit.

— Et si je te disais que j'ai pensé à vous chaque jour ?

À l'autre bout du fil, il y eut un long soupir satisfait et un petit rire.

— Je te croirais, ma chérie. Alors, dis-moi, ç'a été difficile ?

— Oui.

— Chaque pas que tu feras à partir d'aujourd'hui t'emmènera toujours plus loin. Tu viens de changer le cours de ton existence, et tu commences une nouvelle aventure. L'avenir te réserve plein de surprises. C'est ce qui est beau dans le changement, tout sera nouveau, différent.

Elle resta un instant silencieuse, réfléchissant aux mots de son grand-père, à leur pertinence presque palpable.

— J'irai peut-être habiter en France.

— Vraiment ? Et pourquoi ? Je croyais que tu adorais Rome, que tu t'y sentais bien ?

— C'est compliqué. Je n'ai nulle part où aller. Je n'ai pas de travail, et, pour l'instant, je suis un peu perdue.

— Comment ça, tu n'as nulle part où aller ?

Sofia allait répondre quand Maxim reprit :

— Ta grand-mère a quelque chose à te dire, écoute-la, *Liebling*. Je t'aime très fort.

— Moi aussi.

Sa grand-mère voulait lui parler ? Sofia se demandait ce qu'il avait bien pu arriver. Therese détestait le téléphone. Elle ne l'utilisait que lorsqu'elle ne pouvait pas faire autrement, elle préférait rester à côté de Maxim et le laisser parler.

— Sofia, mon trésor ! Tu as mangé ? Est-ce que tu dors un peu ? J'espère que tu as un bon avocat... mais avant tout : comment vas-tu ?

Elle lui dit la vérité : sa grand-mère aurait compris immédiatement si elle lui mentait et elle se serait fait du souci.

— C'est difficile, mamie. Mais je vais un peu mieux chaque jour.

C'était vrai.

— C'est une sensation étrange, reprit-elle. Plus le temps passe et plus je m'aperçois que j'ai vraiment été idiote.

— Non, ne dis pas ça. Tu es en train de te libérer de pensées et de situations difficiles. Ces situations, ce n'était pas toi qui les avais provoquées et ces pensées t'avaient été insufflées par une autre personne. C'est pour ça que, maintenant, tu parviens à voir les choses avec plus de clarté. C'est normal. C'est la liberté qui fait ça.

Liberté. Un concept qui revêtait à présent une multitude de nuances. Peu de gens sont vraiment capables de vivre une liberté vraie et totale. C'est une question de choix, de conscience, d'extrême courage. La plupart des gens préfèrent évoluer à l'intérieur de frontières qui ont été définies par les autres. Elle, par exemple, elle avait créé ses propres limites toute seule, d'après les exigences d'Alberto. Elle se massa une tempe. Elle avait elle-même construit sa propre prison. Jusqu'à ce que Clarice entre dans sa vie, déclenchant une suite d'événements qui l'avaient amenée là où elle était à présent, chez ses grands-parents, en train d'attendre un homme qui l'aiderait à s'enfoncer encore plus profondément dans l'existence d'une femme qui avait vécu deux siècles plus tôt, pour découvrir son secret.

— J'aime bien décider toute seule. Pour le reste, on verra bien ce qui arrive. Je ne pouvais pas continuer comme ça, mamie. J'ai essayé, ç'a été une erreur.

Therese soupira :

— J'aurais tant voulu qu'Alberto soit le bon. Mais il n'y avait pas assez d'amour entre vous deux. C'est tout. Et tu le sais très bien, au fond de toi.

— Je croyais que le reste suffirait.

Elle n'ajouta rien, ce n'était pas nécessaire. Elle savait que sa grand-mère la comprenait, ç'avait toujours été comme ça entre elles. Un regard, un sourire, une pensée partagée sans avoir besoin de trop d'explications.

— Je dois te dire quelque chose, ma chérie, et j'espère que tu pourras nous aider.

— Bien sûr, mamie, qu'est-ce qui se passe ?

— Ça n'a pas été facile de convaincre ton grand-père de retourner à Munich. J'avais même abandonné l'idée. Et puis, un matin, je ne sais pas ce qui lui a pris, il a fait nos valises et nous sommes partis pour l'aéroport. Alors, tu vois… je voudrais profiter de son envie subite de voyager pour aller aussi à Vienne. Ensuite, je voudrais pousser jusque dans le sud de la France. J'ai promis à ta mère que nous irions les voir. Tu pourrais t'occuper de notre appartement encore un peu ?

Sofia éprouva un immense soulagement. Pendant quelques secondes, elle avait eu peur que quelque chose de grave ne soit arrivé à ses grands-parents.

— Bien sûr. Et ça me laisse plus de temps pour décider de ce que je veux faire.

Prendre son temps, en fin de compte, c'était sans doute ce qui était le mieux pour elle. Elle allait parler de Tomaso à Therese, mais elle se ravisa. Elle n'avait rien de concret à raconter. Juste l'histoire de Clarice.

— Je me suis lancée dans un projet. Quand ce sera un peu plus précis, je te raconterai tout.

— Prends soin de toi, *Liebling*. Ton grand-père t'embrasse bien fort, et me dit de te rappeler de prendre soin de ses petites.

— Embrasse-le pour moi. Je lui enverrai des photos des orchidées Vanda, elles ont fleuri, tu sais ? Dis-lui de jeter un œil à ses mails.

Elle raccrocha en souriant. Quand l'interphone sonna, elle sursauta. Elle regarda sa montre, ce devait être Tomaso.

— J'arrive, Felipe.

— Il y a un monsieur qui demande à vous voir.

— Faites-le entrer, merci beaucoup.

Elle ouvrit la porte d'entrée et retourna dans la bibliothèque, où, sur la table, elle avait disposé ses instruments de reliure. *Le Discours sur la nature* était au centre ; à côté du livre se trouvaient les plats de la couverture, le dos et jusqu'au moindre fil qu'elle avait retiré. Tout avait été catalogué et photographié. Sofia avait tout préparé pour la restauration, avant de s'arrêter afin d'enquêter sur Clarice.

— Bonjour, Sofia.

La voix de Tomaso la surprit.

— Excuse-moi, j'étais ailleurs.

Elle lui sourit et l'invita à entrer.

Il regardait autour de lui, une lueur d'admiration dans les yeux. Il s'approcha du livre.

— Je peux ?

— Bien sûr, fais comme chez toi.

Elle ouvrit le rideau et une intense lumière se déversa dans la pièce, révélant de hauts murs couverts d'étagères chargées de livres.

— C'est le royaume de mon grand-père, Maxim Bauer.

— C'est une bibliothèque magnifique.

Sofia acquiesça en souriant :

— Oui, il dit que les livres sont comme des lieux, des espaces dans lesquels se retrouver.

— Et tu es de son avis ?

L'intérêt que Tomaso lui portait ne cessait de la surprendre. Et de lui plaire. Elle détourna le regard.

— Les livres possèdent un grand pouvoir, celui d'allumer ce qui est déjà en toi, comme des étincelles. Ce sont des révélateurs.

Tandis que Tomaso enfilait ses gants de latex, un léger sourire vint adoucir ses traits.

— Je me demande si c'est le cas pour tout.

— Je ne comprends pas.

Il lui montra la table.

— Clarice, sa lettre. C'est quoi pour toi ?

— Une possibilité.

Elle regretta immédiatement d'avoir prononcé ces mots si personnels. Elle n'avait pas le droit de lui parler de cette façon. Ils n'étaient même pas vraiment amis.

— Et si on commençait ?

Tomaso plissa les yeux :

— Naturellement. C'est pour ça que je suis venu, non ?

Sofia s'approcha, un bloc de papier entre les mains, les yeux braqués sur les morceaux du volume disposés sur la table qu'il examinait avec attention, l'un après l'autre.

— Ce signe… Il pourrait nous aider à retrouver les autres volumes, dit Tomaso en effleurant délicatement le papier.

— C'est un filigrane. Sur un papier fait à la main.

— Exact. On le retrouve sur les deux contre-gardes, sur les feuilles de garde et sur le dos du livre. (Il était penché en avant, les yeux rivés sur cet étrange symbole :) Ce sont deux ailes.

— Un des symboles de la liberté.

Ils restèrent un instant silencieux, assimilant cette dernière information.

— Que dirais-tu de faire un point sur la situation avant d'aller plus loin ? demanda Tomaso d'un ton calme, tandis que son regard courait de Sofia au livre.

Il lui fallut quelques minutes pour décider par où commencer. L'affaire n'était pas simple et demandait la plus grande concentration. Elle devait se détacher de Clarice et de son histoire pour être le plus objective possible.

— Un manuscrit autobiographique caché à l'intérieur d'un livre promet de révéler quelque chose concernant une vérité qui ne doit pas être perdue. Le texte est en allemand, le papier tout comme l'encre datent de la première moitié du dix-neuvième siècle. Il est vraisemblable que la personne qui l'a écrit a également relié le livre dans la couverture duquel il était caché.

Tomaso acquiesça :

— Que savons-nous de la femme qui l'a rédigé ?

— Elle a appris l'art de la reliure quand elle était enfant. Elle était de noble extraction et a traversé des épreuves très difficiles. Elle craignait que la révélation de ce secret ne lui fît perdre sa position sociale. Cependant, elle ne pouvait pas renoncer car la vérité ne devait pas être perdue.

Il lui fit signe de poursuivre.

— Qu'en penses-tu ?

— Clarice savait très bien ce qu'elle faisait, elle a caché son message dans un endroit bien particulier du livre. Où seul un relieur, un expert des livres, quelqu'un capable de recevoir cet héritage pourrait le découvrir. Le premier volume de l'œuvre de Christian Philipp Fohr, peut-être le plus grand écrivain de son temps, n'a pas été choisi par hasard. Fohr et elle ont vécu à la même période, ils étaient allemands tous les deux. Certaines notes en marge du texte ont été rédigées par Clarice.

Elle s'interrompit. C'était le moment de donner à Tomaso une autre preuve de confiance.

— Je peux te faire voir quelque chose ?

— Bien sûr !

Respirant lentement, Sofia ouvrit un coffret dont elle sortit quelques feuilles.

— Ce sont des feuilles qui portent l'écriture de Fohr, dit-elle en lui tendant les photocopies des fragments autographes trouvés à la bibliothèque, parmi lesquels il y avait également une signature. Tomaso lui lança un regard furtif, puis retourna à la table.

Il passa un temps infini tête baissée, tout du moins, c'est ce qui sembla à Sofia. Elle alla dans la cuisine pour préparer du café. Ils avaient tous les deux besoin d'énergie. Et pendant ce temps-là, elle serait occupée à faire autre chose que retenir son souffle.

Le soleil de l'après-midi illuminait les grandes fenêtres, embrasant la poussière. Dans la bibliothèque, le silence était total. Tomaso, absorbé par son examen, jetait de temps en temps de brefs coups d'œil au livre, puis portait de nouveau son regard sur les feuilles que Sofia lui avait confiées.

Il lui avait suffi d'un seul regard pour établir que l'écriture des notes sur le livre correspondait à celle de Fohr, même en l'absence d'un échantillon original. Quelques minutes pour exécuter une analyse plus poussée, et il avait employé le reste du temps à réfléchir aux conséquences que cette confirmation impliquait. Il attendit le retour de Sofia pour le lui annoncer :

— C'est lui. C'est son écriture.

Cette copie du *Discours sur la nature* avait été annotée par son auteur. Et par Clarice. Mais dans quel ordre ?

— Oui, je le savais. Je le savais !

Sofia se mit à faire les cent pas dans la pièce, en proie à une joie incontrôlable. Puis elle se figea. Tomaso continuait d'examiner le livre, l'air sombre.

Elle s'approcha de lui prudemment :

— Quelque chose ne va pas ?

Il secoua la tête.

— Certaines notes dans les marges sont l'œuvre d'une seule et même main. Elles appartiennent à l'une ou à l'autre. Mais celles-ci, dit-il en pointant une page, ont été écrites comme si les deux auteurs s'étaient partagé l'espace. Et ça se répète ici, et aussi là.

Sofia était dans l'incapacité de parler. Ce que Tomaso venait de lui dire confirmait son hypothèse : Clarice et Christian Fohr se connaissaient.

— Qu'en penses-tu ?

L'émotion lui coupait le souffle :

— Ils se connaissaient.

Ce n'était pas une question.

— Oui, probablement. (Tomaso montra le livre :) C'est un document historique de grande valeur. La nature des notes implique une utilisation intensive de la part de Fohr. Je crois que ça devait être sa copie personnelle. C'est là qu'il a poursuivi ses réflexions.

— Et Clarice ? Elle n'a pas seulement relié cet exemplaire…

— Ce dont nous sommes sûrs, c'est que, pour un temps au moins, le volume a été en sa possession. (Pour le reste, on ne pouvait exprimer que des espoirs, des conjectures, des hypothèses :) Il nous faut les deux autres volumes de cette œuvre. Il n'y a que comme ça que l'on pourra en apprendre davantage.

— On n'a que très peu d'éléments. Comment comptes-tu les trouver ?

Tomaso la regarda fixement :

— J'ai des contacts, je vais faire passer le mot. Dès que je saurai quelque chose, je t'en informerai.

Sur le moment, Sofia crut avoir mal compris. Quelque chose dans l'expression de Tomaso l'inquiétait.

— Si tu pars à la recherche de ces livres, je viens avec toi. (Elle n'avait aucune intention de rester chez elle à attendre son coup de fil :) Ma proposition vaut pour un marché cinquante-cinquante. Mêmes risques, mêmes avantages. Ensemble.

Il se frotta le front.

— Écoute, je n'ai aucune intention de te tenir à l'écart. Mais une chose doit être très claire pour toi : prendre des décisions instantanément, c'est fondamental, je n'aurai pas le temps de te faire un topo pour chaque détail, dit-il avec franchise. Nous avons en main quelque chose d'incroyable. La réussite ou l'échec de notre recherche dépendra de ma capacité à être convaincant, rapide et Dieu sait quoi d'autre encore.

— Ça me semble raisonnable.

Ce commentaire le surprit. Tomaso s'était attendu à ce qu'elle proteste. Une lueur d'admiration apparut sur son visage. Il savait que Sofia était perspicace. Ce qui l'avait immédiatement frappé chez elle, c'était sa façon de voir les choses, dans laquelle il se retrouvait. C'était pour cela qu'ils se comprenaient aussi bien. Il devrait en tenir compte. Mais cela ne changeait rien à la situation : il ne savait pas ce qu'il trouverait une fois qu'il aurait commencé son enquête. Il n'avait aucune idée de ce qu'il devrait faire pour se procurer les volumes manquants. Et elle pouvait le gêner.

Elle s'était approchée de la fenêtre et regardait dehors. Elle tourna la tête vers Tomaso :

— Mais je veux tout savoir. Absolument tout. Comme tu l'as dit toi-même, il n'est pas question de me tenir à l'écart.

Il était habitué à travailler seul et n'avait aucune intention de changer sa méthode. Mais il évaluerait les choses au fur et à mesure qu'elles se présenteraient.

— Alors nous sommes d'accord. Carla va rédiger un projet de partenariat, tu peux passer demain après-midi pour le signer ?

— Oui, bien sûr.

Il remit la veste qu'il avait laissée dans l'entrée. Il était déjà sur le seuil quand il s'arrêta et se retourna vers elle.

— Qu'est-ce qu'il y a ? demanda Sofia avec humeur.

Elle attendait autre chose de cette rencontre. Tomaso, quant à lui, semblait satisfait, et même amusé.

Il lui fit un signe de la main et répondit :

— Je vais commencer mes recherches tout de suite. On se voit demain à l'agence.

Elle le regarda sortir en se demandant ce qu'il n'avait pas voulu lui dire.

15

« L'amour et la raison sont deux voyageurs
qui n'habitent jamais ensemble la même hôtellerie.
Quand l'un arrive, l'autre s'en va. »

PAGNON et CALLET, *Allan Cameron*

Il était déjà vingt et une heures quand Tomaso quitta son cabinet. Il fit rouler sa tête, pour détendre les muscles de ses épaules, et bâilla. Il avait travaillé sans relâche, interrogeant les moteurs de recherche, épluchant les catalogues d'antiquaire en ligne et passant de nombreux coups de fil. Il avait fait bouger les choses. À présent, il n'avait plus qu'à attendre.

Chez lui, tandis qu'il se préparait à manger, ses pensées couraient de Sofia à Frank. Il avait fixé un rendez-vous avec les avocats des héritiers Baldini et ceux de la partie adverse. Il ne savait pas comment résoudre la question de l'expertise erronée réalisée par son beau-père. Il improviserait. La seule chose dont il était absolument sûr, c'était qu'il ne pouvait tolérer qu'une injustice soit commise. La signature sur le testament avait beau sembler authentique, elle ne l'était pas.

Il mangea lentement, sans appétit. Il était hors de question de discréditer Frank, et tant pis si c'était la façon la plus rapide et sûre de se sortir du pétrin dans lequel il était. Il devrait trouver une autre manière de s'en tirer. La santé de son beau-père s'était un peu améliorée, mais pas au point de pouvoir supporter une confrontation. Et puis, il y avait le problème des comptes de la société. Comment avait-il pu lui faire une chose pareille ? Tomaso repoussa son assiette et resta un instant les yeux dans le vide. Il était encerclé. Où qu'il regardât, les difficultés semblaient se multiplier. Il remit la cuisine en ordre et prit une longue douche. Uniquement vêtu d'une robe de chambre en soie, pieds nus, il retourna au salon.

Son appartement se trouvait dans une rue du centre historique de Rome, dans un immeuble de la fin du dix-huitième siècle. Un vieux mur de pierre le séparait de la rue, lui offrant un peu d'intimité et le protégeant du bruit de la ville. Quand il avait décidé de restaurer le logement qui avait appartenu à la famille de son père, Luisanna avait essayé de l'en dissuader.

« Le passé, c'est le passé. Regarde devant toi, oublie ça, libère-toi de toutes ces choses. »

Mais tout ce qu'elle avait pu dire ou faire avait été inutile. Tomaso avait ses raisons de prendre soin de ce qui avait appartenu à son père. C'était une question de devoir, de lien, de transmission.

Choses pour lesquelles sa mère, elle, avait perdu tout intérêt.

Tomaso n'avait guère modifié l'aménagement des pièces. Pensées pour recevoir le plus de lumière possible, elles étaient spacieuses et percées d'immenses fenêtres. Il aimait s'y retrouver : quand il rentrait chez lui, c'était son refuge, quelque chose qui n'appartenait qu'à lui.

Il n'y avait jamais amené personne.

Il avait décoré les lieux de façon simple et spartiate. Il avait choisi des meubles massifs à la surface lisse et linéaire. Les parquets étaient en chêne blanchi, les murs blancs. Dans un recoin du salon, à côté d'une fenêtre, il avait placé une écritoire ancienne. C'était un meuble particulier, avec un banc incorporé, dont le plan d'écriture pouvait être incliné, et qui comportait un emplacement pour les fioles d'encre. Personne ne savait à qui il avait appartenu. Tomaso l'avait trouvé à l'étage supérieur, celui où avait vécu sa grand-mère. Il n'avait pas connu Ludovica Devoto Leoni, il savait seulement qu'elle avait été une femme hors du commun, libre et forte. Veuve très jeune, elle ne s'était jamais remariée. Mais si on ne lui avait pas raconté grand-chose sur elle, Tomaso s'en était tout de même fait une idée, à travers ce lieu où elle avait choisi de vivre, les objets qui lui avaient appartenu, les vêtements toujours rangés dans les armoires et qui portaient encore les effluves d'un parfum délicat et floral, le piano à queue au centre du séjour. Et puis les tableaux, les esquisses, les cahiers et les albums. Dans ces pièces, que son père Massimo avait conservées sans rien y changer, l'essence de cette femme s'était comme cristallisée. Ludovica avait été une artiste.

Lui aussi, comme Massimo, il avait voulu conserver cette atmosphère.

Tomaso s'attarda encore un instant sur le sujet. Il se demanda avec une pointe de tristesse s'il finirait par tout vendre pour couvrir ses dettes. Et puis il en eut assez. Il avait besoin de se détendre, et une seule chose lui permettait de le faire. Il tira les rideaux du séjour, ses gestes accompagnés par les *Nocturnes* de Chopin. L'écritoire était prête. D'abord, il y posa le papier épais, artisanal, qu'il faisait venir exprès de Fabriano. Puis il choisit un porte-plume et de l'encre. Une encre noire, comme son humeur. Tandis qu'il commençait à tracer les caractères calligraphiques qu'il aimait tant, seul parvenait à ses oreilles le bruit de la plume qui crissait sur le papier. Une mélodie faite de gestes dans lesquels il s'incarnait. Sa concentration augmentait à chaque caractère couché sur le papier, jusqu'à ce qu'il n'y eût plus rien d'autre. Sa main trouva le fil de sa pensée et son geste et son esprit ne firent plus qu'un. Autour de lui, tout n'était qu'ombre, mais, sur cette écritoire, les mots firent disparaître la tension et les doutes. Quand il se leva, une heure plus tard, il était serein. Il s'étendit sur le lit, les bras derrière la tête, les yeux au plafond où la lumière qui filtrait entre les persiennes semblait s'adonner elle aussi à la calligraphie.

L'aube ne tarderait plus à venir, il ferma les yeux. De cette fatigue désespérée, il ne lui restait plus qu'une vague sensation. Son souffle se fit plus régulier, et il glissa dans le sommeil.

Sofia n'avait jamais été une personne impatiente, jusqu'à maintenant. Mais depuis qu'elle avait signé son accord avec l'agence de Tomaso, elle n'avait plus eu aucune nouvelle de lui. Ce qui ne lui plaisait pas du tout. Elle ne savait pas à quoi s'attendre. Elle n'avait aucune idée de la façon dont certaines choses se déroulaient, elle ne pouvait établir aucune comparaison. Et si, d'un côté, elle sentait qu'elle pouvait lui faire confiance, elle avait subi trop de déconvenues pour être tout à fait tranquille. Peut-être que si elle l'avait mieux connu… mais de cela aussi, elle doutait.

Bien sûr, il y avait quelque chose entre eux. Elle le sentait dans sa chair. C'était surtout une sensation physique, qui advenait en sa présence, et la mettait sous tension. Ça ressemblait à de la peur, sans en être.

Tomaso était un homme complexe ; elle vivait les moments qu'ils passaient ensemble dans une sorte d'expectative, mais elle ne voulait pas se demander ce qu'elle en attendait *précisément*.

Elle accéléra, s'enfonçant dans le parc sur un sentier accidenté. Elle avait recommencé à courir le matin, pour trouver un peu de lucidité dans ces jours trop longs, encombrés de pensées et de questions sans réponse.

Pour se distraire, elle avait même accepté l'invitation à la soirée organisée par Ilaria : « Tu ne peux pas dire non ! Et tu vas voir : tout le monde sera ravi de te revoir », lui avait-elle dit au téléphone.

Et c'était vrai. Le repas avec ses copains de fac l'avait agréablement surprise. Tout le monde avait changé, pourtant ils étaient tous les mêmes qu'autrefois. Elle, en revanche, elle avait l'impression d'être une autre. Ces années qu'ils avaient passées loin d'elle avaient été déterminantes pour leur évolution. Pourtant, il avait été très simple de reconstituer cette sorte d'intimité qui les avait liés à l'époque. Il avait été facile de se retrouver, d'échanger des confidences et des conseils comme s'ils ne s'étaient éloignés les uns des autres que quelques jours. Et cette familiarité lui avait fait du bien. Elle avait pris tant de mauvaises décisions qui lui avaient coûté si cher… Elle esquiva une branche et retrouva l'équilibre. Quand elle déboucha sur une clairière, elle ralentit jusqu'à s'arrêter, les mains sur les cuisses, le souffle court.

L'air était d'une fraîcheur et d'une clarté que seuls savent offrir les matins d'automne. Elle observa longtemps les petits nuages blancs qui se reflétaient dans un lac, assaillie par des milliers de pensées. Elle était fatiguée d'avoir peur, de marcher sur la pointe des pieds. Elle avait des objectifs à atteindre, et personne ne le ferait à sa place. Sur le chemin du retour, cette pensée se fit de plus en plus pressante. Elle était seule. Elle devait commencer à prendre soin d'elle-même. Elle avait eu le temps de réfléchir, à présent, il fallait agir. Elle se le devait à elle-même, elle le devait à Clarice. Elle sentit un sourire naître sur son visage. Elle avait de plus en plus souvent l'impression que cette femme mystérieuse lui faisait confiance. Et elle ne voulait pas la décevoir. C'était hors de question.

Elle venait à peine de rentrer quand Felipe l'appela à l'interphone.

— Il y a une lettre pour vous, mademoiselle, je monte vous l'apporter.

— Merci, Felipe, ne vous dérangez pas. J'allais sortir, je vais passer la prendre.

Qu'est-ce que cela pouvait bien être ? À part sa famille et deux ou trois amis, personne ne savait qu'elle logeait à Coppedè. Elle se prépara rapidement. Elle traversa la galerie des Glaces, comme elle surnommait la collection de miroirs de sa grand-mère, en proie à une légère appréhension, et n'accorda à son reflet qu'un coup d'œil rapide.

— Bonjour. C'est pour vous, on l'a déposée tout à l'heure.

— Merci.

Elle échangea quelques mots avec Felipe, le salua et sortit, sans lâcher son enveloppe. De nos jours, peu de gens écrivent encore de vraies lettres, alors une lettre scellée, n'en parlons pas ! Elle retourna l'enveloppe et son attention fut captée par la graphie de l'adresse écrite elle aussi à la main, qui lui arracha une exclamation de surprise.

Elle était spectaculaire. Du cursif italien. Élégant, plein de caractère. Qui pouvait encore écrire de cette façon ? Elle décacheta le scellé du bout du doigt et sortit la feuille. Elle parcourut rapidement le message, tandis que ses yeux suivaient les mots tracés d'une plume énergique.

Tomaso ?

Mais sa surprise laissa presque aussitôt la place à un léger malaise :

> Chère Sofia, je te remercie pour cette nouvelle aventure que tu m'offres l'opportunité de vivre.

Cependant, certaines choses doivent être exécutées d'une certaine façon, et je dois les faire seul.

Je suis convaincu que le résultat final saura amplement te récompenser. Je te demande de te fier à moi et à mon expérience.

Tenant fermement la lettre, elle se dirigea vers sa voiture, assaillie par un doute qui semblait de plus en plus fondé. Une fois installée dans l'habitacle, elle posa l'enveloppe et appela Tomaso sur son portable. « Allez, réponds ! » Elle essaya encore, et encore. Rien à faire, après la première sonnerie elle tombait immédiatement sur la messagerie. Elle regarda la rue devant elle, puis démarra. Elle calcula rapidement le temps qu'il lui faudrait pour arriver à l'agence de Tomaso. À cette heure-là, de nombreux bureaux étaient fermés pour la pause déjeuner. Elle espéra arriver avant. Elle envisagea d'appeler Carla, mais se ravisa. Pour être honnête, cette femme ne lui était pas très sympathique. Quelque chose chez elle la mettait mal à l'aise. Quoi exactement, elle n'aurait pas su le dire, c'était avant tout une sensation. Sa gentillesse cachait quelque chose d'indéfinissable.

Il lui fallut moins de temps que prévu pour arriver à l'agence. Elle traversa rapidement la via dei Condotti. Elle allait sonner quand le portail s'ouvrit en grand.

— Bonjour, Sofia. Je peux vous aider ? demanda Carla avant de refermer le portail derrière elle, un léger sourire aux lèvres.

— Il faut que je parle à Tomaso.

La femme haussa les épaules et répondit :

— J'ai bien peur que ce ne soit impossible.

— Et pourquoi ? Je ne comprends pas.

— Il est parti ce matin. Il ne vous a rien dit ?

Incrédule, elle resta immobile quelques secondes, incapable de prononcer le moindre mot. Il lui avait demandé de lui faire confiance, il l'avait remerciée pour l'opportunité qu'elle lui avait offerte. Mais il n'avait pas parlé d'un voyage.

— Quand doit-il revenir ?

— Quand il aura trouvé ce qu'il cherche, je suppose.

Carla remonta le col de sa veste et regarda le ciel.

— Il fait frisquet aujourd'hui, vous ne trouvez pas ? demanda-t-elle sans se départir de son sourire, avant d'ajouter : Eh bien, si vous n'avez rien d'autre à me demander, je vous souhaite une bonne journée.

Sofia n'en revenait pas. Pourquoi Tomaso ne lui avait-il pas dit qu'il s'était lancé sur les traces du livre ? Elle leva les yeux : Carla venait de tourner au coin de la rue. Non, cette fois, elle ferait ce qu'elle voulait, elle. Elle en avait assez de regarder la vie défiler devant ses yeux, de n'être qu'une spectatrice. Elle rattrapa la femme en courant et la saisit par le bras.

— Mais qu'est-ce que… ?

— Excusez-moi, mais il faut que je sache où est Tomaso. Il faut que je lui parle.

Carla ferma à demi les yeux.

— Quand il jugera opportun de vous le dire, si jamais cela arrive, il le fera lui-même. Et à présent, si vous voulez bien m'excuser, j'ai un déjeuner professionnel.

— Non.

— Pardon ?

Sofia ne bougea pas.

— Il m'a mise à l'écart, et ce n'est pas juste. Vous connaissez les termes de notre contrat. Il devait me tenir au courant de tous ses faits et gestes. Je ne resterai pas ici les bras croisés à attendre qu'il revienne. Dites-moi où il est. J'ai le droit de savoir.

L'expression de Carla se fit moins sévère. De toute évidence, elle aurait pu se débarrasser facilement de Sofia, mais, après un long silence, elle se décida :

— Munich, Platzl Hotel. Faites en sorte qu'au moins cela en vaille la peine, ajouta-t-elle.

— Je ne comprends pas, bredouilla Sofia.

Carla la jaugea du regard, puis lui sourit. Cette fois, son visage était affable.

— Bien sûr que si, vous comprenez. Vous avez voulu savoir où il était, et je vous l'ai dit, dérogeant en cela à un certain nombre de règles établies. Tenez-en compte. À présent, nous verrons bien ce que vous ferez de cette information.

Ces mots sonnaient comme un défi, ce que confirma son regard. Sofia eut la nette impression que Carla la mettait à l'épreuve. Qu'elle lui avait dit où se trouvait Tomaso parce qu'elle la croyait incapable d'agir.

Carla n'avait fait que quelques pas quand elle se retourna.

— Prenez des vêtements chauds, l'automne à Munich, ce n'est pas l'automne romain.

Tomaso avait toujours aimé Munich, avec ses tours aux dômes ventrus. C'était une ville qui ne s'était jamais laissé mettre à genoux, réagissant avec grâce et dignité aux coups qu'elle avait reçus. Elle avait été reconstruite de nombreuses fois, sans jamais renoncer à sa beauté.

Il promena son regard sur les immeubles, se promettant de revenir bientôt.

En traversant la Marienplatz, il se demanda si Sofia avait déjà reçu sa lettre. Il se doutait qu'elle ne prendrait pas bien son départ et, espérant se faire pardonner son départ en catimini, il lui avait écrit qu'il devait être seul pour accomplir certaines tâches. Mais tout était arrivé si vite. Paul Vagar, un des agents auxquels il lui arrivait de s'adresser, lui avait suggéré et même conseillé de participer à une enchère privée. L'œuvre de Fohr en plusieurs exemplaires était sur le catalogue que la société Smith & Sofitel avait rassemblé. Si cela n'avait dépendu que de lui, il n'y aurait pas accordé le moindre crédit. Cela faisait très longtemps qu'il n'avait pas assisté à une vente organisée par Smith & Sofitel. Et il n'en gardait pas un très bon souvenir. Mais il était irréfutable qu'il s'agissait là d'une collection riche, peut-être la plus complète sur les écrits romantiques qu'il lui avait été donné de voir ces dernières années. Et puis, il ne pouvait pas se permettre de laisser passer cette occasion. Ces derniers jours, il avait encaissé déception sur déception. Il existait encore de nombreuses copies de la première édition Cotta de l'œuvre de Fohr, mais aucune ne portait les signes distinctifs trouvés dans le livre de Clarice.

Vagar l'attendait à l'abri, sous les arcades de l'hôtel de ville. Grand, très maigre, il était vêtu d'un imperméable sale. Tomaso était heureux de le voir. Et il était encore plus heureux qu'il l'accompagne.

— Il y a plusieurs acheteurs. Ce ne sera pas simple. Mais on dit qu'il s'agit de pièces hors catalogue officiel. Ce sont celles-là qui nous intéressent.

L'homme avait pour habitude de se passer des salutations d'usage. Tomaso le connaissait assez bien pour ne pas s'en formaliser. Il s'arrêta à sa hauteur, secouant la tête pour se débarrasser des gouttes de pluie.

Paul ne lui demanda pas pour quelle raison il devait trouver toutes affaires cessantes les deuxième et troisième volumes de cette édition spécifique de l'œuvre de Fohr. Cette discrétion était rare dans le milieu, qui faisait ses choux gras de la moindre anecdote. Les informations étaient une précieuse marchandise pour qui cherchait des livres anciens. Paul procédait différemment : il se concentrait sur une chose à la fois. Tomaso le savait. Comme il savait que l'enchère pouvait parfaitement ne rien donner, et n'être rien d'autre qu'un coûteux coup d'épée dans l'eau. Mais c'était la seule trace que Paul était parvenu à trouver. Et Tomaso avait assez d'expérience pour savoir que si son agent s'était déplacé, c'était parce qu'il considérait qu'il avait de bonnes chances de succès.

— Les propriétaires ?

Paul fit une grimace.

— Toujours la même histoire : ce sont les petits-enfants qui gèrent tout, répondit-il avant de faire une pause et d'ajouter : La vie est ainsi faite, on laisse tout derrière soi. Même nos plus précieuses possessions ne sont jamais que des emprunts et puis, en fin de compte, ça ne rate jamais : on perd tout.

Tomaso ne voyait pas les choses de cette façon. Le passé, pour lui, était un point de départ. De même que les livres anciens. Mais il n'avait aucune intention de débattre avec Paul de cette théorie. Cela ne lui aurait servi à rien.

Tandis que la pluie se calmait, les cloches retentirent, annonçant le glockenspiel : le carillon de l'horloge se mit en mouvement et la musique se propagea, donnant à la ville un air de fête.

De la revue qu'elle feuilletait, Sofia ne voyait que de vagues images dont elle se fichait éperdument. C'était une façon de s'occuper, de calmer le tremblement de ses mains, de son cœur. Immobile dans un coin du hall de l'hôtel où logeait Tomaso Leoni, elle feignait une sérénité qu'elle n'éprouvait pas et lançait de temps en temps des regards vers la réception. L'hôtel était presque complet. Elle avait monté un bateau au concierge et, à présent, elle attendait qu'on lui trouve une chambre.

— Frau Bauer ?

Sofia sentit son ventre se serrer. Voilà, ça y est, pensa-t-elle.

— Une chambre vient de se libérer. Nous avons réussi à vous installer au même étage que votre fiancé. J'espère que vous comprenez que si M. Leoni avait laissé des consignes, nous aurions pu vous permettre de partager avec lui la suite 202 sans problème.

Elle éprouva un immense soulagement.

— Merci, ce sera très bien comme ça.

Elle suivit le groom, le cœur prêt à exploser. Elle n'avait encore jamais rien fait de tel. Si, à son arrivée, on ne lui avait pas dit qu'aucune chambre n'était disponible, jamais elle n'aurait osé mentir ainsi. L'histoire qu'elle avait racontée, une surprise de dernière minute pour son compagnon, prenait l'eau de toutes parts, mais elle aurait pu être vraie. Elle avait tout misé sur la courtoisie légendaire des Munichois, et, par chance, tout s'était déroulé comme elle l'avait espéré.

Elle remercia le groom et regarda sa montre. Elle n'avait aucune idée d'où se trouvait Tomaso, et son téléphone était éteint. Elle s'assit sur le lit, ses yeux regardaient la pluie tomber sur les toits, par-delà les grandes fenêtres. Mais quel sens avait donc tout cela ?

Au moins, tu n'es pas restée à Rome à l'attendre…, pensa-t-elle.

Mais est-ce que ça changeait quelque chose ?

Elle se leva, le cœur lourd. Elle se demanda si ses grands-parents étaient encore à Munich ou s'ils étaient partis pour Vienne, en tout cas, elle ne voulait pas les impliquer dans cette histoire, à présent que Tomaso lui avait expliqué ce qui était en jeu. Elle poussa un soupir, puis prit une longue douche. De toute façon, elle n'allait pas rester à l'hôtel à ruminer ses doutes. Elle était à Munich, et elle comptait bien en profiter.

Elle tira de son sac de voyage un ensemble élégant et se changea, puis elle attacha ses cheveux et se maquilla. Quand elle sortit, il ne pleuvait plus et un léger brouillard s'était formé. En relevant le col de son manteau, elle crut entendre à nouveau les mots de Carla résonner dans ses oreilles.

La ville à cette heure-là de l'après-midi était pleine de vie, les touristes se mêlaient aux citadins. Elle sourit à un enfant qui la regardait de sous sa casquette, les joues rouges et brillantes. Soudain, elle crut défaillir. Ce n'était pas seulement le petit qui l'avait émue, mais ses parents. L'homme poussait la poussette en plaisantant avec sa compagne. C'était une scène banale, simple. Ils avaient peut-être son âge. Elle s'éloigna, accablée par un sentiment de vide encore inconnu et qui lui faisait éprouver combien ce qu'elle n'avait jamais eu lui manquait.

L'hôtel de ville s'élevait sur la Marienplatz avec ses tours jumelles. La lumière semblait une broderie dorée sur les dentelles de la façade et les flèches néogothiques. Ce n'était pas la première fois que Sofia assistait à ce spectacle, pourtant, il la ravit. Elle accéléra le pas et se dirigea vers les arcades. Elle aimait cette sensation de solitude, ça n'avait rien de déprimant, au contraire, elle lui donnait l'impression d'être libre. Elle disposait enfin d'elle-même. Elle oublia l'enfant et ses parents. Et se concentra sur ce qu'elle devait faire. Elle en voulait encore beaucoup à Tomaso, mais la magie de Munich commençait à agir sur elle. Les vitrines scintillaient, et, déjà, l'on voyait les illuminations de Noël. Elle s'arrêta devant une librairie. Elle avait besoin de se réfugier dans un endroit familier, elle avait besoin de la compagnie des livres. L'intérieur du magasin était lumineux, bien que minuscule, et très pittoresque, avec ses hauts rayonnages et son échelle vertigineuse pour les parcourir. Beaucoup de visiteurs semblaient être de simples curieux. Elle eut envie de les imiter, de se fondre dans la masse, et elle chercha parmi les rayons une édition moderne de la trilogie de Fohr.

— Christian Fohr vous intéresse ? lui demanda la libraire qui s'était approchée d'elle tandis qu'elle feuilletait le volume.

— Oui, je suis une grande admiratrice. Même si je préfère les éditions anciennes de son œuvre, auxquelles je trouve plus de charme.

La jeune femme acquiesça.

— Excusez-moi si je me suis permis de vous poser la question, mais c'est un auteur que j'adore, et, malheureusement, de nos jours, il n'est plus très lu. Sa pensée est fascinante, n'est-ce pas ? Je veux dire, l'idée d'un monde si juste, où le mal n'existe pas… Un vrai rêveur ! J'aurais tant aimé le connaître. Les gens ne s'intéressent qu'aux histoires, ils ne posent jamais de questions sur les auteurs. Je crois qu'un homme comme celui-là m'aurait fait perdre la tête.

Un collègue l'appela. Elle s'excusa et ajouta :

— Je reviens tout de suite.

— Je vous en prie.

Les mots de la jeune femme avaient troublé Sofia. *Un homme comme celui-là m'aurait fait perdre la tête.* Et si c'était arrivé à Clarice ? Ils avaient déjà établi avec certitude que la jeune fille et l'écrivain s'étaient connus… Elle était sur le point de sortir de la librairie quand la vendeuse revint :

— Puisque cet auteur vous passionne, sachez qu'aujourd'hui il y a une enchère privée de livres anciens, dit-elle en lui remettant un carton d'invitation. Si ça vous intéresse, je vous cède volontiers ma place. J'espérais y aller, mais je dois travailler. Tenez-moi au courant si vous trouvez quelque chose d'intéressant !

Elle s'éloigna en faisant un signe de la main, accompagné d'un sourire qui mit Sofia de bonne humeur. Elle jeta un bref coup d'œil à l'invitation. La salle des ventes n'était pas très loin, constata-t-elle. Si elle trouvait un taxi, elle pourrait y être en moins d'une demi-heure. En sortant de la librairie, elle regarda autour d'elle et aperçut une file de taxis. Elle s'installa dans celui de tête et donna l'adresse : Bayernstrasse.

La gare n'était pas un de ses endroits préférés de Munich, mais la ville était sûre, elle ne courait aucun danger. Sofia détendit ses épaules et s'aperçut qu'elle était très nerveuse. Tomaso se fourrait le doigt dans l'œil s'il croyait qu'elle lui avait laissé carte blanche. C'était son histoire. Elle avait promis de ne pas le gêner dans ses recherches, mais elle n'avait aucune intention de se laisser mettre à l'écart.

— Vous êtes sûre que c'est le bon endroit ? demanda le chauffeur en se garant.

L'immeuble était délabré, le crépi tombait par endroits, les fenêtres étaient protégées par des grilles.

— Si vous voulez, je peux vous attendre, reprit-il.

Elle mit un certain temps à répondre :

— Non, ce n'est pas la peine.

Un escalier intérieur conduisait à l'étage supérieur. Elle monta les marches et atteignit un vestibule sur lequel s'ouvraient deux salles ; dans l'une d'elles se tenaient les enchères, mais elles avaient déjà débuté, et on lui dit qu'il n'était plus possible d'entrer. Pas de chance, pensa Sofia, qui se rendit dans la salle d'à côté, où un employé de la maison d'enchères lui indiqua les œuvres d'un intérêt moindre qui ne seraient pas proposées à la vente : des volumes dépareillés, des livres légèrement abîmés, etc. Ils avaient été disposés en vrac sur une grande table, les in-octavo et les in-seize mélangés aux autres, grands comme des atlas. Les couvertures étaient belles, mais usées. Il y avait diverses réimpressions de Flaubert, Tolstoï, Hugo, Balzac et quelques-unes de Wilde et Joyce. Sofia passa en revue les volumes, s'attardant sur ce qui ressemblait au livre de Clarice.

Et puis elle le vit, au milieu de la table. Il était en maroquin rouge, faisait exactement la même taille, et elle eut la sensation que c'était le livre qu'elle cherchait. Si seulement elle parvenait à lire le titre… Sofia s'approcha, tendit le bras et le saisit : Fohr, *Éloge de la perfection*. Troisième volume. C'était lui ! Une immense joie l'emporta. Elle regarda le tas de livres, puis à nouveau celui qu'elle tenait entre ses mains. Les doigts tremblants, elle l'ouvrit. Son sourire s'éteignit. Les contre-gardes étaient en papier marbré, sans filigrane… puis elle vérifia l'édition. Elle le reposa sur la table en soupirant.

— Vous avez trouvé ce que vous cherchiez ? lui demanda l'homme qui lui avait indiqué les ouvrages en souriant.

Sofia secoua la tête.

— Non, malheureusement.

Il jeta un coup d'œil rapide à la table puis lui indiqua un rayonnage :

— Allez jeter un coup d'œil là-haut.

Sofia le remercia, se fit une place parmi les acheteurs et, à sa grande surprise, s'aperçut que là aussi deux livres avaient une couverture en maroquin rouge. Elle en prit un, le feuilleta et le reposa, le moral dans les chaussettes. Elle passa à l'autre volume et, en le prenant dans les mains, elle eut l'impression que quelque chose avait changé. Le poids, le grain du cuir, les dimensions… Son cœur battait la chamade. Elle l'ouvrit et, en découvrant sur les contre-gardes les ailes renfermées dans un cercle, elle étouffa un cri. C'était son livre, c'était le livre de Clarice. Cette fois, il n'y avait pas de notes dans les marges, mais cela ne voulait pas dire que ce n'était pas le bon. Elle l'avait trouvé, et son prix n'était même pas excessif. De toute façon, elle aurait accepté de débourser jusqu'au dernier centime de ses économies s'il l'avait fallu.

16

« La Fortune aime les gens déraisonnables,
elle aime les audacieux et ceux qui ne craignent pas de dire :
le sort en est jeté. »

ÉRASME, *Éloge de la folie*

Les enchères semblaient devoir durer éternellement. Le commissaire-priseur était passé aux lots les plus précieux, dont il détaillait les qualités. Mais Tomaso n'aurait pas su quoi faire de ces livres-là. Deux éditions de Fohr avaient attiré son attention, mais aucune d'entre elles ne correspondait à la reliure de Clarice.

Cette recherche était une folie. Il lui faudrait une chance insolente pour parvenir à trouver les volumes de Clarice parmi ceux qui étaient encore en circulation. Cette même année, l'éditeur Cotta de Stuttgart avait procédé à diverses impressions de l'œuvre de Fohr, et il n'était pas toujours facile de comprendre quels volumes appartenaient à la première, et lesquels avaient été reliés comme celui découvert par Sofia.

À son retour, Tomaso trouva un hôtel plein de vie, où les hôtes entraient et sortaient dans un incessant ballet. Munich était une ville agréable, même le soir.

Il passa devant la réception, salua le concierge et prit l'escalier. Une fois dans sa chambre, il se débarrassa de son manteau et de sa veste. Il commanda un dîner léger au room-service et finit de se déshabiller. Il prit une longue douche chaude pour se débarrasser de toute trace de fatigue et de pluie. Il mourait de faim. « J'espère qu'ils vont se dépêcher », marmonna-t-il. Il enfila son peignoir et s'étendit sur le lit. Les yeux au plafond, il se repassa les événements de la journée. La recherche se révélait plus compliquée que prévu. S'il voulait avoir quelque possibilité de mettre la main sur les deux volumes manquants de l'œuvre de Fohr, il devait trouver une solution.

Son téléphone se mit à vibrer. Il regarda l'écran puis ferma les yeux. Autant finir la journée en beauté.

— Bonjour, Sofia.

— Tu es à l'hôtel ?

Cette question l'étonna. Comment savait-elle que… Il haussa les sourcils.

— Oui, répondit-il avant de l'entendre pousser un soupir de soulagement. (Surpris, il se redressa :) Pourquoi ?

— J'arrive.

— Quoi ?

Mais elle avait déjà raccroché. Tomaso écarquilla les yeux. Que se passait-il ? Il n'eut pas le temps d'y réfléchir plus que ça. Quelqu'un frappait à sa porte, et ce n'était pas à la façon du room-service. Il ouvrit et se figea :

— Mais bon sang, qu'est-ce que tu fais ici ?

Son ton était plus sec qu'il ne l'aurait voulu, mais il était éberlué. Cette femme ne cessait de l'étonner. Mais comment… et quand était-elle arrivée ?

— Ça, on en parlera plus tard. Viens avec moi.

Elle le saisit par une manche de son peignoir et le tira hors de la chambre. Tomaso résista. Il ne manquait plus qu'on le surprenne dans cette tenue !

— Attends une seconde !

Elle s'arrêta devant une porte quelques mètres plus loin :

— J'ai quelque chose qu'il faut absolument que tu voies.

Elle était anxieuse, pâle. Pourtant, il y avait comme une lueur dans son regard. Et une urgence qui déconcerta Tomaso. Il cligna des yeux ; une pensée se formait dans son esprit. Il la chassa aussitôt, ce n'était pas possible.

— Tu as trouvé le deuxième livre.

Ce n'était pas une question.

Mais comment diable avait-elle fait ? Cette femme était spéciale. Il sentait monter en lui un mélange d'exaltation et d'une chose plus profonde qu'il ne parvenait pas à définir. C'était un frémissement, une sensation physique puissante. Il la rejoignit, tendit le bras, et sa main se ferma sur le fin poignet de la jeune femme. Il le serra fort, peau contre peau. Il sentait son cœur battre sous sa paume. Puis il relâcha sa prise.

— Entrons.

Heureusement, la chambre était grande, avec un petit salon et quelques fauteuils. Il y avait de la place pour deux. C'était une situation complexe, et son désir de toucher cette femme la compliquait encore un peu plus : il ressentait un besoin, une nécessité. Il s'écarta, mettant le plus de distance possible entre eux :

— Alors, comment tu as fait ?

— Par hasard. Quand je suis arrivée à Munich pour te retrouver, je suis entrée dans une librairie…

— J'imagine que c'est à Carla que je dois le plaisir de cette surprise, l'interrompit-il.

Sofia regarda ailleurs :

— Ne lui en veux pas.

— C'est très généreux de ta part.

— Je n'ai pas envie d'en parler pour l'instant.

Les lèvres de Tomaso dessinèrent un sourire furtif. Où était donc passée la femme calme et posée qu'il avait connue ? Était-ce la même qui, plantée devant lui, le défiait du regard ? Oui, pensa-t-il, c'était la même Sofia. Elle avait juste gagné en assurance.

— Tu m'écoutes ?

— Je n'en perds pas une miette, je t'assure.

Sofia lui parla de la vendeuse et de l'invitation.

— J'y suis allée, naturellement, c'était une coïncidence incroyable… et si tu avais répondu au téléphone, tu l'aurais su.

Elle fit une pause ; à ce sujet, elle avait d'autres choses à lui dire. Ce n'était pas comme ça qu'elle voulait que se passent ces recherches. Mais devant l'expression de Tomaso, elle décida de remettre cette discussion à plus tard.

— Je n'ai pas pu entrer dans la salle des ventes, mais j'ai tout de même trouvé le livre de Clarice dans une autre pièce avec d'autres ouvrages dépareillés ou abîmés. Ça semble incroyable, non ? conclut-elle.

Le regard de Tomaso quitta le carton d'invitation qu'il tenait entre les mains et se posa sur Sofia, qu'il fixa avec intensité. C'était la seconde fois qu'elle entrait en contact avec Clarice et, cette fois encore, les circonstances étaient insolites, pour le moins. Sofia semblait ne pas vraiment se rendre compte du caractère exceptionnel de cet événement. Elle était agitée et souriante comme il ne l'avait jamais vue. Elle était pleine de vie. Et tellement belle. Il soupira et s'assit sur le canapé. Il tendit la main dans sa direction.

— Bon, marmonna-t-il, tu me le montres ?

Mais au lieu de lui tendre le livre, elle s'assit à côté de lui :

— Regarde, les contre-gardes sont identiques, comme les symboles dans le filigrane. C'est un autre livre de Clarice, aucun doute là-dessus.

Ce ne fut pas facile d'ignorer la chaleur qui se dégageait d'elle, traversant l'étoffe de sa robe, et son parfum délicat. Tomaso eut du mal à se concentrer sur les pages qu'elle lui montrait.

— Il ne nous reste plus qu'à voir si notre amie a laissé une lettre là-dedans aussi.

— Bien sûr que oui.

Sofia n'avait pas le moindre doute. Elle regarda autour d'elle.

— Ici, je n'ai que mon set de manucure, mais ça peut être utile.

Profitant d'une marge décollée, elle glissa sa lime entre le plat intérieur du livre et sa contre-garde.

— Je vais te faire un peu de lumière, dit-il en déplaçant une des lampes sur le bureau.

Sofia posa le livre sur la surface lisse.

— Attends, je vais t'aider.

Il ferma la couverture, pour permettre à la jeune femme de procéder plus sûrement. Ils travaillaient ensemble, synchrones ; l'opération fut grandement facilitée par la compréhension immédiate qui s'était installée entre eux. Ils partageaient une intimité faite de gestes et d'émotions.

Avec une lenteur exaspérante pleine de leurs pensées et de leurs espoirs, Sofia découpait la contre-garde centimètre par centimètre. Le silence était parfait, à peine interrompu par leur respiration et par le bruit du papier qui se soulevait sous la pression de la lime. Le temps semblait se dilater à l'infini.

— Ici, il y a quelque chose, souffla Sofia.

Elle finit de soulever la feuille et ses yeux se remplirent de larmes. Tomaso prit une de ses mains entre les siennes et la serra. Ils fixaient tous les deux un point précis de la contre-garde. D'une poche identique à celle du volume précédent dépassait une feuille de papier de riz.

— Bonsoir, Clarice, murmura Sofia.

C'était vrai, tout était vrai. Un nœud se forma dans sa gorge, et à cet instant elle comprit qu'elle avait vécu ces derniers jours comme en apesanteur. Elle avait espéré que, dans le deuxième volume, la femme du passé aurait laissé un autre message pour elle, néanmoins, elle ne pouvait pas en être sûre. Mais la lettre était bien là, tout était vrai. À présent, tout avait un sens.

— C'est elle, c'est Clarice.

Tomaso souleva son menton et sécha ses larmes de sa main ouverte :

— Bien joué.

Elle ne lui répondit pas, elle n'aurait pas pu. L'émotion qu'elle éprouvait était trop forte. Elle sut que, quoi que leur réserve le futur, cet instant qu'il venait de partager resterait à jamais entre eux.

intime, un point d'union, quelque chose d'extrêmement important.

— Ça, on ne l'oubliera pas de sitôt. (Tomaso la regardait, il faisait une drôle de tête :) J'aime me souvenir des jolies choses.

Il n'y avait aucun risque qu'elle dénature le sens de ces mots ou du regard qu'il lui adressait. Ils restèrent encore un moment comme cela, à se regarder, émus et pleins de joie, et en même temps incapables d'aller plus loin.

Soudain, Tomaso s'écarta d'elle.

Sofia, déconcertée, le suivit du regard.

Il s'arrêta à côté du chariot à boissons et remplit deux verres de vin. Il en leva un dans sa direction.

— À la femme la plus surprenante que j'aie jamais rencontrée. Et je ne parle pas de Clarice.

Sofia accepta le vin. Elle en avait bien besoin.

Ce n'est qu'après avoir bu son verre qu'elle se concentra à nouveau. Lentement, elle sortit le dernier message de Clarice de la contre-garde, puis elle le déplia précautionneusement sur la table. Elle leva la tête, et les yeux de Tomaso rencontrèrent les siens.

— Lis, Sofia. Parle-moi de Clarice et de son secret.

> J'ai déjà parlé de ce qui m'est arrivé à l'aube de ma vie. De navrantes circonstances ont bouleversé un destin qui semblait tout tracé. J'ignorais alors que les êtres humains pouvaient être la proie de profonds troubles intérieurs, ainsi que la cause de leurs propres tourments. J'ai manqué de prudence, j'ai pris sa souffrance pour de l'affection. Pour la première fois, j'ai accordé ma confiance à quelqu'un qui ne le méritait pas, ignorant cette voix dans mon cœur qui avait

essayé de me mettre en garde. J'ignorais que, ce qui le poussait à me demander en mariage, c'était mon nom, mais surtout le patrimoine qui y était attaché, et que l'on me refusait. Les femmes célibataires, et sous tutelle, ne peuvent disposer de leurs propres biens. La femme naît prisonnière. Elle passe d'une tutelle à une autre. Je croyais qu'il m'aimait, et qu'il voulait mon bonheur, de même que moi, au début, je voulais le sien. Je me serais contentée de peu, marcher parmi la foule sans une main pour guider mes pas, choisir moi-même les couleurs, les étoffes et les vêtements que je porterais. Peindre ce qui me plairait, jouer ce que je voudrais. Ou simplement chanter, si tel était mon désir.

Je me trompais.

Il était un abîme de méchanceté.

À ma décharge, je peux simplement dire que j'étais à peine plus qu'une enfant. Pourtant, je ne pouvais tolérer ce qu'il me faisait. Je me suis enfuie. Je suis partie pour l'Italie.

De l'homme à la pensée, le pas est vite franchi, et il porte en lui la connaissance que tu cherches.

17

« L'imagination des femmes court vite et saute
en un clin d'œil de l'admiration à l'amour
et de l'amour au mariage. »

Jane AUSTEN, *Orgueil et Préjugés*

Vienne, 1813

Elle avait refusé que quiconque s'occupe de ses livres. Clarice les avait empilés, et, sous le regard incrédule de Marta, les avait glissés l'un après l'autre dans des housses de laine, avant de les déposer dans de grandes caisses de bois.

— Tu ne crois pas qu'il vaudrait mieux les laisser ici ? Rares sont les maris qui apprécient que leur femme s'intéresse à ce genre de chose. Tu pourras les lire quand tu viendras.

Sa tante avait raison, et, en effet, l'oncle Kurt n'approuvait pas que sa femme lise, mais August était différent. Il la comprenait, lui, il savait combien c'était important. Malgré les quelques doutes qu'elle nourrissait encore face à ce mariage, Clarice ne pouvait s'empêcher de songer aux dangers auxquels elle avait échappé. Un frisson la parcourut de la tête aux pieds. La mort de Johan était une chose à laquelle elle pensait rarement.

Heureusement, à présent, tout cela était terminé.

— Ah ! Vous voilà, je vous cherchais.

Maud, la sœur d'August, était une belle femme aux cheveux roux tressés retenus sur la tête et à l'air orgueilleux. Elle était toujours vêtue de noir, bien qu'elle fût célibataire. Pour son petit frère, elle était toute douceur et attention, et lui prodiguait mille gentillesses, c'est pourquoi Clarice tolérait son attitude autoritaire, car elle était persuadée que, une fois que sa belle-sœur serait assurée de sa dévotion maritale, elle deviendrait plus tendre à son égard.

— Venez, Maud, nous avons presque terminé. Les livres de Clarice seront bientôt prêts, vous pourrez les emporter dans sa nouvelle maison.

Maud s'approcha dans un bruissement de soie. Elle jeta un œil aux caisses, puis eut un petit rire forcé.

— N'avez-vous donc pas expliqué à votre nièce que ceci, dit-elle en désignant les caisses, n'est pas la dot la plus appropriée ?

Marta rougit, et Clarice se mordit la langue. Pourquoi Maud parlait-elle d'elle comme si elle n'était pas là ? Elle lui aurait déjà posé la question si sa tante ne lui avait pas conseillé d'être patiente.

— August comprendra, il ne veut que mon bonheur, dit-elle.

— Vraiment ? Quelle drôle d'idée.

Clarice se leva, époussetant ses jupes.

— N'est-ce point pour cela que l'on se marie ?

Maud éclata de rire et cacha sa bouche de sa main.

— Vous êtes amusante, je dois bien le reconnaître. Continuez à vous bercer d'illusions. N'est-ce pas ce que font les jeunes filles ? Quoi qu'il en soit, je crains que vos livres ne doivent attendre. Je n'ai pas la place nécessaire à leur transport dans ma voiture.

Clarice ne comptait pas se laisser intimider par la mauvaise humeur de la femme. Elle finit d'emballer ses affaires, même si elle avait perdu son entrain initial. Elle se demanda, un peu inquiète, comment elle allait pouvoir s'entendre avec cette femme quand elles habiteraient sous le même toit.

— Je suis désolée, souffla Marta.

— Et de quoi donc, ma tante ?

Elle s'agenouilla à côté d'elle.

— J'aurais voulu que tu sois plus âgée, que tu puisses comprendre.

Clarice la regarda, perplexe. Marta lui caressa le visage.

— Tu es si belle, *Liebling*, si bonne. Tu ressembles de plus en plus à ta mère. Elle était forte, elle était heureuse. Et je voulais la même chose pour toi.

Elle était sur le point d'ajouter quelque chose, mais elle se contenta de pencher la tête.

— Tu penses que je ne le serai pas ? lui demanda Clarice avec douceur. August est un homme bon, et il m'aime. Il a dit qu'il s'occuperait de moi, que nous allions fonder une famille, ajouta-t-elle dans un filet de voix qui s'éteignit comme une petite flamme, après quoi régna le silence.

Marta était pâle, ses lèvres tremblaient.

— Cela reste un homme. Aussi, je vais te donner le même conseil que pour Johan, fais ce qu'il te dit, ne te rebelle pas, et tout ira bien.

Elle embrassa sa nièce sur le front, les yeux embués par les larmes. Elle se leva sans rien dire et quitta la pièce.

Clarice frissonna à nouveau ; elle chassa l'inquiétude qui commençait à poindre en elle et se concentra sur ce qu'elle devait faire. Mais, dorénavant, la peur flottait au-dessus d'elle. Autour d'elle. Bien qu'August se montrât gentil et attentionné, parfois, elle le surprenait à la regarder fixement, et, dans ces moments-là, il lui faisait un peu peur.

Elle ouvrit la porte et descendit l'escalier. Maud prenait congé de ses hôtes, leurs yeux se croisèrent furtivement : sa future belle-sœur lui adressa un sourire méprisant, puis sortit de la maison. Clarice descendit jusqu'à la cave. Elle ferma soigneusement la porte et se dirigea vers les vieilles barriques. Elle attendit que Frederik fût seul, puis frappa à la planche de bois qui fermait la niche.

— Mon petit oiseau, quel plaisir de vous voir ! Cela faisait longtemps. Mais vous semblez bien triste, pourquoi ?

Clarice s'efforça de sourire. Son ami avait été malade, voilà pourquoi elle ne lui avait rien raconté. Elle ne voulait pas qu'il se fasse du souci, et puis, après tout, elle ne ressentait qu'une vague appréhension.

— La semaine prochaine, je me marie. Je quitterai cette maison.

Pourquoi tout à coup avait-elle envie de pleurer ? Elle renifla, balayant du regard ce monde merveilleux qui avait été pour elle un refuge durant toutes ces années.

Une ombre passa dans le regard de Frederik.

— Je l'ai appris. Vous êtes si jeune, mon petit oiseau, vous êtes encore une enfant… Ne voulez-vous pas attendre ?

Un court moment, elle resta silencieuse, puis elle acquiesça. Elle se força à sourire en ignorant la petite voix qui lui ordonnait de demander asile au relieur. De toute façon, il n'aurait pas pu l'aider, elle n'avait pas le choix : elle allait se marier.

— Je suis heureuse. Je vais commencer une nouvelle vie, et puis je pourrai tout de même m'occuper de mes livres. August… August est d'accord.

— Vraiment ? demanda le relieur d'une voix blanche.

Avec le temps, Clarice avait appris à décrypter ses expressions, avant même les mots dont elles étaient composées. Elle comprit que Frederik n'approuvait pas ce mariage. Elle pencha la tête, puis chercha à nouveau son regard.

— Dès que je pourrai, je reviendrai vous voir.

Le relieur lui prit une main, qu'il porta à son cœur.

— Si jamais vous avez besoin de quoi que ce soit, quelle que soit l'heure du jour ou de la nuit, où que vous soyez, sachez que vous avez un ami dont vous pouvez disposer de la façon qui vous semblera opportune. (Il fit une pause et lui souleva le menton avec un doigt avant d'ajouter :) Et n'oubliez jamais, mon petit oiseau, que vous avez mon cœur entre vos mains.

Ils se regardèrent longtemps, puis Clarice se jeta à son cou.

— Merci, mon père.

Ces quelques mots murmurés paralysèrent Frederik. Il referma la niche quand la jeune fille fut partie, en se demandant quand celle qu'il considérait comme sa fille frapperait à nouveau à cette planche de bois, si jamais elle en avait encore l'occasion. Il voulait la croire, il voulait espérer que les choses se passeraient comme sa petite Clarice le lui avait décrit. Mais il connaissait les hommes comme August. C'était le genre de personne qui ne savait que prendre. Un de ces hommes qui se consumaient eux-mêmes et consumaient les gens de leur entourage.

Après la messe solennelle, Vogel voulait une réception fastueuse pour les noces de sa nièce. Clarice était resplendissante. Les cheveux relevés en chignon, ses yeux bleus brillant d'émotion, ses traits délicats, sa silhouette gracile, élégante. Elle était d'une beauté hors du commun. Et si, dans un premier temps, August avait vu la chose avec orgueil, puisque la femme en question, en fin de compte, lui appartenait, toute l'attention que son épouse provoquait le mit très vite mal à l'aise. À la fin de la journée, il était furieux. Alors qu'elle saluait les hôtes qui prenaient congé, l'un d'entre eux prit sa main pour y déposer un baiser, mais ne la lâcha pas. Clarice essaya de la retirer, mais l'autre, qui avait bu, continuait à bredouiller et à sourire. August le repoussa, puis traîna Clarice par un bras.

— Tu me ridiculises, arrête immédiatement !

Son sourire s'éteignit, et elle resta bouche bée.

— Je ne comprends pas…

— Bien sûr que tu comprends ! Je ne te laisserai pas me couvrir de honte avec un tel comportement.

Une main gantée se posa sur le bras d'August.

— Tout le monde te regarde, mon frère.

Il se tut et leva la tête. Un silence tendu flottait dans l'air. Il s'efforça de reprendre le contrôle, de respirer lentement. Clarice, les yeux écarquillés, était pâle comme la mort.

La stupeur initiale qu'avait déclenchée cet accès de rage absurde avait laissé place à des murmures peu amènes et à un mépris que les convives ne prenaient même pas la peine de cacher. Il n'était pas des leurs, personne à Vienne ne le connaissait ; et ce n'était que pour complaire à Kurt Vogel que l'on avait bien voulu s'abaisser à le fréquenter ; sans son appui, aucun d'entre eux ne lui aurait ouvert la porte de son salon, et ne l'aurait même jamais salué.

— Souris, invite ta femme à danser. C'est une fête, je te rappelle. Tu es en public.

— Tu as raison, Maud, excuse-moi.

Soudain, il se pencha vers sa femme, effleurant ses lèvres d'un baiser.

— Et maintenant, dansons !

Il lui sourit et porta sa main à ses lèvres, avant de l'entraîner dans une danse. Clarice était incapable de parler, elle avait la bouche sèche, la terreur avait planté ses crocs et ne relâchait pas sa prise. Dans les yeux de son mari, elle avait lu une rage infinie, une violence qu'elle n'avait perçue chez personne, pas même chez le rustre Johan, jamais. Elle trébucha et, chaque fois, August la rattrapa, l'empêchant de tomber. Mais elle n'en éprouva aucune gratitude, rien qu'une terreur sombre, profonde : et si elle s'était trompée du tout au tout ?

Il était de coutume que le mari rejoigne son épouse pour la nuit de noces, une fois que les femmes de la famille l'avaient préparée, mais August les renvoya. C'est lui qui dénoua les cheveux de sa femme et y plongea les doigts, fasciné. Lui, toujours, qui les prit dans son poing, comme une corde, et les tira. Il se serait arrêté si elle avait pleuré, si elle ne l'avait pas défié du regard. Mais Clarice ne dit pas un mot. Elle faisait ça pour se venger de lui, August en était convaincu. De la même façon qu'elle avait permis à leurs hôtes de danser avec elle, de la toucher, de lui baiser les mains. Et cette pensée qu'il avait couvée toute la soirée explosa, le remplissant d'une rage aveugle.

Et ainsi, alors qu'il s'était promis d'être doux et délicat, toutes ses bonnes intentions furent balayées par sa colère.

S'il avait été rude, la faute en revenait entièrement à Clarice.

Quand il se réveilla, des heures plus tard, la première chose qu'August remarqua fut son absence.

Il s'assit dans son lit : quand le souvenir de ce qu'il lui avait fait subir la nuit précédente lui revint à l'esprit, il eut peur.

Il se leva d'un bond, la cherchant dans l'obscurité. Ce ne serait pas la première fois qu'une jeune épouse incapable d'assumer ses devoirs prenait la fuite, ou décidait de se suicider. Cette pensée l'effraya. Il se surprit à prier, à implorer le ciel. Il enfila son pantalon, le cœur battant à se rompre, et courut vers la porte. Elle était fermée de l'intérieur, c'est lui-même qui avait tourné la clé la veille. Il pivota sur ses talons. Ses yeux s'étaient habitués à l'obscurité et c'est alors qu'il la vit.

Clarice était recroquevillée sur elle-même, une petite boule posée par terre, ses longs cheveux lui servant de coussin. Il déglutit, tandis que son sang recommençait à courir dans ses veines. Avec une grande délicatesse, il la prit entre ses bras. Elle était froide. Il la couvrit aussitôt, et s'aperçut qu'il l'avait réveillée en la déposant sur le lit. Le corps de sa femme, qui, dans son sommeil, n'était que douceur et abandon, se raidit comme une pierre.

— Tu ne quitteras plus jamais le lit sans ma permission.

Ce n'étaient pas les mots qu'il aurait dû lui adresser, mais elle s'était retirée en elle-même, elle refusait de le regarder. Elle croyait donc pouvoir le punir, cette sotte ! Quand Clarice cacha son visage dans ses mains, August comprit qu'elle avait peur.

La prochaine fois, ça se passerait mieux. Il remonta la couverture sur elle et s'allongea à ses côtés. Il l'obligea à rester étendue près de lui, mais quand il chercha ses lèvres, il s'étonna de les trouver si froides. Et il eut beau tenter de les adoucir par ses baisers, délicats cette fois, elles restèrent closes.

En fin de compte, frustré et en proie au remords, il relâcha son étreinte. Elle se réfugia tout au bord du lit, le plus loin possible de lui. Mais August sentit un vide si grand entre eux que c'était comme si Clarice était rentrée dans sa tanière, à l'autre bout du monde.

Elle n'avait jamais connu la violence physique. Dans son enfance, Krauser l'avait intimidée et maltraitée, mais rien n'avait préparé Clarice à un déchaînement aussi féroce que celui que lui avait réservé August pour leur nuit de noces. Et si, au départ, elle avait tenté de s'opposer à lui, son instinct de survie l'avait ensuite poussée à se soumettre.

Ainsi, jour après jour, Clarice devint de plus en plus étrangère à tout. Elle s'enveloppa progressivement dans une torpeur faite de souffrance et de résignation, se réfugiant en elle-même. Ce qui arrivait autour d'elle lui importait peu. Maud gouvernait la maison comme si elle n'existait pas. Et Clarice n'en avait que faire. Sa belle-sœur n'avait jamais caché son hostilité à son égard, mais, à présent qu'elle n'avait plus à faire bonne figure, c'était encore pire. Elle allait jusqu'à empêcher Marta Vogel de venir voir sa nièce.

Quand Vogel se plaignit à August, sa tante fut enfin autorisée à fréquenter la maison.

Clarice avait beaucoup maigri. Son visage émacié, au regard éteint, reflétait sa souffrance. L'apathie dans laquelle elle sombrait n'était qu'une manière désespérée de se défendre. La seule qu'elle avait trouvée. De la lumière et de la joie de vivre qui l'avaient toujours distinguée, il ne restait plus rien.

Au bout d'un an de mariage, August l'avait transformée en une femme pâle et sèche, qui se mettait à trembler chaque fois que l'on s'approchait d'elle.

Depuis qu'elle avait quitté la maison de son oncle et de sa tante, ils avaient beaucoup changé. Ils allaient voir leur nièce le plus souvent possible, et faisaient tout ce qui était en leur pouvoir pour améliorer son existence. Ils lui offraient des bijoux, des vêtements, des douceurs. Ils lui demandaient avec insistance des nouvelles de sa santé. Mais la pâleur de Clarice n'était pas due à une grossesse, contrairement à ce qu'ils espéraient tous les deux.

Marta conseillait de plus en plus souvent la patience à sa nièce. Elle était convaincue que des enfants naîtraient bientôt.

— Dès que tu seras enceinte, ton mari se comportera mieux. Tu verras. Il te laissera tranquille.

Clarice ne répondait pas.

— Les hommes deviennent indulgents avec la mère de leurs enfants. Cela les transforme, crois-moi, ma chérie.

Kurt, lui aussi, allait souvent rendre visite à sa nièce, puis il convoquait August, et le sermonnait sur les conséquences d'un traitement trop dur. Il voulait désespérément un petit-fils, il voulait avoir une famille. Il s'était soudain rendu compte que tout ce qu'il avait fait serait perdu après sa mort.

Si Clarice avait un enfant, il l'aimerait. Durant ces longs mois, la jeune femme n'avait pu se raccrocher qu'à ses livres. Ils lui avaient permis d'échapper à son existence malheureuse, lui avaient offert des instants de répit, lui avaient donné de l'espoir. Les livres, dans sa prison, étaient une fenêtre sur le monde, sur les lieux dans lesquels elle se rendait en imagination. Ainsi, elle restait de plus en plus souvent enfermée dans sa chambre, à lire et à dessiner le lac de son enfance, le château où elle avait grandi, à imaginer un monde où chacun était maître de lui-même, libre de choisir son destin.

Parfois, Maud la regardait fixement. Cela arrivait durant les heures de broderie, ou quand, après le dîner, tous se réunissaient dans le salon, et tandis que le frère et la sœur discutaient, elle restait murée dans le silence, les yeux rivés sur les flammes. Dans ces moments-là, Maud informait August de ce qu'elle avait fait, si elle était restée trop longtemps près de la fenêtre, dans la cour, si quelqu'un était venu la voir. Sa belle-sœur trouvait toujours le moyen de se plaindre de son comportement. Clarice s'était demandé pourquoi elle la détestait si ostensiblement, mais elle n'était pas encore parvenue à le savoir, aussi, finit-elle par lui poser ouvertement la question.

— Œil pour œil…, lui avait répondu sa belle-sœur.

Incrédule, elle avait cru que Maud était devenue folle.

— Je ne vous ai jamais rien fait, avait-elle murmuré.

Maud lui avait souri froidement :

— Je n'ai jamais dit que c'était toi qui m'avais fait quelque chose.

Clarice, qui ignorait que la sœur de Maud et August avait été répudiée par Kurt, n'avait plus cherché de réponse à cette question. Cependant, elle avait compris qu'il y avait un fond de folie chez cette femme qui toujours dirigerait sa haine contre elle.

Un soir, Clarice arriva en retard pour le dîner. Elle ne s'était pas sentie très bien, la nausée l'avait obligée à garder le lit presque toute la journée. Elle s'assit, la tête basse, mais la nourriture dans son assiette lui retournait l'estomac.

— Tu devrais faire quelque chose pour l'obliger à t'accorder l'attention que tu mérites, dit Maud à August qui venait de rentrer d'un de ses voyages.

L'homme était fatigué, de mauvaise humeur. Il jeta un coup d'œil à sa femme puis reporta son attention sur son assiette.

— Je ne peux pas tout faire toute seule. Regarde-la, elle n'apprécie même pas la nourriture qu'on lui sert.

C'est une ingrate. Tu aurais pu mieux choisir, mon frère. N'importe quelle jeune fille à Vienne aurait fait l'impossible pour être à sa place.

En général, August aimait quand sa sœur le flattait. Quant à ses accès de colère et ses petites mesquineries contre Clarice, ils l'amusaient. Mais sa jeune épouse ne réagissait plus à ces provocations. Il s'était aperçu que ses larmes, sa souffrance lui faisaient du mal, à lui aussi. Elle lui cédait son corps, mais rien de plus.

August s'était demandé s'il existait un moyen de retrouver la jeune fille pleine de vie dont il était tombé amoureux.

Maud continua à tourmenter Clarice.

Il étudia sans rien dire sa jeune épouse, de loin. Était-il possible qu'il ne restât pas une once de courage en elle ? Peut-être fallait-il insister. Aussi encouragea-t-il sa sœur à poursuivre son harcèlement.

À chaque sursaut de Clarice, à chaque tremblement de ses lèvres qui, un soir, des années plus tôt, s'étaient entrouvertes pour lui montrer le paradis, le cœur d'August battait un peu plus fort. Il aurait donné n'importe quoi pour la retrouver telle qu'elle était alors. Tendu comme un arc, il l'épiait en priant pour qu'elle finisse par avoir une réaction.

— Tu devrais jeter un œil à sa chambre. Moi, j'ai essayé, mais elle m'en a chassée.

Cette phrase tira August de ses pensées.

— Comment ça ?

Maud haussa les épaules.

— Elle y passe tant de temps que ça ne m'étonnerait pas qu'elle y cache quelque chose.

Tous deux, chacun avec ses raisons, observèrent la réaction de Clarice. Maud, dans l'espoir de la blesser,

August parce qu'il voulait découvrir un moyen de l'atteindre. De l'obliger à redevenir ce qu'elle était autrefois.

— Tu caches vraiment quelque chose dans ta chambre à coucher ? la taquina-t-il avec douceur.

Il savait que c'était impossible. Lui-même y entrait quasiment chaque nuit, si elle y avait dissimulé quoi que ce fût, il l'aurait su. Clarice secoua la tête, les yeux toujours rivés sur ses mains. Puis, incapable de se contenir, elle se leva, jeta sa serviette en boule sur la nappe et partit en courant.

Maud haussa un sourcil.

— Qu'est-ce que je t'avais dit ?

August sursauta. Et s'il s'était trompé ? Mais la maison était surveillée, personne ne s'en était jamais approché. Pourtant, il se leva et la suivit. Quand il ouvrit grande la porte de la chambre de Clarice, elle était assise à son écritoire, et lui tournait le dos.

— Alors, qu'est-ce que c'est que cette histoire ?

Clarice ne répondit pas. Sa plume courait sur le papier, quelques bougies éclairaient son dos bien droit, sa jupe déployée autour d'elle comme la corolle d'une fleur, l'ovale délicat de son visage et l'expression fébrile de son regard. Étonné, August s'avança vers elle. Le dessin que sa femme était en train de faire le laissa sans voix. C'était un portrait, une femme, un homme et deux enfants. Derrière eux, une montagne.

— Qui est-ce ?

Elle ne répondit pas, c'était comme si elle n'était pas dans la pièce. Elle regardait le dessin, le visage illuminé par une expression d'amour et de joie. Et puis August comprit. Sa femme s'était représentée dans ce dessin. C'était ce lieu qui la lui avait volée.

Il regarda autour de lui, les murs étaient tapissés de ses livres. Et soudain, il se souvint de chaque fois où il l'avait vue penchée sur l'un d'eux. Toutes les fois où il avait posé le regard sur elle, Clarice avait un livre à la main.

Voilà ce qui les séparait.

Ses satanés livres.

Sans eux, elle serait bien obligée de se réfugier auprès de lui.

Une vague de rage le submergea. Il repoussa la jeune femme, se saisit du dessin qu'il jeta dans les flammes de la cheminée.

Clarice poussa un cri.

Étonné, il se tourna vers elle. Enfin ! Encouragé par la réaction de son épouse, August prit le premier livre qui lui tomba sous la main et le jeta au feu lui aussi.

— Je les brûlerai. Je les brûlerai tous !

— Non, tu ne feras pas ça !

Dans l'âme de Clarice, quelque chose se brisa. On lui avait déjà presque tout pris, il n'allait pas en plus lui retirer la seule chose qu'il lui restait.

Si August espérait une réaction de sa femme, rien ne l'avait préparé au regard plein de haine qu'elle lui lança. Ça ne devait pas se passer comme ça. Elle était censée le supplier, pas l'affronter. Et pourtant, Clarice se tenait devant lui, les yeux brûlants de mépris.

— Tu ne toucheras pas mes affaires. Et moi, tu ne me toucheras plus. Plus jamais.

Il ne l'avait jamais vue ainsi.

Un frisson le parcourut.

Il imagina sa vie sans elle, et cette pensée le mit à genoux. Il la saisit par un bras, mais elle planta ses ongles dans son visage en hurlant, et le griffa au sang. Elle continua à mordre et à griffer jusqu'à ce qu'August, fou de rage, commence à la frapper.

Sur le seuil, Maud assistait à la scène, comme paralysée. Les domestiques se tenaient derrière elle. Aux premières protestations, elle sortit de sa torpeur. Elle se précipita vers son frère et se plaça entre lui et Clarice, faisant de son propre corps un bouclier.

— Mais tu es devenu fou ? Tu sais ce qu'on leur fait, aux assassins ?

August s'arrêta. Le visage de Clarice était en sang. Le contraste avec les draps blancs lui arracha un gémissement. Saisi par l'horreur de son geste, il prit un coin du drap et lui essuya le visage.

— Ouvre les yeux, s'il te plaît, s'il te plaît..., répétait-il comme une litanie, jusqu'à ce que sa sœur parvienne à l'éloigner de Clarice.

— Sors, je vais m'occuper d'elle.

Maud, le visage de marbre, n'arrivait plus à respirer.

Le passé lui revint violemment en mémoire. Ces cheveux poisseux de sang, ces lèvres ouvertes, cette jupe soulevée... Elle les avait déjà vus quand elle avait trouvé ce qu'il restait de sa petite sœur au pied du ravin d'où elle s'était jetée après avoir été abandonnée par Kurt Vogel, l'oncle de Clarice.

Un profond sentiment de désespoir explosa en elle.

— Je vais tout arranger, n'aie pas peur, Else, je suis là.

Mais cette jeune fille n'était pas Else. Maud comprit alors de quoi elle s'était rendue complice, et la vengeance prit soudain un goût bien amer. Trop amer. Mais elle y penserait plus tard, pour l'instant, elle n'avait pas une seconde à perdre : elle devait agir.

— Toi, hurla-t-elle à l'un des domestiques, apporte-moi de l'eau chaude, tout de suite ! Et ma trousse de médicaments.

— Il faut appeler le docteur. Elle ne respire plus, haleta August.

Inquiète, Maud posa la main sur la chemise de Clarice. Son cœur battait faiblement, mais il battait.

— On ne va pas appeler le médecin. Ils n'ont rien fait pour Else. Je vais m'occuper de ta femme. Personnellement.

Jour et nuit, Maud resta au chevet de Clarice. Elle empêcha la fièvre de l'emporter, l'arracha à la mort, bec et ongles, l'obligeant à boire, la nourrissant, la lavant, lui tenant compagnie. Elle lui parlait pendant des heures, d'August, d'elle et d'Else, cette petite sœur qui avait fait leur joie à tous les deux. Kurt ne leur avait jamais fait bonne impression, mais ils l'avaient accepté, par amour pour elle. Ils l'avaient accueilli dans leur famille, et il les avait tous trahis. Elle lui demanda pardon pour ce qu'elle lui avait fait, et força August à en faire autant.

Un matin, Clarice ouvrit les yeux et quand Maud remercia le ciel, elle lui serra la main avant de plonger à nouveau dans le sommeil. Alors, Maud jura qu'elle ferait tout ce qui était en son pouvoir pour sauver Clarice.

Et Maud honora sa promesse.

— Un fiacre va t'emmener chez ton oncle. Vogel te protégera.

Maud la soutint et l'aida à descendre l'escalier. Dans le hall, les domestiques s'étaient rassemblés.

Clarice se sentait perdue. Mais l'un d'eux l'incita à avancer.

— Dépêchez-vous, mademoiselle. La voiture vous attend.

Le trajet jusqu'à la maison de son oncle et sa tante semblait interminable. Un sifflement aigu menaçait de lui fendre le crâne. Elle avait mal aux oreilles et à la gorge. Quand elle descendit du fiacre, Marta l'attendait sur le perron. Elle prit sa nièce dans ses bras et la conduisit à l'étage, dans son ancienne chambre.

— Ton oncle va se charger d'inculquer un peu de bon sens à ton mari. N'aie pas peur, ma chérie, les choses vont changer. À partir de maintenant, August te traitera avec les égards qui te sont dus.

Elle ordonna à la femme de chambre d'apporter une tasse de chocolat chaud.

— À présent, il faut que tu te reposes, dit-elle en prenant son visage entre ses mains.

Clarice, encore sous le choc, obéit. Au fond de son cœur, elle savait que Maud et sa tante se trompaient. August ne s'arrêterait pas. Pas avant de l'avoir tuée. Mais ça ne faisait rien, plus rien n'avait d'importance.

Et ce fut sur cette certitude qu'elle s'endormit.

Le lendemain matin, son oncle la convoqua dans la bibliothèque. August était assis dans un coin, la chemise sale, les cheveux en bataille, le regard hagard.

— Approche-toi, ma chérie. Ton mari me dit que ces derniers temps vous avez eu quelques différends. Je crois que le moment est venu de les affronter ensemble. Qu'est-ce qui te rend si malheureuse, ma chérie ?

Clarice leva la tête, étudiant le visage de son oncle. Les taches violacées sur sa peau étaient une réponse plus qu'évidente. Il détourna les yeux en bredouillant quelque chose. La tension monta. August se leva et elle courut jusqu'à la porte.

— Ne t'approche pas de moi ! hurla-t-elle juste avant de la claquer violemment derrière elle et de s'enfuir dans sa chambre.

C'était une question de temps, après quoi, son oncle et sa tante devraient abandonner. Elle était la propriété de son mari. Rien d'autre ne comptait. L'amertume lui nouait la gorge, l'impuissance la poussait à élaborer des plans fous.

Quelques heures plus tard, alors qu'elle regardait par la fenêtre, assise, les genoux remontés contre la poitrine, elle vit passer un groupe de jeunes filles dans un fiacre ; sur le toit, des malles et de gros sacs étaient entassés. Elles n'étaient accompagnées d'aucun homme. Elle avait entendu parler de ce genre de voyage que certains jeunes de bonne famille entreprenaient après leurs études, avant de faire leur entrée dans le monde. Les yeux pleins de désir, elle se demanda ce que l'on éprouvait quand on était aussi libre, aussi heureux et insouciant. Elle ferma les yeux, et posa sa joue sur sa jupe. Elle aurait donné n'importe quoi pour avoir une chance de voir le monde décrit dans ses livres. Au cours de cette journée qu'elle passa assise par terre chez son oncle, Clarice von Harmel pensa à la mort, et à la vie. Elle pouvait retourner auprès de son mari, qui finirait tôt ou tard par la tuer, ou bien le quitter, fuir, et vivre. Elle prit sa décision. Elle se leva et prépara un sac. Elle passa en revue ce qu'elle avait à disposition, choisissant ce qu'elle comptait emporter.

Et elle attendit le cœur de la nuit.

Elle n'eut aucun mal à atteindre la cave. La planche de bois était au même endroit que d'habitude, derrière les barriques. À travers une fente, un rai de lumière lui révéla la présence de Frederik. Elle frappa et attendit, la gorge serrée. Un instant plus tard, une main bien connue lui ouvrit.

— Mon petit oiseau, mais que faites-vous ici et à cette heure ?

La voix de l'homme s'éteignit quand il vit sur le visage de la jeune femme les signes des mauvais traitements qu'elle avait subis. Clarice le laissa la prendre dans ses bras et pleura longtemps. Elle ne lui raconta pas ce que lui avait fait son mari. Ce n'était pas nécessaire.

— Je ne peux pas rester. Je dois partir, le plus loin possible.

Frederik sécha ses larmes puis, après lui avoir fait signe de garder le silence, il monta à l'étage. Il réapparut au bout d'un temps qui sembla infiniment long à Clarice.

— C'est entendu, vous voyagerez avec une de mes très chères amies. Je viens de lui envoyer un messager en qui j'ai une totale confiance et qui m'a rapporté qu'elle était sur le point de partir. Elle vous emmènera loin de Vienne.

Il ouvrit le coffre-fort d'où il tira un petit sac rempli de pièces. Il en sortit quelques-unes qu'il compta avec attention. Il y ajouta quelques pièces d'or et referma la bourse.

— Gardez-la toujours avec vous. Ne faites confiance à personne.

— Je ne peux pas…

— Taisez-vous, mon petit oiseau. Allez, vite, un long voyage vous attend.

L'aube ne s'était pas encore levée quand le fiacre quitta Vienne. Deux soldats escortaient la baronne Margareta von Neumann et ses dames de compagnie. L'aristocrate avait l'intention de visiter l'Italie et, pourquoi pas, de pousser jusqu'en Égypte. On disait le plus grand bien de ce lieu chargé d'histoire.

Clarice bénissait le relieur. Elle lui devait tout. Il lui avait enseigné le pouvoir des livres, et avait ouvert la porte de sa cage.

« Adieu, mon petit oiseau, envole-toi, lui avait-il dit juste avant qu'elle monte dans la voiture, sous le regard indulgent de la baronne.

— Ne vous inquiétez pas, Frederik, je veillerai sur elle. »

Ainsi se terminait un chapitre de la vie de Clarice von Harmel, tandis qu'un autre s'ouvrait.

18

« Les opinions du sentimentalisme
se muent en leur contraire
dès qu'elles sont mises à l'épreuve de la réalité. »

George ORWELL, *Le Quai de Wigan*

Quand elle posa sa valise dans le hall de l'appartement de Coppedè, Sofia eut la nette impression que quelque chose clochait. Elle regarda autour d'elle, mais tout était à sa place.

Elle retira sa veste en songeant aux derniers événements ; elle avait essayé de les ignorer, mais ce n'était plus possible. C'était comme si les changements, les découvertes, tout ce qu'elle avait vécu ces derniers temps, avaient influencé son existence, et qu'elle ne pouvait plus vivre comme avant.

Pour la première fois depuis qu'elle avait quitté son mari, elle ressentit l'urgence intime d'avoir un endroit bien à elle. Ça ne devait pas nécessairement être un lieu physique, mais cela devait la représenter, lui plaire, être tout à la fois un refuge et un point de départ.

Elle comprit qu'elle ne voulait pas quitter l'Italie.

Elle n'avait aucune intention de déménager. Rome était sa ville, et elle voulait y rester. Elle voulait travailler auprès des livres ; quoi faire exactement, elle l'ignorait, mais elle en avait assez d'envisager des pis-aller. Elle était lasse de faire contre mauvaise fortune bon cœur.

Elle pensa aussi à Tomaso, à la façon dont il lui parlait, à ce qu'elle ressentait quand il la regardait. C'était quelque chose d'extrêmement physique, elle en était bien consciente. Mais au fond, pourquoi pas ? Ressentir, voilà ce qu'elle voulait. S'émouvoir, rire. Et même pleurer. N'importe quoi, plutôt que ce vide inerte dans lequel elle avait évolué pendant des années. L'image de la femme qu'elle avait été se forma, nette, devant ses yeux. Que de temps perdu !

Ce n'est qu'une fois dans la serre, entourée des fleurs de son grand-père, que, petit à petit, elle sentit la tension diminuer peu à peu et qu'elle parvint à démêler le fil de ses pensées.

La découverte de la deuxième lettre de Clarice avait jeté une lumière nouvelle sur toute l'histoire. Et, à présent, Sofia brûlait de curiosité. À la première lecture de cette lettre, trouvée de façon rocambolesque à Munich, ni elle ni Tomaso n'avaient remarqué d'éléments capables de les mener jusqu'au livre perdu de Fohr, s'il s'agissait bien de cela. Clarice ne mentionnait plus de secret, mais la phrase finale renvoyait au troisième volume de l'œuvre. Sofia et Tomaso étaient convaincus que c'était là qu'ils trouveraient la clé de ce mystère.

Elle ne pouvait pas rester seule, mais elle ne voulait pas appeler Tomaso. Il n'y avait donc qu'une seule personne avec laquelle elle pouvait discuter de ses théories sur Clarice : Andrea Vinci.

Quand elle entra dans la boutique, le libraire avait déjà allumé et il était, comme toujours, absorbé dans sa lecture. Sofia resta un instant sur le seuil à regarder les lieux, à respirer le parfum du vieux papier et du cuir, tandis que les notes du carillon de l'entrée s'éteignaient lentement. Vinci termina sa page, et ce n'est qu'à ce moment-là qu'il leva la tête. Son regard s'illumina de plaisir et Sofia sut qu'elle avait fait le bon choix en allant le voir.

— Bonsoir, comment allez-vous ?

— Maintenant que je te vois, ma chère, je vais mieux, bien mieux.

— Mais parlez-moi un peu de vous, vous êtes superbe.

Il la serra dans ses bras et Sofia le laissa faire. Elle avait hâte de lui raconter ses progrès.

— Je vais bien, merci. Il s'est passé tant de choses… Vous vous souvenez de Clarice, la femme qui avait caché une lettre dans le livre de Fohr ?

Le vieil homme lui indiqua un fauteuil.

— Viens, asseyons-nous. Bien sûr que je m'en souviens. Raconte-moi, il y a du nouveau ?

À chaque pas, il s'appuyait lourdement sur une canne que Sofia ne croyait pas avoir déjà vue. Ses doigts recroquevillés sur le pommeau semblaient si fins qu'ils ne parvenaient pas à l'enserrer complètement. Depuis sa dernière visite, le libraire semblait avoir vieilli.

— Tout va bien ? demanda-t-elle, vraiment inquiète cette fois.

— Allez, raconte-moi : qu'est-ce que tu as encore découvert ?

Pendant une seconde, elle ne sut quoi lui répondre. Elle avait tant de choses à lui dire, par où commencer ? En fin de compte elle décida d'aller tout de suite à l'essentiel :

— J'ai trouvé le deuxième volume !

— Formidable, répondit-il, les yeux écarquillés, tu es sûre que c'est le bon ?

— Certaine ! Dans le plat antérieur, il y avait la même poche cachée que dans le premier volume de la trilogie, et, à l'intérieur, j'ai trouvé une autre lettre de Clarice.

Il resta sans voix, un léger sourire aux lèvres.

— Quelle merveilleuse aventure.

Il se redressa et effleura sa main.

— Et que dit-elle, cette deuxième lettre ?

Le sourire de Sofia perdit un peu de son éclat.

— Clarice a dû fuir pour l'Italie. Son mari la maltraitait, sa vie était un enfer.

— Un destin tragique que connurent de nombreuses jeunes femmes à cette époque, malheureusement, soupira le libraire. (Puis son visage s'illumina et il reprit :) Bien sûr…

Sofia leva les yeux vers le vieil homme qui continuait à marmonner tout seul, comme s'il élaborait un plan à voix haute.

Soudain, il sembla frappé par une illumination :

— Clarice est venue en Italie… et Fohr a séjourné à Rome de 1814 à 1817, date de sa disparition. Se sont-ils connus ici, dans cette ville ? Cela expliquerait beaucoup de choses.

Le cœur encore lourd pour la pauvre Clarice, Sofia comprit qu'il était possible, et même très probable, que le libraire ait raison.

— Les intellectuels étrangers étaient nombreux à Rome à cette période, murmura-t-il. Ils se rencontraient souvent dans des cercles communs. C'est arrivé à Byron, Shelley, Goethe, Stendhal. Comment Christian et Clarice ont-ils pu se connaître ? D'après son nom de famille, je suppose qu'elle était aristocrate, peut-être se sont-ils croisés lors d'un bal ou dans un salon, vu leur intérêt commun pour les livres.

Ils continuèrent cette discussion, et plus ils échangeaient idées et pensées, plus le tableau devenait clair. Sofia était enthousiaste. Clarice et Fohr, ensemble, à Rome ! Voilà qui expliquerait tout. Excitée par cette idée, elle examina mentalement les diverses implications de cette hypothèse.

— Vous ne vous rappelez vraiment pas où vous avez acheté le premier volume de Fohr ?

Le libraire haussa les épaules.

— Ici, à Rome. Sur un étal d'un marché dans le Trastevere. C'est un antiquaire ambulant qui me l'avait cédé. Mais je te l'ai déjà dit, conclut-il.

Non. Il ne le lui avait jamais dit, Sofia en était plus que certaine. Elle se mit à penser à haute voix.

— Donc, le premier livre a été retrouvé à Rome, où Clarice a vécu et où elle a probablement rencontré Fohr. Le deuxième à Munich, où elle était née…

Soudain, Sofia eut une intuition et ressentit le besoin d'en informer Tomaso. Rome et Munich avaient été des villes importantes pour Clarice, mais il y en avait une autre où elle avait passé plusieurs années : Vienne.

— Il faut que je file, lança-t-elle au libraire en l'embrassant.

Quand il posa sa main sur son épaule, elle sentit un peu de la douleur qui pesait sur son cœur disparaître.

— Et surtout, ma chère, reviens me voir, cette histoire est vraiment passionnante. Ça faisait des années que je ne m'étais pas autant amusé.

Tomaso descendit les marches et traversa la pelouse devant la villa. L'herbe tendre faisait comme un tapis sous ses semelles. La douceur d'un après-midi d'automne répandait dans l'air un parfum intense, végétal. Sous un des grands chênes, Luisanna avait fait construire un kiosque. À l'abri du vent frais, Frank et elle discutaient avec cette complicité typique des vieux couples. Un rire léger s'unit à un autre, plus fort. Frank allait beaucoup mieux ; il se mouvait avec désinvolture, riait, parlait avec sa femme.

Tomaso s'arrêta, songeur. Il avait de très mauvaises nouvelles pour lui. La rencontre avec les avocats s'était mal passée. Le tort que l'expertise de Frank avait causé aux clients devait être réparé. Il n'avait pas encore évoqué la dégradation de la santé de son beau-père. Devant la justice, cela aurait peut-être eu une utilité, mais un procès aurait exposé Frank et l'agence au jugement du public. Chose qu'il refusait absolument d'envisager. Il avait donc opté pour un marché. Les héritiers s'étaient montrés plus que disposés à trouver un accord, bien qu'il fût très lourd économiquement. Et puis il faudrait qu'il lui parle de l'argent de la société qu'il avait détourné ; il n'avait pas encore eu l'occasion de l'affronter, mais il devrait le faire, tôt ou tard.

— Tomaso, quelle surprise ! s'écria sa mère en s'approchant de lui, les mains tendues.

Il s'en saisit, puis se pencha pour qu'elle l'embrasse.

— J'étais dans le coin, je suis passé voir si tout allait bien.

— Il va bien mieux. Le cardiologue dit que la situation est encore délicate, mais il est fort, je suis sûre que très vite tout cela ne sera qu'un mauvais souvenir. Mais parle-moi de toi. Tu as l'air fatigué.

Le regard inquiet de sa mère était plus qu'il n'en pouvait supporter à ce moment-là. Il secoua lentement la tête, s'obligeant à sourire.

— Ça va… J'ai beaucoup de travail, quelques soucis, mais c'est tout.

Luisanna acquiesça, mais son sourire perdit un peu de son éclat initial.

— Va voir ton père. Moi je vais aller me chercher un châle.

— Je peux m'en charger, si tu veux.

— Oui, je sais. Mais il y a certaines choses que vous ne vous dites que quand vous êtes seuls, répondit-elle en lui caressant le visage. Les mères savent beaucoup de choses, même si leurs enfants s'obstinent à les ignorer.

Elle déposa un léger baiser sur sa joue.

Tomaso attendit qu'elle se fût éloignée et, lentement, il s'approcha de Frank.

— Ah, mon grand, viens t'asseoir à côté de moi. Alors, quelles nouvelles m'apportes-tu ?

Il mit une seconde à se décider, puis il finit par serrer la main que cet homme qu'il n'avait jamais réussi à considérer comme son père lui tendait.

— Tout va bien, dit-il, craignant que la vérité ne puisse compromettre son rétablissement.

Il mentit surtout pour sa mère, pour le sourire qu'elle lui avait adressé, pour l'éclat serein de son regard.

— Je suis content, Tommy, j'étais sûr que tout s'arrangerait.

Il avait toujours envié l'optimisme de son beau-père. Même dans les pires situations, cet homme montrait une extraordinaire capacité à ne s'inquiéter de rien. Tomaso écouta distraitement ce que disait Frank, acquiesçant de temps en temps. Mais ses pensées étaient tout entières tournées vers Sofia. C'était elle qu'il avait évoquée pour équilibrer la tension de ces derniers temps. Penser à elle lui faisait du bien. Il se demanda s'ils parviendraient à trouver le livre perdu de Fohr, s'il existait vraiment. Ça, oui, ce serait un coup énorme, qui lui permettrait de sauver l'agence. Il se demanda également si leurs chemins se sépareraient alors. Cette femme lui plaisait, mais il y avait en elle quelque chose qui le poussait à la prudence. Oui, il serait attentif, il ne voulait surtout pas l'effrayer.

Il resta encore un peu auprès de sa mère et de son beau-père, mais parler de tout et de rien pour remplir le silence le lassa assez vite.

Il les salua et quand il serra la main de Frank et que ce dernier la retint encore un peu dans la sienne, il en fut agacé. Il ne lui avait posé aucune question, alors qu'il savait très bien à quelles conséquences son comportement inconsidéré l'avait exposé. À aucun moment, Tomaso ne prit cette façon de faire pour un excès de confiance ; c'était surtout une façon pour Frank de s'en laver les mains, persuadé que son beau-fils mettrait toute son énergie à empêcher le désastre. Intérieurement, il bouillonnait de rage. Il retira sa main et tourna le dos à son beau-père pour s'adresser à sa mère.

Sur la route, Tomaso se remit à penser à Sofia. Le parfum des petits plats que Scilla lui avait préparés montait du panier posé sur le siège arrière et, soudain, il eut une idée. Ce n'était peut-être pas la chose la plus opportune, mais il était fatigué. Mort de fatigue. Et il se sentait seul.

Il s'arrêta en chemin auprès d'un producteur qui faisait un excellent cannellino de Frascati. En retournant à sa voiture, il composa son numéro.

— Bonsoir, Sofia.

— Il faut que je te parle.

Il esquissa un léger sourire. Si c'était la tranquillité qu'il cherchait, ce n'était pas auprès d'elle qu'il la trouverait, visiblement. Il ferma les yeux un instant et se frotta les paupières :

— C'est urgent ?

— Oui, très urgent. J'ai quelque chose à te dire.

Il n'y avait aucune douceur dans sa voix, aucune séduction. Il soupira. Cette femme était incompréhensible. Pourquoi continuait-il à la désirer ? Il n'y avait aucune réponse rationnelle, ce n'était pas comme ça que ça marchait. Il eut envie de rire. Ce rendez-vous ne semblait guère prometteur ; d'ailleurs, ce n'était même pas un rendez-vous à proprement parler, mais, en même temps, elle n'avait cessé de le surprendre, de l'amuser ou de le faire enrager. Il verrait bien.

Au diable Fohr, son beau-père, et le reste du monde !

— Écoute, ça te dirait qu'on dîne ensemble ? Mais je n'ai pas envie de sortir. On va chez toi ou chez moi, c'est toi qui choisis.

Sofia regarda autour d'elle avec un grand intérêt. Elle était enchantée par l'appartement de Tomaso. Il était à son image, pensa-t-elle tout en sentant monter en elle comme une agitation.

— Il te ressemble.

— Je vais prendre ça comme un compliment.

Les hauts murs blancs donnaient une sensation de liberté. Sofia regarda les fenêtres pleines de lumière, la décoration simple et épurée, et elle le reconnut, lui. Mais ce qui la marqua plus que tout fut l'écritoire installée dans un coin. Elle était large, massive, majestueuse. Elle ne parvenait pas à détourner les yeux de ce meuble sur lequel elle avait vu tout le matériel nécessaire pour pratiquer la calligraphie. Elle imagina Tomaso penché sur une feuille, les cheveux retombant sur son front, tenant à la main un porte-plume qui crissait sur le papier.

— Tu peux regarder, si tu veux.

Sa voix la fit sursauter. Il s'approcha et s'arrêta juste à côté d'elle. Elle sentait sa chaleur, son parfum ; elle frissonna et s'éloigna.

— Tu sais, cette lettre que tu m'as envoyée le jour où tu es parti pour Munich… j'avais du mal à croire que c'était bien toi qui l'avais écrite.

Elle ne lui dit pas à quel point cette écriture l'avait troublée. Ça, elle le garda pour elle.

Tomaso la suivit. Il était pieds nus, la chemise ouverte, l'air détendu.

— Écrire permet de concrétiser les pensées, cela leur donne une forme, les conserve. Cela permet à ta créativité d'agir sur la réalité.

C'était vrai. Sofia réfléchit à combien le simple geste d'écrire était chargé de sens.

— Quand tu traces une belle écriture, ta concentration doit être absolue, la moindre erreur peut tout gâcher. Ton travail augmente à chaque lettre. C'est toi qui le construis. C'est toi seul qui décides jusqu'où tu veux aller.

Il y avait bien autre chose dans les mots de Tomaso. Et dans son regard.

Sofia effleura le dessus de l'écritoire. Les griffures sur le bois dues à l'usure et au temps étaient elles aussi révélatrices. C'était comme si quelqu'un y avait gravé une histoire. Un silence lourd de tension descendit sur eux, et enveloppa leurs souffles, leurs pensées, leurs regards.

— Eh bien, assieds-toi. Il y a une feuille, là, lui indiqua Tomaso. Le porte-plume et l'encre devraient aller. Essaie, Sofia. Écris ce que tu veux, dit-il d'une voix de plus en plus basse, suave, presque un murmure.

Dans cette voix il n'y avait aucune obligation, rien qu'un doux encouragement. Elle leva la tête ; il était là, tout près.

— On n'est que tous les deux, tu n'as rien à prouver à personne.

Ce commentaire l'étonna, et elle allait protester, car elle le trouvait inopportun, mais il lui fit un clin d'œil et les mots qu'elle était sur le point de prononcer volèrent en éclats devant la complicité que renfermait ce signe. C'était comme s'il lui disait que, quoi qu'il arrive, il ne la jugerait jamais. Pourtant, elle était troublée. Et si Tomaso avait raison ? Si c'était la peur du jugement des autres qui l'empêchait de s'épanouir ? Se voyait-elle avec leurs yeux ?

Une scène après l'autre, les images de sa vie lui revinrent à l'esprit, lui rappelant chaque occasion manquée, chaque silence, quand elle aurait voulu hurler. Le plus perturbant, c'était qu'elle avait adopté cette façon d'être. Elle n'était pas née comme ça. Elle s'était adaptée aux situations, elle s'en était accommodée. C'était horrible.

Elle sentit une envie de rébellion la gagner. Et que l'homme devant elle fût Tomaso et non pas Alberto n'avait aucune importance. Elle était en colère. Elle redressa la tête.

— Je ne crains le jugement de personne, pas même le tien, assena-t-elle, les yeux pleins de défi.

Il soutint son regard, plissant à peine les yeux, comme pour mieux l'étudier.

— C'est plutôt une bonne chose, tu ne crois pas ? demanda-t-il, la tête penchée. La peur est une bien vilaine façon de débuter une relation.

Elle le dévisagea, abasourdie. Elle n'avait jamais rencontré personne d'aussi direct. C'était ce qu'il voulait ? Une relation ?

— La peur est une prison dont nous possédons la clé, ajouta-t-il à voix basse.

En tendant la main, Sofia aurait pu le toucher. Mais c'était une autre proximité qui l'effrayait. C'était la façon qu'avait cet homme de faire tomber ses défenses, comme s'il connaissait ses pensées les plus intimes.

— Certes, je n'y connais pas grand-chose en calligraphie…, se défendit-elle en s'asseyant à l'écritoire qui était plus confortable qu'elle ne l'avait cru.

Elle s'installa un peu mieux, et prit confiance. Le porte-plume était léger entre ses doigts. Elle joua un peu avec et le pointa vers la feuille. Puis elle plongea précautionneusement la plume dans l'encre et essaya à nouveau le porte-plume.

Tomaso l'observait en silence.

— … mais je sais que les lignes descendantes ont un trait épais, les ascendantes, un trait fin, poursuivit-elle, et qu'il existe une cursive anglaise, une italique et une gothique.

— Oui. Chaque style a ses règles, mais l'essentiel, c'est que tu réussisses à t'exprimer à travers ta main. La plume c'est toi, Sofia, ce que tu écris, c'est ta pensée. Quand elle touche le papier, elle te quitte pour atteindre les autres. C'est un lien ou, tout du moins, un début.

— Comme la lettre de Clarice.

— Comme la lettre de Clarice, exact.

Elle ne lui répondit pas. Lentement, une lettre apparut sur la feuille, puis une autre. La plume crissait, émettant des sons secs, presque rageurs.

— Je peux ? demanda Tomaso qui l'avait rejointe et s'était assis à côté d'elle.

Instinctivement, Sofia se poussa.

— Il a été conçu pour accueillir deux personnes. On tiendra tous les deux.

Ce n'était pas pour cela qu'elle s'était éloignée, il le savait aussi bien qu'elle. C'était un réflexe qui appartenait à l'ancienne Sofia, celle qui s'éloignait de tout ce qu'elle désirait. Cette phrase jetée entre eux avec légèreté, cependant, lui permit de retrouver une contenance, sans avoir l'air hystérique. C'était une main tendue, une gentillesse. Et elle lui en fut reconnaissante.

Elle fixa son attention sur la main droite de Tomaso, qui exécutait un élégant ballet. Les lignes apparurent dans un jeu d'harmonie, mais avec une force surprenante.

Sofia Bauer. C'était la première fois qu'elle voyait son nom écrit ainsi.

C'était une œuvre d'art.

— Tu veux essayer, toi aussi ? demanda-t-il en lui tendant le porte-plume.

Elle aurait été incapable de reproduire ce style.

— Je crois que je ne saurais pas faire ça.

Il l'étudia un moment.

— Ce que tu peux ou ne peux pas faire, cela dépend de ton envie d'essayer. Et de ta détermination à poursuivre ton but. (Il fit une pause puis tendit la main dans sa direction et demanda :) Je peux ?

Sofia acquiesça. Elle n'avait pas la moindre idée de ce qu'il avait en tête, mais elle le comprit quand il passa un bras sur son épaule, l'enveloppant de son corps. Cette étreinte n'était pas anodine, remarqua-t-elle, étonnée. Elle était là, la séduction, dans le mouvement lent de Tomaso, dans sa façon de bouger doucement, de poser son bras sur ses épaules, de refermer sa main sur la sienne, qui tenait le porte-plume. Dans son souffle sur sa nuque, dans sa force, dans le synchronisme de leurs gestes. Elle était dans son visage, si chaud près du sien.

— Laisse-toi aller, ne pense à rien.

Son étreinte était tout à la fois un défi et une promesse. Elle l'accepta, s'y abandonnant. Et tandis qu'il bougeait, et qu'elle le suivait, son nom apparut ; il n'était pas identique à celui qu'il venait de tracer. La main qui l'avait écrit n'était pas la même. Certes, il l'avait guidée, lui avait montré le chemin, mais ça ne comptait pas : c'était bien elle qui avait écrit.

Il s'était levé et se tenait à présent derrière elle, le cœur battant à se rompre. Sofia le sentait à travers l'étoffe de sa robe. Elle frissonna. Elle savait exactement où était Tomaso, elle savait que, si elle se retournait, elle le trouverait là, prêt à l'accueillir. Cette certitude, c'était le souffle qui lui manquait, c'était l'oubli d'un passé disparu.

Ce qui était en train d'arriver à ce moment précis, entre eux, c'était quelque chose de nouveau. D'inconnu.

Elle se sentit emportée par le désir. Une sensation purement physique, faite de gestes, d'un besoin impérieux. De toucher, d'odeurs. Depuis quand n'avait-elle pas désiré quoi que ce soit avec une telle intensité ?

Tomaso était resté immobile, la tête appuyée contre la sienne, sa main sur sa main, légère comme une caresse. Il attendait. Il accepterait sa décision, elle le savait. Pas un mot, aucune déclaration. Il lui offrait des faits, des gestes.

Lentement, elle tourna la tête, jusqu'à trouver la bouche de Tomaso.

Elle sentit tout d'abord la chaleur de son souffle, puis la saveur, la douce caresse de ses lèvres. Mais cette sorte de prudence qu'ils avaient tous les deux, ces gestes délicats, où ils s'effleuraient à peine et se redécouvraient, ne dura qu'un instant.

Tomaso l'embrassa plus profondément, glissant ses doigts dans ses cheveux et l'attirant à lui et, quand elle répondit à ce baiser, il la souleva et l'emporta là où, elle en fut alors convaincue, il avait toujours voulu l'emmener. Sofia ne se déroba pas. Elle avait la même fougue que Tomaso, et ses gestes trahissaient la même urgence. Elle n'avait plus ni mots ni pensées.

Ils se cherchèrent, peau contre peau, étonnés car rien ne ressemblait à ce qu'ils avaient imaginé. Ils n'avaient aucun repère pour comprendre ce qui était en train d'arriver. C'était comme si tout était neuf, différent. Ils se perdirent l'un dans l'autre, tandis que les questions s'évanouissaient, poussés par leur instinct, par ce désir qui les avait réunis depuis le début.

Ensuite, tandis que leurs souffles ralentissaient et que le monde retrouvait ses contours, ils restèrent ainsi, enlacés, incapables de se séparer, décidés à retenir encore un instant ce qui les avait submergés. Ils ne se connaissaient pas encore assez, pourtant ils savaient tout l'un de l'autre. Parce qu'ils n'avaient cessé de s'étudier, et que les battements de leurs cœurs avaient comblé les lacunes. Il ne leur restait plus qu'une chose à faire : se comprendre.

Malgré ce moment de joie, malgré le désir qui pulsait encore en elle, Sofia sentit le doute s'immiscer. Et la certitude qui, jusque-là, avait guidé ses gestes vacilla avant de disparaître. La vie lui avait appris que même ce qui semblait parfait avait une fin. Et elle la sentit poindre, avec les premiers doutes. Elle prit le drap et s'en enveloppa pour descendre du lit.

Tomaso la saisit rapidement par une main, la ramenant auprès de lui.

— Ce qui a pu arriver autrefois n'a rien à voir avec nous.

Elle le fixait, tendue, prête à fuir :

— Tu ne sais rien de moi.

Il relâcha sa prise et lui sourit.

— J'ai faim. Ça te dirait qu'on passe à table et qu'on se raconte un peu nos vies ?

Avant qu'elle ait le temps de répondre, il s'était déjà détourné.

Elle le regarda se rhabiller. Pantalon, chemise. Pieds nus, encore. Il y avait quelque chose de spécial chez cet homme, et c'était sans doute sa façon d'être au monde, pensa-t-elle.

— Je ne vais pas te dire que je regrette ce qui vient de se passer, ce serait un mensonge, et je n'ai pas la moindre intention de perdre à me tourmenter du temps que je pourrais employer de façon plus profitable et plus agréable.

Le filet d'amertume dans sa voix ne lui échappa pas. Sofia ne savait rien de son passé. Comment avait-elle pu être aussi légère avec lui ? Cette pensée fut aussitôt chassée par une autre. Pourquoi Tomaso lui avait-il répondu de la sorte ?

— Je ne regrette rien, moi non plus, mais, en fin de compte, ça ne veut rien dire.

Il s'arrêta net, et la regarda par-dessus son épaule :

— Tu crois ? Moi, au contraire, je crois que ça veut tout dire. (Il fit quelques pas, puis se retourna avant d'ajouter :) Allons dîner.

Sofia se rhabilla et, après s'être rafraîchie, le rejoignit dans la cuisine. Elle s'arrêta sur le seuil. Comme le reste de la maison, la pièce était élégante, mais presque spartiate, réduite à l'essentiel ; elle était spacieuse, avec des murs de couleur claire. Elle regarda autour d'elle. Il y avait des fleurs, cependant, dans un vase vert sur une étagère. Tomaso avait mis son tablier et se déplaçait avec aisance, lui lançant de temps en temps un coup d'œil songeur.

Elle entra lentement, circonspecte, se demandant à chaque pas ce qu'elle faisait là, ce qui avait bien pu lui passer par la tête quand elle s'était laissée aller de la sorte, maudissant les doutes et l'incertitude qui la suivaient comme une ombre.

— Tu en veux ? demanda-t-il en lui tendant une branche de céleri agrémentée d'une mousse blanche et d'une crevette, avant de retourner s'affairer aux fourneaux.

— Où sont les assiettes ?

Tomaso lui indiqua une étagère. Sofia mit la table et, tandis qu'il apportait les plats, elle s'assit. La tension s'était relâchée, mais elle était toujours là. Il déboucha le vin, la faisant sursauter. Elle porta le verre à ses lèvres puis leva les yeux. Il la regardait fixement. Le liquide était sombre et parfumé. Il attendit qu'elle eût fini de boire et s'approcha d'elle.

— Détends-toi, Sofia. Et maintenant, mangeons.

Elle ne s'était pas aperçue qu'elle mourait de faim. Tomaso prit soin de mener la conversation. Lentement, avec un grand savoir-faire, il la fit sortir de ce lieu imaginaire où elle se terrait, à force d'observations fines, d'aimables plaisanteries. Et, petit à petit, le sourire de Sofia s'élargit jusqu'à devenir un éclat de rire.

C'est probablement cela qui la fit céder. La pensée qu'elle pouvait tomber amoureuse d'un homme comme lui. La peur monta en elle, lui faisant découvrir toute une gamme de conséquences, dont pas une seule n'était agréable, et qui, chacune, comportait sa dose d'obstacles et de danger.

— J'ai été mariée pendant cinq ans, lâcha-t-elle soudain, avant de mettre sa main devant sa bouche.

Elle n'avait plus envie de rire, seulement de fuir, mais elle savait avec certitude qu'il n'existait aucun endroit au monde où se cacher. Parfois, sa propre peau lui semblait inhospitalière, et elle aurait voulu s'écorcher vive. Elle déglutit et reprit :

— Nous n'avons pas été heureux. Alors... j'ai décidé de partir. C'est difficile.

Tomaso la resservit en vin :

— Cinq ans, c'est beaucoup. Je crois que c'est normal que ça te fasse quelque chose.

— Je suis en colère contre moi-même. Ce n'est pas la même chose.

— Parfois, on enchaîne les mauvaises décisions. Mais notre instinct nous pousse à rester à flot.

Sofia eut à nouveau l'impression de sentir une grande tristesse dans la voix de Tomaso.

Il avait le regard distant, l'air tendu, mais cela ne dura qu'un instant, puis il chercha son regard.

— Maintenant, lui, c'est le passé, assena-t-il avec un tel aplomb qu'elle resta un instant à le dévisager, perplexe.

Tomaso leva son verre dans sa direction, dans un toast silencieux :

— Je suis heureux que tu sois chez moi. Ici, je n'amène que les gens importants, ceux qui comptent pour moi.

Il n'eut pas besoin de prononcer cette dernière phrase : elle était dans le regard qu'il lui lança, et sa façon sereine de l'observer, dans son sourire tout juste esquissé. Ce sourire presque imperceptible mais bien réel.

— Écoute, je n'ai pas envie de parler de lui.

— Tu n'as pas à le faire. Franchement, je dois dire que de tout ce qui est arrivé ce soir, ce qui concerne ton ex-mari n'est pas la partie que j'ai le plus envie d'approfondir.

Elle lui sourit, les yeux rivés sur son verre. C'était léger, plaisant. Le verre était froid sur ses lèvres et le vin était bon, puissant. Il la réchauffa et elle retrouva un peu de courage. Elle inspira profondément, se concentra et finit par dire :

— Je crois que le troisième volume est à Vienne.

Le sourire de Tomaso s'élargit. Il ne lui répondit pas, se limitant à lui couler un regard lourd de sens.

Puis elle comprit. Elle écarquilla les yeux, s'agita sur sa chaise.

— Tu le savais déjà, l'accusa-t-elle.

— À Munich, tu as eu de la chance, ma petite.

Elle éclata de rire, mais resta exactement où elle était, même si elle mourait d'envie de le serrer dans ses bras, et qu'il lui raconte tout.

— Je suis convaincue que les livres sont liés aux lieux où Clarice a vécu. Mais je n'ai pas le début d'une preuve de ce que j'avance. Ce n'est qu'une sensation.

Tomaso sourit.

— Eh bien, figure-toi que, à Vienne, se trouve le plus grand centre d'études sur les écrivains romantiques de langue allemande. J'ai déjà téléphoné pour prendre rendez-vous.

Voilà à quelles conclusions l'avaient mené ses réflexions. Il avait également parlé avec Paul Vagar.

— Tu ne le trouveras peut-être pas là, mais il y a de bonnes chances pour que tu puisses obtenir des informations sur la localisation possible du troisième volume, *Le Discours sur la pensée.*

Sofia était tellement émue, tellement heureuse, que la tristesse qui l'avait saisie sans signe avant-coureur n'était à présent plus qu'un souvenir.

— On part quand ?

Il se figea :

— À ce sujet, j'aurais quelque chose à te dire.

— Oui ?

Soudain, sa voix s'était faite plus dure, ce qui n'échappa pas à Sofia. Mais elle n'avait aucune intention de se laisser écarter une nouvelle fois. Elle enchaîna :

— Avant que tu n'ailles plus loin, Tomaso, dis-toi bien que cette histoire est la mienne. C'est moi qui t'ai embarqué dans ce projet, et c'est moi, encore, qui ai trouvé les lettres. Tu as besoin de moi.

Elle ne cria pas, ne haussa pas le ton. Sa voix était sereine, calme.

Il la jaugea du regard, renversé contre le dossier.

— Besoin ? Je n'aurais pas employé ce mot-là, dit-il sans lui laisser le temps de répliquer. (Il ajouta :) Mais c'est un concept qui mérite d'être étudié.

Sofia se leva :

— Si tu veux matière à penser, en voilà : n'as-tu pas plutôt intérêt à m'avoir à tes côtés que sur tes talons ?

— Je trouve ta question étonnante. Je croyais avoir déjà largement exprimé ma gratitude sur la question.

Une intense chaleur empourpra le visage de Sofia. Elle n'était pas habituée à ce genre d'escarmouche : elle n'avait jamais imaginé que l'intimité pouvait être sujette à discussion, que cela pouvait être un jeu. Elle était agitée, nerveuse. Mais quand elle croisa le regard de Tomaso, elle vit qu'il souriait.

— On part demain soir. Je passe te prendre.

— Non, on se retrouve à l'aéroport. Merci pour… pour ce dîner.

Elle se leva et tendit la main pour débarrasser son assiette.

— Laisse, je m'en occupe.

Le message était clair, sans équivoque, comme tout le reste.

— Je peux t'accompagner jusqu'à ta voiture ou bien je risque d'attenter à ton indépendance ?

— Je trouverai bien ma voiture toute seule, bredouilla-t-elle en essayant de ne pas rire.

Elle était déjà dehors quand elle fit volte-face. Elle le saisit par la chemise et se hissa sur la pointe des pieds pour l'embrasser délicatement.

— Bonsoir, Tomaso, et merci pour tout.

Il ferma la porte derrière elle puis éteignit la lumière. Dans le noir, il écarta les rideaux et la regarda monter dans sa voiture. Quand elle disparut au bout de la rue, il continua à fixer le point où sa silhouette s'était évanouie. Il retourna au salon, un vinyle brillant comme une obsidienne entre les doigts. Il le posa délicatement sur le plateau du tourne-disque et attendit que la musique s'élève. Il ferma les yeux et ne pensa plus à rien, jusqu'à ce que les vibrations des notes trouvent le chemin de son âme et résonnent en lui.

C'est seulement à ce moment-là qu'il se dirigea vers l'écritoire, et après avoir pris la feuille sur laquelle Sofia avait écrit, il laissa errer son regard sur les signes qu'elle avait tracés. Il regarda en elle à travers son écriture, essayant de saisir ce qu'elle cachait. Il devait absolument la comprendre s'il voulait que leur histoire ne soit pas qu'une aventure. Il suivit les lignes, s'interrompant de temps en temps, le regard perdu dans un lieu imaginaire où il avait emmagasiné toutes les sensations, toutes les émotions qu'il avait éprouvées depuis que cette femme était entrée dans sa vie. Il se demandait, à présent qu'ils avaient franchi les limites d'une simple amitié, ce qu'elle allait faire dorénavant. Et ce qu'il ferait, lui. Alors il ferma les yeux. Il était fatigué et la journée du lendemain s'annonçait éprouvante.

Il avait besoin de temps, et d'argent. De beaucoup d'argent.

19

« Ceux qui rêvent éveillés ont connaissance de mille choses
qui échappent à ceux qui ne rêvent qu'endormis.
Dans leurs brumeuses visions, ils attrapent des échappées
de l'éternité et frissonnent, en se réveillant,
de voir qu'ils ont été un instant
sur le bord du grand secret. »

Edgar Allan Poe, *Eleonora*

Vienne était comme une dame entre deux âges qui, avec un naturel déconcertant, s'abritait sous une ombrelle de dentelle, assise dans une voiture de sport filant à vive allure. Ce qui la rendait unique, ce n'étaient pas les immeubles baroques avec leurs flèches et leurs décorations fastueuses, pas plus que les structures modernes en verre se dressant sur les places. C'était un ensemble de choses : la musique qui résonnait dans les ruelles pavées, les régates sur le Danube, le parfum du chocolat qui disait qu'un métier pouvait devenir un art, l'écho des conférences qui attiraient des chercheurs venus du monde entier. Sa profonde culture était le manteau dont elle se drapait avec une grande élégance.

Sofia connaissait la ville, elle y avait vécu enfant, durant le semestre où ses parents avaient enseigné à la Technische Universität. Pourtant, ce qu'elle voyait était bien différent de son souvenir. Tomaso marchait à côté d'elle sans une parole. Depuis leur descente de l'avion, il n'avait prononcé que quelques mots. La chose ne fut pas différente à l'hôtel, où ils avaient réservé deux chambres séparées. Elle avait de plus en plus souvent l'impression qu'il la comprenait intimement. Mais elle n'était pas encore prête à partager son espace et il le savait. Elle avait besoin de reprendre confiance en elle. Elle avait besoin de temps. Tomaso n'avait exercé sur elle aucune pression, fût-ce un regard de reproche. Mais il était là, avec elle. En cas de besoin, elle n'aurait qu'à tendre la main. Chose qu'elle se garderait bien de faire. Elle savait que ses réticences à son égard constituaient un problème qu'elle seule pouvait résoudre, mais ça ne changeait rien.

Elle avait eu soif de cet homme, comme on a soif d'air ou d'eau, avec la même intense avidité. C'était une chose qu'elle ne parvenait pas à s'expliquer, cela n'avait rien à voir avec tout ce qu'elle avait éprouvé auparavant. Mais elle avait peur. Pas de lui, mais de ce qu'il représentait. Elle avait peur d'elle-même, plus précisément, elle craignait que ne se reproduise ce rapport malsain qui l'avait liée à Alberto. Elle craignait que son désir ne la pousse à s'oublier elle-même entièrement encore une fois.

De temps en temps, il la regardait comme pour s'assurer qu'elle était vraiment là, puis il reprenait le cours de ses pensées, de cette façon fluide, décidée, qui était la sienne. Pourtant, elle ne se sentait pas exclue. Dans cette histoire, ils étaient compagnons et associés.

— C'est ici, dit Tomaso en indiquant un portail de bois sculpté sous des arcades soutenues par des arches de style néoclassique.

Les mains dans les poches, le col de son manteau relevé, il entra dans le hall :

— Nous avons un rendez-vous avec le directeur, M. Schulz, dit-il au concierge.

L'homme acquiesça et, après avoir jeté un œil à l'écran de son ordinateur, leur rendit leurs papiers d'identité et répondit :

— Troisième étage.

Tandis qu'il montait l'escalier, Tomaso sembla retrouver momentanément sa bonne humeur.

— C'est le meilleur endroit pour avoir des nouvelles de notre livre.

Notre…, pensa Sofia, voilà un mot qui lui plaisait. Après les dernières révélations de Clarice, elle frémissait à l'idée d'apprendre ce qui était arrivé à cette femme. Et son désir était si intense que la découverte du fantomatique inédit de Fohr passait au second plan.

— Tu crois que le directeur pourra te donner des indices ? demanda-t-elle.

Il opina et répondit :

— Ils ont une immense bibliothèque, la plus spécialisée en littérature allemande de la période romantique, et ils ont un catalogue détaillé des œuvres possédées par d'autres, qu'il s'agisse d'institutions publiques ou de collectionneurs.

— Ça m'a tout l'air d'une excellente nouvelle. Pourquoi es-tu inquiet, alors ?

Il lui adressa un regard sombre accompagné d'un sourire à peine esquissé.

— Si le volume appartient à une bibliothèque publique ou à une institution académique, c'est fichu. Il faut espérer que, s'agissant d'un volume dépareillé, il soit resté sur le marché de l'occasion.

Ce genre de réaction ne lui ressemblait pas. Il n'était jamais pessimiste. Réaliste, certes, mais jamais découragé. Pourtant, il y avait chez lui à ce moment précis quelque chose qui lui donnait l'air vulnérable. Sofia sentit une agitation profonde, une sensation désagréable mêlée au désir de soulager sa peine. Elle tenta de la chasser : elle n'avait aucune intention de se laisser embarquer là-dedans, elle ne pouvait pas faire ça. Elle chercha désespérément quoi faire pour le distraire. Et, encore une fois, Clarice vola à son secours.

Elle se concentra sur le livre, et laissa s'exprimer ses espoirs, sa détermination :

— Je n'ai pas fait tout ce chemin pour abandonner si près du but.

Même si le livre se trouvait dans une institution, elle trouverait le moyen d'obtenir la lettre de Clarice. Comment ? Elle n'en avait pas la moindre idée, mais une chose était sûre : elle ne laisserait pas un détail comme celui-là l'arrêter. C'est à cet instant-là qu'elle comprit que c'était uniquement grâce à Clarice qu'elle avait abandonné son ancienne vie, c'était Clarice qui l'avait poussée sur la voie du changement. Elle lui devait tout cela. C'est à Clarice qu'elle devait sa nouvelle vie. Elle lui avait tendu la main, et Sofia s'y était agrippée de toutes ses forces. Certes, deux siècles les séparaient, mais ce n'était qu'un détail sans importance.

Tomaso la regarda.

— Compte sur moi pour te rappeler ce que tu viens de dire.

Elle était encore en train de mesurer la portée de cette phrase quand ils entrèrent dans le bureau. Ils furent accueillis par un jeune homme qui les accabla de questions. Sofia s'amusait de voir Tomaso formuler les réponses les plus vagues possible, tout en réussissant à arracher au jeune homme un tas d'informations très intéressantes. L'institut de recherche sur le romantisme allemand était une sorte de conteneur qui recueillait des informations sur les collections privées du monde entier.

— Nous avons des copies de chaque édition. Nous les examinons, nous les restaurons et nous les introduisons dans un circuit de bibliothèques qui en font la demande.

— C'est *L'Éloge de la perfection* de Fohr qui nous intéresse. Le troisième volume de son œuvre, pour être exact, première édition chez Cotta, Stuttgart, 1816.

Le jeune homme réfléchit.

— Ah ! Christian Fohr… Ce n'est pas mon auteur préféré. Trop sentimental, et même, oserai-je dire, anachronique.

Cette définition ne fut pas du goût de Sofia, qui la trouva irrévérencieuse. Fohr était un génie, son regard sur la vie, sa prose si intense et poétique…

— Il était moderne, pour son temps. Le respect pour la nature, l'importance de chaque être vivant, l'amour comme source d'inspiration des sentiments les plus purs… Cela n'a rien d'anachronique, c'est de la profondeur d'âme.

Le jeune homme l'observa, un doute intense se lisait sur son visage.

— Le concept de modernité est une justification. D'un point de vue purement littéraire, Fohr est un émotif, avec quelques touches de fraîcheur.

Quelle bêtise ! Sofia détestait les gens incapables de développer leurs propres analyses, ceux qui se réfugiaient derrière des théories faciles élaborées par d'autres. Elle trouvait cela terriblement étriqué.

— Oui, cette critique circulait déjà de mon temps…

Piqué au vif, le jeune homme rougit et se préparait à répondre quand Schulz apparut dans la salle de lecture, si l'on pouvait nommer ainsi l'immense salon de représentation dans lequel on les avait invités à prendre place. Les fresques au plafond, les hauts murs et les meubles rendaient ce lieu tout à la fois accueillant et pittoresque. Mais les étagères et les tables où des gens étudiaient, penchés sur leurs livres, rappelaient sa fonction première.

— Bienvenue. Je suis ravi de vous rencontrer.

Tomaso était encore amusé de la façon dont Sofia avait remis à sa place le présomptueux jeune homme.

— Tout le plaisir est pour moi, voici Mme Bauer, la chercheuse dont je vous ai parlé au téléphone.

L'homme observa Sofia avec un regain d'intérêt.

— Christian Philipp Fohr… quel choix original, commenta-t-il en les guidant vers une petite salle. Je dois avouer que je suis étonné que l'on s'intéresse encore à un auteur dont nous connaissons vraiment tout, vu la brièveté de son œuvre. Mais peut-être croyez-vous à la légende de l'inédit disparu ?

Tomaso resta impassible.

— Y a-t-il eu des développements en ce sens ?

Sofia lui adressa un coup d'œil étonné. Elle s'attendait à une réaction plus discrète de sa part. Pourquoi semblait-il aller dans le sens du directeur de l'institut ?

— Aucun.

— C'est bien ce qu'il me semblait.

Schulz sourit, l'air rasséréné.

— Bien sûr, veuillez m'excuser. Nous avons souvent affaire à d'incorrigibles rêveurs qui soutiennent les théories les plus farfelues. C'est embarrassant.

— Je veux bien vous croire.

Le directeur montra un bureau et poursuivit :

— Si vous voulez bien m'expliquer un peu mieux ce que vous recherchez, je verrai ce que je peux faire.

Tomaso décrivit le volume. Sofia ajouta quelques détails, en prenant bien soin de ne pas faire référence à Clarice. L'expression du directeur se faisait de plus en plus perplexe.

— Ici, nous ne conservons que des œuvres complètes. C'est un choix. Cela n'aurait donc aucun sens d'acquérir des volumes dépareillés. Et le même critère s'applique à notre catalogue. Je crains donc de ne vous être d'aucun secours.

Tomaso se leva et serra la main de l'homme, puis ce fut le tour de Sofia qui ne parvint pas à cacher sa frustration. Tout avait été si rapide, et si décevant.

Ils n'avaient fait que quelques pas dehors quand la pluie se mit à tomber. Il la prit par la main et ils coururent à la recherche d'un abri. Ils s'arrêtèrent sous une corniche saillante, les yeux rivés sur ce ciel gonflé de nuages qui n'auguraient rien de bon ; leurs souffles se condensaient devant leurs visages. Tomaso passa un bras sur les épaules de Sofia qui se serra contre lui. Ils restèrent ainsi un instant à regarder la pluie et à en écouter le tambourinement tout en contemplant les rigoles sombres qui se formaient à leurs pieds. Et soudain, ils eurent l'impression d'être seuls au monde. Sofia se sentit plus que jamais proche de lui.

Il lui caressa le visage.

— Ce n'est jamais facile.

Elle eut à nouveau cette sensation de sérénité, celle qui lui permettait de s'ouvrir, de se confier. Elle secoua la tête.

— Ce n'est pas pour ça que je suis triste.

— Ah non ?

Les mots trouvèrent d'eux-mêmes leur chemin :

— Peut-être qu'on ne le trouvera jamais, ce livre, que je n'arriverai pas à tenir la promesse que j'ai faite à Clarice.

Et elle lui devait tout.

Il lui souleva le menton.

— C'est un engagement que tu n'as pris qu'avec toi-même.

Mais cela ne changeait rien.

— C'est moi qui ai trouvé sa lettre, moi qui ai recueilli son message. Personne ne m'a obligée à le faire. Mais j'ai décidé d'accepter et je continuerai à chercher, Tomaso, peu importe que ce soit déraisonnable, je me suis engagée, et…

Il posa ses lèvres sur les siennes en guise de bâillon. Sofia, surprise, resta immobile, puis se jeta à son cou pour lui rendre son baiser, car elle avait compris que c'était ce qu'elle désirait le plus au monde. Du réconfort, le présent et la promesse d'un futur.

Ils se réfugièrent dans un café, frissonnant encore de froid. Ils retirèrent leurs manteaux et quand leurs regards se croisèrent, ils surent que la pause qu'ils s'étaient accordée venait de se terminer. Ils devaient parler et mettre au point la prochaine étape de leur plan.

— Il faut qu'on soit patients, Sofia, très patients. La recherche d'un livre demande souvent des années. Il faut en tenir compte.

Elle était de plus en plus nerveuse. Elle savait que ce ne serait pas facile, elle n'aurait pas dû être aussi déçue.

— Qu'est-ce que tu vas faire entre-temps ?

Sofia savait à quoi Tomaso faisait référence ; elle y avait beaucoup réfléchi, aussi ne lui fut-il pas difficile de répondre. Elle éprouvait le besoin d'être parfaitement sincère, comme si ses pensées étaient un poids qu'elle devait partager.

— Je sais ce que je ne veux *pas* faire. Est-ce que ça compte ?

Il se détendit et s'appuya au dossier de sa chaise, tout en l'étudiant avec intérêt.

— Bien sûr que oui.

Le temps qu'ils passèrent sans rien dire, à s'étudier l'un l'autre, lui permit de mettre de l'ordre dans les mots qui voulaient s'échapper de sa bouche comme autant d'oiseaux fous.

— Je ne quitterai pas Rome. Je ne prendrai aucune décision dont je ne sois parfaitement sûre. Je ne suivrai pas les règles édictées par d'autres.

— Qui te gardait prisonnière ?

Cette question la déstabilisa. Elle détourna les yeux, les doigts sur la broderie de la nappe. Pourquoi fallait-il qu'il soit toujours aussi direct ? Ce n'est que lorsque la serveuse s'éloigna, après avoir pris leur commande, qu'elle se décida à répondre.

— Je pourrais te dire que c'était lui, mon mari. Mais ce ne serait pas la vérité.

— Explique-toi.

Elle le dévisagea.

— Moi. C'était moi, dit-elle d'une voix étranglée.

Elle s'efforça de soutenir le regard de Tomaso et de retenir ses larmes.

— Pourquoi ?

— Au début, je croyais que c'était parce que c'était comme ça que ça marchait. N'est-ce pas par amour que l'on fait passer les désirs de l'autre avant les siens, peut-être ?

— Non, ce n'est pas ça, l'amour. Mais continue.

Et alors, qu'est-ce que c'était ? Pourquoi avait-elle agi ainsi, si ce n'était par amour ? Puis elle comprit qu'il avait raison. Ça ne pouvait pas être de l'amour, il n'y avait rien de beau dans le fait de s'imposer des limites pour plaire à l'autre. C'était de la peur, pas de l'amour. Elle leva la tête et trouva les yeux de Tomaso. Il lisait en elle comme dans un livre ouvert.

Elle fut prise de panique. Elle ne voulait pas qu'il sache tout d'elle. Il y avait des choses qu'elle n'avait pas encore eu le courage de regarder en face, qui ne concernaient qu'elle et qu'elle devait régler seule.

— Ça t'intéresse vraiment ? lui demanda-t-elle avec un air de défi, prête à se battre, car, à présent, elle était à court de mots et d'arguments. Pourquoi veux-tu savoir tout ça ?

Elle n'aurait pas dû le mettre dos au mur, mais elle n'avait pas pu s'en empêcher.

— Par amour.

Ce fut comme une gifle. Elle se retira soudain en elle-même ; c'en était trop. Elle essaya de se lever, mais il lui prit la main, plongeant ses yeux dans les siens. Le visage dur.

— Envoie-moi au diable, engueule-moi, hurle si ça t'aide à te sentir mieux, mais ne me fuis pas.

Il la lâcha immédiatement, mais c'était trop tard. Ces quelques instants où il l'avait retenue révélèrent à Sofia qu'elle était à présent irrémédiablement liée à lui. Qu'elle voulait rester avec lui, et le croire. Et plus le désir s'enracinait en elle, plus le besoin de fuir se faisait impérieux.

Elle recula instinctivement.

— Je t'interdis de me dire ce que je peux ou ne peux pas faire !

Elle le planta là, gagnant au passage un coup d'œil surpris de la serveuse qui venait d'arriver à leur table avec leur commande.

Il lui fallut du temps pour remettre de l'ordre dans ses pensées. Elle marcha seule, les mains dans les poches, le dos courbé. Une posture qui ne lui allait que trop bien. Quel terrible échec ! Elle eut presque envie de rire ; ce n'était pas comme ça qu'elle imaginait ce voyage. Tout était allé de travers. Elle marcha sans but, et bientôt la ville l'enveloppa dans son étreinte, avec ses arches surmontées de façades richement décorées, ses étroites ruelles pavées, les pelouses sur lesquelles chantaient les fontaines, sans se soucier du temps. Elle crut entendre des violons, le claquement des sabots des chevaux, des rires et des chants. Quand elle arriva à l'hôtel, elle était trempée. Marcher sous la pluie n'était pas une très bonne idée, mais cela lui avait permis d'évacuer sa colère et d'atténuer sa peur. Elle était partie pour de nombreuses raisons.

Les mots de Tomaso étaient entrés en elle sans prévenir.

Par amour. Elle n'en voulait pas, de son amour.

Au seul souvenir de cette phrase, son cœur battait la chamade. Par amour… Maxim lui aurait dit qu'il ne fallait jamais poser de questions quand on n'était pas prêt à entendre les réponses.

Soudain, elle comprit ce qui était en train de se produire. Mais elle n'était pas prête à faire une place à qui que ce soit dans sa vie. D'ailleurs, elle n'avait même pas vraiment de vie.

Elle monta lentement l'escalier et, lorsqu'elle arriva à son étage, elle le trouva assis par terre devant la porte de sa chambre, dos au mur, la tête sur les bras. Tomaso se leva, l'air tendu.

— Ce que je désire c'est aussi ce qui me fait le plus peur, dit-elle sans réfléchir.

Elle regretta aussitôt d'avoir prononcé ces mots. Comment avait-elle pu s'exposer de la sorte ? Peut-être, en réalité, avait-elle besoin de lui montrer qui elle était vraiment, sans artifice ?

Le regard de Tomaso se fit plus doux.

— Je vais prendre ça comme un compliment.

Il s'approcha d'elle et la prit dans ses bras, avant de déposer un baiser sur ses cheveux dégoulinants de pluie, puis de suivre des lèvres les gouttes sur son visage.

— Avec toi, rien ne marche comme prévu. Je tremble à l'idée de t'offrir des fleurs, des gâteaux ou des chocolats.

C'était merveilleux de le sentir près d'elle. Elle soupira.

— Je suis sûre que tu trouveras de bonnes alternatives. (Elle fit une pause puis reprit :) Je suis désolée, vraiment.

— Moi aussi. Mais maintenant, il faut que tu ailles te sécher. J'ai eu une idée !

— Tu veux bien commander à manger en attendant ? Je meurs de faim.

Elle se doucha puis s'habilla rapidement. C'était la première fois qu'une dispute lui apportait un sentiment de légèreté, un espoir. À présent, elle se sentait heureuse, pleine de vitalité. Elle se demandait ce que Tomaso avait bien pu découvrir. Sans perdre de vue cette question, elle finit de se préparer. Elle était dans le couloir quand son téléphone sonna.

— Tu es prête ?

— Oui. Où es-tu ?

— Dans ma chambre.

— Bien.

Elle fut accueillie par un parfum de légumes vapeur et de ragoût, et un sourire.

— Alors, qu'est-ce qu'on fait maintenant ?

— On prend des vacances.

— Quoi ?

Tomaso lui servit un verre de vin.

— On a besoin de faire une pause. Donc, demain, on va aller se promener, et faire la paix comme il faut, d'accord ?

En réalité, le temps qu'ils passèrent ensemble à dîner, puis à se chercher, poussés par le besoin qu'ils éprouvaient l'un de l'autre, suffit amplement à leur réconciliation. Pourtant, ils savaient qu'il y avait encore entre eux beaucoup de choses en suspens.

Ils se réveillèrent dans un matin livide, humide et désagréable. Et si Sofia crut un instant qu'ils n'iraient nulle part, quand Tomaso lui sourit en tendant la main vers elle, elle l'accepta. Elle décida alors que, avec lui, elle vivrait chaque instant au jour le jour.

— Tu es prête ?

— Oui.

Dans cette réponse, il y avait son engagement et tout son désir.

Sofia avait toujours associé le soleil au bonheur, elle fut donc surprise quand elle comprit que, en réalité, tout venait d'elle : un point précis de son âme irradiait de la joie si elle était heureuse, ou de la tristesse dans le cas contraire. Cela ne dépendait ni du soleil ni de la pluie, mais de son propre cœur.

Tandis qu'ils visitaient Vienne ensemble, les images s'associaient aux mots, à ce qu'ils avaient soudain le sentiment de devoir se raconter l'un à l'autre. C'était comme si les barrières de leurs réticences habituelles avaient cédé. Tomaso avait toujours été très réservé dans sa vie privée. Jamais il n'avait connu d'ouverture totale dans une relation. Il s'agissait plutôt pour lui de satisfaction réciproque. Sofia avait tout remis en question.

Cette fois, c'était elle qui ne s'ouvrirait jamais spontanément, il en était certain. Il le savait, c'était instinctif. Tomaso devait décider s'il voulait aller plus loin ou que les choses restent comme elles étaient. C'est pourquoi il avait voulu s'accorder une journée de pause. Ces quelques heures ensemble marqueraient la fin ou un nouveau départ. Il était assez honnête avec lui-même pour savoir que, même si Sofia le touchait et parvenait à atteindre les replis secrets de son âme qu'il n'avait jamais dévoilés à personne, cela ne suffirait pas à construire une relation. Il n'avait aucune intention de lui courir après.

— On ne dirait pas de simples gâteaux.

Ils s'étaient arrêtés devant une vitrine et contemplaient de magnifiques sculptures en chocolat.

— J'ai du mal à croire qu'on puisse les manger.

Tomaso acquiesça.

— Ça semble impossible que quelqu'un se donne autant de mal pour fabriquer une chose qui sera détruite en un instant.

— Mangée.

— Oui, mangée… C'est une beauté éphémère, mais qui finit par faire partie de nous.

Tomaso lui prit la main et la porta à ses lèvres.

— Allez, on a encore beaucoup à découvrir.

Ils avaient encore du temps. Et c'était ce qui les poussait à continuer. Elle lui indiqua les lieux qu'elle aimait plus que tout dans cette ville. C'était comme s'ils voulaient tous les deux prolonger cette journée.

Quand Tomaso se réveilla le lendemain, Sofia n'était pas à côté de lui. Il la chercha dans la pénombre et la trouva près de la fenêtre, les yeux dans le vague. Il sentit son cœur se serrer : elle était si lointaine… Comme si elle avait senti son regard, elle se retourna et lui sourit.

— Il faut qu'on se dépêche ou on va rater l'avion, murmura-t-elle.

— J'ai décalé notre vol, on a encore une autre journée de vacances.

Tomaso s'approcha d'elle et lui caressa le visage.

— J'aime ta façon de prendre ton temps.

— Je sais.

Quelques heures plus tard, tandis qu'ils allaient sortir de l'hôtel, Tomaso reçut un appel. Du fauteuil où elle attendait, Sofia le vit se figer, puis raccrocher et traverser le hall pour la rejoindre.

— C'était Schulz.

Une lueur d'espoir alluma son regard.

— Ils savent où pourrait se trouver le livre ?

— Il est chez eux.

Elle ouvrit des yeux ronds.

— Mais comment… ?

— Ils ont cherché dans un legs qui leur a été fait il y a deux ans, et qu'ils n'avaient pas encore fini de cataloguer.

Sofia s'aperçut alors que Tomaso ne semblait pas content du tout.

— Et pourquoi fais-tu cette tête-là, alors ?

Il soupira et se passa une main sur le visage.

— Il est irrémédiablement abîmé, il serait même impossible de le restaurer. Mais ils le tiennent à notre disposition. J'ai demandé s'ils voulaient bien nous le laisser pour que nous l'étudiions. Mais je ne suis pas certain de les avoir convaincus, on verra bien.

— Ils ne savent pas ce que nous cherchons.

Il lui sourit.

— Non, ils ne le savent pas.

Quelques heures plus tard, le jeune employé de l'institut de recherche sur le romantisme allemand leur remit une boîte en carton.

— Je vous préviens, il est vraiment dans un état déplorable.

— C'est plus que nous n'en attendions. Merci.

Sofia souleva le couvercle de la boîte et sursauta. C'était bien le volume qu'elle cherchait, mais…

— Les coiffes ont été lacérées, le dos est décollé. Les mors-peaux ont disparu et la couverture est complètement arrachée.

— On dirait qu'il est tombé dans l'eau.

Précautionneusement, Sofia ouvrit le volume. Elle n'était pas au bout de ses mauvaises surprises.

— On dirait que des générations de collemboles et de lépismes se sont nourries de ce livre.

Le papier était rongé en plusieurs endroits, des pages entières s'effritaient.

— Et il y a pire encore : des tentatives de restauration maison, avec de la colle et du scotch.

Tomaso acquiesça.

— Mais les contre-gardes sont saines et sauves, dit-il en indiquant d'une main presque tremblante le symbole de Clarice, les deux ailes cerclées.

C'était vrai… Il était dans un état déplorable, mais ils l'avaient trouvé ; la marque de Clarice en était la preuve. Encouragée par cette découverte, Sofia poursuivit son inspection. Il n'y eut pas besoin de forcer, la couverture s'ouvrit comme une porte sans serrure, révélant son secret. Les yeux rivés sur la poche qu'ils avaient appris à reconnaître, leur espoir augmenta.

— Elle n'est pas abîmée.

— Non.

Sofia retira délicatement la feuille qu'elle contenait, en essayant de maîtriser son souffle. Elle ne savait pas si elle pourrait la déplier sans la détériorer et dut donc procéder avec la plus grande prudence. Un silence absolu était descendu sur eux.

— La voilà !

Tomaso débarrassa le bureau, et attendit que Sofia y déposât la feuille.

> Dans ce pays merveilleux, où les gens chantent quand ils parlent, j'ai découvert l'amitié et la solidarité.
>
> Mes amies m'ont accueillie, faisant de moi leur fille et leur sœur ; parmi elles se trouve une femme aussi noble d'origine que d'âme. Il y a des événements qui vous changent la vie, et c'est ce qui m'est arrivé durant mon voyage de Vienne à Rome. Je dois m'arrêter, car mon émotion est grande. Je dois attendre que le tremblement de mes mains se calme, ou je ne parviendrai pas à poursuivre mon récit. Parmi tous les livres que mes nouvelles amies lisaient pour tromper l'ennui des longues heures de calèche, j'en trouvai un qui me fit voir la lumière. Son auteur me parla à travers sa prose, comme seul peut le faire un véritable ami. Dans l'écriture de Christian Philipp Fohr je me reflétais comme dans un miroir. Les intuitions qui avaient guidé mes gestes prirent forme et sens, et bientôt devinrent des certitudes. La liberté, l'égalité, l'instruction, le futur : des mots présents dans le cœur de trop peu de gens. Le destin enfin décide pour nous. Ainsi me porta-t-il à moi, pauvre relieuse inconnue, un jeune et célèbre auteur qui me demanda de relier ses volumes personnels et de créer pour eux une digne couverture. Néanmoins, ce n'était pas moi que l'écrivain mettait à l'épreuve, mais lui-même.

Je l'ai connu alors en tant qu'homme, ami et amant. Je sus enfin que l'amour est lumière et douceur, joie et félicité. Il fit construire une écritoire capable de nous accueillir tous deux durant les heures que nous passions à écrire ensemble. Cela aussi, c'était de l'amour. Il m'en convainquit, et j'en suis certaine. C'est ainsi que naquit notre enfant de papier, d'encre et de mots. Et d'espoir en un monde meilleur.

Un espoir qui devait rester secret, mais je veux à présent laisser une trace qui permette de le retrouver…

20

« Que d'hommes ont fait dater de la lecture d'un livre
une ère nouvelle dans leur vie ! Le livre existe pour nous
peut-être qui expliquera nos miracles
et en révélera de nouveaux. »

Henry David THOREAU, *Walden*

En voyage, 1815

Tandis que le fiacre filait à vive allure vers Munich, que la baronne comptait traverser pour rejoindre l'Italie, Clarice s'efforça de s'accrocher à chaque instant, comptant les minutes, les heures et les jours. Elle ne prononça pas un mot, sauf pour répondre aux questions qu'on lui posait, son énergie était tout entière dirigée vers une seule tâche : chasser l'air de ses poumons, afin d'obliger son cœur à battre. Elle s'était enfermée dans une bulle et elle avait déposé sa douleur, sa peur dans ce vide, incapable d'affronter le lendemain, terrorisée par le moindre son. Même la compagnie de la baronne et des autres dames lui était parfois intolérable. Pourtant, c'est justement le son de leurs voix qui finit par l'atteindre et l'attirer lentement hors de ce cocon où elle s'était cachée.

— Une pyramide, dites-vous ?

— Non pas une, mais trois, plus grandes encore que des cathédrales.

À chaque affirmation de Margareta von Neumann, les femmes échangeaient des regards émerveillés.

— Comme des châteaux ?

— Si l'on veut. Vous les verrez bientôt.

La baronne comptait pousser jusqu'en Égypte. Les savants envoyés par Bonaparte avaient mis au jour quantité de découvertes qui attendaient les visiteurs. Clarice se contentait d'écouter, et, chaque jour, sa curiosité grandissait. Tout comme son imagination s'enrichissait. De cette femme grande et sèche, aux cheveux blonds rassemblés en un chignon sévère sur la tête, et aux lèvres fines, elle admirait chaque mot, chaque geste. Même les plus étranges. Il arrivait de plus en plus souvent que la baronne ordonne au cocher de s'arrêter pour la laisser admirer *dans une paix religieuse*, comme elle disait, le soleil qui incendiait les cimes des montagnes encore enneigées, ou suivre des yeux un groupe de mouflons qui avançaient en file indienne. Elle apportait la même attention à un champ de fleurs ou à la cascade que créait soudain un torrent parmi les rochers, au fond d'une gorge. Clarice n'avait encore jamais rencontré personne d'aussi curieux, cultivé et généreux. Les dames qui l'accompagnaient, à part Janice Laimer, veuve d'un de ses parents morts lors de la bataille de Reims, étaient célibataires et entendaient bien le rester. Elles auraient dû se contenter de leurs maigres rentes pour vivre, sans l'aide de la baronne. Clarice portant sur son visage et sur son corps les signes brutaux de mauvais traitements, elles avaient toutes fait preuve d'une grande discrétion et s'étaient montrées très gentilles, offrant à la jeune femme toute leur solidarité et la gâtant de mille attentions. Elles étaient amatrices d'art et lectrices passionnées, aussi, durant les étapes les plus longues de leur voyage, tandis que le fiacre affrontait des chemins peu praticables, progressant à grand-peine, elles lisaient les livres qu'elles avaient emportés. Clarice avait une préférence pour ceux de Christian Philipp Fohr, un jeune auteur prussien très connu, dont les affirmations avaient déclenché un véritable scandale. Il utilisait les mots comme un peintre les couleurs. Parfois, Clarice avait l'impression de le connaître. De le comprendre comme elle n'avait jamais compris personne. C'était comme si elle était faite de la même trame que ses livres. Elle se reconnaissait profondément dans ce qu'écrivait cet auteur. Elle aussi considérait la nature tout à la fois comme un refuge et une nourriture pour l'homme, et elle était intimement persuadée que l'accès à la connaissance était fondamental et que tout le monde y avait droit. Mais c'était dans le concept de liberté qu'elle se sentait le mieux représentée, dans l'égalité des droits, dans la dignité. Et Fohr voyait la féminité comme une caractéristique parmi d'autres, et non comme un défaut.

Elles étaient enfin arrivées en Italie quand Margareta se pencha par la fenêtre pour observer le panorama. Elle demanda au cocher de s'arrêter et, une fois à terre, elle inspira profondément l'air frais de la montagne.

— La résidence dans laquelle nous nous arrêterons s'appelle La Costa. Le comte et la comtesse

De Bertoldi sont de très chers amis, vous serez très bien chez eux.

Le séjour se révéla bien plus qu'agréable et au lieu des deux semaines initialement prévues, elles restèrent trois mois à Belluno. Luisa De Bertoldi et son mari Giovanni furent des hôtes très attentionnés. Clarice avait demandé à Margareta de lui prêter les livres de Christian Fohr et elle passait les heures douces de l'après-midi à lire au calme dans un des jardins de la villa. Au moment du départ, Giacomo De Bertoldi, le fils du comte et de la comtesse, adolescent qui était devenu l'ombre de Clarice dès son arrivée et lui avait enseigné les premiers rudiments d'italien, offrit à la jeune femme un portrait et un cahier in-octavo. En plus de ce précieux papier fabriqué à la main à Fabriano, il lui fit don d'une baguette en bois au bout de laquelle on pouvait accrocher des plumes de métal, et d'une fiole d'encre déjà prête.

— Comme ça, tu pourras te libérer de ces pensées qui t'attristent tant.

Elle le serra longuement dans ses bras.

Après Belluno, ils s'arrêtèrent à Ferrare, puis à Florence.

— Nous visiterons Venise à notre retour. À présent, je veux avoir le temps de m'arrêter à Rome.

Margareta avait levé la tête, effleurant Clarice de son regard. Elle avait éprouvé de l'affection pour la jeune fille dès l'instant où elle était montée dans le fiacre, endolorie et pourtant courageuse, décidée à se soustraire à son destin. Le voyage qu'elles avaient fait ensemble les avait beaucoup rapprochées.

— Mon enfant, sais-tu que ton cher Fohr vit dans cette ville ?

L'idée même que cet homme existât vraiment l'avait troublée et fascinée. Ce soir-là, penchée sur l'écritoire de l'auberge où elles passaient la nuit, elle confia au premier de ses carnets le poids de ses pensées, ses rêves et ses impressions sur ce long voyage qui l'avait métamorphosée. Puis elle écrivit quelques lignes sur lui, Christian Philipp Fohr, cet homme qui croyait en un monde d'égalité et de liberté.

Si elle avait trouvé Florence magnifique, Rome l'étourdit par sa beauté. C'était comme de voir une collection de bijoux posés sur des sacs en toile de jute. C'était la ville des contradictions. De précieuses sculptures s'élevaient au-dessus d'une foule bigarrée qui semblait parfaitement indifférente à ce qui l'entourait. Sa beauté était si grande qu'elle arracha aux voyageuses des exclamations d'émerveillement, mais aussi d'incrédulité et de colère face à l'incurie qui régnait partout. Pourtant, contrairement à ses compagnes de voyage, Clarice voyait partout la beauté. Dans les robes bariolées des femmes du peuple, dans l'expression passionnée de leurs visages, dans leurs tresses noires épaisses comme des bras qui ondulaient sur leurs épaules quand elles transportaient des outres pleines d'eau, alors que la ville était dotée de l'aqueduc le plus ancien au monde. Les ruines antiques couvertes de roses sauvages servaient de décor aux carrosses dorés traînés par des chevaux richement parés, aux pages et aux valets en uniforme. Tout pour elle était source d'admiration. Margareta la guidait avec fermeté, lui indiquant tel ou tel monument, de la fontaine de Trevi au palais Corsini, sans oublier les églises et les jardins. L'aristocrate concentrait toutes ses attentions sur la jeune femme.

— Frederik m'a demandé de t'accompagner à Rome et il m'a dit que tu savais pourquoi, mais moi, j'aimerais que tu poursuives le voyage avec nous. Je n'ai pas le cœur à te laisser dans cet endroit plein de dangers.

Elle savait ce qui pouvait lui arriver. Elle connaissait le mal. Il lui avait été montré et infligé par celui-là même qui aurait dû la protéger. Pourtant, elle était parvenue à se libérer de ses ténèbres. C'étaient la bonté et la gentillesse de ses compagnes de voyage qui l'en avaient sortie, mais aussi les mots d'un inconnu. Ces phrases de Christian Philipp Fohr étaient entrées en elle et l'avaient obligée à réfléchir, à laisser sa douleur derrière elle, car c'était la seule façon de continuer à vivre, d'aller de l'avant. Elle n'avait pas oublié ce qui lui était arrivé, mais elle avait appris que le seul moyen de vivre était de ne jamais abandonner.

Clarice fut tentée de raconter son passé à cette femme qui avait tant fait pour elle, mais, au dernier moment, elle y renonça. Elle devait porter ce fardeau seule. Et quand elle lui répondit : « J'y penserai », elle en était pleinement convaincue. Margareta von Neumann, c'était l'assurance qu'elle ne serait jamais seule.

Souvent, Clarice échappait à la surveillance de ses compagnes, qui préféraient les quartiers de Rome fréquentés par d'autres étrangers, pour s'aventurer dans les ruelles du centre. Elle aimait beaucoup se promener entre le Colisée et les forums impériaux. Son imagination comblait les parties manquantes de ces étonnantes structures, aussi lui suffisait-il de fermer à peine les yeux pour voir ce qu'avait été la ville durant l'Antiquité. En peu de temps, elle devint capable de s'orienter, aussi poussait-elle toujours plus loin. Le palais Sacchetti de la via Giulia, le Casino del Bel Respiro et ses jardins à la française, la magnifique villa Piccolomini.

— Puis-je prendre le fiacre cet après-midi ?

— Naturellement. Mais promets-moi d'être prudente. D'ailleurs, maintenant que j'y pense, je n'ai rien de prévu après le déjeuner, je peux t'accompagner où tu le souhaites.

En réalité, Margareta avait plusieurs rendez-vous cet après-midi-là, Clarice l'avait entendue se mettre d'accord avec sa couturière et les autres dames.

— Je souhaiterais visiter l'atelier d'un relieur, dit-elle en espérant que la baronne changerait d'avis.

C'était l'atelier dont lui avait parlé Frederik : il avait à Rome un ami cher susceptible de l'embaucher dans son atelier.

— Ah, parfait, j'ai quelques livres que je dois faire arranger, répondit l'aristocrate en tapotant sa lèvre du bout de son doigt. Eh bien, c'est entendu, je t'accompagne.

— Mais je peux le faire pour vous.

— C'est donc vrai que Frederik t'a appris le métier.

— Oui, et je vous assure que je suis capable de les remettre en état.

Margareta l'observa attentivement.

— Après tout, pourquoi pas ? Très bien, aujourd'hui nous achèterons tout le nécessaire.

Clarice avait envisagé de passer la journée seule, mais elle s'accommoderait de la situation. S'il y avait bien une chose qu'elle avait apprise ces derniers mois, c'était l'art d'improviser. Personne ne connaissait Raimondo Farina, l'ami de Frederik. Au bout d'une heure de recherche dans les ruelles autour de Saint-Louis-des-Français, Clarice commença à perdre espoir. Elles étaient devant un haut portail barré quand elle vit le symbole. C'était un livre stylisé gravé sur une pierre du linteau. Le bois du portail était crevassé et noirci.

— Arrêtez-vous, ordonna-t-elle au cocher.

Elle frappa plusieurs fois, tout en regardant autour d'elle. Un groupe de curieux s'était formé autour des deux femmes qui tentaient d'apercevoir quelque chose entre les planches du portail.

— Maître Farina est parti. La boutique est fermée, dit une femme âgée assise sur un vieux tabouret qui de ses doigts noueux confectionnait un panier avec une adresse surprenante. Clarice s'approcha d'elle.

— Sauriez-vous me dire qui est le propriétaire de cet endroit ?

— Bien sûr, répondit la femme, c'est moi.

Clarice avait déjà remarqué les vêtements d'excellente qualité de la vieille femme. Elle semblait être issue du peuple, mais, à côté d'elle, sa servante lui tendait des joncs.

— Qu'est-il arrivé à maître Farina ?

— Le feu.

— La boutique a pris feu ?

— Non. Le pantalon de son apprenti. Maître Farina a tenté de le lui arracher, mais l'autre se débattait comme un diable, il l'a poussé et le pauvre relieur est tombé sur les braises. Après, ils ont couru dans tous les sens, mettant l'atelier sens dessus dessous. Farina est retourné à Bologne. Il a plié boutique. Quoi qu'il en soit, pourquoi me demandez-vous cela ? Vous voulez la louer ? Je vous ferai un bon prix, vous savez ? ajouta-t-elle en détaillant la jeune femme. Vous avez de l'argent, vous, pas vrai ?

Clarice, immobile, ignora le regard scandalisé que Margareta avait lancé à la femme. Elle avait besoin de toutes ses forces pour régler cette question. Elle devait garder la tête froide.

— Je peux la voir, cette boutique ?

— Vous croyez que je voudrais vous la louer sans vous la faire voir d'abord ? Pour qui me prenez-vous ?

La vieille femme disparut derrière un rideau au rez-de-chaussée d'un petit immeuble et en ressortit peu de temps après, munie de deux clés accrochées à un anneau. Le cœur de Clarice battait au rythme de leur tintement.

— Et qu'est-ce que vous voudriez en faire, d'abord ? demanda la femme d'un ton soupçonneux en s'arrêtant devant le portail.

— Un atelier de reliure.

— Qui ? Vous ?

— Exactement, nous, répondit la baronne d'un ton hautain, après avoir toisé la vieille femme.

Clarice n'en croyait pas ses oreilles. La baronne venait-elle vraiment de prononcer ces mots ?

Le valet qui les accompagnait reprit ses esprits et se remit à chasser de plus belle les curieux qui s'approchaient trop.

— Y aurait-il une loi à Rome interdisant aux femmes d'ouvrir un commerce ?

Il lui avait fallu un peu de temps pour comprendre les intentions de Clarice, mais, une fois passé l'étonnement initial, Margareta s'était laissé séduire par cette idée.

L'autre haussa les épaules.

— Non, non. Moi, du moment que vous avez de quoi me payer le loyer, vous pouvez bien y faire ce que vous voulez. Enfin, rien de pas catholique, que ce soit clair.

À l'intérieur, Clarice sentit ses yeux se remplir de larmes. L'odeur qui y régnait la projeta dans le passé, à l'époque où elle travaillait assise à des tables identiques à celles qu'elle voyait dans l'atelier, cultivant ses rêves et ses espoirs. Puis elle parcourut frénétiquement les lieux, effleurant les machines, les outils, la surface des tables de travail. Certes, il régnait un grand désordre et de nombreux objets avaient été abandonnés au sol, mais les outils semblaient en bon état. Clarice ouvrit les caisses. Sous des couches de feutre, les peausseries semblaient parfaitement conservées. Du maroquin rouge, vert, cobalt. Un véritable trésor. Elle continua à explorer l'atelier, puis son regard se déplaça vers la vaste pièce aux voûtes de pierre et de brique. La verrière qui menait à la cour intérieure était assombrie par des couches de saleté et de suie, et le jardin était envahi de mauvaises herbes si hautes qu'on aurait dit des arbres.

— Je n'ai jamais vu un tel désastre, grommela la baronne en fronçant le nez.

— Moi, je trouve cet endroit merveilleux, murmura Clarice.

— Vraiment ? demanda Margareta en relâchant l'ourlet de sa jupe qu'elle tenait jusque-là dans sa main pour éviter qu'il ne se salisse. (Elle se tourna vers la propriétaire et lui demanda :) Combien en voulez-vous ?

Tandis que la baronne négociait âprement, Clarice choisit ce qu'il lui fallait pour relier les livres de sa bienfaitrice. Elle s'arrêta un instant devant la machine à papier. Elle la reconnut. Elle savait parfaitement comment s'en servir. Puis ses pensées devinrent plus nettes, poussées qu'elles étaient par une force et un enthousiasme qu'elle n'avait éprouvés qu'une seule fois dans sa vie, quand elle était encore toute petite.

Sa nouvelle vie était là, devant elle, entre ses mains qui savaient créer des reliures extraordinaires et uniques. Elle n'était pas en Égypte. Rome était sa chance, son futur.

Elle mit une semaine à relier les livres de Margareta. Elle avait gravé dans le cuir les cimes des montagnes, les fleurs et les ruisseaux qu'elles avaient vus durant leur voyage. Et les fontaines, les tours. Puis elle les avait dorés à l'or fin. La baronne observa le résultat, bouche bée.

— Je n'ai jamais rien vu d'aussi élégant, ma chère.

L'atelier ouvrit le premier jour de juin. Grâce à l'aide de Margareta qui croyait dans son rêve et à l'argent que Frederik lui avait donné, Clarice embaucha trois femmes, choisissant celles qui, parmi toutes les candidates, lui avaient semblé les plus compétentes, mais aussi les plus pauvres. La taciturne Lauren se révéla une alliée précieuse, prenant sa défense et la soutenant quand la baronne s'opposa à son déménagement.

Clarice affronta les protestations de Margareta qui ne voulait pas la laisser partir, elle l'écouta en silence, puis la serra dans ses bras en lui disant à quel point tout cela était important pour elle. Elle s'installa à l'étage de l'atelier le soir même. Lauren, qui l'avait suivie dans cette nouvelle vie, occuperait le second.

La baronne introduisit très vite Clarice dans les salons fréquentés par des intellectuels, des artistes et des aristocrates désœuvrés. Elle trouvait toujours moyen d'exhiber les livres que Clarice avait reliés, par hasard, comme elle aimait le faire croire. Elle avait toujours dans son sac un petit livre à la précieuse couverture dorée, qu'elle ouvrait l'air de rien au beau milieu des réunions, suscitant l'envie des autres femmes. Le nom de Clarice fut associé à celui de l'aristocrate prussienne et, bientôt, les commandes se multiplièrent.

Ainsi, les premiers livres et cahiers de l'atelier commencèrent à circuler parmi les dames de la noblesse romaine. De temps en temps, Margareta rendait visite à Clarice, en compagnie de certains de ses concitoyens dont la curiosité avait été attisée par les récits de la baronne. Il était bien rare qu'une femme, surtout si jeune, fût à la tête d'une telle entreprise. Et c'était justement ce parfum de scandale ajouté au soutien de Margareta qui lui assura ses premières grosses commandes. Mais c'était aussi pour son élégance et sa beauté délicate que l'on parlait beaucoup de la relieuse. Sa présence dans les salons de l'aristocratie romaine chez les amies de la baronne et son refus d'accorder sa compagnie aux hommes riches qui les fréquentaient augmentaient encore son charme et la sympathie qu'elle suscitait. En peu de temps, dans l'atelier de reliure de la Piazza San Luigi, se tint un incessant ballet de clients, d'amis et de curieux.

— Bonjour, sauriez-vous me dire où je peux trouver Mlle Clarice Schmidt ?

Elle avait changé de nom après sa fugue et n'était pas encore habituée à celui qu'elle portait à présent.

Clarice leva la tête du cousoir où une petite fille suivait avec attention le fil qu'elle faisait passer entre les feuilles.

— Bonjour, monsieur.

Une mèche de cheveux tombait sur son visage, adoucissant son sourire. Elle s'essuya les mains avec un chiffon humide que lui tendit Lauren et s'approcha de l'homme.

— C'est moi, je vous écoute.

Grand, brun, vêtu de façon simple mais élégante, il se tenait dans l'ombre. Entre ses mains, des fascicules à relier. Les traits tirés, il semblait fatigué. Ses yeux trahissaient sa surprise. Il se dirigea vers elle, l'étudiant avec attention. Puis il regarda autour de lui.

— Est-ce vraiment vous la relieuse ?

— Oui. En quoi puis-je vous être utile ?

Il ne lui répondit pas tout de suite, comme s'il réfléchissait à la réponse qu'il allait faire à cette question. Puis il leva la tête.

— C'est un plaisir de vous rencontrer, *Fräulein.*

Le sourire sur les lèvres de Clarice disparut. Elle resta un instant silencieuse, soutenant l'air inquisiteur des yeux bleu azur de cet homme qui la scrutaient avec insistance. Elle s'humecta les lèvres, son cœur était prêt à exploser.

— Tout le plaisir est pour moi, *mein Herr.*

Elle s'inclina à son tour. Il lui avait parlé en allemand. Comment pouvait-il savoir ? La peur lui serrait la poitrine comme les serres d'un rapace. Elle devait se calmer, respirer. August n'avait rien à voir avec cet homme, pensa-t-elle. Elle était libre, et son mari n'était plus qu'un mauvais souvenir.

— C'est la baronne von Neumann qui m'envoie. D'après elle, vous êtes la relieuse la plus étonnante et la plus talentueuse de toute l'Europe.

Aucune trace d'ironie dans ces mots, rien qu'une profonde curiosité.

Clarice fut comme submergée par un grand soulagement. Elle eut un petit rire, le cœur léger, elle était si heureuse qu'elle ne s'aperçut même pas que les yeux de cet homme brillaient d'admiration.

— Margareta est ma bienfaitrice. Son opinion est très largement influencée par l'affection qui nous lie.

— Si vous le dites, *Fräulein*... Je peux cependant vous assurer que la baronne avait parfaitement raison sur un point : vous êtes étonnante. Et concernant votre talent je suis plus que disposé à la croire.

Il s'approcha d'elle en souriant, lui prit une main qu'il porta à ses lèvres.

La voix de l'inconnu reflétait la profonde mélancolie de son regard. Clarice ne parvenait pas à détourner les yeux de son visage ; il y avait quelque chose d'infiniment triste chez lui qui la poussait à se poser des questions sur son compte. Elle s'empressa de retirer sa main, la cachant derrière sa jupe.

— Je suis honorée, *mein Herr*.

— Permettez-moi de me présenter. Christian Philipp Fohr.

C'est alors que Clarice baissa les yeux sur les fascicules que l'homme venait de poser sur la table. Le nom de l'auteur était imprimé en grand sur le frontispice. Christian Philipp Fohr. Elle l'admirait tant que la crainte la submergea soudain. Elle n'arrivait plus à parler ni à penser. Puis elle s'aperçut qu'elle avait perdu contenance et elle rougit.

— Pardonnez mon insolence. Vous ne pouvez pas le savoir, mais je vous dois beaucoup. Je vous dois tout, conclut-elle avec un filet de voix, ses yeux brillants d'admiration à leur tour.

— C'est fort intéressant et très singulier. Je suis pourtant certain de ne vous avoir jamais rencontrée. Croyez bien que cela me chagrine, mais c'est un fait.

Il continuait à la regarder, l'air accablé, avec aux lèvres un sourire poli qui ne venait pas du cœur. Clarice trouvait cela insupportable. Ce n'était pas comme ça que ça devait se passer, ça ne pouvait pas être lui, lui qui l'avait enchantée par l'éloquence de sa prose et la profonde justesse de ses affirmations ; lui qui était capable de donner vie à des pensées que Clarice ignorait même posséder.

— Vos livres… C'est vous qui m'avez tenu compagnie dans un moment difficile de ma vie. Ces choses que vous avez écrites… (Elle fit une pause puis reprit :) Vous m'avez été indispensable. Vous m'avez redonné confiance.

Il ne dit rien mais son visage se fit dur, sévère, son regard féroce.

— Vous êtes une jeune femme, l'espoir est en vous par nature. Ne croyez pas, pas même une seconde, que c'est moi qui vous ai influencée, ou ce que j'ai écrit, ce serait une grave erreur.

Il se tut, et son souffle devint aussi tendu que son visage. Un instant plus tard, il chercha son regard.

— Surprenez-moi, *Fräulein*. Je vous prie de relier cette nouvelle édition de mes livres du mieux que vous pourrez. Mais n'oubliez pas que ce ne sont que des mots. La vie, c'est bien autre chose, chère mademoiselle.

Il s'inclina à nouveau puis quitta l'atelier à grands pas. Dehors l'attendait un valet qui tenait les rênes d'un cheval alezan.

Clarice resta encore un instant à regarder le point à l'horizon où l'homme avait disparu, jusqu'à ce que Lauren effleure son épaule.

— Qu'est-ce qu'il voulait ?

Elle lui montra les fascicules épars. Ils avaient été imprimés chez Cotta, à Stuttgart.

— Une reliure particulière.

— C'était Fohr, l'écrivain, pas vrai ?

— Oui, répondit-elle dans un sourire. Nous allons relier ses livres. La cuve de papier est prête ? Je voudrais insérer des feuilles de garde supplémentaires.

Son esprit était déjà entièrement tourné vers le dessin qu'elle créerait pour chacun de ces volumes. Maroquin rouge, frise dorée. L'idée que l'œuvre de Fohr porterait son symbole l'emplissait de joie. Un cercle et deux ailes, l'emblème de sa famille. Elle le portait au cou depuis sa naissance. Elle l'avait aussi trouvé sur les livres de Fohr : la liberté est pour les hommes aussi vitale que l'eau, l'air, la nourriture et le sommeil, avait-elle lu dans ses œuvres. C'est grâce à cela qu'elle avait compris qu'elle était sur la bonne voie. Elle n'était pas folle d'avoir fui, elle n'était qu'une femme qui voulait suivre son propre destin.

Les jours suivants, Clarice travailla sans relâche. Elle voulait trouver l'agencement parfait pour chaque livre. Les feuilles des contre-gardes et des gardes qui portaient en filigrane son symbole étaient en train de sécher entre deux couches de feutre. Elle les avait préparées elle-même, fabriquant le papier en faisant macérer des chiffons. Elle avait appliqué d'un côté du papier un fil de fer portant son symbole, tandis qu'il séchait. Il serait donc imprimé dans sa trame même. Elle avait fabriqué elle-même chaque matériau qu'elle utilisait pour ces livres-là. Elle était allée jusqu'à préparer le cuir qu'elle avait d'abord attendri, avant de le tendre et de le découper. Elle avait travaillé fébrilement, sans s'arrêter.

Quand l'œuvre fut enfin achevée, Clarice enveloppa les trois volumes dans un tissu de soie qu'elle avait cousu de ses mains et prépara la livraison. La petite Matilde, l'orpheline qu'elle avait prise comme apprentie, l'attendait à l'entrée. Clarice s'était procuré l'adresse de Fohr et souhaitait lui faire livrer les volumes.

— Dois-je attendre sa réponse ? demanda la petite fille en sautillant d'un pied sur l'autre, nerveuse.

— Tes chaussures te font encore mal ?

Matilde écarquilla les yeux et rougit jusqu'aux oreilles.

— Non, madame, je vous remercie de me les avoir achetées.

Clarice se pencha vers elle et lui caressa la joue.

— Un jour, toi aussi tu seras une relieuse, et tu pourras acheter ce que tu voudras grâce à l'argent que tu gagneras.

La petite fille acquiesça, les yeux brillants d'émotion.

— Vous seule avez bien voulu de moi.

— J'aurais été bien sotte de laisser filer une si bonne apprentie, tu ne crois pas ? Mais, à présent, dis-moi ce qui t'inquiète.

Matilde soupira :

— Si ce monsieur me dicte un message à vous transmettre, comment ferai-je pour vous le faire parvenir ?

La petite ne savait pas écrire. Lauren était en train de lui apprendre les premiers rudiments, mais la barrière de la langue était trop grande pour pouvoir procéder rapidement.

— C'est une excellente question, sais-tu ?

Elle prit le paquet des mains de l'enfant et lui sourit.

— Va aider Caterina, je veux voir combien de feuilles vous aurez réussi à coudre ensemble d'ici ce soir.

Matilde s'inclina et fit une petite révérence puis retourna dans la boutique en claudiquant. Clarice la suivit du regard en souriant puis sortit. Les rayons chauds du soleil matinal lui frappaient doucement le visage, et c'était si agréable qu'elle décida de rester ainsi, sans couvre-chef. Ses cheveux dorés brillaient et attiraient les regards des passants. Elle rendit quelques saluts, s'efforçant de comprendre les mots qu'on lui adressait et qu'elle répétait lentement. Son accent était moins marqué à présent, mais ses phrases manquaient de fluidité et de la musicalité typique de l'italien. Elle s'arrêta devant une des nombreuses fontaines, les yeux rivés sur les jets d'eau. Elle était captivée par l'eau qui jaillissait des statues représentant des humains, des animaux, ou des créatures mythiques. Elle était presque arrivée au palais où logeait Christian quand elle le vit dans la rue. Il descendit de son cheval et tendit les rênes à son serviteur, lui posant gentiment une main sur l'épaule. C'est alors qu'il la reconnut.

— Bonjour, *Fräulein*, je ne vous attendais pas si tôt.

— Bonjour à vous, *mein Herr*.

Elle s'inclina respectueusement en lui rendant son salut. Elle resta un instant interdite, un peu gênée par le regard curieux des passants.

Christian lui indiqua l'entrée de sa maison.

— Venez, nous serons plus à l'aise chez moi pour parler.

Clarice accepta son bras et le laissa porter les livres.

— Je vous remercie.

Elle n'ajouta rien, laissant le silence recueillir leurs pensées à tous les deux, et quand il décida de tourner en direction du jardin, elle approuva son choix.

Sous un orme aux feuilles d'argent qui dansaient dans le vent, se trouvaient un petit banc de pierre ainsi qu'une table et une fontaine ronde. Christian lâcha sa main.

— Je vous en prie, *Fräulein*, asseyez-vous.

Il était très gentil et avait des manières d'une grande douceur, mais cette tristesse que Clarice avait vue dans son regard la première fois était encore là. Christian posa sur la table de pierre le paquet qui contenait les livres, l'ouvrit et se figea. Il prit le premier qu'il tint entre ses mains. Clarice était terriblement nerveuse, elle ne parvenait pas à voir son expression, donc à saisir s'il était satisfait ou contrarié. Mais elle avait mis tout son cœur dans ces reliures. Elle les avait interprétées en se laissant transporter par ses émotions, imaginant un ensemble de dessins qui représentaient les concepts clés de l'œuvre. Après quelques minutes de silence au cours desquelles il avait examiné minutieusement les trois volumes, Christian leva la tête, les yeux brillants.

— Vous continuez à vous tromper sur mon compte, *Fräulein*.

Clarice se leva d'un bond, sentant que ses craintes étaient en train de devenir réalité, qu'elles avaient acquis poids et sens.

— Elles ne vous plaisent pas.

Bien sûr, c'était évident. Elles étaient trop personnelles, elle avait oublié les enseignements de Frederik. Il aurait eu honte d'elle. Comment avait-elle pu déroger ainsi à toutes les règles ? Ces livres n'étaient pas les siens, ils devaient représenter une œuvre universelle. Mais elle les avait personnalisés, y imprimant l'expression de son âme et de son cœur à elle.

Christian ne répondit pas, mais il continuait à la fixer du regard, un air sévère rendait ses traits encore plus durs. Clarice attendit encore un instant, puis balbutia des excuses et se précipita dehors. Elle rentra chez elle en courant. Quand elle arriva à l'atelier, elle monta dans son appartement, ignorant les regards étonnés de ses employées. Elle ne pleura pas, malgré sa gorge serrée par la déception. Elle se força à se calmer, à réfléchir. Au bout de quelques minutes elle se leva, noua en un chignon ses longs cheveux qui tombaient sur ses épaules, et rafraîchit son visage rougi. Puis son amie Lauren frappa discrètement à la porte.

— Souviens-toi que ce soir il y a une réception chez Margareta.

Elle l'avait complètement oublié. Au cours de ces dernières semaines où elle s'était entièrement dédiée aux livres de Fohr, elle avait négligé tout le reste.

— Merci, Lauren.

Elle n'avait aucune envie de participer à une fête ; pour tout dire, elle aurait voulu se cacher pour toujours.

Comme par le passé.

Cette pensée la surprit et elle se revit alors par terre, recroquevillée en une petite boule de douleur. Non, elle n'était plus comme ça. Plus jamais elle ne laisserait les vicissitudes de la vie décider à sa place. C'est ce qui la poussa à réagir. Elle avait commis une erreur avec Christian, elle avait mal interprété ses intentions. Très bien, la prochaine fois elle ferait mieux. Il y avait toujours une prochaine fois : même si tout semblait fini, ce n'était jamais le cas. Seule la mort était définitive. Mais elle, elle était bien vivante.

Elle prit un long bain, tressa ses cheveux et revêtit une des robes que la baronne lui avait fait coudre. Elle portait comme toujours le collier de sa mère, celui avec des ailes de diamant que se transmettaient les femmes de sa famille. Quand elle retrouva Lauren, la jeune femme l'attendait près d'un fiacre de location.

— Je suis heureuse de constater que tu vas mieux.

Elle ne répondit pas : la souffrance était une compagne qu'elle commençait à bien connaître. Elle se concentra sur ce que lui disait son amie. Il était là, le secret : il fallait savoir se distraire, mettre entre soi et la douleur le plus de choses possible.

— L'écrivain a envoyé l'argent pour payer la reliure. Il a doublé le montant que vous aviez fixé.

Clarice secoua la tête.

— Il doit y avoir une erreur. Les livres ne lui ont pas plu.

— En tout cas, il les a payés, et très cher.

Elles ne dirent plus rien. Mais la nouvelle que le grand Christian Fohr avait confié à l'atelier de Clarice les couvertures de ses œuvres s'était déjà répandue à grand bruit. Ainsi, entre une danse et un rafraîchissement, de nouvelles commandes lui parvenaient.

Le temps passait, l'activité augmentait et Clarice pensait souvent à Christian. Elle ne l'avait pas revu. On racontait qu'il était reparti à Munich. D'ailleurs, c'était là que vivait son épouse, même si, d'après les ragots, elle l'avait quitté pour un autre.

Le souvenir de ce qui était arrivé entre eux était une chose à laquelle Clarice préférait ne pas penser, et qui, cependant, lui revenait souvent à l'esprit. La question qui la tourmentait était toujours la même : pourquoi avait-elle agi de façon si inconsidérée avec lui ? Les libertés qu'elle avait prises dans la réalisation des reliures outrepassaient les limites de ce qui était admis. Et elle le savait bien.

Même si elle participait régulièrement aux réceptions de la vieille aristocratie et de la bourgeoisie romaine, Clarice aimait les danses populaires et les fêtes de quartier qui lui faisaient voir le visage le plus authentique de la ville. Ce soir-là, elle emmènerait aussi Matilde. La petite n'avait cessé de parler, arrachant plus d'un sourire à la taciturne Lauren qui lui tenait la main.

— J'ai oublié mon châle, dit Clarice en courant vers la maison.

Quand elle en ressortit, Lauren et Matilde l'attendaient, impatientes.

— Je peux vous parler ?

La voix la cueillit par surprise. Elle venait de la rue. Christian Philipp Fohr sortit de l'obscurité et apparut sous la lumière de la lanterne.

— C'est important.

Clarice n'en revenait pas.

— Bien sûr, répondit-elle en s'inclinant avant de s'adresser à ses accompagnatrices : Allez-y, je vous rejoins tout à l'heure.

Lauren pressa légèrement sa main et acquiesça :

— Je t'attends sur la place.

Clarice allait lui dire que ce n'était pas la peine quand Christian intervint :

— J'accompagnerai moi-même mademoiselle. Je n'en ai que pour quelques minutes.

Il attendit d'être seul avec elle avant de reprendre :

— Je suis venu vous présenter mes excuses, Clarice. Puis-je vous appeler ainsi ?

Sans attendre sa permission, il poursuivit, comme s'il avait employé tout le temps passé à l'attendre dehors, dans le noir, à préparer son discours.

— Vous avez interprété mon œuvre avec une sagacité incroyable. C'était comme se retrouver face à un miroir. Non... pas un miroir. C'était comme si j'étais face à une part de moi-même. Et la vérité... (Il fit une pause et regarda autour de lui comme s'il cherchait ses mots.) La vérité, c'est que cela ne m'était jamais arrivé. Mon silence était dû à mon trouble. Vous m'avez illuminé. Vous m'avez été précieuse. (Il se tut à nouveau, en proie à l'émotion.) Aussi, voyez-vous, chère demoiselle, c'est vous qui m'avez redonné confiance.

— Je ne comprends pas.

Christian s'approcha d'elle, lui prit la main. Étonnée, Clarice tourna son poignet. Les lèvres de l'homme se posèrent sur sa paume. Elle eut beau retirer sa main très vite, elle ne parvint pas à ignorer le trouble que cet étrange baiser fit naître en elle, c'était le plus doux qu'elle ait jamais reçu.

— Je suis venu vous remercier et vous apporter un cadeau. J'espère que vous pourrez l'accepter, dit-il en lui tendant les trois livres qu'elle avait reliés. Ils sont à vous. J'ai écrit quelques notes dans les marges. J'espère qu'ainsi vous pourrez me comprendre un peu mieux.

Clarice ouvrit le premier volume et dans la faible lumière dorée de la lanterne observa l'écriture élégante qui accompagnait des chapitres entiers. Elle parvint à lire une phrase et en resta frappée de stupeur : *C'est dans le partage de la pensée que l'âme s'enrichit, croît et prospère.*

— J'ai laissé des espaces vides, vous pourrez les remplir à votre guise.

Elle leva des yeux interrogateurs.

— Notez-y vos réflexions, je vous prie. J'aimerais que vos pensées s'unissent aux miennes.

Troublé, il passa la main dans ses cheveux qui retombaient sur ses yeux pleins d'un désir fébrile qui semblait irradier de lui comme une force magnétique. Il s'approcha un peu plus d'elle encore, plus sûr de lui cette fois. Clarice recula, se retourna et ouvrit le portail.

— Entrons, nous serons plus au calme dans le jardin pour discuter.

Elle avait fait installer une petite fontaine d'où jaillissait de l'eau en permanence. Elle s'occupait personnellement des roses qui grimpaient sur le vieux mur de brique. En quelques mois seulement, le jardin était devenu un lieu parfumé dont l'eau était un des éléments essentiels. L'espace était divisé en petits parterres colorés et une allée centrale couverte de gravier menait au grand orme. Sous les frondaisons, Clarice avait disposé quelques chaises. Elle se dépêcha d'allumer les lanternes puis se retourna vers l'homme qui attendait sur le seuil.

— C'est magnifique. Est-ce donc là que vous passez votre temps libre ?

Elle acquiesça :

— C'est ici que je lis.

Clarice s'assit. Les ombres de la nuit émoussaient le contour des choses et les rendaient plus douces. Le silence était comme la couverture sur laquelle Clarice déposait les précieuses et délicates feuilles de papier.

— J'ai écrit ce livre, car je voulais que les gens sachent que la force intérieure, l'humanité et la compassion sont indispensables à l'amélioration de notre société. Les différences sociales sont cruelles, effrayantes. Il y a les maîtres et les esclaves. Rien entre les deux. Et c'est intolérable.

— Je vous comprends.

Christian s'était assis à côté d'elle. Ils étaient si près l'un de l'autre que Clarice percevait sa chaleur, son parfum de cuir et de savon. Il continua à parler, lui racontant comment ses certitudes s'étaient brisées contre la dure réalité.

— L'humanité n'existe pas, pas plus que la rédemption. Même ceux qui dirigent notre société ne sont que des menteurs. Le bien commun n'existe pas, chacun poursuit son propre intérêt. Je me berce d'illusions.

Il était déçu, vaincu. Voilà ce qui le rendait si triste. Mais cette souffrance n'était pas causée par sa seule analyse de la société. Clarice comprit immédiatement que le cœur de son raisonnement n'était pas seulement le reflet d'une âme sensible. C'était bien plus profond. Cela venait de la sphère privée, de ses liens familiaux. D'un coup porté par quelqu'un qu'il avait beaucoup aimé.

C'était le genre de blessure dont on ne guérissait pas facilement.

C'était le genre de douleur qui laissait les cicatrices les plus durables.

C'était le mal déguisé en bien. Qui survenait à l'improviste. Et contre lequel personne ne pouvait se défendre.

— Je croyais que tout était perdu. Et puis vous, qui êtes si jeune, vous avez accompli une chose extraordinaire. Vous avez donné forme à mes idées, vous les avez transformées en dessins, en ornements. Je n'avais jamais rien vu de tel. (Il fit une pause et chercha son regard avant d'ajouter :) Je vous remercie du fond du cœur.

Clarice tendit le bras et lui effleura le visage. Ce n'était pas une caresse, car il n'y avait ni tendresse ni séduction dans ce geste, d'ailleurs elle ignorait jusqu'à l'existence même de la séduction. Ce n'était là qu'un besoin primitif de contact.

Christian saisit sa main qu'il pressa contre sa joue avant de la porter à ses lèvres.

— Je suis un homme marié, je n'ai pas grand-chose à vous offrir.

— Je n'ai besoin de rien, répondit-elle.

Et c'était vrai, sa présence lui suffisait. L'amour qu'elle ressentait avait déjà comblé les vides, il s'était fait espoir et certitude infinie. C'étaient les mots qu'elle avait entendus durant son voyage qui avaient tissé les premiers fils qui l'avaient liée à lui, et par la suite, quand elle avait rencontré Christian, ses yeux et ses gestes avaient fait le reste. Elle n'avait plus le moindre doute, il avait été remplacé par un intense bien-être. Et une joie si grande qu'elle balayait tout le reste.

Dans ces mots, Christian Philipp Fohr trouva l'amour qu'il avait cherché toute sa vie. Un sentiment pur, exempt des transactions économiques et des calculs de lignée qui avaient dicté son mariage. Ce fut si simple de la prendre entre ses bras, de chercher son souffle, de se retrouver dans cette jeune femme qui l'avait compris avant même de le rencontrer.

Était-ce cela, l'amour ? Il le découvrirait bien vite, supposa-t-il. Il le découvrirait entre les bras de cette relieuse qui s'était insinuée au plus profond de son cœur.

À l'été succéda l'automne. Les jours de Clarice filaient, inexorablement, dans l'attente des rares moments qu'elle pouvait passer auprès de Christian. Ils avaient été d'une grande discrétion : ils refusaient que des commentaires malveillants viennent souiller leur histoire. Ils savaient que la société ne les condamnerait pas tant qu'ils resteraient dans les limites de la décence, mais leur relation leur appartenait à eux, et à eux seuls.

La vie de Clarice n'avait pas changé, pas plus que celle de Christian, qui vivait séparé de sa noble épouse depuis longtemps déjà. À part Lauren et Margareta, personne n'était au courant. La baronne continuait à évoquer son voyage en Égypte, mais ne se décidait pas à partir. Entre-temps, Janice s'était remariée et attendait son premier enfant pour la fin du printemps. La baronne veillait sur sa cousine par alliance, la seule famille qu'il lui restait, avec la férocité d'une tigresse, au point que le pauvre Paolino Visconti, le mari de Janice, redoutait ses visites. À l'approche de son accouchement, cependant, le timide comte avait insisté pour que sa femme aille s'installer dans sa propriété en Toscane, où le climat était plus sain. La baronne, au grand étonnement de l'homme, les avait suivis quelques jours plus tard, accompagnée de ses dames de compagnie, d'un médecin et d'une sage-femme. La naissance du petit Eduardo fut source d'une grande joie pour tous et insuffla un vent d'allégresse dans leur existence.

Clarice et Christian étaient amants depuis un an, et, parfois, l'intensité de ses émotions effrayait la jeune femme. Souvent, ils restaient enlacés à regarder le ciel, à se poser des questions sur le présent, évitant avec soin d'évoquer un futur qu'ils savaient impossible. On pouvait croire qu'ils n'en avaient jamais assez l'un de l'autre. Parfois, ils franchissaient toutes les limites de la décence, chevauchant dans la campagne, se défiant dans des courses imprudentes le long de crêtes accidentées ou de placides cours d'eau. Mais aussi, lors de moments de grâce, leurs âmes se calmaient. Ils écrivaient alors, se prenant à rêver à ce qu'aurait été leur vie si le destin ne l'avait pas choisie à leur place.

Christian passait des heures penchées sur l'écritoire de Clarice. Elle avait été fabriquée sur mesure par un menuisier afin qu'elle puisse les accueillir tous les deux. Elle était habituellement recouverte des feuilles volantes que Clarice reliait au fur et à mesure dans des fascicules. Son nouveau livre s'intitulait *L'Ère de la joie*. Il l'avait dédicacé « à Clarice, mon amour ». Les rares amis qui savaient montraient un grand enthousiasme pour les premières pages qu'il leur avait fait lire. Christian était impatient de révéler au monde entier la vérité sur cette œuvre. Ce qu'il ferait dès que la situation le lui permettrait. Il avait déjà pris ses dispositions en ce sens.

Mais on ne pouvait pas effacer le passé d'un simple coup d'éponge. La nuit, les cauchemars revenaient et tendaient à Clarice les pires pièges. Au milieu des larmes et des sanglots, tandis qu'elle se battait contre un ennemi invisible, Christian avait entendu parler d'August pour la première fois. Il l'avait bercée longtemps puis ils avaient fait l'amour comme pour essayer de remplacer la brutalité par la douceur, la violence par la tendresse. C'était la seule fois que Clarice avait vu Christian en proie à une colère aveugle.

— Les hommes qui profitent de leur supériorité physique pour infliger des souffrances sont les rebuts de la société.

À partir de ce jour, il était devenu plus taciturne et avait recommencé à se promener seul à cheval.

Clarice savait que, ce qui le rendait fou, c'était l'idée que, légalement, August avait encore du pouvoir sur elle. Mais il était loin. Il ne la retrouverait jamais. Personne ne savait qu'elle s'était réfugiée à Rome et quand bien même quelqu'un l'aurait découvert, la ville était immense.

Il ne la retrouverait jamais.

En juillet, Christian retourna à Munich. Il avait des affaires urgentes à régler. Clarice le regarda partir en se répétant que ce qu'elle avait connu lui avait déjà apporté plus que tout ce dont elle avait pu rêver. Mais elle avait la gorge serrée et les larmes ne cessaient de couler à la pensée qu'il allait revoir sa femme, même si, à présent, elle n'était plus pour lui qu'une étrangère.

Les derniers jours qu'ils passèrent ensemble furent inoubliables. Clarice ne portait pas le nom de cet homme, mais elle connaissait son cœur. Et, en fin de compte, c'était tout ce qui comptait pour elle. Pour le reste, elle était depuis longtemps habituée à vivre au jour le jour, mettant toute sa passion dans chaque chose qu'elle faisait. Un matin, tandis qu'elle travaillait dans le jardin à l'illustration d'une couverture pour une bible de famille, Matilde l'appela.

— On vous demande, madame.

C'était généralement Lauren qui s'occupait des clients, mais son amie était allée rendre visite à Janice. L'espace d'un instant, elle envisagea de demander à la petite fille de répondre qu'elle ne pouvait recevoir personne, puis elle soupira, déposa son porte-plume sur sa feuille et mit de l'ordre à ses cheveux.

— T'a-t-il dit son nom ?

— Non, seulement qu'il voulait vous parler. C'est un étranger, ajouta-t-elle.

— Fais-le entrer dans le salon, j'arrive tout de suite.

Qui cela pouvait-il bien être ? Elle n'attendait personne. Et n'avait envie de voir personne, elle était fatiguée. Elle aurait dû fermer l'atelier comme le lui avait conseillé Margareta et en profiter pour rejoindre ses amies dans la demeure des Visconti. Le petit lui manquait terriblement. C'était incroyable combien l'on pouvait s'attacher à un enfant en si peu de temps. L'idée de tenir à nouveau Eduardo dans ses bras la remplit de joie. Elle avait besoin de quelques jours de repos. Elle décida qu'elle partirait le lendemain. Le temps de terminer les dernières commandes et de donner congé aux travailleuses de l'atelier. Ce voyage ravirait Matilde, sans aucun doute.

En se rendant dans le petit salon où l'on faisait patienter les clients, elle jeta un œil autour d'elle et laissa échapper un sourire satisfait. Tout se déroulait le mieux possible. Bientôt, elle écrirait à Frederik pour lui rendre l'argent qu'il lui avait donné et tout lui raconter. Elle retira son tablier et le suspendit à un clou sur le mur, avec les autres puis elle lissa les plis de sa jupe et entra.

— Bonjour, vous avez demandé à me voir ?

L'homme était de dos, grand, imposant. Sa main posée sur le rebord de la fenêtre il regardait au loin.

Le sourire disparut aussitôt du visage de Clarice. Un frisson monta le long de sa colonne vertébrale. Le souffle coupé, elle tendit le bras pour se retenir à la paroi et ne pas tomber. Quand il se fut retourné et lui sourit, elle crut mourir.

— Tu pensais vraiment que je ne te retrouverais jamais ?

Elle se força à ne pas bouger, alors que son instinct lui criait de fuir. Quand August s'approcha d'elle, elle soutint son regard.

— Qu'est-ce que tu veux ? cracha-t-elle en égrenant chaque mot.

Elle était bouleversée, confuse. Était-ce Frederik qui avait révélé à August où elle était cachée ? Elle repoussa cette idée, refusant de s'aventurer dans cette direction, sans quoi, elle se serait mise à hurler.

Il sembla étonné, et lui sourit.

— Ça m'a l'air évident, non ? Je suis venu pour te ramener à la maison.

Au prix d'un immense effort, elle lui tint tête.

— Tu as fait beaucoup de chemin pour rien. Je ne partirai pas avec toi.

Il ne lui répondit pas tout de suite et regarda autour de lui.

— Je suis très impressionné, moi qui croyais te trouver en difficulté, voilà que tu as monté ton affaire. C'est étonnant.

— Pourquoi ? Parce que je suis une femme ?

Il haussa les épaules.

— Bien sûr.

Elle ne le supportait plus.

— Nous n'avons rien à nous dire. Retourne à Vienne. Tu as tout ce que tu voulais, non ?

— Si c'est d'argent que tu parles, à présent que Kurt et ta tante sont morts, j'en ai encore plus qu'avant, en effet.

Il fit une pause sans se départir de son sourire mauvais, satisfait de l'effet que son annonce avait produit sur sa femme. Elle était à lui. Elle l'avait simplement oublié. Mais il avait tout le temps qu'il voulait à sa disposition pour le lui rappeler, à présent qu'il l'avait retrouvée. Et plus vite il userait de son pouvoir sur elle, plus vite les choses s'arrangeraient.

— Mais vois-tu, Clarice, ça ne suffit pas. Pourquoi devrais-je m'en contenter quand je peux avoir tout ce que je désire ?

Clarice avait appris à reconnaître cette expression sur son visage. Elle recula rapidement et ouvrit la porte. Elle devait fuir, elle devait trouver de l'aide. Quelle idiote elle avait été de croire qu'elle pourrait négocier avec lui. Elle avait fait quelques pas dans le couloir quand elle se sentit saisie par les épaules. August plaqua la main sur sa bouche pour l'empêcher de crier. Tandis qu'il la ramenait à l'intérieur de la petite salle, et qu'il fermait la porte derrière lui, elle sut ce qu'il lui ferait avant même qu'il ne le lui murmure à l'oreille. Elle se débattit, le mordit et continua à se défendre jusqu'à sentir le goût du sang. Il finit par la lâcher. Il rit de bon cœur, mais ses yeux étaient froids.

— N'es-tu pas curieuse de savoir comment je t'ai retrouvée ?

Haletante, dos au mur, son souffle lui brûlait la gorge. Elle ne voulait pas l'écouter, elle ne voulait rien savoir. Il venait de lui jeter au visage que son oncle et sa tante étaient morts, et la douleur ouvrait comme un gouffre dans sa poitrine.

— Va-t'en, August, disparais de ma vie !

— Eh bien, je vais te le dire quand même. Tu sais, Clarice, ça te servira de leçon. Parce que, crois-moi, mon amour, c'est ta faute si j'ai dû faire tout ça à un pauvre vieillard.

Il soupira, arrangeant les basques de son frac, les yeux toujours rivés sur elle. Il lui sourit à nouveau, satisfait.

— C'est le hasard qui m'a mené à l'atelier du relieur. Ou le destin. En fin de compte, je crois qu'il y a une justice derrière tout ça, poursuivit-il. Vers la fin, Vogel exagérait, il m'accusait continuellement de n'avoir pas su te dompter. Cela m'amusait de l'écouter, sa souffrance me mettait de bonne humeur.

Il fit une autre pause et poussa un nouveau soupir avant de reprendre :

— C'est durant une de ses insupportables litanies qu'il a fait référence à un épisode du passé. « Tu n'as jamais compris ta femme, m'a-t-il dit. Quand je lui ai interdit de devenir relieuse comme elle le souhaitait, je lui ai offert des précepteurs, une instruction. »

Il eut un petit rire.

— Pour rassembler toutes les pièces de cette énigme, il m'a fallu du temps. J'ai creusé cette histoire. C'était pour le moins étonnant que les domestiques qui gardaient la porte ne t'aient pas vue sortir quand tu as fui. Et comme tu vois, en fin de compte, j'ai réussi à trouver le passage derrière les barriques. Le reste a été un jeu d'enfant.

Elle ne répondit pas, le regard vitreux.

August l'étudia longuement.

— Ce n'est pas Schmidt qui t'a trahie, en tout cas. Il a tenu bon, il ne m'a rien dit, ajouta-t-il avec un haussement d'épaules. C'est son associé… J'ai oublié son nom… Il avait peur que je lui réserve le même sort. Il n'aurait pas montré la même résistance.

Il ricana et quand Clarice s'agenouilla par terre, en larmes, les mains sur son giron, il s'approcha d'elle, la prit dans ses bras et effleura ses lèvres.

— Penses-y, la prochaine fois que tu décideras de fuguer. Je n'ai aucune intention de te perdre, et je ne lèverai plus jamais la main sur toi. Tu vois ? J'ai changé.

Il l'embrassa encore et reprit :

— Tu rentreras à Vienne avec moi et tu redeviendras ma femme. Si tu veux, nous prendrons même avec nous la petite fille qui m'a ouvert. Elle t'aidera à rester sage et obéissante.

Quand ils quittèrent la maison tous les trois, Clarice n'avait pris que quelques vêtements jetés à la va-vite dans un sac, avec les livres de Christian. Elle avait renvoyé ses assistantes qui n'avaient pas posé trop de questions. L'atelier était vide. August avait fait monter la petite à l'avant, à côté du cocher. Clarice tenta une nouvelle fois de se débarrasser d'elle, mais Matilde ignora ses supplications.

— Je ne vous quitterai jamais, lui jura-t-elle.

Cet homme était méchant, elle ne pouvait pas laisser sa maîtresse adorée seule avec lui.

Clarice croyait avoir du temps, elle croyait fermement qu'au cours de leur voyage pour Vienne une occasion de fuite se présenterait. Mais August la conduisit dans la campagne romaine, dans une villa qu'il avait louée.

— Nous resterons ici un moment.

Pour aller plus vite, August avait voyagé de Vienne à Rome en changeant de cheval dans des relais de poste, un domestique pour toute compagnie. Cependant, il ne pouvait faire le trajet du retour de la même façon. Il avait besoin d'un fiacre et d'un cocher. Prendre une diligence avec Clarice était hors de question. Il s'occuperait donc de tout cela durant leur séjour à la campagne.

Clarice croyait avoir connu l'enfer, mais ce n'était rien comparé à l'abysse sans fond dans lequel August la précipita. Si elle ne s'était pas jetée dans les eaux troubles du Tibre qui coulait près de la villa où ils s'étaient installés, c'était uniquement parce qu'elle craignait pour la vie de Matilde. Elle avait besoin de temps, et d'une occasion qui lui permettrait de fuir avec la petite. Elle devait simplement être patiente.

Quant à August, elle ne lui adressa pas une fois la parole. Voilà tout ce qu'il obtiendrait d'elle : son silence.

Sa voix était pour Christian. Comme son cœur. Comme la lumière, comme son amour.

Au cours des jours suivants, son mari devint de plus en plus irascible. Clarice avait beau tenter de l'éviter, il trouvait toujours le moyen de la surprendre. Quand elle comprit qu'il prenait plaisir à la terroriser, elle cessa de trembler. La nuit, elle se forçait à rester immobile entre ses bras. Elle ne lui opposait plus aucune résistance. Chaque fois qu'il la touchait, elle se réfugiait en un lieu secret à l'intérieur d'elle-même où il ne pouvait pas l'atteindre.

Convaincu de l'avoir à sa merci, August relâcha sa surveillance. Clarice en profita pour étudier les alentours. Les jours où il lui interdisait de sortir, c'était Matilde qui s'en chargeait. Avec l'aide de la petite, elle étudia les chemins, les parcours. Après avoir réfléchi longtemps, elle comprit qu'il était impossible de fuir en restant sur la terre ferme. Il n'y avait qu'une solution : le fleuve. Elle devait trouver une barque, grâce à laquelle elles atteindraient le port fluvial. De là, elles disparaîtraient sur un des navires en partance sans trop de difficulté. Elle n'avait pas peur de repartir de zéro ; tant qu'elle avait ses mains, elle pourrait gagner de quoi vivre pour elle et la petite.

Matilde réussit enfin à mettre leur plan à exécution.

— Nous avons rendez-vous demain soir avec le batelier, dit-elle à Clarice en s'approchant de sa maîtresse en catimini. Il restera jusqu'au coucher du soleil, puis il partira vers Rome.

Tout était prêt. Elle profiterait de la promenade à cheval qu'August faisait chaque après-midi. Assise à l'ombre des ruines d'un mur qui, des siècles plus tôt, avait été érigé en honneur d'une divinité sylvestre, Clarice fixait un point à l'horizon. Elle avait étudié chaque détail, mais l'inquiétude l'empêchait de penser avec lucidité. Des milliers de choses pouvaient mal se passer. Elle avait si peur qu'elle devait serrer les poings pour empêcher ses mains de trembler. Ce n'était pas pour elle qu'elle avait peur, mais pour la petite. Elle était parvenue à convaincre Matilde de cacher ses affaires dans le jardin, y compris les livres de Christian. Quand elle la retrouva, elle lui ordonna de se diriger vers le fleuve. Matilde protesta, mais Clarice se montra intraitable.

— Il faut que tu partes avant moi, car si jamais il m'arrivait quelque chose, tu serais ma seule possibilité de m'en sortir. Tu devras retourner à Rome et attendre cachée dans le palais de Margareta. Dès que la baronne sera de retour, tu lui raconteras tout. Jure-moi que tu iras chez elle, demanda-t-elle en prenant son visage entre ses mains, sans chercher à cacher son inquiétude, afin que Matilde comprenne combien la mission qu'elle lui confiait était importante.

La petite fille acquiesça et Clarice se prit à espérer qu'elle parviendrait à se sauver, elle au moins. Elle l'embrassa, et l'enfant partit.

Son amie ne reviendrait pas en ville avant plusieurs semaines. Pendant ce temps, la petite serait à l'abri auprès des domestiques de la baronne. Alors, August serait déjà loin. Et elle ? Elle, ça n'avait aucune importance. Elle se sentait acculée, comme prise au lasso, prisonnière d'elle-même et de cet homme mauvais. Il l'avait tourmentée toute la matinée en lui racontant ce qu'il lui ferait à leur retour à Vienne. Il avait plaisanté sur les nombreux enfants qu'ils auraient, et sur son intention de restaurer le château des von Harmel, afin d'y séjourner durant l'été.

— Qu'est-ce que tu fais dehors ?

Elle sursauta. Elle croyait que son mari était déjà sorti pour sa promenade à cheval. Il fallait absolument qu'il s'éloigne de la villa. Elle serra ses bras contre son buste, le désespoir montait en elle. Alors qu'August s'approchait à grandes enjambées, le sourire aux lèvres, elle comprit que quelque chose était arrivé.

— Le guide que j'ai embauché pour nous ramener à la maison est libre, enfin ! Nous partons demain.

Elle acquiesça, puis baissa la tête. Elle avait peur de se trahir, elle ne voulait pas éveiller le moindre soupçon sur ses véritables intentions.

August lui saisit le menton et le souleva. Puis il l'étudia, les yeux plissés.

— Qu'y a-t-il donc dans ta jolie petite tête, mon amour ?

— Rien, répondit-elle doucement, en essayant d'avoir l'air calme.

Quand il l'embrassa, elle parvint à ne pas se soustraire à son étreinte, tout en priant Dieu de lui donner encore un peu de force.

Il s'éloigna en sifflotant.

Ce n'est que lorsqu'il fut assez loin que Clarice retrouva son souffle. Si le batelier ne les emmenait pas ce jour-là, il n'y aurait aucune autre possibilité, elles ne pouvaient pas échouer. Heureusement, August portait sa tenue d'équitation. Il n'avait donc pas changé d'avis, peut-être s'était-il simplement attardé. Elle pria intensément pour qu'il ne renonce pas à sa promenade.

Elle attendit encore un peu, sans quitter la villa des yeux, le cœur près d'exploser. Elle marcha lentement le long du fleuve et puis, quand elle eut dépassé les limites du domaine, elle commença à courir, jupe relevée ; l'espoir lui donnait des ailes. Enfin, elle aperçut le coude du fleuve. Elle s'arrêta pour reprendre son souffle. C'est alors qu'elle entendit le bruit sourd d'un cheval au galop.

August avait découvert sa fugue. Non, elle ne pouvait pas s'arrêter, pas maintenant. Elle s'élança vers les arbres. L'herbe lui fouettait les jambes, manquant la faire trébucher à chaque pas. Une branche lui frappa le visage, lui arrachant un cri. Elle perdit l'équilibre et roula au sol, s'écorchant les mains. Mais elle refusait de se rendre ; elle se releva et reprit sa course.

Le cheval l'avait rattrapée, elle entendait ses sabots frapper le sol, soulevant un nuage de boue et de poussière. Un bras la saisit et la hissa de force sur la selle.

— Arrête-toi, pour l'amour du ciel ! Arrête-toi, Clarice.

Cette voix !

Elle tourna la tête et rencontra les yeux de Christian. Elle se jeta à son cou.

— Oh mon Dieu, Clarice. Je devenais fou. Que t'est-il arrivé ?

Christian tira sur les rênes du cheval, arrêtant sa course. Puis il prit son visage entre ses mains et lui donna un long baiser désespéré et haletant.

Elle comprit qu'il était peut-être encore temps de sauver la situation : August ne s'était peut-être pas encore aperçu de sa fuite.

— Tu dois partir, il te tuera. Tu ne sais pas de quoi il est capable.

— Ne t'inquiète pas de ça. Cela ne regarde que ton mari et moi.

— Non, non. Tu ne sais rien, tu ne le connais pas.

Christian ignora ses protestations. Il sauta à terre et l'aida à descendre du cheval. Il prit son visage entre ses mains et poussa quelques mèches pour dégager son cou. Les bleus ressortaient sur la peau claire comme les perles d'un collier, ils descendaient vers sa poitrine enserrée dans son corsage. Il caressa son visage.

— C'est fini, maintenant, lui dit-il en la prenant dans ses bras pour la hisser de nouveau sur la selle. Va chez moi. Et restes-y. Je m'occupe de lui.

Jamais elle ne l'avait entendu parler sur ce ton.

Tout se déroula en quelques minutes. Clarice sentit sa présence avant même de le voir. Elle se retourna. August galopait à bride abattue dans leur direction.

— Qui es-tu, toi ? Lâche immédiatement ma femme.

Il descendit de son cheval et se jeta sur Christian, qui poussa Clarice derrière lui.

— Va-t'en, Clarice, tu as mon cheval, va-t'en. Tout de suite ! lui cria-t-il.

August chargea, mais Christian fit un pas de côté et esquiva l'attaque. Ils continuèrent ainsi un certain temps, s'étudiant l'un l'autre, parant les coups, lançant leurs poings dans le vide.

— Alors comme ça, ma femme a trouvé un cavalier ! Je vais te tuer, canaille ! Et devant elle ! Ensuite, je lui apprendrai comment se comporte une femme honnête.

Christian connaissait les hommes comme August. Ils n'affrontaient jamais personne loyalement, ce mot leur était étranger. Mais il s'en moquait. Il était devenu presque fou quand, à son retour, on lui avait dit que Clarice était partie avec un homme. C'était la vieille propriétaire de l'atelier qui l'avait mis sur la voie, quand elle lui avait dit : « C'était un véritable démon, madame avait si peur de lui qu'elle ne regardait même pas autour d'elle. Croyez-moi, monsieur, c'est le diable en personne qui est venu la chercher. »

Seul un homme avait le pouvoir de terroriser Clarice : son mari. À partir de là, Christian n'avait eu que quelques questions à poser pour découvrir quelles maisons avaient été louées récemment à des étrangers.

— Je vais te tuer, canaille ! répéta August.

Christian ne répondit pas, continuant à esquiver ses coups. Sa concentration était au maximum. Quand August sortit son couteau et le blessa à l'épaule, il corrigea légèrement sa position. Tour à tour, chacun touchait l'adversaire, ils se jetaient l'un sur l'autre, couraient et se traînaient dans l'herbe haute. Ils finirent par rouler au milieu des roseaux. Clarice les suivit, impuissante, désespérée.

La fougue de leur combat avait mené les deux hommes au bord du fleuve. Quand August se jeta sur lui, Christian le saisit par la chemise, l'entraînant dans sa chute. Leurs coups portaient violemment, ils tombèrent au sol. Soudain, la digue céda. August et Christian, pris par surprise, glissèrent dans l'eau. Clarice, horrifiée, les regarda se débattre dans la boue. Cela ne dura qu'un instant : le courant les emporta immédiatement dans un tourbillon.

21

« Que de secrets ne dévoilerions-nous pas,
si la lâcheté et la négligence
ne venaient perturber nos recherches ? »

Mary SHELLEY, *Frankenstein ou le Prométhée moderne*

C'était un risque calculé. Parfois, on gagnait, parfois non. Tomaso avait pris cela en considération dès le début. Mais le savoir n'atténuait pas la tristesse qui l'accablait. L'échec était synonyme d'impuissance, c'était la fin de l'espoir.

De temps en temps, il lançait un regard à Sofia. Elle avait l'air sereine, détendue, son souffle était léger. Si elle avait passé tout le vol qui les ramenait à Rome à regarder par le hublot, il aurait presque pu croire que, au fond, elle ne le vivait pas si mal.

Il soupira et se passa la main dans les cheveux.

Le livre de Fohr avait révélé la troisième et dernière lettre de Clarice. Mais leur aventure était terminée. Des dernières lignes, celles qui semblaient indiquer où se trouvait l'œuvre secrète, seules quelques syllabes étaient encore visibles. L'encre et le papier avaient été abîmés par l'humidité qui avait aussi rendu indéchiffrable une bonne partie du texte. Ils avaient remis la lettre à sa place, puis avaient quitté l'institut sans échanger un mot.

Une fois à l'aéroport, ils avaient encore réfléchi et discuté, sans arriver à rien de concret. L'histoire de Clarice s'interrompait brusquement.

— Je suis désolé.

C'étaient des mots banals dans leur simplicité, mais ce furent les seuls qui lui vinrent à l'esprit.

— Je sais. Moi aussi. Mais je suis contente de savoir qu'ils ont été heureux ensemble, même si Christian est mort si jeune.

Elle lui sourit, et Tomaso pensa que, malgré tout, tout cela avait valu la peine qu'il s'était donnée.

Ce qui se passerait entre lui et Sofia à présent était impossible à prévoir. Mais il ferait tout pour rester proche d'elle. Car il y avait chez cette femme quelque chose d'unique et d'indéfinissable qui la liait à lui. La somme d'un tas de détails qui, mis bout à bout, le déstabilisaient et le touchaient au plus profond de son âme. Elle l'obligeait à se remettre en question, à abandonner ses certitudes pour oser aller plus loin. Et lui, qu'était-il pour elle ? Il s'aperçut que la réponse à cette question lui faisait terriblement peur.

— J'ai l'impression d'avoir perdu une amie. Une personne à laquelle je tenais beaucoup. C'est comme ça. Et j'en suis vraiment très triste… Tu dois me trouver ridicule.

Il lui prit à nouveau la main, et déposa un baiser sur ses doigts.

— Quelle idée !

La sensibilité était une des choses que Tomaso appréciait le plus chez les gens.

— Tu as le don de saisir des aspects de la réalité que la plupart des gens ne savent pas voir. C'est une qualité, pas un défaut.

Ils somnolèrent tout le reste du voyage, leurs mains se cherchant de temps en temps. Le silence était redevenu un endroit dans lequel ils pouvaient se retrouver. Ce n'était pas une barrière, mais plutôt un lien entre leurs pensées. La tristesse assombrissait leurs regards à tous les deux.

À la sortie de l'aéroport, ils prirent un taxi. Sofia n'avait pas envie de parler. Quand le véhicule démarra, Tomaso jeta un œil aux messages qu'il avait reçus sur son téléphone. Dans un état critique, Frank avait dû être hospitalisé. Il ferma les yeux. Sa mère avait déjà dû traverser cette épreuve. Pourquoi le destin s'acharnait-il ainsi sur cette femme ? Le sentiment d'impuissance qu'il éprouva lui serra la poitrine. *J'arrive*, tapa-t-il rapidement sur son téléphone. Il déposerait Sofia chez lui, puis irait directement à l'hôpital. Il envisagea un instant de lui en parler, changea d'avis. C'est alors qu'il s'aperçut de l'immense vide qu'il ressentait. Il n'arrivait pas encore à y croire.

Soudain, il sentit la rage monter en lui. Il se couvrit les yeux, c'était absurde d'en vouloir à Frank. Pourtant, depuis que cet homme était entré dans sa vie, il n'avait cessé de le tourmenter, c'était irréfutable. Et il avait visiblement l'intention de continuer ainsi jusqu'à son dernier souffle. Tomaso avait la bouche sèche et l'impression d'être en équilibre au sommet d'une montagne qui s'effondrait. D'abord, le livre inédit de Fohr perdu pour toujours. Puis son parrain hospitalisé en soins intensifs. L'agence au bord de la faillite.

Que pouvait-il encore lui arriver ?

Une débauche de lumière et de sons familiers, dans lesquels ils trouvèrent tous les deux du réconfort, s'était répandue sur la ville. Tandis qu'ils avançaient sur les boulevards, Tomaso regarda les arbres dénudés, leurs branches tendues vers le ciel noir, dans une supplique muette. Au printemps, ils se couvriraient de feuilles et la vie reprendrait son cours. Mais, à ce moment précis, il était difficile d'y croire. Terriblement difficile.

Ils étaient presque arrivés à Coppedè quand Sofia se tourna vers lui.

— Je ne vais pas m'arrêter, Tomaso. Je n'ai pas l'intention d'abandonner. On a beaucoup d'éléments, on peut continuer nos recherches.

Il soupira. Il n'avait pas le temps pour ces choses-là dans l'immédiat.

— On en reparlera demain, répondit-il.

Toutes ses pensées se concentraient sur un homme qui était en train de partir et envers lequel il continuait à éprouver du ressentiment, ce qui lui faisait du mal, car cette situation le plaçait devant un miroir et que ce qu'il voyait ne lui plaisait pas. Il aurait voulu éprouver autre chose, il aurait voulu l'aimer, cet homme qui avait pris la place de son père, mais il était assez honnête avec lui-même pour savoir que c'était impossible. Il ne pouvait rien y faire. Une seule pensée revenait, obsédante : sa mère ne s'en remettrait pas. Bien sûr qu'ils continueraient à chercher le livre perdu. Il n'avait aucune intention d'abandonner lui non plus. Mais, pour le moment, il ne trouvait pas les mots.

— Je connais quelqu'un qui peut nous aider. D'ailleurs, il l'a déjà fait, poursuivit Sofia.

Tomaso la regarda, perplexe. Mais de quoi parlait-elle ?

— Qu'est-ce que tu racontes ?

Si elle avait été plus attentive au ton de sa voix, Sofia aurait compris qu'il avait atteint ses limites. Mais le besoin désespéré de tenir la promesse qu'elle avait faite à Clarice et à elle-même la poussa à insister.

— Demain matin, j'irai chez le libraire. Andrea Vinci sait beaucoup de choses, peut-être réussira-t-il à donner un sens à cette lettre. Il nous aidera.

— Mais enfin, qu'est-ce que tu racontes, bon sang ?

Sofia se tut, troublée par le ton sec de sa voix et son visage sévère.

— L'homme qui m'a offert le livre, tu te rappelles ? Je lui ai tout raconté. Il a joué un rôle important dans notre recherche.

— Tu... Qu'est-ce que tu as fait ? demanda Tomaso qui n'en croyait pas ses oreilles. Tu as partagé des informations sur notre recherche avec un parfait inconnu, malgré notre accord de confidentialité ?

Elle sembla ne s'apercevoir qu'en cet instant des implications d'un tel contrat.

— Ce n'est pas un parfait inconnu ! protesta-t-elle. Il m'a offert le livre, et, sans lui, nous ne serions allés nulle part. C'était bien la moindre des choses de le tenir au courant. Quoi qu'il en soit, tout cela ne te regarde pas, ajouta-t-elle. Si jamais nous devions en tirer de l'argent et que Vinci voulait quelque chose, je partagerais ma part avec lui.

Tomaso sentit monter en lui une colère qui venait de très loin. Il la dévisagea, incrédule. Comment Sofia avait-elle pu passer outre à une règle aussi basique ? Il ne lui avait demandé qu'une chose : de la discrétion, bon sang ! Et elle n'en avait rien fait. Pourtant, en la regardant, il sentit sa colère disparaître. Devant elle, il se sentait sans défense, et éprouvait même la pulsion absurde de la prendre dans ses bras et de s'excuser d'avoir haussé le ton. C'était sans doute à cause de ses airs d'animal blessé. De son aspect délicat et vulnérable. D'une obscure raison qui ne pouvait pas être expliquée.

Mais quelque chose changea dans le regard de Sofia. Elle était en train de se mettre en colère, ses yeux brillaient d'indignation. Elle était vexée ! C'était elle qui avait manqué à la parole donnée et à présent elle s'offusquait parce qu'il le lui avait reproché ? Tomaso perdit patience.

— Qu'est-ce que c'est, tout ça, pour toi ? Un jeu, rien de plus ? Tu te rends compte de ce que tu as fait ?

Il ne voulait pas le formuler ainsi, ce n'était pas de cette façon qu'ils finiraient par s'entendre.

— Je t'ai dit que je paierais le libraire sur ma part, répondit-elle, les yeux plissés.

— Arrête de dire des bêtises ! (Il se passa une main sur les yeux avant de les reposer sur elle.) Il n'y a rien à partager, tu as compris ? Rien, Sofia ! Aucun livre, aucune histoire, murmura-t-il.

Il comprit alors que c'était probablement vrai, que poursuivre la quête du livre inédit de Fohr n'était que pur entêtement. Il reprit :

— Mais ça ne change rien. On ne peut pas te faire confiance.

Une fois ces mots prononcés, il était trop tard. Pour tout.

Sofia avait reculé, comme s'il l'avait blessée physiquement. À présent, elle le regardait froidement. Avait-il été si simple de jeter au feu tout ce qui avait existé entre eux ? Avait-il vraiment suffi d'aussi peu ? se demanda Tomaso. Puis il leva les yeux vers elle. Qui était vraiment cette femme ? S'était-il trompé ? Avait-il voulu voir en elle ce qu'il désirait ? Il n'était qu'un imbécile, un idiot romantique. La nausée le prit par surprise.

— Arrêtez-vous, ordonna-t-il au chauffeur. Garez-vous immédiatement.

Il descendit du véhicule, sortit sa valise du coffre et retourna vers le chauffeur.

— Madame poursuit la course. Emmenez-la à Coppedè, dit-il en lui tendant une poignée de billets. Vous pouvez y aller.

Il ne regarda pas Sofia, il ne voulait pas lui parler. Il ne voulait parler à personne. Il appela un autre taxi qu'il attendit dans le noir, les mains enfoncées dans les poches, le moral en berne.

Le service de soins intensifs de l'hôpital était un lieu extrêmement fonctionnel, mais froid, aseptisé. Après avoir monté les marches deux à deux, haletant et inquiet, Tomaso chercha sa mère parmi les gens assis dans la salle d'attente. Il découvrit Luisanna dans un coin, accompagnée de Carla. Il se dirigea vers elles, sans les quitter des yeux. Et puis il comprit.

Il était trop tard. Les deux femmes étaient enlacées, se soutenant l'une l'autre.

C'était fini. Frank Hobart était mort.

En quelques enjambées, il fut à leurs côtés. Il avait la gorge nouée.

— Je suis désolé, maman.

Il la prit dans ses bras et tandis qu'elle se mettait à pleurer, il fit un signe de la tête Carla.

— Allez, viens, partons, nous ne pouvons plus rien faire pour lui.

Il chercha d'autres mots, il devait bien y avoir un moyen de la consoler, mais il était incapable de faire autre chose que de la serrer contre lui.

— Je suis là maintenant, tout ira bien.

Elle s'essuya les yeux du dos de la main. Elle était terrassée par la douleur. Soudain, Tomaso vit ce qu'elle était devenue : une femme d'âge mûr qui avait perdu son compagnon, encore une fois. Plus jamais ne se tiendrait auprès d'elle celui qui lui importait vraiment.

— À présent, tout ça n'a plus d'importance.

Le murmure de Luisanna se perdit dans le bruit de la pièce, parmi les visages défaits par l'attente, les épaules secouées de sanglots. Tomaso soutint sa mère et, tout en serrant la main de Carla, il sortit de ce réceptacle des derniers espoirs et de la douleur.

En raccompagnant sa mère à la villa, Tomaso eut la certitude qu'elle avait raison : plus rien n'avait d'importance. Tout finissait toujours par la mort, tout.

Les jours suivants, il dut affronter une montagne de formalités. Il expédia toutes les tracasseries administratives et partagea son temps entre sa mère et ses avocats. L'enterrement fut une rude épreuve pour Luisanna. Mais elle l'affronta avec courage, les yeux secs derrière ses lunettes noires, faisant preuve d'une force qui l'étonna. Quant à lui, pas une seule fois il ne se laissa aller à des réflexions qui ne fussent pas strictement nécessaires. Il mangeait parce qu'il le devait. Il travaillait jusqu'à l'épuisement. Il prenait les décisions que sa mère n'était pas en mesure de prendre. La seule chose qui le faisait tenir, et qui avait un peu d'importance, c'était ce qu'il considérait comme son devoir.

À la lecture du testament, ses maigres espoirs concernant le futur de l'agence et tout ce qu'il avait construit s'évanouirent.

Ce bon vieux Frank, pensa-t-il. Cohérent jusque dans la mort. Il ne restait rien du tout.

Il devrait vendre sa maison pour sauver l'agence. Il n'avait même plus envie de maudire son beau-père. Il n'éprouvait plus pour lui qu'une peine teintée de pitié.

— Je vais rentrer chez moi. Mais mon portable reste allumé.

Il embrassa sa mère et se dirigea vers la sortie.

— Je suis désolée, mon fils.

Mais de quoi parlait-elle ? Il se retourna, l'air interrogateur. Luisanna lui sourit.

— Va te reposer, mon chéri. Je te remercie. C'est grâce à toi que j'ai tenu. Je t'aime.

— Moi aussi, maman.

Il sortit rapidement, car il sentait qu'il risquait de craquer. L'idée de fondre en larmes comme un enfant ne lui plaisait pas du tout. Mais il sentait bien qu'il n'en était plus très loin.

Quelques heures plus tard, tandis qu'il errait dans l'appartement de sa grand-mère, il pensa à tout ce qu'il garderait de cette maison. Les vieilles photos, sans aucun doute, il faudrait qu'il fouille dans le grenier pour les retrouver. Il essaierait de vendre les meubles aussi ; il espérait en tirer un bon prix. À part l'écritoire. Elle aussi avait appartenu à la famille Leoni. Le reste était remplaçable, mais ce meuble-là, il ne voulait pas s'en séparer.

Il regarda autour de lui, le cœur lourd. Cet endroit lui manquerait. C'était chez lui. Il ne pouvait pas faire autrement. Avec l'argent de la vente, il paierait l'accord avec les héritiers Baldini, épongerait les dettes de l'agence, et aiderait sa mère. Le reste lui permettrait de voir venir.

Dans la cuisine, il se servit à boire, les yeux sur la gazinière. Il aurait dû se préparer quelque chose à manger. Il ne se souvenait même plus à quand remontait son dernier vrai repas, mais c'était un fait : il n'en avait aucune envie. Il se jeta sur son lit, un bras sur le visage.

Petit à petit, la tension se relâchait. Il était éreinté, et les événements des derniers jours lui revinrent alors vivement en mémoire. Une image s'imposa à lui parmi toutes les autres : le regard étonné de Sofia dans le taxi, la dernière fois qu'il l'avait vue.

Il se frotta le menton. Il avait été dur avec elle. Mais quand elle lui avait dit qu'elle partagerait sa part avec le libraire, l'idée qu'elle ait pu croire qu'il ne s'intéressait qu'à l'argent l'avait rendu furieux.

Remettre de l'ordre. Voilà la première chose qu'avait faite Sofia à son retour de Vienne. Dans la serre de Maxim, tout en lui parlant au téléphone pour s'assurer que leur voyage en France se passait bien. Dans l'appartement, bien qu'il fût déjà parfaitement rangé et n'eût pas besoin de l'être encore plus. Comme si elle voulait reprendre le contrôle sur tout ce qui lui appartenait. Sa famille, le lieu où elle habitait. Son espace vital. Car tout le reste était hors de portée. Tout lui avait échappé, y compris Tomaso.

Elle avait nettoyé les miroirs, fait la poussière, lavé la véranda et enfin appelé ses parents. Ça faisait longtemps qu'elle ne leur avait pas parlé ; ce n'était pas inhabituel, pourtant elle se rendit compte qu'elle en avait désespérément besoin.

— Bonjour, ma chérie, tout va bien ?

— Oui, maman, tout va bien. Et vous ?

Elles avaient discuté un peu, et quand Adèle avait demandé à nouveau comment elle allait vraiment, elle avait encore menti.

— Je travaille sur quelque chose de très important. Je te raconterai.

Elle avait envie de la serrer dans ses bras, de la sentir contre elle comme cela ne lui était encore jamais arrivé. Pourtant, elle ne pouvait en dire plus, car ses parents n'auraient pas approuvé ses choix, ni sa façon d'interpréter l'histoire de Clarice. Ils étaient pragmatiques, concrets. Ils aimaient par-dessus tout la logique.

Pas elle. Et ça n'avait jamais été le cas.

Ce qui avait créé entre eux un fossé que rien, pas même le temps, n'avait su combler. Ils ne s'en aimaient pas moins pour autant. On pouvait même dire que cette différence intellectuelle les avait poussés à se témoigner le plus d'affection possible. Du moment qu'ils évitaient le conflit. Sinon, leurs différences devenaient plus visibles, les échanges s'envenimaient. Voilà pourquoi Sofia évitait de s'opposer à eux.

Elle s'aperçut à ce moment-là qu'elle avait toujours négocié, trouvé des compromis. Avec ses parents, avec ses grands-parents, avec Alberto.

Il n'y avait qu'une seule personne auprès de laquelle elle s'était sentie libre. Il n'y avait qu'avec Tomaso qu'elle était parvenue à être elle-même, complètement.

La famille était une chose dont on ne pouvait se défaire, que l'on gardait toujours en soi. C'était l'aune à laquelle on mesurait tout, le premier juge, le fardeau qui influençait les actions de chacun. Et, paradoxalement, la famille était aussi ce qui vous poussait à fuir, à chercher l'autonomie et la liberté.

Le seul qui avait toujours été à ses côtés non pas comme un ami, mais comme un vrai compagnon, qui avait partagé ses objectifs, qui l'avait comprise sans jamais la juger, avait été Tomaso. Elle sentit son ventre se nouer. Il lui manquait. Il lui manquait terriblement. Mais comment avait-il fait pour s'insinuer en elle de façon si intime ? Ils n'avaient passé que quelques jours ensemble. Ce n'était pas assez pour tomber amoureux. Mais le temps suffisait-il à prendre la mesure de ce qu'ils avaient partagé ?

Non, pas du tout. Il fallait autre chose pour le définir.

Quelque chose qui naissait en elle et ne ressemblait à rien de ce qu'elle avait connu avant. Le vide qu'il avait laissé en partant était profond comme un gouffre.

Elle comprit alors que Tomaso était cette absence à laquelle elle ne s'habituerait jamais.

Et puis elle repensa encore une fois aux dernières phrases hargneuses qu'ils avaient échangées. Elle ne comprenait pas pourquoi il s'était emporté de la sorte. Qu'est-ce qui l'avait rendu si furieux ? Ça ne pouvait pas être cette histoire de libraire.

Si seulement il lui avait laissé le temps de s'expliquer... Ce n'est pas Andrea qui risquait de mettre en péril leur entreprise commune. Au contraire, c'était un de leurs plus grands soutiens. N'était-ce d'ailleurs pas sur ses conseils qu'elle s'était adressée à lui ?

Mais cela, Tomaso l'ignorait.

Elle n'avait pas eu le temps de le lui dire, elle n'avait pas réussi à le lui expliquer.

Les sourcils froncés, elle y pensa encore, comme elle l'avait fait de nombreuses fois ces derniers temps. Depuis combien de jours, d'ailleurs ? Dix, quinze ? Non, depuis trois semaines. Ça faisait trois semaines qu'ils ne s'étaient pas parlé. Elle ne voulait pas y penser. Pas pour l'instant. Cela n'aurait rien changé, de toute façon. Et puis, elle devait prendre en compte autre chose : les papiers du divorce étaient prêts. Elle avait déjà de nombreux problèmes à gérer, elle n'allait pas s'en créer d'autres. Son mari lui avait donné une grande leçon de vie, en un certain sens : on avait beau désirer et faire tout ce qu'on voulait, dépasser toutes les limites, rien ne pouvait contraindre quelqu'un qui ne vous aimait pas à vous aimer.

Elle avait fini par acquérir une certitude : l'amour était un mécanisme qui échappait à toute logique, à toute stratégie.

On aimait par hasard, et sans aucune raison.

Elle essuya ses larmes et respira lentement, jusqu'à ce qu'elle ait enfin l'impression d'avoir retrouvé le contrôle d'elle-même.

Elle avait laissé à Tomaso tout le temps nécessaire, mais il ne lui avait donné aucune nouvelle. De son côté, elle s'aperçut qu'elle ne pouvait pas le contacter. Elle se souvenait avec précision du regard qu'il lui avait lancé un instant avant de demander au chauffeur du taxi de démarrer. Elle ne tenait pas à revoir ce visage-là.

En plus, elle n'avait rien fait pour déclencher cette réaction parfaitement injustifiée. Il l'avait fait sortir de sa vie sans la moindre explication.

— Eh bien, va au diable, Tomaso !

Elle jeta un œil à sa montre. Il était tard, elle devait se dépêcher d'aller travailler. Pour se remettre en jambes, elle avait accepté l'offre d'Andrea, qui lui avait proposé de s'occuper de sa librairie. Il aurait voulu lui céder son activité, mais Sofia savait qu'aucune banque ne lui aurait accordé de prêt, pour l'instant. Et ses économies ne lui offraient pas de grandes possibilités.

Elle avait commencé à passer ses journées là-bas, d'autant qu'elle n'avait pas grand-chose d'autre à faire. Joice devait faire visiter Rome à sa famille venue du Japon. Ilaria était prise par sa famille, quant à ses autres amis, elle n'était pas encore parvenue à se libérer complètement de cette réticence qui l'empêchait de se laisser aller et elle n'était pas encore très à l'aise avec eux.

Mais s'occuper de la librairie la rendait heureuse. Ça la faisait rêver, d'imaginer que, un jour, elle pourrait avoir une affaire rien qu'à elle. Comme Clarice, qui avait préféré sa liberté à une vie aisée, mais sous la supervision des autres. Comme elle se sentait proche de cette femme qui avait vécu deux siècles avant elle, comme elle la trouvait moderne ! C'était elle, en fin de compte, qui l'avait sortie de la torpeur dans laquelle son mariage malheureux l'avait plongée.

— Clarice Marianne von Harmel, où que tu sois, je te remercie de tout mon cœur.

Cela faisait quelques jours qu'Andrea ne venait plus à la librairie, se dit-elle, un peu inquiète. Ces derniers temps il avait beaucoup changé. Il avait vieilli. Il avait perdu cette étincelle qui l'animait quand elle l'avait rencontré. Quand elle lui avait raconté ce qu'elle avait découvert sur Clarice, et surtout la façon dont leurs recherches s'étaient interrompues, il en avait été très attristé. Elle n'avait alors pas pris l'entière mesure de l'espoir que le vieil homme avait placé en eux.

— Il doit bien y avoir une façon de poursuivre, avait-il dit les yeux brillants, l'air désespéré.

Sofia, qui était allée le voir à la recherche d'un peu de consolation, avait finalement dû le réconforter.

— Si elle existe, je la trouverai.

Ce n'étaient pas des paroles en l'air. Elle passait des heures à relire ses notes, à lire tout ce qu'elle trouvait sur Fohr. Elle était retournée plusieurs fois à la bibliothèque Hertziana. Mais jusqu'alors, son enquête n'avait rien donné.

Elle descendit l'escalier et salua Felipe. Au coin de la rue, elle se retrouva dans l'allée qui menait à la librairie. Elle avait parcouru la moitié du chemin quand elle aperçut une silhouette assise sur le banc près de l'entrée. Elle reconnut le libraire et pressa le pas.

— Bonjour, lui dit-elle en lui faisant un signe de la main. Qu'est-ce que vous faites devant la porte ?

Andrea lui répondit avec un sourire fatigué :

— Bonjour, Sofia. J'ai oublié mes clés. On n'a plus toute sa tête, à mon âge. Je me reposais un peu avant de retourner chez moi les chercher. (Le libraire la dévisagea, les yeux mi-clos.) Et toi, tu es sûre que ça va ?

Elle ne lui répondit pas tout de suite. Elle profita du temps qu'il lui faudrait pour ouvrir la porte, pour chasser ces larmes qui la prenaient en traître. Quand elle se retourna vers lui, elle souriait.

Après être entré, Andrea soupira et retira son chapeau, s'appuyant au comptoir.

— J'ai comme l'impression que ta tristesse n'a rien à voir avec Clarice.

Elle ne lui répondit pas. Certaines choses n'appartenaient qu'à elle, et elle ne souhaitait pas les partager avec qui que ce soit.

— Je comprends, reprit le vieil homme au bout d'un moment.

Son regard se perdit sur le sol, errant sur les carreaux, avant de se lever vers elle une fois encore.

Un jour, tu sauras
La subtile différence qui existe
Entre tenir une main et enchaîner une âme,
Et tu sauras que l'amour ce n'est pas s'appuyer sur quelqu'un,
Et qu'une présence n'est jamais acquise.

Et tu comprendras
Qu'un baiser n'est pas un contrat
Qu'un cadeau n'est pas une promesse,
Et tu commenceras à accepter des défaites
La tête haute, le regard droit
Avec la grâce d'un adulte
Et non le chagrin d'un enfant.

Et tu sauras
Que ta route se construit chaque jour
Car demain
N'est pas une terre assez ferme pour y construire quoi que ce soit
Et le futur parfois
S'effondre en plein vol.
Un jour, tu sauras
Qu'on se brûle à trop s'approcher du soleil
Et tu cultiveras ton propre jardin
Tu embelliras ton âme
Au lieu d'attendre
Que quelqu'un t'apporte des fleurs

Et tu sauras
Que tu peux tout endurer
Que ta force est immense.
Tu connaîtras enfin ta valeur.

La voix d'Andrea s'éteignit lentement.

— C'est beau. Qu'est-ce que c'est ? demanda Sofia dans un murmure.

— Une poésie écrite dans les années soixante-dix par une jeune Américaine, Veronica Shoffstall. Je trouve ces vers très éclairants dans leur simplicité. Ils nous apprennent à vivre courageusement.

Pourquoi lui disait-il cela ?

— Vous pensez que je manque de courage ? Que je suis lâche ? demanda Sofia qui sentait à nouveau monter en elle des larmes, suscitées par le jugement d'autrui.

Et, surtout, par celui qui comptait le plus pour elle : le sien.

Le libraire écarquilla les yeux, abasourdi.

— C'est l'impression que je t'ai donnée ? Si c'est le cas, je te prie de m'en excuser. Ce n'était pas du tout mon intention, je voulais partager avec toi une chose qui m'a fait du bien, à l'époque.

Elle n'avait pas pensé à cela. Elle était tellement concentrée sur ses propres problèmes qu'elle avait pris une caresse pour une gifle. Elle en eut honte. Elle se tut, se tordant les mains.

— Ma chère, les gens blessés dressent autour d'eux de très hauts murs, et s'empêchent ainsi de savourer la vie.

— Et si je me trompais encore ?

Voilà, elle l'avait dit. Au fond, c'était cela qui la tourmentait. Elle ne se faisait pas confiance.

Andrea haussa les épaules, une moue sur les lèvres.

— L'amour appartient à ceux qui osent… Les autres ne le méritent pas, tu n'es pas d'accord ?

Sofia ne disait toujours rien, la gorge serrée par les larmes.

— Regarde-moi, ma petite, je suis seul. Mais il n'en a pas toujours été ainsi. Je sais ce que c'est qu'aimer, et je sais encore mieux ce que c'est que renoncer, dit-il avec un sourire, une profonde douleur au fond des yeux. Je connais toutes les facettes du regret, jusqu'à sa couleur. Le regret est gris. Il n'a pas la force du noir ni la grâce du blanc. Il n'a pas de nuances. Le regret n'est qu'une infinie tristesse. Il est stérile. Il ne possède même pas la qualité de préparer l'âme à quelque chose de plus grand.

Ces mots ouvrirent une brèche dans les peurs les plus secrètes de Sofia. Les certitudes dans lesquelles elle s'était drapée comme dans une couverture bien chaude commencèrent à s'effriter. La sécurité à laquelle elle s'était agrippée de toutes ses forces avait un prix. Était-elle prête à le payer ?

— Les choses ont un sens différent pour chacun.

— Oui, c'est vrai. Mais certaines choses sont les mêmes pour tous. Elles font partie de ce qui fait l'humanité en chacun de nous. La joie, la douleur, l'espoir, le regret. L'amour.

Elle regarda ses mains : elles étaient vides.

— Cela me ferait peut-être du bien de réfléchir un peu. Vous gardez la boutique, aujourd'hui ?

— Allez, sors, chère petite, je suis sûr qu'il y a dehors des choses bien plus importantes à faire que tenir compagnie à un vieillard comme moi.

Elle était déjà sur le seuil quand elle fit demi-tour, courut vers Andrea et le serra dans ses bras. Le vieil homme posa une main amicale sur son épaule. Parfois, les gestes les plus banals sont ceux qui vous donnent le plus de force.

Sofia n'avait fait ce trajet qu'une fois, mais il lui était resté en mémoire. Elle n'eut donc aucun mal à retrouver le petit immeuble du dix-huitième siècle. Elle sonna à l'interphone et attendit. Ses mains tremblaient, elle les glissa donc dans ses poches, et décida qu'elle n'écouterait ni les protestations de son esprit ni les battements de son cœur. Elle voulait une explication. Elle voulait savoir la raison pour laquelle il s'était comporté d'une façon si cruelle. Elle l'exigeait en tant que femme et en tant que personne. Elle ne ferait pas comme si Tomaso n'avait pas compté pour elle, ç'aurait été un mensonge. Mais elle ne lui accorderait rien d'autre.

Le bruit du portail qui s'ouvrait la surprit. C'était étrange, il n'avait pas demandé qui était là. Il s'était contenté d'ouvrir. Elle monta l'escalier et s'arrêta. Tomaso se tenait sur le seuil, un bras appuyé au chambranle de la porte, les cheveux dans les yeux. Il portait un T-shirt et un jean. Il n'était pas surpris. Pas le moins du monde. Mais c'est bien autre chose qu'elle remarqua et qui la médusa un instant : l'expression terrible de son visage, sa pâleur, la maigreur qui émaciait ses traits.

Qu'est-ce qui avait bien pu lui arriver ?

— Je ne suis pas venue te demander pardon.

Ce n'était pas ce qu'elle avait l'intention de lui dire, au départ. Ou plutôt, c'était exactement ce qu'elle voulait lui dire, et elle se l'était répété mille fois en chemin. Mais c'était avant de le voir dans cet état.

S'il lui avait fermé la porte au nez, elle l'aurait bien mérité.

Au lieu de quoi, un magnifique sourire illumina son visage.

— Tu m'as manqué.

Il bougea à peine pour la laisser entrer. Et quand elle passa près de lui, il la saisit par la veste et l'attira à lui. Son étreinte était un cri de douleur.

Sofia la lui rendit avec la même urgence, car elle reconnut en lui sa propre souffrance.

Elle ne prononça aucun des mots qu'elle croyait devoir lui dire, elle oublia d'être raisonnable. Et ce furent leurs corps qui dialoguèrent, s'excusèrent et s'aimèrent. Eux se connaissaient pour ce qu'ils étaient, ils n'avaient pas besoin de mots.

Des heures après, tandis qu'ils continuaient à se caresser après avoir parlé longtemps, Sofia l'embrassa à nouveau.

— Je suis désolée pour ton beau-père.

À la lumière des nouveaux faits que Tomaso lui avait racontés, elle comprenait son tourment. Si seulement elle l'avait su plus tôt…

— Moi aussi, je suis désolé, répondit-il. Tu sais, je n'aurais jamais cru dire une chose pareille. C'est pourtant la vérité, je suis vraiment désolé.

Il y avait bien plus qu'un aveu dans cette affirmation, une très vieille souffrance, le destin de celui qui reste et voudrait ne jamais aimer ceux qui ont pris la place de gens irremplaçables. Et qui, une fois acquise la certitude de n'y être pas parvenu reconnaît ce qu'il a perdu : une occasion d'aimer.

— Ma mère l'a beaucoup aimé. Et c'est la deuxième fois qu'elle perd son compagnon. Je ne sais pas où elle trouve toute cette force.

Il tendit le bras, cherchant son visage.

— Je crois que personne ne connaît jamais vraiment l'étendue de ses propres ressources. Au fond, ce sont des choses que l'on découvre petit à petit, face à ce qui nous arrive.

— Pour toi, ça s'est passé comme ça ?

— Pour moi, pour Clarice. Pour toi aussi. Tu as trouvé la force d'aimer un homme qui, en fin de compte, ne le méritait pas.

Elle s'aperçut qu'elle était peut-être envahissante et s'attendait à ce qu'il le lui reproche, à ce qu'il devienne nerveux, mais Tomaso resta détendu, allongé à côté d'elle. Comme s'il réfléchissait à ce qu'elle venait de dire. Alors, elle aussi se détendit. Et elle comprit avec une certitude infinie et lucide qu'ils pourraient toujours se disputer, ils auraient toujours envie l'un de l'autre. Tous les doutes qu'elle avait eus sur eux deux étaient des vestiges de ceux qui encombraient la femme craintive qu'elle avait été. Elle avait soudain l'impression de s'être libérée d'un poids qui l'avait empêchée jusque-là de voler.

— J'ai tout perdu, tu sais, je n'ai plus rien, dit-il d'une voix légère et douloureuse.

Elle eut un petit rire moqueur.

— C'est la chose la plus ridicule que j'aie jamais entendue, répondit-elle en s'asseyant en tailleur. Tout ce que tu es se trouve là, dit-elle en posant sa main sur sa poitrine, et là, conclut-elle en touchant son front. Tu n'as besoin de rien d'autre pour repartir de zéro.

Il la dévisagea un long moment.

— Tu n'as jamais pensé à devenir coach ? Tu serais parfaite.

C'était une plaisanterie, certes, mais ils étaient tous les deux émus et étonnés de la profondeur de leurs sentiments, et ils se sentaient bien mieux. Il leur avait suffi de pas grand-chose pour reprendre leur histoire là où elle s'était interrompue.

L'amour avait suffi.

— Je meurs de faim !

Tomaso sourit en s'étirant.

— Je fais des pâtes, ça te dit ?

— Tout me va.

Tandis qu'il regardait dans le placard ce qu'il allait préparer à manger, Sofia se dirigea vers l'écritoire.

— J'espère que tu vas la garder.

Tomaso se pencha pour voir de quoi elle parlait.

— Ça, oui, et deux, trois autres choses. Je vais vendre tout le reste.

Il avait beau essayer de minimiser, Sofia perçut la souffrance cachée derrière ces mots. Ce n'était pas facile de sacrifier tout ce qu'on avait construit. Perdre sa maison de famille, l'agence, ce n'était pas le genre d'expérience dont on ressortait indemne. Il n'avait pas dit grand-chose, et elle s'était concentrée sur ses silences.

Elle s'était donc fait un tableau assez précis de la situation.

Elle tendit la main et effleura le bois ancien, le dessus de l'écritoire, les petits tiroirs. Elle adorait ce meuble. Il lui inspirait une sérénité qui avait quelque chose de magique. Clarice et Christian avaient partagé une écritoire, eux aussi, comme elle et Tomaso.

Le souvenir de ce qui s'était passé ce soir-là, quand il lui avait appris à écrire son nom en cursif italien, lui revint en mémoire et une vague de chaleur la submergea.

Elle décida qu'elle voulait essayer de nouveau. Mais cette fois, elle ferait tout toute seule. Elle avait besoin d'une feuille, d'un porte-plume et d'encre. Elle déplaça précautionneusement les photographies posées sur l'écritoire, les prenant délicatement entre ses doigts pour ne pas les abîmer. Elle venait de les déposer sur une étagère quand, soudain, elle se figea. Elle pencha la tête en les observant. Puis, lentement, elle prit une des photos et la scruta longuement. Elle ouvrit la bouche et la referma. C'étaient de vieilles, de très vieilles photos.

— À qui appartiennent ces photos ?

Tomaso passa à nouveau la tête par la porte de la cuisine pour savoir de quoi Sofia parlait.

— Elles appartenaient à ma grand-mère. C'est elle, quand elle était jeune fille. Je commence à mettre de côté les choses que je veux emporter quand j'aurai vendu la maison. Fais voir un peu…

Il s'approcha et lui montra une jeune fille à la silhouette gracile, élégamment vêtue, au regard déterminé. À côté d'elle se tenaient deux jeunes hommes.

— Voilà, c'est elle.

Elle n'en croyait pas ses yeux. Ce n'était pas possible. Elle s'humecta les lèvres.

— Tomaso, l'homme qui a un bras posé sur son épaule s'appelle Maximilian Bauer.

Il haussa les sourcils.

— Tu le connais ?

Elle acquiesça.

— Oui, c'est mon grand-père.

Un silence épais se répandit dans l'air tandis qu'ils cherchaient un sens à cette découverte.

— Quoi ? Nos grands-parents se connaissaient ?

Il retourna la photographie et tous deux se turent.

Maxim Bauer, Ludovica Devoto, Andrea Vinci. Rome, 1953.

La voix de Tomaso s'éteignit. Il n'avait jamais fait attention à ces trois noms au dos de la vieille photo.

— Je sais aussi qui est l'autre jeune homme.

Sofia inspira profondément avant d'ajouter :

— C'est Andrea Vinci, le libraire dont je t'ai parlé. L'homme qui m'a offert le livre de Clarice.

22

« La vérité d'autrui n'est pas dans ce qu'il te révèle,
mais dans ce qu'il ne peut te révéler.
Alors, si tu veux le comprendre,
n'écoute pas ce qu'il dit, mais bien ce qu'il ne dit pas. »

Khalil GIBRAN, *Le Sable et l'Écume*

— Raconte-moi tout depuis le début, s'il te plaît, demanda Tomaso en lui servant à boire, avant de remplir son propre verre.

Encore étonnée par la découverte qu'elle venait de faire, Sofia mangeait distraitement.

— Je te l'ai dit. Je connaissais déjà la librairie, mais ce jour-là j'y suis entrée par hasard. En passant devant, j'ai eu envie de jeter un œil à l'intérieur. Puis je me suis mise à discuter avec le libraire que je n'avais jamais vu. Il m'a montré le livre de Fohr, et moi, qui cherchais un livre à restaurer et qui aime cet auteur, je lui ai fait une offre.

— Il ne te l'a pas offert ?

Elle acquiesça.

— En fin de compte, si. Au début, il a essayé de me convaincre que ce n'était pas une bonne affaire et qu'il ne pouvait absolument pas me le vendre dans l'état où il se trouvait.

Tomaso soupesait les mots qu'il s'apprêtait à prononcer, tout en l'étudiant par-dessus son verre. Il but son vin d'un trait et s'en resservit. Il aurait eu besoin de quelque chose de plus fort, mais il devait rester le plus lucide possible.

— La seule chose dont je sois sûr, c'est qu'Andrea Vinci ne t'a pas offert ce livre par hasard.

C'était l'élément qu'il manquait à Tomaso pour voir clair dans cette histoire.

Ils continuèrent à parler et à faire le point sur la situation. Sofia ne parvenait pas à se faire à cette idée, mais Tomaso avait raison. Il analysa les faits calmement. Il ne se laissa aller ni à la colère ni aux reproches concernant la discussion qu'ils avaient eue au retour de Vienne. Il examina attentivement tous les éléments et un tableau précis finit par se dessiner, même s'il paraissait invraisemblable. Derrière presque tous les événements qui s'étaient enchaînés alors qu'ils recherchaient les livres de Fohr, se cachait Andrea Vinci.

Ils étaient devenus les marionnettes de cet homme.

— J'avais insisté pour acheter le livre, lui refusait de me le vendre. Ça, je m'en souviens parfaitement, dit Sofia, se remémorant le soir de sa première rencontre avec Andrea Vinci. Et tout à coup, il a décidé de me l'offrir. J'ai trouvé ça bizarre, mais je ne me suis pas attardée sur la question.

— C'était avant ou après lui avoir dit ton nom ?

Elle réfléchit un peu, puis écarquilla les yeux.

— Après ! Tu as raison.

En effet, dans la discussion, elle avait parlé de son grand-père et lui avait dit qu'il habitait la quartier Coppedè. Si ces deux-là se connaissaient, comme le montrait la photo, il avait été très facile pour le libraire de découvrir son identité. Elle reprit :

— Soudain, il n'a plus voulu que je paie, et il a insisté pour que je revienne lui montrer le livre quand il serait restauré. Et c'est lui qui m'a envoyée vers toi.

— Comment ça ?

Elle leva la tête.

— Quand je lui ai parlé de la lettre de Clarice et que je lui ai dit que j'avais besoin d'une expertise graphologique, il m'a conseillé de te contacter. Il m'a dit que tu étais le meilleur.

Cette histoire devenait vraiment inquiétante.

— Mais comment me connaissait-il ? Moi, je ne le connais pas…

Ils regardèrent tous deux la photographie où apparaissaient leurs grands-parents et le libraire. Le lien qui les unissait était documenté. Andrea avait rencontré Sofia par hasard, certes, mais quand il avait compris qu'elle était la petite-fille de Maximilian Bauer, certainement un de ses vieux amis, il lui avait offert le livre. Il lui avait demandé de revenir, de façon à consolider son lien avec elle. Mais ce qui était étrange, c'est qu'il n'avait jamais, ni au début ni par la suite, évoqué le fait qu'il connaissait son grand-père.

— Pourquoi ? Je veux dire, pourquoi avait-il besoin de me manipuler ? Peut-être savait-il quelque chose sur Clarice ?

— Ou peut-être pas. Le livre est en soi intéressant. N'oublie pas qu'il comporte des notes manuscrites. Il se doutait peut-être déjà qu'elles avaient été tracées par la main de l'auteur… et ma grand-mère était graphologue, elle aussi !

Sofia l'avait écouté en silence.

— Ce n'est pas un hasard, Tomaso. Un libraire, une graphologue, un chercheur… Mon grand-père enseignait la littérature allemande. Ils ont, ou ils devaient avoir, tous plus ou moins le même âge. Je parie qu'ils ont étudié dans la même université. Quelque chose doit les relier les uns aux autres, quelque part. Comment se sont-ils connus, qui étaient-ils les uns pour les autres ? Pourquoi Andrea, après avoir entendu mon nom, ne m'a-t-il pas dit qu'il connaissait Maxim ? Ce n'est pas normal, les vieux adorent parler du passé. S'il ne l'a pas fait, c'est sans doute pour une bonne raison, dit-elle en se passant la main sur le visage. Il n'y a plus qu'à appeler Maxim pour lui demander d'apporter ses lumières sur cette histoire.

Mais d'abord, elle voulait parler à Andrea Vinci, savoir le pourquoi de tout ce scénario. Elle était déçue et amère.

— Il était inutile de recourir à ce subterfuge. S'il m'avait demandé de l'aider dans sa recherche, je l'aurais fait.

Tomaso soupira :

— Je n'ai aucune envie de prendre la défense de cet homme mais il ne pouvait pas connaître l'existence de la lettre de Clarice. Elle était à l'intérieur de la reliure, dans une poche. Comme les autres. Et il ne pouvait pas non plus savoir à quel point la vie de Fohr te passionnerait. Disons qu'il a parié sur toi en te confiant ce livre. Et il avait raison.

Peut-être.

— À notre retour de Vienne, quand je lui ai dit que la troisième lettre était abîmée, j'ai cru qu'il allait faire un malaise. Ensuite, il a essayé de me pousser à continuer mes recherches. Il était évident qu'elles avaient peu de chances d'aboutir. Il était profondément déçu par le fait que nous ayons décidé d'abandonner notre enquête. Il est devenu de plus en plus silencieux, puis il m'a proposé de lui donner un coup de main à la librairie. Aujourd'hui, je l'ai revu, alors que ça faisait plusieurs jours qu'il ne venait pas au magasin. À ce sujet, j'ai quelque chose à te dire…

Elle se sentait soudain troublée, nerveuse.

— Vas-y, dis-moi tout, à présent, plus rien ne me surprend, répondit-il avec un sourire d'encouragement.

— Si je suis ici, c'est probablement grâce à lui.

La reconnaissance de Sofia pour le libraire réchauffa le cœur de Tomaso. Cependant, il ne voulait pas trop y penser. Il était heureux qu'elle soit là avec lui, point. Il ne lui dit pas que, avec ou sans l'intervention du libraire, ils se seraient revus. La revoir au plus vite avait fait partie de ses projets dès le jour où il l'avait rencontrée.

— J'ai donc une dette envers lui, commenta-t-il d'un ton volontairement léger, même si son cœur battait la chamade.

Mais Sofia ne riait pas. Elle était très sérieuse.

— Je suis en colère contre cet homme, mais je lui suis aussi très attachée. Je voudrais juste comprendre ce qui l'a poussé à me manipuler comme il l'a fait. Je dois comprendre.

Ils étaient tous les deux très fatigués et éprouvés par leurs dernières découvertes.

— Il est trois heures du matin. Allons dormir, Sofia. On y pensera demain, dit-il en lui tendant la main.

Ils se regardèrent longuement, mais Tomaso ne céda pas. Elle finit par lui tendre la sienne. Il l'attira à lui et la serra dans ses bras.

— Tu continues à me surprendre.

Il l'embrassa lentement et ajouta :

— Ça ne me déplairait pas que ça devienne une habitude.

Ils retournèrent se coucher, main dans la main.

Maximilian Bauer était abasourdi, les mots lui manquaient.

— Attends, attends, *Liebling*, je ne te suis pas.

C'était encore l'aube, mais Sofia savait que ses grands-parents étaient très matinaux. Elle avait attendu aussi longtemps qu'elle l'avait pu, pour ne pas les inquiéter. Elle était impatiente, nerveuse.

— Papy, réponds simplement à ma question. Est-ce que tu connais un homme du nom d'Andrea Vinci ?

Il y eut un silence, puis un petit bruit étouffé. Et enfin, il admit :

— Oui, bien sûr. C'était un de mes camarades d'université. Mais toi, comment se fait-il que tu connaisses son nom ? Il ne vivait pas en Italie, il est parti il y a des décennies, et il n'est jamais revenu. Pour ce que j'en sais, il pourrait tout aussi bien être mort depuis longtemps. (Il poussa un long soupir avant de reprendre :) Son père avait une librairie à Coppedè. Je t'y emmenais quand tu étais petite.

— Justement.

— Tu veux dire qu'il est revenu ? Tu l'y as rencontré ? Bien sûr, bien sûr. C'est possible. Mais quoi qu'il en soit, *Liebling*, d'où te vient ce besoin si urgent de me parler de lui ?

— Il m'a offert un livre très particulier.

Il y eut à nouveau un long silence, mais, cette fois, Sofia comprit qu'il portait en lui quelque chose d'étrange, une tension palpable. Maxim savait quelque chose.

— Papy, tu es là ?

Il toussota.

— Quel livre ?

— Une édition ancienne du premier volume de l'œuvre de Christian Philipp Fohr. *Le Discours sur la nature.*

— Dis-moi, *Liebling*, articula-t-il d'une voix à présent impérieuse, le livre en question, est-il relié en maroquin rouge, avec des notes dans les marges ?

Elle sentit soudain son cœur battre plus fort dans sa poitrine.

— Oui, c'est exact.

— Oh, le salaud ! Si je lui mets la main dessus, cette fois son compte est bon ! Rapporte-lui immédiatement ce livre, Sofia ! Il l'a volé. Rends-le-lui. Ou plutôt, non. Rends-le toi-même à ses propriétaires. Va à la bibliothèque Hertziana et dis-leur que… Non. Ça non plus, ça ne va pas…

Il avait le souffle court, il était désespéré. Sofia crut même qu'il allait faire un malaise. Il fit encore une pause, puis marmonna quelque chose pour lui-même, avant de reprendre la conversation :

— Je vais prendre le premier avion. Ne bouge pas jusqu'à ce que j'arrive ! Je vais lui régler son compte, moi, à cet affreux ! Je ne lui permettrai pas de te compromettre toi aussi !

Sofia n'avait pas le temps de se laisser distraire par l'histoire de la provenance du livre. Elle y penserait plus tard. Pour l'instant, elle voulait des informations, le plus possible.

— Papy, écoute-moi. Dans ce livre, dans les contre-gardes, plus précisément, j'ai trouvé une lettre.

— Quoi ?

— C'est une contemporaine de Fohr qui l'a écrite. Elle s'appelait Clarice. C'est elle qui a relié cette copie de la trilogie. Elle a caché une lettre à l'intérieur de chaque volume.

— Pourquoi ?

— Elle voulait éviter que quelque chose ne soit perdu. (Elle prit le temps de choisir soigneusement ses mots et reprit :) Je suis convaincue que Fohr a laissé un inédit. Clarice l'aimait, et je crois qu'elle désirait de toutes ses forces que cet écrit soit retrouvé par la suite, même si, à l'époque, il devait rester secret. Elle voulait que tout le monde puisse le lire. Que le monde sache.

Elle en était absolument convaincue. Elle aurait parié n'importe quoi.

— Mais pourquoi, au nom du ciel ? Fohr était l'un des écrivains les plus célèbres de son temps, n'importe quel éditeur de l'époque aurait sauté comme un cabri à l'idée de publier un de ses livres.

— Je ne sais pas pourquoi elle estimait que ça devait rester un secret, en revanche, je sais qu'ils se sont aimés jusqu'à la mort de Fohr, et plus tard, comme elle le raconte elle-même dans ces pages, Clarice a décidé d'écrire leur histoire. Dans le dernier volume – on a réussi à retrouver les trois volumes, et chacun contenait une lettre –, je m'attendais à trouver des indications permettant de retrouver le texte inédit, mais cette dernière lettre est très abîmée, et la partie cruciale est illisible.

Maxim prit une profonde inspiration.

— Bien sûr, il faut se replacer dans le contexte de cette époque pour comprendre cette femme. Si elle a hérité du livre après une relation illégitime avec Fohr, cela expliquerait pourquoi elle devait le cacher. La société d'alors avait des juges implacables et on ne pouvait pas leur échapper. (Il soupira puis reprit :) Mais on verra ça plus tard. Donne-moi le temps d'arriver, *Liebling*. N'en parle à personne, et attends-moi. Un inédit de Fohr… ce serait fou !

Il raccrocha après lui avoir recommandé une fois de plus de suivre ses instructions à la lettre.

Sofia resta un instant le téléphone à la main, les yeux rivés sur Tomaso allongé à côté d'elle.

— Tu as entendu ?

— Ça devient de plus en plus complexe, cette histoire. Je crois que le moment est venu d'avoir une discussion franche avec ce libraire.

Il avait raison. Certes, Maxim lui avait demandé de l'attendre, mais elle devait agir tout de suite. Elle en avait assez de ces subterfuges, de tous ces secrets.

— Je me demande quel rôle a bien pu jouer ma grand-mère dans toute cette histoire.

— Je crois que nous sommes sur le point de le découvrir.

Ils déjeunèrent puis Tomaso renvoya à l'après-midi ses rendez-vous avec deux personnes intéressées par l'achat de son appartement. Il ne laisserait pas Sofia affronter cet homme seule. Et lui aussi voulait des explications.

Il se trouvait à son comptoir, penché sur un livre, comme d'habitude. Andrea Vinci leva la tête, regarda d'abord Sofia, puis Tomaso. Il s'attarda un peu plus longtemps sur lui, puis sourit et marmonna quelque chose pour lui-même, en dodelinant de la tête.

— Bonjour.

— Ma chère Sofia, je vois que tu as amené un ami.

Tomaso intervint sans la moindre gêne :

— Je crois que les présentations sont superflues, vu que vous me connaissez, et que vous connaissiez aussi ma grand-mère.

— Tu as les mêmes yeux qu'elle, tu sais ? Pénétrants, expressifs… On savait toujours ce que Ludovica pensait de quelqu'un, reconnut Andrea avec un petit rire. Elle savait parfaitement se faire comprendre sans un mot. Et je vois que tu as hérité de ce trait bien particulier, toi aussi.

Il s'interrompit, s'appuyant sur sa canne.

— Je vous attendais, en effet. Asseyez-vous, l'histoire de Fohr et Clarice est vraiment fascinante, mais très longue, et je ne peux pas rester debout très longtemps.

Il toussa et leur indiqua les fauteuils.

— Ta grand-mère me détestait, et elle n'essayait pas de le cacher. J'étais tout ce qu'elle méprisait, précisa-t-il avant de chercher le regard de Sofia. Maxim était son préféré.

Son sourire s'éteignit.

Sofia comprit qu'il s'était immergé dans ses souvenirs, dans un passé qui n'appartenait ni à elle ni à Tomaso.

— Mais asseyez-vous, je vous en prie.

Il les rejoignit et s'assit, lui aussi, ses genoux osseux à peine voilés par l'étoffe de son pantalon.

— Par où commencer ? grommela-t-il. (Puis son visage s'illumina :) Avant tout, je voudrais vous dire quelque chose. Je suis content que tout ça soit fini. Je crois que mon cœur n'aurait pas tenu plus longtemps. Notre chère Clarice von Harmel nous a donné trop d'émotions, beaucoup trop.

Il s'appuya contre le dossier de son fauteuil qui sembla l'envelopper.

— Pourquoi ?

La question de Sofia était claire.

Le vieil homme réfléchit un moment avant de répondre :

— Tu sais, une fois, j'ai lu l'histoire d'un homme qui emportait partout avec lui un livre qu'il ne lisait jamais. Il le faisait pour se rappeler à lui-même que le jour où il le voudrait, il n'aurait qu'à l'ouvrir. Mais tout ça ne comptait pas, car tout ce qu'il voulait vraiment c'était le posséder.

Il leva les bras dans un geste amusé.

— Les livres sont comme ça, chacun y voit une petite part de lui. Ils peuvent être des réponses à des questions qui nous tourmentent, et même à celles que l'on ne s'est pas encore posées. Les livres ont un immense pouvoir.

Sa voix s'éteignit un instant.

— Pour moi, par exemple, le livre de Fohr, c'était la fin de la jeunesse. Il a été quelque temps le symbole de la liberté et de la rébellion face aux injustices. Et puis, quand je me suis affranchi du pouvoir qu'il avait sur moi, et que j'ai appris à le dompter, il est devenu un ami, un guide. Une frontière que je n'aurais jamais dû franchir.

Il ricana puis reporta son attention sur eux.

— Pardonnez-moi si je divague. J'ai trop de choses en tête, ce n'est pas facile d'en choisir une au risque de négliger les autres.

— Essayez toujours, je vous assure que nous avons le temps.

Vinci devint sérieux.

— Cher Tomaso… il se trouve que c'est ta grand-mère qui nous a parlé de Fohr. Je ne sais pas comment elle avait repéré le livre dans le catalogue de la bibliothèque Hertziana, et franchement, à l'époque, cela ne me semblait même pas une question digne d'intérêt, mais voyez-vous, Ludovica soutenait que ce livre contenait des notes autographes de Fohr, et que l'autre écriture était celle d'une femme. Une inconnue qui avait partagé avec lui certains espaces dans les marges, qu'elle avait remplis de diverses réflexions et pensées.

Il fit une grimace.

— Personne ne l'avait crue, bien sûr, avant tout parce que c'était une jeune fille, même si elle avait démontré qu'elle était la meilleure de sa classe. Et puis ses compétences en graphologie intuitive étaient un peu trop éloignées de la science de l'époque. On estimait que ce n'étaient là que des suppositions.

Il s'arrêta, et reprit son souffle avant de recommencer à parler.

— Cela peut sembler paradoxal, mais c'est justement parce qu'on la snobait et que cette hypothèse n'intéressait aucun de nos professeurs que j'y ai vu une possibilité. La découverte d'un livre sur l'existence duquel des rumeurs couraient depuis plus d'un siècle.

— Donc, vous étiez au courant de cette légende.

Le libraire haussa les épaules.

— Chère Sofia, c'était plus qu'une légende, et ce livre annoté par l'auteur lui-même pouvait être une piste. Nous connaissions tous l'allemand. Ludovica et moi parce que nous l'avions étudié, Maxim parce que c'était sa langue maternelle.

Tomaso ferma à demi les yeux.

— Continuez, s'il vous plaît.

— Nous nous sommes passionnés tous les trois pour Fohr et pour cet étrange livre. Mais tandis que Ludovica en avait fait une affaire personnelle et que Maxim avait trouvé là le moyen de briller aux yeux de la jeune fille dont il était amoureux, moi, j'y voyais un moyen de m'affirmer dans le monde universitaire.

Il se pencha vers eux, ses mains noueuses serrant les bras du fauteuil.

— Je voulais être reconnu comme l'auteur d'une grande découverte. Celui qui avait trouvé le livre perdu de Fohr. Je voulais la gloire, je voulais les honneurs. Je voulais ma place dans ce que je considérais comme l'Olympe de la connaissance.

À présent qu'elle l'écoutait et le regardait sans l'affection qu'elle lui avait portée au début, Sofia reconnut dans le vieil homme les signes de l'obsession. Dans ses yeux écarquillés, encore animés, après de longues années, par une flamme ardente.

— Et ensuite, qu'est-ce qui s'est passé ?

L'expression du libraire se fit plus sombre.

— Ce qui arrive quand des puissants s'aperçoivent que leurs subalternes pourraient avoir raison, répondit-il avec un haussement d'épaules. Après s'être moqués de nous, ils cherchèrent à s'attribuer les mérites de notre travail et de nos rêves. Une bien triste vérité, vous ne croyez pas ?

— Expliquez-vous mieux.

Andrea serra les dents comme si, aujourd'hui encore, des dizaines d'années plus tard, il sentait le goût amer de la rage dans sa bouche.

— Un des assistants qui suivaient nos recherches sur Fohr en informa notre professeur. Celui-ci demanda à voir le livre. Il ne croyait pas aux supputations de Ludovica, personne n'y croyait. Mais il voulait y voir clair. À partir de ce moment-là, il ne nous fut plus possible de l'examiner.

À présent, ils commençaient à comprendre. Sofia était encore loin de voir le rapport avec elle, mais les contours de cette histoire se faisaient plus nets.

— Alors, vous l'avez volé.

Le libraire se figea.

— Oui. Et sur le coup, j'en étais même fier. C'était comme une gifle assenée à l'arrogance du système. Et puis… Et puis, eh bien, c'est une autre histoire, soupira-t-il. Cet acte inconsidéré, ma chère petite, m'a coûté un exil volontaire, l'éloignement de ma terre, de ma famille. L'amitié de deux personnes auxquelles je tenais beaucoup.

Il se tourna vers Tomaso.

— Ensuite, je suis revenu à la raison, tu sais. J'aurais pu rentrer en Italie, mais je n'en ai jamais eu le courage. La disparition du livre n'avait jamais été signalée, on avait bien autre chose à faire à l'époque. Mais mon père l'avait découvert. J'ai ressenti une telle honte d'avoir causé des problèmes à ma famille universitaire que je me suis fait oublier. Et puis, la vie finit toujours par vous entraîner dans ses méandres incompréhensibles.

— Mais moi, qu'est-ce que j'ai à voir là-dedans ? Pourquoi m'avez-vous offert ce livre ? demanda Sofia en poussant le livre vers le vieil homme.

Le libraire ne le toucha pas, le regardant comme s'il s'agissait d'une entité vivante, avec laquelle il ne voulait plus rien avoir à faire.

— Quand j'ai compris qui tu étais, j'ai pensé que c'était un signe. Ce livre allait pouvoir retrouver sa place. Au cours des jours qui avaient précédé notre rencontre, j'avais cherché Maxim, je voulais qu'il m'aide à rapporter l'ouvrage à la bibliothèque. Je ne pouvais pas m'y présenter moi-même. Même si je l'ai volé il y a soixante ans, comment aurais-je pu expliquer cela ? Alors, j'ai pensé que, si je te le confiais, Maxim finirait par le reconnaître. J'étais certain que, grâce à ses relations, il saurait régler tout cela discrètement. Pour mettre enfin un point final à cette histoire.

Il se tut un instant, et s'essuya les lèvres avec un mouchoir.

— Je voulais fermer le cercle, que tout cela ait une fin. Mais tu es revenue me voir et tu m'as parlé de cette lettre que tu avais trouvée. Là, j'ai pensé que le destin me donnait une autre chance. Avant de mourir, j'aurais enfin découvert si j'avais fait tout cela en suivant un rêve ou une pure illusion.

Sofia n'en revenait pas.

— J'ai donc été votre marionnette.

Le libraire secoua la tête.

— Ce n'est pas si simple. C'est autre chose qui m'a convaincu de te confier le livre.

— C'est-à-dire ?

Il passa une main dans ses cheveux argentés et clairsemés.

— Tu possèdes pour la littérature un amour profond que je n'ai jamais eu, Sofia Bauer. Tu as une sensibilité extraordinaire, tu es douce, tu écoutes ceux qui te parlent, tu as du respect pour eux. Ma chère petite, tu es entrée dans ma vie comme un rayon de soleil.

Il n'essayait pas de la flatter, son regard brillait d'une sincérité pure. Mais Sofia devait encore trouver l'explication de beaucoup de choses, et surtout savoir si elle pouvait encore faire confiance à cet homme.

— Vous n'avez pas été sincère avec moi.

— Peut-on choisir entre un mensonge qui fait vivre et une vérité qui fait mourir ?

— Arrêtez avec vos phrases à effet. Je vous faisais confiance. Vous auriez dû tout me raconter, vous n'aviez aucune raison de me tromper de la sorte. Vous m'avez manipulée. Vous nous avez tous manipulés.

— Ma chère Sofia, pour moi, tu as été une deuxième chance. Ce n'était pas mon intention au départ, je te prie de me croire.

Elle ne lui répondit pas, les yeux brillants de larmes et de déception.

Tomaso se leva et tendit la main à Sofia.

— Ne me jugez pas trop sévèrement. Vous savez ce que cela veut dire de suivre un rêve. Et en ce qui concerne ce que j'ai volé, vous pourrez toujours rapporter à la bibliothèque les livres et les lettres, et raconter tout ce que vous avez découvert. Je crois que vous ferez le bien autour de vous, bien plus que je n'en aurais fait si j'avais rendu le livre que j'avais dérobé, en mauvais état, qui plus est. Pour moi, cette histoire est terminée.

Il les mettait à l'épreuve, Tomaso le savait. Pourtant, en sortant de la librairie, la main de Sofia serrée dans la sienne, il ne parvint pas à réprimer un sourire.

— Cette vieille canaille a eu le dernier mot, admit Sofia. Je crois qu'il a raison, tu sais. Au fond, c'est mieux comme ça. Dès que mon grand-père sera rentré, nous chercherons une façon de régler ça. On racontera tout, on parlera même du livre qu'on a trouvé à Vienne. (Son visage s'illumina.) La trilogie sera réunie, Tomaso. Et, qui sait, peut-être qu'à la lumière de tout cela quelqu'un décidera de restaurer la dernière lettre. Et peut-être qu'on finira par découvrir où est conservé le texte inédit de Fohr, si c'est bien cela le secret dont parle Clarice.

Ah si seulement ils le retrouvaient ! Elle voulait honorer la promesse qu'elle avait faite à Clarice. Elle rendrait alors au monde le livre disparu, selon les vœux de la relieuse.

— Ce serait vraiment merveilleux.

Ils avaient encore de nombreux doutes à lever et nombre de leurs questions n'avaient pas trouvé de réponse, mais Sofia était apaisée. Elle était heureuse d'avoir connu Clarice et son histoire. Sa vie avait changé : elle sentait qu'elle était sortie de cet antre où elle s'était terrée si longtemps, dans ce repli caché de son âme.

Clarice lui avait appris à ne jamais abandonner, à changer, à être courageuse. Cette femme qui avait vécu il y a deux siècles avait pris son propre destin en main, lutté pour obtenir ce qu'elle désirait.

Et Sofia, à présent qu'elle en était consciente, continuerait sur cette voie.

23

« Je voudrais voir aux femmes de l'empire
non sur les hommes, mais sur elles-mêmes. »

Mary Wollstonecraft Godwin, *Défense des droits des femmes*

L'avion arriva à l'heure. Quand Maxim et Therese apparurent, Sofia ne put se retenir et courut vers eux. Elle serra ses grands-parents dans ses bras, heureuse comme elle ne l'avait pas été depuis très longtemps.

— *Liebling*, laisse-moi te regarder, tu es magnifique.

C'était si bon de les revoir. Et si doux d'être à nouveau une famille.

— Je suis vraiment désolée que vous ayez dû interrompre vos vacances.

Maxim fit un signe de la main pour minimiser l'affaire.

— Ça fait un moment qu'on aurait dû rentrer. La vieillesse est une bien vilaine chose. Ça devient difficile de remettre les choses à plus tard, tu sais ? En fin de compte, il y avait tant de choses que nous nous étions promis de faire et de voir qu'il nous aurait fallu rester des années là-bas.

Il fit une pause, en serrant les mains de sa petite-fille entre les siennes.

— Je suis très chagriné que tu aies dû rencontrer Andrea Vinci et entendre parler de cette histoire sordide. J'y pense très rarement, vois-tu, et, franchement, je croyais que tout le monde l'avait oubliée depuis longtemps.

— Eh bien, en fait, papy, elle est très actuelle. Il faut que je… que nous te racontions quelque chose.

Elle se tourna vers Tomaso et lui sourit.

— Je suppose que c'est le jeune homme qui t'a aidée dans tes recherches ?

La question de Therese trouva immédiatement une réponse. Sofia prit Tomaso par le bras et s'appuya sur lui. Ce geste était plus qu'une explication, c'était un fait établi.

— Je suis ravie de faire votre connaissance, madame et monsieur Bauer.

Les deux hommes se serrèrent la main en se jaugeant l'un l'autre, ouvertement, ce qui amusa beaucoup Therese et Sofia.

— Je m'appelle Tomaso Leoni.

— Tu te souviens peut-être de sa grand-mère, vous étiez ensemble à l'université. Ludovica Devoto Leoni.

Therese fit un pas, un sourire sur le visage.

— Oh ! Vraiment ? Mais quelle coïncidence incroyable !

Cela n'avait rien d'une coïncidence, pensa Sofia. Mais, de l'amertume qui l'avait étranglée quand elle avait compris comment Andrea les avait manipulés, il ne restait plus qu'une petite trace. Les mots de Joice lui étaient revenus à l'esprit. Son amie avait raison : chaque action est un terrain fertile pour que naisse quelque chose de complètement différent et nouveau, qui sans cela n'aurait jamais pu advenir. Comme, par exemple, sa rencontre avec Tomaso. Parfois, il fallait cesser de penser à l'avant et à l'après et se concentrer sur le présent.

Le va-et-vient autour d'eux s'était intensifié. Les gens arrivaient par groupes, accueillis par leurs parents et leurs amis. Les haut-parleurs répétaient leurs conseils : les voyageurs étaient priés de ne pas laisser leurs bagages sans surveillance. Ils étaient comme des vagues qui passaient bruyamment et succédaient à des moments de calme.

Sofia s'éclaircit la voix.

— Que diriez-vous de continuer cette discussion à la maison ?

Ce ne fut pas facile de retenir les questions qui exigeaient une réponse immédiate, mais ils savaient tous que, pour venir à bout de cette affaire, ils avaient besoin de sérénité, de concentration et de silence.

Enfin arrivés à Coppedè, ils s'installèrent dans la bibliothèque. Les deux livres étaient là où Sofia les avait laissés, sur sa table de travail, avec chacun sa lettre posée à côté de lui, et la transcription du troisième message trouvé à Vienne.

— Ça, c'est le livre qu'Andrea a volé, dit Maxim en le pointant du doigt. Ludovica et moi étions terrifiés, nous nous attendions à être expulsés de l'université d'un moment à l'autre.

Il sourit.

— Continue, papy.

Therese s'assit sur un fauteuil à côté de son mari, Sofia à côté de son grand-père, Tomaso derrière elle.

Au fur et à mesure que les souvenirs lui revenaient, la voix de Maxim gagnait en profondeur.

— Ludovica a poursuivi ses recherches, malgré tout. Mais moi j'en avais assez. Je n'ai plus jamais voulu en entendre parler. Et elle ne me l'a jamais pardonné.

Il y eut un silence et un sourire triste se dessina sur ses lèvres.

— Je ne la voyais plus depuis longtemps, et plus tard j'ai appris qu'elle avait changé de cursus. Je n'ai plus jamais eu de nouvelles d'elle ni d'Andrea. Ç'a été un moment difficile, je ne te le cache pas, *Liebling*.

Tout en parlant, Maxim ne quittait pas des yeux les livres et les lettres de Clarice disposés devant lui sur la table en bois.

— Je n'arrive toujours pas à croire que Ludovica avait vu juste à propos de ce livre. (Il fit une pause.) C'est par hasard qu'elle s'est passionnée pour cette histoire, voyez-vous. Son professeur lui avait proposé de faire son mémoire sur un écrivain romantique, et elle avait choisi Christian Fohr parce que sa tombe l'avait marquée. Elle avait vu la pierre tombale qui se trouve sous la pyramide du cimetière anglais. (Il soupira.) Je t'y ai emmenée une fois, tu te souviens ?

Bien sûr qu'elle s'en souvenait. L'atmosphère, le parfum, la lumière qui filtrait d'entre les arbres. Et toutes ces fleurs qui poussaient sur cette terre sombre. Sofia aussi avait été marquée par la tombe de Christian Philipp Fohr. Elle acquiesça et Maxim continua :

— L'histoire de ce jeune homme mort noyé l'avait bouleversée. Elle pensait beaucoup à lui et aux rumeurs qui circulaient au sujet d'un livre perdu. Quand elle a découvert ces notes à la bibliothèque, elle s'est convaincue qu'il y avait du vrai derrière cette légende. Évidemment que l'écrivain avait continué son travail après sa trilogie. Elle en était restée comme ensorcelée. Elle soutenait que c'était un homme et une femme qui avaient annoté le livre. Et elle soutenait qu'ils l'avaient fait ensemble, et non successivement. « Si on retrouve cette femme, on retrouvera aussi le livre mystérieux », me répétait-elle souvent. Andrea était très ambitieux, il voulait s'affirmer d'une façon ou d'une autre. La possibilité de retrouver ce livre a fait naître une tentation énorme, un objectif à atteindre, quel qu'en soit le prix... Et la vie, à ce que je vois, n'a pas émoussé son ambition. Il n'a rien appris.

Tomaso caressa les épaules de Sofia.

— Eh bien, en fait, il voulait rendre le livre ; évidemment, il n'en avait rien obtenu. De toute évidence, il avait essayé de vous rencontrer plusieurs fois, à son retour à Rome. Quand il a compris que Sofia était votre petite-fille, il le lui a confié. Mais, en réalité, il espérait entrer en contact avec vous, professeur Bauer. Il était certain que, d'une façon ou d'une autre, un homme ayant votre influence, votre passé de professeur universitaire, trouverait le moyen de le restituer discrètement. Et de remédier à ce qu'il avait fait.

Maxim poussa un profond soupir.

— La bibliothèque sera ravie de récupérer un livre aussi précieux que celui de Fohr. Vous êtes certains de vouloir leur céder les deux autres et les lettres ?

Tomaso et Sofia avaient discuté longuement et fini par décider que c'était la meilleure chose à faire.

— Nous les confierons à la bibliothèque.

Tout le monde connaîtrait l'histoire de Clarice et Christian, ce qui rendait Sofia heureuse. Ils n'avaient pas trouvé le livre perdu, certes, mais la découverte historique était de grande valeur. Et la volonté de la relieuse de sortir de l'ombre avait été respectée.

— J'imagine que si c'est à moi que vous posez vos questions, c'est parce que Ludovica ne peut plus répondre, n'est-ce pas, monsieur Leoni ?

— Tu peux dire « tu » à Tomaso, papy. Tu vas le revoir souvent.

Maxim adressa à sa petite-fille un regard complice.

— Comme je te le disais, Tomaso, j'aimerais que tu me parles de ta grand-mère.

Un doux sourire adoucissait ses traits.

— Elle est morte il y a quelques années. Elle a été heureuse, mon père en parlait comme d'une femme courageuse, toujours prête à se battre pour ses idées. Anticonformiste et moderne.

Maxim resta un instant silencieux, les mains bien à plat sur la table.

— Elle écrivait tout le temps. Elle avait des carnets remplis de notes rédigées de son écriture merveilleuse. (Le regard lointain, perdu dans le passé, il ajouta :) Des dizaines et des dizaines de carnets.

Il se tut puis pressa la main de sa femme.

— J'imagine qu'ils vous ont été très utiles dans vos recherches.

Sofia secoua la tête, curieuse.

— Pour tout te dire, papy, on vient juste d'apprendre que vous étiez amis, en trouvant une photo de vous trois chez Tomaso.

— Vraiment ?

— Oui !

Bien vite, la conversation glissa vers des thèmes plus personnels. Après un dîner rapide, ils se saluèrent et convinrent de se revoir le lendemain. Maxim appellerait ses amis de l'université et déciderait alors de la manière dont il contacterait la bibliothèque. En fin de compte, ce qui, au départ, lui avait semblé être un gros problème se résoudrait de la meilleure façon possible.

Il y eut des réunions, des rendez-vous, des papiers à signer. Sofia et Tomaso décidèrent d'agir avec la plus grande discrétion. L'essentiel, c'était que les trois volumes de cette édition si importante des livres de Fohr soient enfin réunis, et que les lettres de Clarice soient rendues publiques. La bibliothèque Hertziana et l'institut de Vienne se mettraient d'accord pour rendre cela possible. Eux ne voulaient pas de publicité, ils n'en avaient pas besoin. Ils avaient la force de leurs convictions pour les soutenir. Ils étaient heureux, et pleins d'enthousiasme.

La rage et le ressentiment qui avaient animé Maxim s'évaporaient jour après jour, tandis que le vieil homme se remémorait l'amitié qui l'avait lié à Andrea et Ludovica. À présent, il ne pouvait plus rien dire à cette dernière. Il ne pouvait pas s'excuser, il ne pouvait plus rire de ce qui était arrivé… Voilà le plus vilain tour que la mort vous jouait. Elle ne vous offrait pas de seconde chance. Elle était définitive. C'était une séparation nette. Mais avec Andrea, il pouvait encore parler, il pouvait régler leur différend qui, il le savait à présent, n'avait jamais cessé de le tourmenter, en secret. C'était ce qui arrivait quand quelque chose restait en suspens. Quand il n'y avait pas de fin, pas de vraie conclusion. Et c'était pour cela que, parfois, son esprit y retournait. Mais il était à présent bien décidé à clore ce chapitre pour toujours.

Néanmoins, ce ne fut pas si simple. Parmi les choses qu'il avait faites dans sa vie, Maxim s'aperçut que celle-ci serait une des plus difficiles. Il trouva la force nécessaire un après-midi. Il entra dans la librairie, d'un pas mal assuré. Un couple était en train de payer ses achats. L'homme avec lequel ils parlaient, derrière le comptoir, était un vieux monsieur au visage buriné, creusé par le chagrin. Émagain, Maxim s'aperçut que c'était bien lui, Andrea le rêveur, Andrea l'ambitieux, celui qui était toujours prêt à voir le côté amusant des choses, à dédramatiser, à se rebeller contre le système, à trouver des issues de secours ; le plus fragile, aussi, capable de pleurer et de s'émouvoir. Il avait oublié toutes ces choses. Il ne se souvenait que des mauvaises.

Quand le couple sortit, le laissant seul, Andrea leva les yeux vers Maxim.

Silence, stupeur, émotion.

— C'est bien toi ?

Soudain, il tremblait et dut s'agripper au comptoir.

— Bonjour, Andrea, ça fait longtemps.

Quand ils se rencontrèrent, à mi-chemin, il ne restait plus rien de tout ce que Maxim avait prévu de dire. Ils se jetèrent dans les bras l'un de l'autre, car c'est parfois plus facile et les mots deviennent superflus. Quelques instants plus tard, ils se regardèrent dans les yeux et, sous les larmes et les traces inévitables du temps, ils se virent à nouveau tels qu'ils avaient été.

— Je voulais te dire que tout est fini. Le livre de Fohr a retrouvé sa place légitime.

Andrea acquiesça.

— Je suis content, très content…

Avec le retour de ses grands-parents à Coppedè, Sofia décida de se trouver un appartement à elle. Elle ne pouvait pas vivre avec eux. Habiter avec Maxim et Therese, qui l'avaient pourtant priée de rester aussi longtemps qu'elle le voudrait, s'accordait mal avec son désir de liberté. Aussi déménagea-t-elle pour s'installer dans un petit studio. L'espace était divisé entre le lit, un coin-cuisine équipé et des étagères remplies de livres.

Dans son petit chez-elle, ils étaient partout. Ils recouvraient même la couleur déprimante du crépi. C'était son endroit à elle, elle pouvait y penser, y rêver. Et, comme pour compenser, ce tout petit espace fut témoin de grands projets.

Et de nouvelles opportunités.

Sofia avait un nouveau travail. La découverte relative à Fohr avait convaincu les dirigeants de l'institut de Vienne que le moment était venu d'ouvrir une succursale à Rome.

Elle serait responsable de la bibliothèque.

« La vérité, c'est que tu ne veux pas perdre une occasion de trouver quelque chose caché dans ces vieux livres », avait commenté Tomaso en plaisantant, même si, au fond, il n'avait pas tout à fait tort.

Ces dernières semaines avaient été vraiment émouvantes. Après avoir rendu à la bibliothèque l'ouvrage volé, avoir donné celui qu'elle avait acquis à Munich et révélé l'emplacement du troisième livre de Fohr et de son précieux contenu, Sofia avait gagné l'admiration et l'estime de nombreuses institutions.

Beaucoup auraient voulu l'embaucher. Mais aucun de ces postes ne lui aurait offert la possibilité de travailler au contact des livres.

— Clarice avait imaginé le livre de Christian comme un bateau capable de sillonner les eaux du temps. Une bouteille à la mer. Mais beaucoup d'autres avaient déjà eu cette idée. Pas comme elle, certes, peut-être d'une autre façon. En laissant un pétale, une photographie, quelque chose qui racontait leur histoire. Et moi, je veux recueillir ces messages. Je veux que les livres que l'on me confie continuent à transporter ces histoires. Qu'ils parlent de ceux qui les ont écrits, mais aussi de ceux qui les ont lus.

Tomaso, quant à lui, devait sauver son agence. Il était sur le point de conclure la vente de la maison. Avec l'argent, il aurait de quoi honorer son accord avec les Baldini et combler le trou dans la caisse. Il aiderait aussi sa mère à assumer les frais de la villa. Il lui en parlerait, mais plus tard. Il lui raconterait la vérité. Après la mort de Frank, il s'était aperçu qu'il s'était laissé contaminer par les idées tordues de son beau-père. Sa mère était une femme intelligente, elle comprendrait la situation.

Mais il ne put jamais avoir cette conversation.

— Mais enfin, mon fils, quelle drôle d'idée t'es-tu mis en tête ? lui demanda-t-elle un soir, au cours d'un dîner qu'elle avait organisé pour rencontrer Sofia. Je ne sais pas qui a pu te faire croire que j'étais sous ta responsabilité, mais je peux t'assurer que c'est une idée absurde. J'ai mis la villa en vente, elle est trop grande pour moi toute seule. Je te donnerai la moitié du montant, naturellement. Ça pourra toujours te servir. Et, en ce qui me concerne, j'ai décidé de partir. Ça me fera du bien d'aller en Amérique. Ton oncle viendra me prendre à l'aéroport.

Ensuite, elle avait pris Sofia dans ses bras. Les deux femmes avaient immédiatement sympathisé ; Tomaso n'avait jamais eu le moindre doute là-dessus.

— Je crois que tu devrais poursuivre ta recherche. C'est vraiment passionnant, ma chère. (Elle se fit songeuse et ajouta :) Tomaso, un jour, ta grand-mère m'a dit que Fohr était l'écrivain le plus moderne que la littérature romantique ait jamais produit. Qu'il était un héros. Elle disait qu'elle aurait pu tomber amoureuse d'un homme comme lui, et, crois-moi, elle était loin d'être sentimentale. Mais vous devriez voir ça par vous-mêmes. Les carnets de Ludovica doivent encore être quelque part dans le grenier. Elle aimait écrire. Elle disait que ça l'apaisait. Que ça lui permettait d'entrer en contact avec elle-même.

— Je me demande où ils ont bien pu passer…

— Tomaso, cherche-les, montre-les à Sofia.

Trouver les carnets contenant les notes de Ludovica sur Fohr fut plus compliqué que prévu. Cette recherche les occupa plusieurs jours, mais la découverte fut extraordinaire.

C'était exactement ce que Maxim et Luisanna avaient décrit. Dans ses nombreux carnets, Ludovica parlait également de Christian et de Clarice. Après sa rupture avec ses deux amis et camarades d'université, Ludovica avait continué ses recherches seule. Par un patient travail d'archives sur les fréquentations de Fohr à Rome, elle avait découvert l'existence de la mystérieuse relieuse – qui portait le nom de Clarice Schmidt – et en suivant la trace des deux ailes que cette femme avait toujours utilisées pour signer ses travaux, elle était allée à Munich et à Vienne. La dernière étape des pérégrinations de Clarice, toujours d'après Ludovica, était l'Angleterre, et plus précisément Londres. Ils trouvèrent dans le dernier carnet une adresse qui correspondait à une villa, une demeure historique aujourd'hui convertie en structure hôtelière. Les notes s'arrêtaient là : Ludovica n'avait pas pu aller plus loin dans ses recherches.

— On pourrait aller à Londres, mon amour, murmura Sofia d'une voix basse, d'un ton qui fit frissonner Tomaso.

C'était la première fois qu'elle l'appelait comme ça. Il l'étudia, les yeux mi-clos. Sofia effleura son visage du bout des doigts puis l'embrassa lentement.

— L'amour appartient à ceux qui osent, tu le savais ?

Il mit un certain temps à répondre, car lorsque les désirs se réalisent, on a l'impression de voler. Il leur faudrait beaucoup de temps à tous les deux pour retrouver l'équilibre, si jamais ils y parvenaient un jour.

— J'attendais ces mots-là.

Une semaine plus tard, immobile devant une villa d'une banlieue résidentielle de Londres, ils se tenaient par la main, les yeux rivés sur l'imposante demeure georgienne.

— Allons-y, dit Sofia.

Ils longèrent l'allée qui menait à l'entrée l'âme en émoi et l'espoir dans le cœur.

— Tu crois qu'on trouvera quelque chose ?

— Peut-être, mais si on n'entre pas, on ne le saura jamais. Viens, maintenant, et détends-toi.

Sofia était nerveuse. Il y avait quelque chose dans ce lieu qui faisait monter en elle une grande agitation. C'était comme si elle reconnaissait cet espace, le jardin, les grandes fenêtres, jusqu'aux colonnes à l'entrée qui lui semblaient familières.

Une femme d'une cinquantaine d'années les accueillit, elle était vêtue d'une façon un peu démodée.

— Bienvenue, madame, monsieur, je vous en prie, entrez.

— Nous avons réservé une chambre.

L'hôtelière leva un instant les yeux pour les reposer aussitôt sur les papiers d'identité qu'ils venaient de lui donner.

— Nous vous attendions. C'est un petit hôtel. Nous avons peu de chambres. En réalité, je vis ici avec ma famille.

— Vous en êtes la propriétaire ? demanda Tomaso en regardant autour de lui les hauts murs et les frises.

La femme, qui s'appelait Matilde, leur offrit un grand sourire plein de fierté. De la pointe de son stylo, elle désigna la fresque peinte sur la voûte du plafond.

— C'est exact. La maison a toujours appartenu à notre famille. Nous avons dû en transformer une partie en chambres d'hôtes, par nécessité, soupira-t-elle. Les vieilles demeures ont besoin de soins très coûteux, et nous aimons trop profondément cette vieille dame pour lésiner sur la dépense, alors nous avons dû nous adapter. Mais c'est une bonne chose. Nous aimons avoir des invités.

Elle photocopia leurs pièces d'identité et les leur rendit.

— Laissez donc vos valises, mon fils Frederik les montera dans votre chambre.

Un grand garçon très blond aux yeux bleus leur sourit timidement en les saluant.

— Suivez-moi, je vous en prie.

Ils traversèrent la maison en passant par de petits salons, des dégagements, des cuisines et une grande salle de réception.

— Ici on dansait, du temps de mon arrière-grand-père.

C'était une vaste salle à double hauteur, pourvue de lustres spectaculaires en gouttes de cristal qui resplendissaient dans la lumière ténue de l'après-midi.

— C'est vraiment magnifique !

Ravie, Matilde racontait quelques anecdotes familiales.

— Et ici, dit-elle en ouvrant grande une porte à double battant, c'est la bibliothèque.

Elle les y précéda.

— Je dois vous avouer que c'est la partie de la maison que je préfère, et pas seulement pour les livres. Il s'y trouve quelque chose qui me réchauffe le cœur, dit-elle avant de se tourner vers ses hôtes et de suivre la direction de leurs regards. (Elle reprit :) Ah ! Ce portrait représente mes arrière-arrière-grands-parents. Prussiens tous les deux. Ce sont eux qui ont fait construire cette maison, voyez-vous ? Elle s'appelait Clarice Schmidt. Et autour d'eux, ce sont leurs sept enfants.

Elle eut un petit rire.

Tomaso et Sofia restèrent figés devant le portrait.

— Et lui s'appelait Christian Schmidt.

Matilde continua son récit, mais Sofia et Tomaso avaient cessé de l'écouter. Ils continuaient à fixer le portrait. Clarice, la belle, douce et courageuse femme, et l'homme qu'elle avait aimé, Christian Philipp Fohr. Car cet homme qui se tenait à côté d'elle, ils avaient vu son portrait un nombre incalculable de fois dans les livres de littérature. Peut-être que, pour leurs descendants, il ne s'était agi que d'une ressemblance, mais pour eux ce tableau avait un autre sens, avec ce visage et cette femme à côté de lui qui s'appelait justement Clarice. C'étaient eux, ils en étaient sûrs.

Mais qu'est-ce que ça voulait dire ? Pourquoi avaient-ils changé de nom ? Christian n'était-il pas mort noyé ?

Une fois encore, leurs corps parlèrent pour eux. Leurs mains se cherchèrent et se trouvèrent. Tout comme leurs émotions, leurs pensées, et les battements de leurs cœurs.

— Clarice, murmura Sofia.

— Oui. C'était vraiment une très belle femme. Mais lui aussi, il avait son charme. Ils étaient cousins, quelque chose comme ça. C'est pour cela qu'ils avaient le même nom de famille. Mais, à l'époque, c'était assez fréquent d'épouser quelqu'un de sa famille. Ils s'aimaient beaucoup.

Tomaso serra la main de Sofia.

— Dans cette vitrine se trouve une partie des livres de famille.

Enchantée de l'intérêt que lui portaient ses hôtes, Matilde poursuivait son récit.

— En réalité, la bibliothèque contenait de nombreux volumes, mais, au cours des années, beaucoup ont été perdus.

Sofia, encore incrédule et presque tremblante, s'approcha de la vitrine. Les dos étaient alignés dans une harmonie de couleurs et de formes. Était-il possible que Clarice les ait reliés elle-même ? Elle l'ignorait, mais elle aimait cette idée. Elle aimait l'imaginer penchée sur son cousoir, en train de rassembler les cahiers de feuilles et de dessiner ses merveilleuses couvertures. C'étaient les mêmes gestes qu'elle aimait exécuter elle-même, pensa-t-elle. C'était comme un lien entre elles deux. Cette pensée la lui rendit encore plus chère.

Soudain, elle sentit le souffle lui manquer.

Son regard avait glissé sur le dos d'un des livres et un titre la fit frissonner : *L'Ère de la joie*. Mais ce qui la mena au bord des larmes, ce qui la submergea d'émotion, ce fut le symbole qui y avait été marqué au fer : un cercle renfermant deux ailes resplendissait en poudre d'or.

— Le symbole, murmura-t-elle.

Tomaso, qui ne la quittait pas des yeux, comprit immédiatement que quelque chose venait d'arriver.

— Qu'est-ce qu'il y a ?

Elle lui montra le livre. Il le regarda fixement un instant. Puis il s'adressa à Matilde :

— Croyez-vous qu'il soit possible de voir ce livre ? demanda-t-il en le lui montrant.

Après un instant de perplexité, Matilde ouvrit la vitrine :

— Pourquoi pas ?

Elle le tendit à Sofia.

— Si vous le souhaitez, vous pouvez vous installer à cette table pour l'examiner.

Sofia ne parvenait pas à y croire. Elle l'ouvrit et, sur le frontispice, découvrit leurs deux noms. Leurs vrais noms. C'était lui, c'était le livre inédit de Fohr. Ils l'avaient trouvé. Elle tourna délicatement les pages, en tremblant d'émotion. Le symbole de Clarice apparaissait sur chaque page, pas seulement sur les contre-gardes.

— Ils l'ont écrit ensemble, laissa échapper Tomaso, qui pensait à voix haute.

Penchés sur ces feuilles jaunies par le temps, ils découvrirent la suite de cette histoire. Ce livre avait été écrit à quatre mains. Clarice et son Christian adoré, ensemble. Un homme et une femme qui partageaient leur vie, l'union parfaite de deux êtres complémentaires. Une introduction expliquait tout.

— C'est le seul qui soit écrit à la main, voyez-vous.

Ils étaient émus, ébahis. Ils étaient devant une œuvre qui célébrait la vie à travers l'amour de deux personnes qui avaient affronté de nombreuses épreuves, et avaient été des citoyens de leur temps sans jamais trahir les idéaux pour lesquels ils s'étaient battus.

Tomaso lui prit le livre des mains et le rendit à Matilde. Puis il prit Sofia dans ses bras et, devant une Matilde étonnée, souriante et un peu scandalisée, l'embrassa passionnément.

— Oh, mon Dieu ! Eh bien, ça alors !

Ils racontèrent tout à Matilde qui les pria de rester quelques jours de plus chez elle : elle avait tant à découvrir. Ensemble, ils décideraient comment rendre publique toute cette histoire.

Quelques heures plus tard, ils se promenèrent dans la ville, le cœur et l'esprit pleins de questions, d'hypothèses et d'émerveillement. Ils se demandaient surtout comment Ludovica était arrivée jusque-là sans les lettres de Clarice, chose qui resterait malheureusement un mystère. Et puis, Christian n'était pas mort ! Clarice et lui avaient trouvé le moyen de quitter l'Italie pour se réfugier à Londres. Ils avaient vécu retirés, changeant d'identité pour élever leurs enfants. Et, ensemble, ils avaient écrit un livre.

— Mais pourquoi l'ont-ils caché ? Parce qu'ils ne voulaient pas qu'on les retrouve ? demanda Tomaso, brisant soudain le silence.

Sofia réfléchit. Le fameux inédit n'était pas un deuxième essai de Fohr, comme ils l'avaient cru au début, mais une œuvre nouvelle, écrite à quatre mains par Clarice et Christian. Elle s'était fait son idée :

— Ils craignaient sans doute pour la sécurité de leur famille, qui, pour la société de l'époque, était illégitime. Mais il faut aussi se rappeler qu'ils avaient écrit une œuvre parfaitement inacceptable pour leur temps. Du reste, les notes dans les marges du premier volume évoquaient déjà ces thèmes, peut-être que ce sont ces idées qui les ont rapprochés. La célébration de l'identité féminine, et l'indépendance vue comme un droit. À présent, tout prend sens.

— Cette œuvre n'aurait pas été acceptée, elle devait rester cachée, tant que la société ne serait pas prête à comprendre, dit Tomaso en lui prenant la main sur laquelle il déposa un baiser. Jusqu'à ce qu'un jour, quelqu'un trouve les lettres et remonte leur piste.

Ils parlèrent encore longuement de ce qu'ils avaient sur le cœur. Et Sofia pensa combien il était facile à présent de s'exprimer, et quelle joie elle éprouvait à partager ce qu'elle ressentait. Cette distance émotionnelle, qui, pendant des années, l'avait séparée des autres, s'était comme dissoute. Et à présent que la peur avait disparu, elle ressentait enfin vraiment les choses, tout était vif, vibrant, chargé d'émotions. Un jour, elle avait trouvé une lettre dans un livre, elle avait commencé à la lire, et, à partir de cet instant, sa vie avait changé. Mais c'était elle qui avait opéré ces changements, elle les avait choisis. Elle en était à présent parfaitement consciente. Comme Clarice, elle avait pris en main son destin et l'avait transformé. Le futur était émouvant, et elle sentait une force nouvelle. Elle était enthousiaste, heureuse.

Sofia sentit encore une fois l'émotion l'emporter.

— J'ai toujours pensé que, d'une façon ou d'une autre, ce livre portait en lui un message. Et qu'il m'avait choisie.

— Quand on a beaucoup de chance, les livres nous choisissent.

Il y eut encore des sourires, des silences et des mots.

Il ne l'écoutait plus, il la regardait.

Et tandis qu'ils marchaient tous les deux, il déposa à nouveau un baiser sur sa main. Une sensation de chaleur se répandit en lui, dans tout son être, jusqu'au moindre recoin, jusqu'en ces lieux secrets dans lesquels il n'avait jamais permis à personne de s'aventurer.

C'était une belle façon de recommencer, se dit Tomaso. La meilleure. La seule qui valait vraiment la peine qu'on se batte. Être aux côtés de la personne que l'on aime, régler son pas sur le sien, ralentir et puis courir.

C'était le secret de la joie.

Épilogue

Cet espoir devait rester secret, mais à présent je veux laisser une trace pour qu'on le retrouve…

Un jour, tout le monde comprendra que le seul chemin qui mène à la joie est l'amour, et que l'égalité et le respect sont d'indispensables compagnons de voyage. J'ai confiance en l'avenir, et dans le changement. C'est pourquoi je confie ces pages au temps. Un jour, quelqu'un les retrouvera, et il saura. J'enverrai de par le monde les trois livres où elles sont cachées, à la recherche de celui ou celle qui saura les comprendre et les révéler. La nature, l'homme et la pensée guideront ses pas à travers la connaissance et ainsi ce que nous avons fait ensemble sera divulgué. *L'Ère de la joie*, notre livre, connaîtra la lumière. Je le conserverai à l'abri, à Londres, la ville qui nous a offert un refuge, dans la bibliothèque de la maison où j'ai vécu des années heureuses et élevé mes enfants. Quand ce ne sera plus un danger pour eux, je le confierai à mes héritiers sans qu'ils le sachent, dans l'attente que toi, lecteur, tu puisses le retrouver. Nos pensées deviendront celles de ceux qui voudront bien se les approprier, et nos idées voleront sur les ailes de la liberté. Les femmes auront les mêmes droits que les

hommes et ce monde nouveau connaîtra la prospérité. Car c'est cela le véritable amour, être libres ensemble.
Pour toujours.

Clarice courut le long du fleuve, les jupes relevées. Elle gardait les yeux rivés sur Christian, que l'eau engloutissait et recrachait.

Puis il disparut.

Désespérée, Clarice se jeta dans le fleuve, mais ses jupes alourdies par l'eau l'empêchaient d'avancer. Elle se traîna jusqu'à la rive, le cœur prêt à exploser, les doigts s'agrippant à l'herbe dans la tentative de se soustraire au courant. Elle sortit de l'eau à grand-peine, le regard balayant le fleuve d'une rive à l'autre à la recherche de Christian. Tout à coup, elle se figea. Un peu plus loin dans un méandre, couvert de boue, un corps flottait à peine, accroché à une branche.

Un gémissement la secoua jusqu'au plus profond d'elle-même.

En proie au désespoir, elle courut vers l'homme, se laissa tomber à ses côtés. Les mains tremblantes, elle se retourna et ferma les yeux. C'était August, c'était ce qu'il restait de son mari. Elle couvrit son visage de ses mains. Et maintenant ? Et maintenant, qu'est-ce qu'elle allait faire ?

Une force soudaine la poussa à se relever et à chercher encore frénétiquement, désespérément. Et quand elle aperçut Christian qui tentait de gagner la rive, elle le tira hors de l'eau, pleurant et criant, sans jamais s'arrêter, et elle se laissa tomber sur l'herbe à côté de lui. Elle le serra dans ses bras en le berçant, jusqu'à ce qu'il ouvre les yeux, éreinté. Il était sale, les vêtements en lambeaux, le visage en sang, mais il était vivant ! Il était vivant et il lui sourit.

— C'est fini, dit-elle en l'étreignant de nouveau.

Plus tard, quand ils furent tous deux en état de se lever, Christian s'arrêta à côté du cadavre d'August et prit sa décision. Il ne la quitterait plus jamais, sa courageuse Clarice. Il mourrait aux yeux de tous. Le noyé que restituerait le fleuve porterait son nom. Il passa sa bague de famille au doigt d'August et le confia au courant.

Sa nouvelle vie commençait à cet instant précis. Christian Philipp Fohr abandonna la célébrité pour un monde nouveau, différent. Pour une nouvelle ère, celle de la joie.

Note de l'autrice

Une vie entre les pages est le fruit de mon imagination et, en tant que tel, bien qu'il se nourrisse de références historiques, le livre est sujet aux mécanismes de la fiction littéraire.

Dans le cimetière anglais de Rome, à l'ombre de la pyramide de Cestius, repose un jeune peintre allemand, Carl Philipp Fohr. Carl s'est noyé dans le Tibre, alors qu'il avait tout juste vingt ans, le 29 juin 1818, laissant un grand vide dans la scène artistique de l'époque. Sa brève existence était le reflet des deux premières décennies du dix-neuvième siècle durant lesquelles l'esprit humain cherchait une nouvelle affirmation. Cet homme, ses dessins, sa personnalité si profondément sensible m'ont touchée. Il est entré dans mes rêves en se présentant sous le nom de Christian. Ainsi, tout en créant un personnage imaginaire, je me suis inspirée de lui pour mon personnage de doux rêveur qui écrivait ses espoirs d'un monde où l'amour était un principe et une vertu. J'espère que mes lecteurs pourront me pardonner d'avoir dérangé un homme qui a réellement existé pour l'entraîner dans mon roman, dans ce qui se trouve être à tous points de vue une licence poétique. À part le nom qui rend hommage au jeune et malheureux peintre, tout ce qui concerne Christian Philipp Fohr et ses œuvres littéraires est le fruit de mon imagination.

Dès le dix-septième siècle, le Grand Tour a fait de l'Italie une destination idéale pour la formation culturelle des gentilshommes européens. Des carnets, des lettres et des témoignages nous indiquent cependant que, petit à petit, le rituel du voyage en Italie intéressa également de nombreuses jeunes femmes. Et même les sociétés répressives des siècles passés ont été un terrain fertile pour les esprits brillants qui, se soustrayant aux habitudes et aux contraintes, ont consigné leurs pensées dans des livres, leur permettant de passer à la postérité.

Il n'existe aucune preuve scientifique que l'examen calligraphique puisse établir avec certitude si l'auteur d'un écrit est un homme ou une femme. La graphologie est un champ d'études vaste dans lequel se mêlent de nombreux courants de pensée. Elle passionne depuis toujours les chercheurs, les artistes et les philosophes. Il ne pourrait en être autrement puisque écrire à la main est l'expression intime de ce que nous sommes.

Le quartier Coppedè à Rome est un exemple du génie humain et montre à quel point la beauté suit des canons objectifs, mais tire sa force de goûts individuels. Si vous voulez passer quelques heures plongé dans une fable, accordez-vous une visite dans cet endroit extraordinaire réalisé par le grand architecte Gino Coppedè autour des années vingt, entre la place Buenos-Aires et la via Tagliamento.

La bibliothèque Hertziana de Rome est née grâce au legs d'Henriette Hertz, aristocrate allemande qui, au début du vingtième siècle, a fondé au palais Zuccari une bibliothèque de livres et de photographies sur l'art italien. C'est un endroit prestigieux, où la culture italienne est protégée et célébrée. Évidemment, le vol d'un livre ancien dans cette bibliothèque est une pure invention.

Remerciements

« Aussi, je le répète, ton bienfaiteur gagne-t-il moins que toi
à ce que tu sois reconnaissant.
Lui, en effet, recueille un avantage vulgaire et journalier :
il recouvre ce qu'il a donné ; le tien est immense
et part de la plus heureuse situation morale,
du sentiment de ta gratitude. »

Sénèque, *Lettres à Lucilius*

Quand vient le moment des remerciements je suis toujours heureuse, et pas seulement parce que cela signifie que le livre est terminé. Il y a quelque chose de très spécial dans le fait de chercher dans ses propres souvenirs et au fond de ses émotions toutes les raisons pour lesquelles on est reconnaissant à ceux que l'on aime, à ceux qui ont fait quelque chose pour nous, à la vie et au monde qui nous entoure. Le cœur se remplit de joie et tout est plus simple et plus beau.

Je veux tout d'abord remercier mon mari Roberto qui me surprend continuellement, et me montre combien la vie doit être affrontée avec courage et passion, ce qui inclut les rêves et les projets. Merci à mes enfants Davide, Aurora et Margherita qui empêchent l'ennui de s'installer chez nous. Merci à ma famille et aux amis qui sont à mes côtés depuis toujours. Merci à la douce Erika, belle et lumineuse, qui, en plus, lit tous mes livres.

Merci à mon éditeur, Stefano Mauri, qui continue à me faire confiance et qui me rend fière de moi-même. Merci à ma maison d'édition, Garzanti, qui s'occupe de mes livres et, de temps en temps, aussi de moi. Merci à la directrice de collection Elisabetta Migliavada : tu es extraordinaire. Merci à Adriana Salvatori qui m'a suivie dans cette nouvelle aventure et a su éclairer mes pas et me soutenir dans les moments les plus difficiles. Merci à Federica Merati qui m'a tenu compagnie et m'a écouté avec patience, à Alba Bariffi qui trouve toujours la façon la plus juste d'écrire le moindre mot. Merci à Rosanna Paradiso, Franco Pugnaloni, Giulia Marzetti, Roberta Cagliani du service de presse. À Cecilia Ceriani et Giulia Fossati, à Barbara Carafa et Monica Tavazzani. Merci du fond du cœur à Elena Campominosi et Graziella Cerutti : vous êtes uniques.

Merci du fond du cœur à Maurizio Gaddoni et à Romi, sa femme, qui me suivent depuis longtemps et qui, pour me tenir compagnie, m'ont envoyé page après page un carnet retrouvé dans leur maison. Vous m'avez été précieux et vous m'avez inspirée. Je vous dois une partie de ce livre.

Merci à mes amies Antonella, Anna, Lory, Andreina et Eleonora qui donnent un sens nouveau au mot « sœur ».

Merci à Paolo Lusci pour ses précieux conseils.

À Salvatore Basile, Mirko Zilahy, Silvia Zucca et Valentina Cebeni, collègues, amis et confidents.

Merci à Laura Ceccacci, amie et agente qui m'accompagne depuis toujours, m'encourage, me soutient et continue à croire en moi. À Giulia Gardiman et au staff de l'agence littéraire. Merci aux lecteurs, aux libraires et à ceux qui voient à travers les livres et voyagent grâce à eux, à ceux qui conservent la pensée écrite et la diffusent : c'est à vous que ce livre est dédié.

Cet ouvrage a été composé et mis en page
par FACOMPO, Lisieux

Imprimé en France par CPI
en mars 2021
N° d'impression : 3042474

Pocket – 92 avenue de France, 75013 PARIS

S31202/01